U0452433

庆祝厦门大学外文学院百年院庆
(1923—2023)

纪念林疑今先生诞辰一百一十周年
(1913—2023)

林疑今译著选集 下

林疑今 著译编

《旗声》《无轨列车》
《劫库记》《侵吞存款者》
《英国文学史教学大纲（草案）》

厦门大学出版社
XIAMEN UNIVERSITY PRESS
国家一级出版社
全国百佳图书出版单位

图书在版编目（CIP）数据

林疑今译著选集. 下 / 林疑今著、译、编. -- 厦门：厦门大学出版社，2024.4

ISBN 978-7-5615-9326-4

Ⅰ. ①林… Ⅱ. ①林… Ⅲ. ①世界文学-作品综合集 Ⅳ. ①I11

中国国家版本本馆CIP数据核字(2024)第047236号

责任编辑	王扬帆
责任校对	姚曼琳
美术编辑	李夏凌
技术编辑	许克华

出版发行 *厦门大学出版社*

社　　址	厦门市软件园二期望海路39号
邮政编码	361008
总　　机	0592-2181111　0592-2181406（传真）
营销中心	0592-2184358　0592-2181365
网　　址	http://www.xmupress.com
邮　　箱	xmup@xmupress.com
印　　刷	厦门集大印刷有限公司

开本	720 mm×1 020 mm　1/16
印张	28.25
插页	1
字数	448千字
版次	2024年4月第1版
印次	2024年4月第1次印刷
定价	88.00元

本书如有印装质量问题请直接寄承印厂调换

林疑今（1979年）

出版说明

在本书的编辑过程中,对于一些并不符合当下汉语使用习惯和规范的用字等未作改动,旨在尽量保留作品的原貌,但对于某些明显的文字和逻辑悖误,作了必要的修改。另有个别文字删节,恳请谅解。

总 序

家父林疑今为我国20世纪著名英语翻译家，先后翻译了《西部前线平静无事》《永别了，武器》《奥德河上的春天》等19部世界名著，并创作了《旗声》等多部小说。家父先后在交通大学、沪江大学、复旦大学任教，1959年起在厦门大学任教，直至去世，时间长达30多年。

在厦门大学外文学院百年院庆之时，在学校、外文学院各级领导的关怀下，在家父生前学生的大力支持下，我们选择了他的《永别了，武器》《西部前线平静无事》等四本译著和《旗声》《无轨列车》两本著作，以及他主持编撰并执笔的、由高等教育部颁布的《英国文学史教学大纲(草案)》，集成《林疑今译著选集》(上、中、下)三册奉献给全国读者。

本书在收集整理过程中，得到学校图书馆特藏部的热情帮助，他们向全国高校和上海图书馆借阅图书，完成了各种图书的扫描和转化工作；在文字编辑和出版过程中，又得到厦门大学出版社的大力支持。在此，我们谨向厦门大学、厦门大学外文学院各级领导，家父的各位学生和厦门大学图书馆、厦门大学出版社，表示诚挚的谢意，并祝愿外文学院百尺竿头再创辉煌！

林梦海　林以撒　林梦如
2023 年 4 月

目 录

旗 声	001
一	005
二	011
三	016
四	020
五	027
六	032
七	034
八	037
九	040
十	045
十一	051
十二	056
十三	060
十四	065
十五	074
十六	079
十七	084

十八	089
十九	094
二十	096
二十一	100
二十二	106
二十三	112
二十四	116
二十五	121

无轨列车 …………………………………… 123

 第一号 …………………………………… 127

 第二号 …………………………………… 191

 第三号 …………………………………… 247

银色故事 …………………………………… 281

 劫库记 …………………………………… 285

 侵吞存款者 ……………………………… 297

英国文学史教学大纲 ……………………… 379

 英国文学史教学大纲说明 ……………… 383

 引　论 …………………………………… 384

 第一章　中世纪文学 …………………… 385

 第二章　文艺复兴 ……………………… 387

第三章	资产阶级革命与王政复辟时期文学	392
第四章	启蒙运动时期文学	394
第五章	浪漫主义文学	399
第六章	批判现实主义文学	404
第七章	美国文学的萌芽与发展	409
第八章	帝国主义阶段的英国文学	414
第九章	现代英国文学	418
第十章	现代美国文学	423

主要参考书目 …… 427

分章说明 …… 430

旗声

旗声
林疑今 著

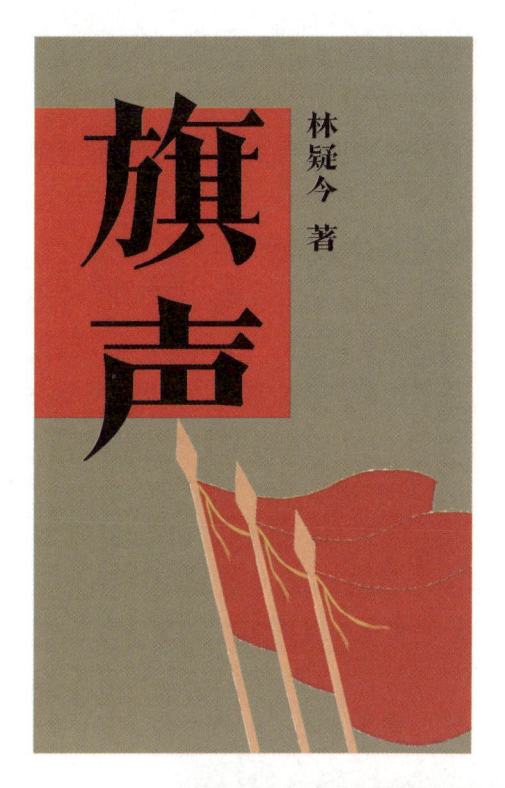

旗聲
林疑今 著
現代書局印行

旗聲
林疑今著
現代書局印行
1932

一

秋雨霏霏的一天薄暮。

一群逃难的、褴褛的"江北"人,在美丽的银街上急急地走着。走在年轻妻子的前面、背上负着三个破污的蓝包袱的柳兴,被大都市阴阴的小风雨吹拂着。他那粗大晒黑的面孔露出惊惶惶的神情,辄辄不安地回头望望亲人们。

发黑眼灵的妻子同样地背着两个沉重的包袱,圆圆的白面孔、脑后挽着一个农妇式的发髻,在极惊惶中,仍保持着她那端庄的风度。挨着她身边的九斤儿,有五六岁光景,一根小食指还斜斜地咬在嘴唇里,睁着黑溜溜的大眼睛,从拥挤人群中的裤裆下偷望着街上奇特的车子、玻璃窗里的玩具和红红绿绿的广告牌。挨在小孩子旁边,瘦黄佝偻、常常咳嗽,两手提着两只大竹篮的老祖父,下气接不住上气地在人群中、小心翼翼地偎挤进前。他常常歪着头、眯着灰迷的鼠眼,呆望着银街两旁高耸入云的大建筑,和光滑玻璃窗里许多他从来未见过的货物。

街上的行人异常地拥挤。汽车,马车,电车,红色的救火车,橐橐的高跟鞋,小贩沙声的喊卖,钉着马口铁的兵靴,警察的警笛,车夫的咒骂,栗子摊夹着鼻音的留声机,等等嚣杂的声音,都使这些恐惧的逃难者更惊惶失措。

他们的周围有许多男女急忙忙地走着,常常睁着一种在动物园看野兽的眼睛,或是一种上流人极悠闲、极"文明"的态度来欣赏这些服装褴褛、怪特的乡下客。

这些可怜的逃难者刚从江北涨水的家乡逃了出来,恰巧又是在这充满着快乐的希望的秋收的时期,稻熟麦酒香,鱼虾满江乡,打麦场美丽的黄昏,拂晓田里的赶工,柳荫儿女喁喁的夜话,六月雨后湖上的采莲,都给他们有很甜蜜、很伤心的记忆。

在一夜里,一个温暖穆静的秋夜,他们那一村附近的河堤突然天裂地陷地轰响,这一声多么残忍,多么悲惨呀!这一声已将四千余人的幸福完全毁灭了!在他们惊惶的失措中,河堤的毁裂似乎是一桩难解的事:两三年来的政府不是日赶着夜拉夫、征税修筑吗?周家的万福嫂嫂不是因为不肯纳税而被逮捕吗？跛脚阿二不是因为修筑河堤而跌下水吗？那个……

但是在洪水淹流的惊惶中，谁还有空可以等这些问题的回答呢？他们抛弃家乡逃走了，他们抛弃了那间古旧、白屋顶的房子，抛弃了那个美丽的小乡村。他们抛弃了故乡与一切，他们极伤心，好几次伤心得哭了出来，但是像瀑布一样汹涌的眼泪并不能洗尽命运的残酷。

我们往何处去呢？他们逃难的头几天，这个问题日夜咬嚼他们乱纷纷的心。并且晚秋的风，渐渐尖利起来，饥饿与寒冻像夜半恶魔可怕的阴影突然罩住了他们，他们拼命挣扎着，奋斗着。

——为什么你们不到上海去呢？

棱陵路上偶然碰见一个老年的同乡，他殷勤地这样对他们说。

——上海？

柳兴半惊半喜反复地念着这个很常听见的地名。经过那位同乡半点多钟诚意的劝告以后，他们才冒险地决定到那个工薪极高的上海去。

这群疲倦的、可怜的"新客"慢慢地走完了这条罩着潮湿的夜雾美丽的银街，跨过几条可怕、塞满着车马的横街以后，好容易才弯进处处都有吐着浓黑的烟流，高耸入云的烟囱的工业路。挨在柳兴身边的引路者烂头王二用着一种粗笨的手势，夹着尖酸的鼻音，很自傲地解释给这些吓呆的新客听：

——七十二支烟囱的烟天杀的日赶着夜，没一时歇！

接着自己大笑一顿，笑得那些新客太不好意思亦附和地笑了起来。

这时雨已停了，隔好几条街电车的隆隆和叮叮每每大响起来，渐渐曳远，再低微下去。天空阴暗，都是些打结的灰云，工业路两边大建筑的轮廓很鲜明地在阴暗的空中划出。常常有一两支放着病色的黄光的街灯在路弯上伸出昏迷的头来。他们一声不响地沉默地走着，只除了老祖父长七公公一两声尖利的咳嗽。

路边的工厂都是些极高的单调的砖屋，整大列密密相连接，处处都有一种强烈的、使人头晕的气味。路是用石头铺的，凸凹不平，黑暗中常常有些看不见的小水窟。每间工厂的大门前都有两三个缠着红色或是别种颜色的头巾的黑汉子，几乎个个都有卷曲的长胡须，各人的臂上都吊着一支杀气沉沉的枪，装好着白利利的枪尾刀。他们的衣服、靴子，和种种的行动都给这些新客异常的惊奇。

——妈妈,那是什么?

嘴里还咬着指头,两只小脚急忙忙地赶着大人的脚步的九斤惊奇地问。

——嘘——

妈妈用一种北方妇人端庄的姿态在九斤的手拐上捻了一下。

——西天的菩萨爷啦。

烂头王二将已经流到唇上鼻涕一甩,自以为很滑稽地回过头来对小孩子说。

九斤将衔在嘴里的食指拉出来,瞪圆着黑溜的两眼更切心地望着那些到现在他还不明白的怪物。

他们的身边常常有负载很重、粗笨的货车隆隆地开过。没盖的垃圾桶里的纸条和煤灰被日暮的冷风吹起来,在街路上旋转着。落日稀微的余晖映亮了工厂圆圆直立的烟囱,和盖着煤灰的屋顶,使单调的灰色的工厂变成古代的金城一样。工厂的墙壁上每每有用粉笔涂画的、大头小身奇形怪状的人,和许多写得很笨拙的字:

我们的罢工必须坚持到底!

我们不是机器,我们是人!

打倒资本家与新兴军阀!

收回租界!

时代的轮子急速地旋转着,年与月日日被暴风雨所侵蚀,但是这些字,这些染满着几世纪被压迫的劳动者的鲜血的字,这些代表全上海十余万困苦、被虐待的劳动者愤怒的喊声的字,虽则暴风雨像汹涌的海潮狂吹狂打,这些字永远不会消灭,不会消灭。

这些跋涉、辛苦的逃难者所加入的就是这样的一个阶级,一个被压迫、被侮辱、被轻视的阶级;在这个阶级里只有贫困和奋斗,正像无罪的犯人的被陷害,已经带到绞杀场了。

夜的阴影渐渐地将街前街后蒙住。风极尖利地吹着。

引路者烂头王二抓抓生着几根黄毛的头,屁股一摇突然扭进一条泥泞的小巷。前面极黑暗,幸亏工业路漏进一点光亮。小巷的两边都是工厂削立的墙壁。墙壁上东一个小洞,西一个小洞。路上积满着空罐头、砖片、纸条、破鞋、破马桶盖、蛋壳、柑皮、甘蔗渣,及其他种种污秽的东西,九斤辄辄哀叫着。长七公公尖利、微弱的嗽声更常听见。

走了半响,谢天谢地呀,才走完了这条黑暗、泥泞的小巷。现在他们走上陋劣的、极黑暗的中山街了。

这条狭街有个极惊人的特征:街的两边都是些离地面不到四尺的"地下室",房子的半截埋在阴湿的地中。街前街后,屋左屋右都是巍大的灰色的建筑物。温暖、慈惠的太阳永远不会照到这条上海八九万劳动者所住的街道。这条街泥泞湫隘,窟窿极多,东一窟泥水,西一堆粪尿,并且又是黑暗得像深夜一般。

这些刚从美丽的、温柔的故乡逃难出来的"新客"几乎完全吓呆,他们从来没见过这样的街道,连做梦亦未曾做过。虽则现在已经是深秋了:这条街上却很可奇地有一种汗味夹杂别种的臭味蒸发着。妈妈几乎失望得要哭出来。不,我们所要住的并不是这样子的街道,这简直是第十九层地狱吧。丈夫雄伟的轮廓在浓黑中按着一定的步态起伏地走着。是喽,只要他回过头来就好——嘿!都是这种单调的小房子吗?比牛厩还要糟呀——为什么他不回一回头呢?简直是无情的,唔,太残酷了,路又这样地难走……

这些新客在黑暗中困苦地走了半个钟头,檐上冰冷的雨水每每滴在他们的头上。并且又没街灯。这么长的街道没半支街灯吗?新来的人亦许会惊奇地问。这个问题未回答以前,我们最好再问一声:为什么工人日夜要做十四点钟的工作,而厂主却极奢侈地逛窑子、叉麻雀……

再过半点钟后,他们到他们的新家了。他们异常地疲倦,只得坐在包袱上休息休息。可怜的九斤,将食指拔出来叫饿。母亲解开一个小包袱,在黑暗中摸出两块小饼。

——简直是猪厩呀!

年轻的母亲埋怨地说。

房子里满墙满壁都是蜘蛛网,地板非常地潮湿。里面充满着一股腐霉的臭味,墙壁上有许多小破洞,大风响亮地钻出钻入。屋椽屋桷都突出来,要进来的人们都当先低一低头。壁上盖满着二分多厚的煤烟和灰尘,极黑暗。

——妈妈,这里有鬼呀!

九斤咬紧着指头,紧挨在母亲身边。

咱们现在没钱,不安的柳兴刚说一半,被妻子丽姑颤着声音截住:

——比死还苦哩!

靠在壁角里的老祖父长七公公经过一次剧烈的咳嗽以后,赶快接上去道:

——孩子们,咱们将就将就吧……

接着又是一阵咳嗽,嗽声在屋内回响着。屋内又空虚又黑暗,他们沉默着。门边有个小玻璃窗,对面房子的灯火闲散地爬进窗来。妻子丽姑的面孔苍白。

过了一刻儿,烂头王二哥和他的母亲王婶婆拿烛火与夜饭来了。虽则烛光很低微,饭菜很难入口,但是主人殷勤的情意却是极难得的。

九斤已经在壁角里缩做一团,甜睡着了。夜是寒冻与沉默。他们的客人亦已回去了。破洞穿进来的风吹曳着低弱的烛火,风吹曳着深秋的烦恼与悲哀。

——明天我就去拉车。

疲倦的柳兴挥舞着他粗大的手臂,捏紧着双拳,表示他的铁般的坚决。

——我亦去。

沉默好久的长七公公将旧烟斗望地下猛力一摔。

——我亦找些工做吧。

丽姑望着摇曳的烛火轻轻地说。

——不,不,你太嫩弱,事事都归我——

——不能呀,兴哥,这样我们活不下去,活不下去。

年轻的丽姑投在丈夫的身边嘤嘤地哭,嘤嘤地哭起来了……

两点钟后,这些长途跋涉的新客都已睡着了。都市睡了。四周都异常地黑暗、空虚、寂静。但是尖利的风却不住地从破洞钻进来。丽姑不能睡去,虽则她异常疲倦,风吹着泥沙打着玻璃窗,淅淅沥沥像雨滴似地响着。

她走到窗边,移动着她那空虚的、忧郁的黑眼望着寂静的窗外,沿街昏黑,只是对面房子还有光亮。对面窗上常常有个青年样子模糊的人形移动着。很显然的,他是在散步,他的鞋音隐约可以听见。

这样夜深还有人在散步吗？在这贫民窟里？丽姑有点惊奇地想着。但是整日奔波的疲倦早已衔住了她，使她不得不躺下身去睡。

对面房子里忽然有人碌碌地笑。

二

　　冬天挟着红色的咒诅,刺骨的冷风寒雨,冰冷的白雪来了!饿死与冻死的哀叫在这萧条的长春街上更常听见。日子愈来愈阴暗。街上积着一寸高的污水,赤着足在街上玩的孩子们渐渐稀少了。

　　一个安息日阴霾寂静的薄暮,丽姑拖着满心的悲哀与六日日夜劳动的辛苦走回家去。在故乡的时候,生活虽则并不是怎样地舒适,但是却亦自自由由:春晓的播种,热夏的锄草,秋暮的收割,冬夜的围炉,哪一处不是闪耀着青春的欣乐与前程的光明;丈夫的温存,儿子的撒娇,社戏的热闹,明湖的采莲,想起来多么可爱呀……

　　嘿,风多么冷呀,小心,又是一个水窟。想到公公的失业……是啦,像他这样大年纪的人还是休息休息才对哩。但是房租、饭钱、地租,了不得,生活这样困难,真是没有法子呀。现在他大约又呆坐在阶上抽他的烟吧,什么工部局啦,亦管什么人家年纪太大不好推小车啦……

　　嘿,这是什么?一点点,一点点,冰冷冷的,嘿,是雪呀!一下雪,兴哥在外拖车更苦了,还有九斤儿在街上卖香瓜子,对喽,赶快回家才好哩,看看他们回来没有。噢,人家在卖花炮、年糕过年呀,真是羡慕得要命哩。那一只肥鸭,真是肥滚滚啦,又有猪蹄啦,冬笋啦,还有煤炭,一定是预备围炉,想起来真想大哭一阵……

　　不错,后天就没饭烧了。了不得——唔,在故乡的时候,哪一时会愁没白闪闪的大米烧呢?这时又是鳜鱼肥的时期,还有极香的麦酒,羊肉松……

　　对喽,那时的柳兴真是铁打的大汉,面孔吃得红滚滚,肩膀阔张,扛水赶牛,犁田插秧,哪一件干不来;眼睛从来不会低下来的,尤其是女人,他最看轻。

　　——喂,柳大,稻香村的番茄姑不错呀。只需看她那对黑溜溜的——

　　他的同伴每每这样地对他说。

　　——哼,什么东西,女人最没用处!

　　有时乡里给关帝爷做寿,从城里请来些顶呱呱的戏班子。

　　——嗯,六月雪那个花旦不错呀。

——据说是梅兰芳的高足。

——不,不,还是四郎探母那个才是才貌双全,柳大你以为怎样?

——嗯,我还是最欢喜长坂坡的赵子龙。女人是什——

尤其是"月夜的采莲会",在那凉风习习、波平如镜的湖上。林梢的新月放射着低柔的光辉,湖上的白莲像处女般的纯洁,迷人的、桃红色的少女的春歌在群星繁耀的空中激荡低咽,青春的热情在年轻男女的燃烧着的眼睛中跳跃,谁不会跟着那梦般潮湿的温暖的夜雾去求爱呢?但是柳兴却是特别的,特别的几乎看见女人就生恶感似的。

但是激荡的青春在她还没尽量地享乐以前,她是不肯受殉难的火葬呀。一个二月雨后的黎明,蔚蓝的高峰在灰黯的云中耸立,广大无垠的田野都被雨水洗成深绿,处女酒窝似的露珠在青翠的草上洗浴,灵惠的小鸟躲在罩着灰蒙的晨雾的树林里啼吟着。那时的小丽姑还欢喜穿浅蓝的衣裙,正在润湿了露水、犁过的田上播种着。恰巧那天早晨,柳兴遵从着父亲的吩咐,赶一群小羊到城里去卖。他将蓑帽歪歪地戴在头顶上,嘴里咬着一根草儿、装做"流氓"的样子。花上的露珠,林梢的薄雾,小鸟的呢喃,田陇的青翠,松胶的清香,潺潺的溪水,将强壮的二十岁的柳兴淹没在大自然的醺醉里,他高声地唱歌,很愉快地赶着羊群的前进;他的雄伟的响亮的歌声使播种着的丽姑回过头来,她的灵惠和美丽忽然引起了柳兴的爱。

呜……呜……一辆货车沿着工业路隆隆地开过来,车夫将破的大衣盖住头,弓式的鼻头冻得像猪血一样红,两条的鼻涕垂在无血色的唇上;车上载着许多润湿的木片,木片边歪坐着几个冻做一团的小帮手,寒冷的风吹扬着他们破污的蓝布衫。

白雪纷纷地落着,濡湿了人人的脸和手。

丽姑冻得缩做一团地走着。她的工伴很少坐电车回家,因为车费很贵。但是那些"白脸"的却是例外,她们做着同样的工作,可是薪水却是特别得高,并且常常有另外的津贴。她们一大群往往跟着一个妖模妖样的女监工到外面去游逛,不是新世界便是影戏场和各大舞台,但是工钱完全没有折扣。起初丽姑不懂,后来一个在她对面工作着瘦黄的广东妇人告诉她,这是大厂主某种"赚钱"的方法,工场的附近有不少的娼馆、烟窠、茶楼、酒肆;这些被称做"白脸"的妇人就是被雇到这些地方去"兜生意",一夜从"一元"到"五元"不等,但是"白脸们"所收入的只是三分之一,其余都归那些很著名的慈善家厂主们。工部局方面为某种的关系,特别允许厂主干这种生意。

——因为你是新来,所以这种事你全不晓得,厂主们往往拣出那种面孔漂亮、举止灵巧的女工去做这种事。

那个广东妇人每每夹着鼻音这样地对她说。

——这种羞事谁欢喜干呢?

眼睛黑溜溜的丽姑每每这样地问。

——唉,到底你还是乡下来的,到了某种情境,你就会晓得了。

——这种我死亦不做。

丽姑将手里的纱一掷,坚决地说。

——起初谁不这样想呢?

说的人呼了一口悲哀的长气。

现在跋涉地走过那条黑暗、泥泞的小巷以后,疲倦、烦恼的丽姑喘了一口长气。前面就是可爱的长春街了。话虽是这样讲,其实在她刚到这里的几星期中,几乎将这条街寸寸恨透。但是,她渐渐地爱上这条街了,像她爱家乡那个在生满着青草的路边,绕在美丽迷人的爬春藤中,用三根粗大的树干支持着,棚上常常有发出清香来的喇叭花的小羊棚。她爱这条孤寂的、单调的街道,因为这条街已是她们的街,是长七公公、丈夫柳兴,和儿子九斤所住的街了。

遥远银街上轻微的、美丽的钟声跟着薄暮阴影的潜行,被冷风吹带过来。薄暮蓝色的阴影像母亲慈爱的胸膛搂抱、抚慰着全都市。丽姑遥遥地一看见那间灰色的、污秽的矮房子立刻跑起来了。

像一只远游的母鸡在一次为小雏与敌人争抢食物以后的疲倦中,忽然看见了自己的鸡窝一样的愉快,丽姑跳进了自己的家。

嘿,多么失望呀!里面冷清清,丈夫和儿子都还没回来,公公又不在呀!为什么?并且天已这样黑暗,风又这么尖利,雪又愈落愈大了……

丽姑很失望地将破污的围巾解开,起手打扫着房子。

过了半晌,猝然一个小孩子跌下阶来。

——妈!

孩子哀苦,颤着声音地叫。

是九斤儿的声音呀,嘿,怎么啦?乖乖不要冻坏了,年纪又这样轻——

——妈妈,冻死呀!

孩子哀怨地投在母亲的身上。

——灶间去,赶快,乖乖,妈妈替你生火。

丽姑急拖着九斤跑进灶间去,手忙脚乱地生着火。孩子被冻得双耳通红,无血色的双颊上涂满着鼻涕疤,身上还穿着夹衣,像这样冷冻的日子不冻死,应该谢谢天地呀。

——见过爷爷没有?

——没有,唔,有有。

孩子将冻红的小手放在低弱的火上烘暖,不住地翻着现在已经迟钝了的小眼睛。

——什么地方?

丽姑准备着烧夜饭。

孩子将眼睛翻一翻,绞转着自己的手。

——爷爷没盼咐你什么吗?乖乖。

孩子抬起被雪所湿透的小脚烘烘火,翻着眼睛看看很急忙地工作着的母亲。

——究竟是什么事?一句不开口?

丽姑将锅盖盖好,走近呆呆的九斤儿。

孩子低下头,歇半晌才响声地说出:

——爷爷被一个洋鬼子踢了一脚。

——外国人?

问的声音有些颤抖。

——嗯。

——后来呢?

问的声音已带着惊惶。

——爷爷不报仇。要是我有刀子,我早已替爷爷报仇了!

孩子挥拳作势,愤愤地说。

——嘘……

妈妈用一种北方妇人端庄的姿态截住孩子的话。

小孩子像玩具被抢掉似的,咬着嘴唇,两手不住互相绞扭着,不情愿地烘火。

妈妈讨好地从一个小匣内拿出一块小海棠糕来给九斤儿,孩子的肚子极饿,但是他却移动着忧郁的眼睛望望慈爱的母亲。

他摇摇头。

三

　　次晨,黎明的女神还没将夜之暗幕揭开以前,寒冻像地狱的恶鬼猛噬着贫穷的人类,中山街上的雪已有三寸左右深了。

　　整夜里,这家可怜的劳动者焦急、不安地等着老祖父长七公公的回家。好几次,要是没有惊吓的妻子的强拉和儿子的啼叫,柳兴早已冲出去了。这夜的寒冻,他们因为节约煤炭起见,已将炉火打熄。

　　现在已经是早晨两点多钟了。哭了好几次的九斤儿因为日里奔走的疲倦,早已缩做一团在壁角里甜甜地睡去了。可怜的、年轻的、疲倦的、忧郁的丽姑斜靠在丈夫的身上打盹。整夜不合眼的柳兴沉默地抽着便宜香烟。他沉思着。

　　对面神秘的房子到现在还有烛火,低微的烛光照在妻子现在已经苍白的面上更显出受折磨的可怜。漆黑的头发里放射着一种少妇特有的、诱人的香味,她肩缩脚盘地躺着,很像一只产后的母羊,九斤儿辗辗翻转着身。

　　忽然对面房子有人磔磔地笑。这种的笑声异常地惊人,异常地清冷,带着一种极端的恐怖。柳兴全身打了一冷抖。

　　他慢慢地抬起头望望对房的房子,薄薄的窗幔上每每有一个青年似的人形移动着,那人常常极险恶地笑着,像夜半深林里的鬼灯哥一样。

　　隐约地有一个年轻女人清脆的声音,声音很低微,很恳切,像是哀诉着似的。女人的声音越说越低,好像曳着无限的悲哀和忧郁,声音渐渐呜咽,终于嘤嘤地哭起来了。

　　这使受惊吓的柳兴更加不安,真是怪事,对面那间房子的大门时时都紧闭着,日里窗子里亦没半个人,为什么夜夜都有这种磔磔、阴险的笑声呢?

　　铛!铛!铛!遥远的钟声优越地响着,在这黑暗的夜中发出一种令人思慕的情感。柳兴晓得现在是三点钟了。对面房子的烛火突熄,哭声和笑声都即刻停住,黑暗和沉默遮盖着整条中山街了。

　　柳兴晓得对面房子的突然寂静不是无理由的,果然,不一刻儿有两三个人沉重的脚步声走近来,皮鞋底很响亮地压碎着街上的雪。

柳兴悄悄地走近窗子,看看那些人究竟是谁。在黑暗中模糊地看得两个大汉的人形。无疑的,这是将要下班的警察呀。这些警察将他们值班大部分的时间消磨在"腌肉庄"和"烟寨"里,有时候却亦会替赌场望望风。

柳兴失望地叹了一口气。万一爷爷被车所——唔,不会吧,不会吧,或者是迷了路,外面的雪又是这样地沉重……

当然喽,他不会忘记他那慈爱的父亲,那个满面刻着劳苦的皱纹,嗽起来瘦削的胸部很剧烈地震动着的父亲。他还记得,还很清楚地记得他做小孩子的时候,父亲怎样钟爱他;尤其是夏天的薄暮,嗡嗡的蚊子处处飞做一团,那种躲在金黄带刺的野草里,唏嘘出一种黑绒般纯洁的清香,而被微微的暖风所摇曳的山花开得满山红亮。大家满足地吃饱晚饭以后,拉了两三条矮矮的木板凳,到槐树底下打凉。地上是坚实的泥沙,头顶稠密的树叶隙里漏出灰蓝美丽的天空,父亲每每用一把破葵扇替他打风,一壁拖长着喉咙讲故事给他听,直到他甜甜地睡去。

劈啦!劈啦!沉思着的柳兴吃了一吓,外面的风又大又猛,旋卷着泥沙打着他们的窗子。真冻呀!负着从早晨极早到深夜拖车的辛苦的疲倦的他,本该早睡去了;但是值得忧虑的事都比睡眠的诱力更为沉重呀。

除了父亲失踪以外,就是日里的受侮辱。当那个浑身吃得泥醉,面孔涨红,洁白的肩头很炫目很威严地绣着"大英帝国",嘴里发出"君子"掩耳眯眼淫污的荡语的水手伸出又粗又圆、长着像猴子般长毛的手臂,凌世欺人地打他的时候,他亦曾想痛快地回敬他一下;但是他突然记起爷爷的话,爷爷认为处世箴言的话:

"凡事低头,什么都会过去。"

到了这个被遥远穷人们羡慕的上海还没几星期后,他已认出那种束着皮带,穿着长筒靴,全副蓝绒制服的警察大人是那一种的"机器"。想将这种外国人坐车减付钱的事对他喊冤,倒不如到城隍娘娘前去撒一堆臭粪,在你未开口以前,你那可怜的冷冻的肌肉必须即刻预备去受虐打;许多穿得很整齐,皮袍丝袜的中国"女学生",也许会用她们手淫和唱完抖着肉感生殖器的毛毛雨以后,对你投下一种轻傲、嫌恶、嘲笑的眼光吧。

他受教训了!他从前曾听过人家说洋鬼子从中国政府请得割中国小学孩

子的生殖器去配"长生药"的专权的事，现在他相信了。

最使他忧虑的是丽姑的将要"产儿"，这事日里咬嚼着他的脑筋，夜里绞转着他的心肠，他听人家说上海的稳婆特别贵，并且常常会发生意外的事。亦有人劝他去请医生，虽则价钱贵点，但是却很安稳。

——什么？叫陌生生的男人干这种事呀！不怕关帝爷显圣吗？

柳兴每每这样地回答。因为他是北方人，男女授受不亲的玉律还很深地刻在脑筋里，况且是"这种"事呀，

除了这个"接儿"的问题以外，还有许多别的。这样坏的房子亦可以生产吗？不怕雷公公打死吗？婴孩的尿布、衣服、床……

呜嗯……嗯……

附近工厂的汽笛突然响声一叫，这一叫多么悲惨，多么残酷！这一声比被暗杀者最后的哀号，更悲哀，更惊人，更战栗。就是这一声扰醒了全劳动区域疲倦的劳动者，就是这一声毁灭了十余万日夜辛苦工作的人们一刻刻的休息！它的尾音在灰暗的空中摇曳，摇曳了好久，像是狰狞强壮的拳师对可怜的小孩子下了决斗的挑战，这是残酷的，这是不公平的，这是罪恶的！

整条中山街即刻喧动起来，女人都在黑暗中急忙忙地穿好衣服，准备烧早饭。冷冻的雪又起身了。

丽姑将早饭烧好的时候，街上已经有人走动了。白雪打在小天窗上悲哀地、忧郁地响着。

九斤儿还睡着，丽姑走近去摇醒他。因为这样冷的日子，饭菜烧好没半点钟就会冷去。

——乖乖，起来吧！

丽姑出力地摇晃孩子的肩头。

孩子反转身倔强地睡去，嘴里喃喃地怨语着。

——起来！

丽姑一壁焦急着工厂迟到会扣工钱。

——妈妈，好心点吧！

孩子紧闭着眼睛呜咽地说。

外面整群整群的人们在走动着，很显然的，人们都要上工去了。

丽姑忍心地咬着嘴唇将孩子的被撩开,孩子嘤嘤地哭起来,用手揉搓着眼睛,丽姑一看见寒冻咬嚼着儿子的皮肤,立刻再将被盖上去。

——乖乖,天亮了,起来吧。

——晓得了。

孩子耸耸肩慢慢地说。

他醒了。

吃饭的时候,三人都着急长七公公,可是谁也不敢说出来,因为这太悲哀了。外面的雪愈落愈大,但是街上却愈来愈喧动了。又冷又尖的风从壁上的破洞穿进来,吹得使人打颤。人人的四肢都被寒冷冻得异常坚硬和沉重。他们沉默地吃着。

呜嗯……嗯……

工厂第二次汽笛响了。丽姑一吃好饭赶忙披上一条污秽的浅蓝色的围巾,预备要走。

——妈妈,雪很大呢。

孩子将最后一块小豆干塞进嘴。

——唔,九斤儿你今天不必出去。

——你亦留在家里吧,你不是快足月了吗?咱们最好先去请好一个接生的。

沉默好久的柳兴不安地对丽姑看着,丽姑勉强苦笑。

——那样做会失掉我在工厂的地位,并且大约不至于这样快——

——但是外面风雪这样厉害——

——我们宁可冻死,不要饿死呀。我们明天就没饭——嘿——

呜嗯……嗯……

工厂第三次汽笛大响了。丽姑顾不到什么,赶快冲跑出去。

街上积满着沉重的白雪,行人的心上积满着沉重的饥饿与悲哀。

四

——嘿,快点!

——妈妈,红红的血呀!怕死人——

——喂!阿花,快出去,这不是你所能看的事!

一个妇人将吓呆的年轻的女儿赶出去。

——将这件破衣服盖盖她吧,不要冻坏,这样冷的天气。

——是呀,并且流了这么多的血。

——菩萨保庇吧,你看她面色这样白,万一——

——是喽,好得今天王家妈妈在这里,不然——

——不干你们的事快点上工!

监工尖利的残酷的声音又响了。女工们即刻回位工作,大家的面孔都露出不安的神情。

单调的、枯燥的、无聊的、辛苦的工作再开始了。臭味的空气里永远充满着窒闷的纱质,因此辛苦的女工们几乎个个都有了"肺病"。爱国的厂主们每每带了些客人来参观,那些客人们或许会称赞厂主设备的完全,这是厂主特地预先布置好给人参观的效果。但是女工们面色的瘦黄,和那种时时刻刻都听得见尖利的呜咽的咳嗽,无论如何总不会逃出参观者的眼睛。有时候来的却是某某局的检查员,这些检查员都带来一双极尖利的眼睛来检查,并且又没预先通知的,所以检查出来的坏处极多。但是一到检查明白以后,你就会看见那个装束很漂亮、举止极文雅的总经理请他们到办事室去休息一下。等到满面笑纹的检查员们很大步地走出工厂的大门以后,你就会看见他们很阔气地喊了一部汽车,急忙忙地开到四马路去过夜。

这天下午,雪融解着,因此特别冷冻。忙了半天,下气接不到上气的王家妈妈好容易才将一个小婴孩从昏迷的丽姑的身上接下来。

房间里完全不通风。一个装好看的火炉又没生火,窒闷的纱质在空气中涌流着,恼死人的机器在周围极讨厌地轰响着,每次的响声都使丽姑衰弱的神经受到很剧烈的震动。她无力地、疲倦地躺在地板上,地板上只铺着一条薄纱毡,异常地寒冷。

——是千金呵!

两只袖口染血地高卷着的王家妈妈高声一喊,好像是两三个钟头辛苦劳动后第一次安适的喘气。

小孩子低声地哭着,这个微微的哭声很容易被周围喧闹的声音所掩住,但是全工场的女工们似乎谁都听见,她们面上的不安亦跟着这微微的哭声消灭。

到丽姑和婴孩被抬回家的时候,是薄暮了。街上的闲人都睁着稀奇的眼睛看着舁床上的母和子。抬她俩的人很小心,不然,她俩就会受到更厉害的震动。

婴孩很安静地、很乖觉地紧挨着衰弱的母亲,她的小眼睛紧闭着,好像已晓得她现在的命运似的。

转过一条横街以后,半睡着的丽姑怎然觉得面上有一种温暖的触觉,她勉强睁开眼睛看看,迎面是红红、红红的太阳呀!虽然她很疲倦,她还睁着愉快的眼睛望着那慈惠的太阳,太阳所映亮的宏壮的屋顶,闪摇的树叶,孤寂的电杆,滑稽的广告牌,行人快乐的脸,和其他太阳所映照的一切……

丽姑逗起衰弱的胸膛深呼吸一下。她微笑,她的身边是可爱的婴孩,她的面前是光明的太阳。

路上的雪还未全融,行人的脚步声很有节律,很动人地响着。上面是灰蓝的天空,天空涌满着沉重的,厚积的灰云;云的一边被工厂烟囱的黑烟所染黑,显示出一种薄暮幻灭的悲哀;云的一边被光明的太阳所映亮,展示着处女的纯洁和人血的鲜红;有时候微风阴阴地吹过,将半红半黑的云堆吹散,裂开出美丽的、慈爱的、伟大的天空。

——对不起。突然街角转出几个学生模样的青年,有点凶相地拦住去路。

这使抬舁床前面那个年轻的女工惊得面色转白,不知所措地呆站住。

——老爷,我们是女工呀。还是抬着舁床后面那个蒋嫂嫂胆子大一点,抖着声音乞求地说。

半睡的丽姑赶忙睁起疲倦的眼睛来,她的忧郁的眼充满着恐怖,是强盗吧,她这样地想着。天呀——

——我们所要找的正是工人,哈,哈!前面一个长头发的青年很得意地笑着。

——菩萨爷保庇吧,我们是穷人——穷人呀。

舁床前面那个姑娘几乎怕得要跪下来。急溜着眼睛预备要逃走。

——鲁同志,请你约束约束自己一点吧,现在不是我们笑的时候。

一个戴近视眼镜的瘦青年夹着尖尖的鼻音对刚才说话那个长头发的矮子说,一壁很温和地对丽姑们点一点头:

——对不住,我们只要晓得列位是哪工厂的女工。

——建国纱厂。舁床前后两个女人齐声喊出。

——唔,你们的主人就是童怡南吗?一个穿蓝色中山装的孩子烦躁地问。

——我们没什么"子人",老爷,我们是穷人。

——对不起,我们是说你们的老板爷是不是姓童的?

鼻音尖利地温和地问。

——是喽……

蒋嫂嫂将"喽"字拖得特别长,表示出无限的羡慕,一方面很恐惧地赶忙接上去!

——但是我们只是他的小奴隶呀,没有关系——

长头发的鲁同志抢上出回答:

——从唯物史观的立场看来,你们跟你们所养的资本家不能说没有关系,在社会生产制度极——

——鲁同志,请你将布哈林的理论暂时不背出来好吗?

鼻音的瘦青年有点生气地截住。

——对不住,你们是否可以诚实地告诉我们,这个——这位姑娘身边的婴孩是否是你们童老板爷的——

——呸!

受激怒的丽姑咬着牙根喊出,试想抬起身来,她的眼睛气得涌满着眼泪,她的面孔转青。

——你们这些鬼杀的后生,雷公公打死你们这些狗——

蒋嫂嫂气得全身发抖,要不是手里抬着丽姑,早已冲向前,给那些鬼杀的后生一人一个嘴巴。

——呀，对不住，对不住！

鼻音的瘦青年赶忙赔罪，一边对刚才胡乱发言那个黑中山装的青年愤愤地看着：

——蒋尚志同志，你晓得怎样对一个你所敬爱的劳动妇人发言吗？

——从唯物史观的立场看来，我们因为女劳动者的利益起见，和调查这次大罢工的真相，由列宁同志的遗训来——

——闭嘴！——蒋同志你还不赶快赔罪吗？

黑中山装的青年有点窘迫地走进前一步，对着床上又怕又气的丽姑很谦恭地一点头：

——我求你的饶恕——

——我们走吧。

蒋姓嫂嫂等不得那个青年的话说完，推着昇床前面的小姑娘前进。小姑娘赶忙像个逃犯开起步来。

——从唯物史观的立场看来，同志们应该在可能的范围内饶恕犯罪的同志。在资本集中社会呈出破——

——滚！

鼻音瘦青年愤愤地一喊，愤愤地走开，其余两个亦紧跟着走进一条黑暗的小巷。

昇床前面那个小姑娘下气接不住上气地急跑了一刻多钟，到了热闹的街道才很冒险地很惊惧地回一回头，看那些鬼杀的后生是否赶上来。

丽姑面孔转青，气得几乎晕掉。她紧紧地闭拢住眼睛。但是街上的喧闹让她疲弱的神经异常地难过。

——听说后天要大罢工，老戴。

——放屁！你看我的 French Cap 好看吗？是我在法国的姊姊寄给我的，

——听说还要大示威哩！

——喂，老施，别说那种无聊话，还是将漂亮的英文讲几句吧，注意左边那位 Madern Girl 在听哩。

——今天卡尔登是什么戏呢？

——还是听梅兰芳唱唱好得多哩。

——樱姊,你那顶帽子不大雅观吧?
——噢,谁不晓得今年的帽子都当 Chic。
——来呀大减价,买一送一再一加,要来快点呀!
——听说贵厂罢工,真的吗?
——哼……,猫犬之事,何足挂齿!
——Re-Mon-na——
——别唱那种无聊调子,我们要唱就唱壮壮烈烈的国际劳动歌吧,同志!
——春宫?
——啥套头?
——老法阴历大减价!
——到四马路去好哇?
——不怕俺们老婆发雌风?
——你们决定没有,老二?
——我们明天宣布罢工。俺们非再努力一下呀不可。
——喂,是啦。

　　谢天谢地! 好容易才走完了这一条充满着喧闹和灰尘的街道。但是异床前面那个小姑娘一看到她们又是走上冷清清的街道,赶忙再飞跑起来,两双小眼睛不住地东望望西望望。

　　现在天已将近黑了,薄暮灰蒙的轻雾很忧郁地将寂静的街道罩住,小姑娘急跳跳地快走着,蒋嫂嫂两只缚脚过的小足像走马灯地,喘呜呜地急追着。丽姑疲倦地安静地睡着。

　　一到家天已全黑了,幸亏有烂头王二哥的母亲王婶婆过来帮忙,尿布啦,被褥啦,种种来不及预备的东西,幸喜有她从邻人们家里暂时借来。

　　祖父长七公公亦已回来了。并且带来一个很好的消息说在三星棉纱厂得了一个地位,现在他已在阶上很满足地抽他的烟了。

　　今天因为父亲失踪的缘故特别早点回家的柳兴,半惊半喜在疲倦的妻子的床边忙得嘴常常忘记合拢来。

　　欢喜得飞上天的九斤儿被派在灶间看炉火烧夜饭,辄辄跑到母亲的身边来看神秘的可爱的妹妹。他每每睁大着喜悦的眼睛呆看着,次次都等到手忙脚乱的王婶婆高声地喊说：

——饭烧焦了！

或是：

——当心灶间炉火呀！

那么九斤儿才连跳带跑飞到灶间去。

花了两三个钟头才将婴孩洗浴好，丽姑的衣服换好，大家的晚饭吃好。这时已近九点钟左右，辛苦的王婶婆亦已回家了。衰弱的丽姑到这时才能喘了一口长气，安安适适地躺着。婴孩很乖觉，并不常常哭，只是很安静地躺着。

大家拉了两三只破凳子绕在丽姑的破床边坐着。

长七公公搔搔耳朵，很安静地抽他的烟，青色的烟圈一圈一圈在空中很有趣地消灭。他不说什么，他得到工作就是了，他只是抽着他的烟。

欣喜的九斤儿仍旧常常睁大着眼睛，皱着浓黑的眉毛呆看着神秘的小妹妹。他望望母亲苍白的面孔，再望着小妹妹红润的面孔，觉得有点可奇。

柳兴亦挂着满面的笑纹坐着。他的心里异常地快活，但是他并不说什么，他很希望妻子会安静地睡一下。

停了半晌，他忽然觉得壁角的烛光使睡着的妻子不大舒服，所以他就站起身将它吹熄。

室里布满着沉默和黑暗。

——睡吧！

长七公公很起劲地站起身，准备精力明天可以早早到工厂去。九斤儿亦跟着倒下身去睡。今天受快乐激动的柳兴却等到老祖父和九斤儿发出鼾声以后，才踮脚轻轻地走到丽姑的床边，俯下身在妻子柔弱的唇上轻轻地亲了一下。

这一吻给他无限的力量，他抬头望出天窗去，上面是蔚蓝的天空，闪出几颗美丽的星儿。于是黑暗与沉默。他很快乐地长呼吸一下，才躺下身去睡。

夜半，全长春街极黑暗，极寂静。近日工人们因为生活费太高，请求厂主加薪。厂主极顽固，全不答应，因而酿成了罢工的风潮，因此长春街上失业的人更多，什么都更充满着悲哀和萧条了。

婴孩忽然醒来，很响亮地哭着，丽姑亦跟着醒来，嘴疲倦地曳出忧郁的催眠歌。婴孩颇乖觉,不一刻儿再睡去了。

丽姑刚要再睡去,眼上忽然受了一种刺觉:对面神秘的房子忽然再有烛光了。丽姑极怕那间房子会再发出那种阴险、磔磔的狂笑,那种笑声每一次都带来死的恐怖的成分。尤其是这样冷清清的夜里。

今天夜里那间房子好像特别一点,窗幔上照出许多人的黑影,并且又有许多人的脚步声。

将要睡去的小丽姑隐约听见对面房子发出一句响亮点的话:

——我们后天总罢工!

五

第二天黎明，三星棉纱厂的空气突然紧张，许多刚下夜班疲倦的工人东一堆西一堆地聚在工厂大铁门前，人人的面都露出被侮辱的愤怒。

日班的工人们大多在铁门边徘徊，很注意地听着夜班工人的诉说：

——王八蛋的郁工头正在东地窖底强奸哀哭着的耀姐，恰巧被去小便的老三听见，他赶忙冲下去救，工头反羞成怒，却以厂里第二条规则"疏忽职务，不顾工作"的罪状诬蔑在他身上，即刻开除。同时亦借故将他的妻子和弟弟开除！你们看看这是多么苛刻的事呀！我们一定——

——并且洋鬼子的元旦休息三天，厂家食言不给工资，现在鬼禽的这种生活——

——是喽，我不是早劝你们一同参加上海罢工大同盟啦？

黎明的灰雾渐渐消薄，本来现在当很骚动的工厂却异常地寂静，大部分的工人们都不肯入厂。但是厂家方面亦早已打电话给公安局，叫警察来镇压了。

夜班的工人亦曾派三位代表去见总经理，提出积极的抗议。但是总经理却还在姨太太的床上，尽管让代表们在冷冻的屋外等了又等，睬也不睬。

更稀奇的事是附近两三间大工厂到现在亦是同样地全无动静，两个日班的工人跑来报告说公益、鸿章两工厂亦在预备罢工，厂家和工人从昨夜起就有小冲突。他们因为受不住待遇的苛刻，打骂的恶浊，对大赚钱的厂家提出五个小条件：

（一）每日最低的薪金一角改为三角。

（二）实行八小时的劳动。

（三）改良黑暗污秽的工作场。

（四）规定作业中负伤者的赡养费及养老金。

（五）撤废工人罚金规则。

但是都被拒绝，并且将六个代表即刻开除。

现在整条长春街都布满着紧张的空气了。雄赳赳的警察实弹装刀在各处巡哨着，工人们睁着敢怒不敢言的大眼睛望着那些警察和厂家的走狗及工贼走进工厂。在这些畏缩的工贼的一群中,全无顾虑的长七公公亦是其中的一个。虽则他在街角兴采烈地走着的时候曾有人请求他,求他别入工厂。但是他睬也不睬。在他看来这种阴谋不轨、煽动罢工的人们是当绞杀的。

——有钱不赚,却管什么鸟资本家啦!

他一看见站在街上不入工厂的人就这样很可笑地想着。

他跟着那一群工贼走到办事处的时候,即刻有人很殷勤走来招呼。对他们担保说今天的薪金特别加一啦,并且午膳特别加菜啦,和其他种种极优等的待遇。

因此,长七公公觉得那些煽动罢工的人们更加可笑,同时对于那些被煽动不肯进来的人觉得很可怜。

——这样的待遇还说坏,太不知足,太不知足了。

他一壁很努力工作一壁这样地想着。

但是厂外那些同志们并不是怯弱者,他们只是忍耐着。不消说,现在工厂大门前的空气更紧张了,男人们不安地烦躁地踱来踱去,偶然碰到什么小事就发脾气起来。女人们有的面孔发青,睁大着眼睛呆望着,寒风一来,每每将她们的头发吹散。童工们有的咬起嘴唇简直要哭似的,有的摩拳擦掌,嘴里道出许多对厂家的咒骂。工人俱乐部的领袖们东一堆西一堆很恳切地讨论着。装束得很整齐,将凶凶的枪吊在手臂上,面上露出极阴险的冷笑的警察们很骄傲地在他们中间逛来撞去。

现在已经是早晨七点钟了。光明的太阳很慈爱地照亮了教堂尖尖的屋顶,垂着华丽的窗幔的玻璃窗,警察枪上白闪闪的枪尾刀,以及工人们悲哀的心和忧郁的脸。邻街隆隆的电车声像飓风卷淹进来,再微微地曳远去。电车声中夹着千千万万别种喧闹的声音。

但是,火柴街却异常地冷静凄清,拖带着几分恐怖的严肃。虽则日光在平坦的马路上很欣喜地跳跃,虽则美丽的鹊鸟在电灯线上翻着银白的双翼,虽则临街法国少女丁香花色的歌声在强风中飘荡,虽则洁白的晨霜殷勤地吻着古旧的街石,但是,灰色的街道仍应是灰色的街道。

七点半钟刚刚打过,几个满面怒色、气喘喘的代表很急速地走出铁门来,他们的眼睛冒火,他们的拳头紧握着,他们的脚步异常地沉重,拖带着恐怖的冷静。

——同志,我们完了。

一个年纪大点夜班的工人尽力曳着十点钟劳动后最后的精力喊出。

——又拒绝吗?

街上不安的工人齐声地嚷出。

——他们开除我们前后三次所派去的九个代表,并且吩咐一声说倘若列位不即刻复工,就要扣除半天的薪水——

——我们饿死冻死亦不复工!

群众中一个青年工人愤怒地喊着。

——要我们流鲜红红的血亦不复工!

接着一个坚决响亮的声音喊出。

——我们正式宣布罢工!

工人俱乐部二十个领袖齐声一嚷。

整条火柴街即刻闹动起来,工人们的手高高地举着,人人都很坚决地转开身,跟着他们忠实的领袖很严肃地走进前。走进前吧!同志,新的战旗已在前面展开了,流我们鲜红的热血来洗净这条灰色污秽的街道,流我们红红的热血来浸润我们的战旗!

按枪怒视的警察们很想借一点小事故来开枪,来杀人。但是工人们极有秩序地在街弯消失,他们是多么失望呀?!

在领袖们小心指导之下,这大群的劳动者很安静地退出了那条淫污、灰色的火柴街,走到苏州河边一块空场。经过一次严肃表决以后,被派出的代表即刻动身去见上海罢工委员会的主席。群众们方渐渐陆续散开。

下午,全劳动区域都充满着紧张、愤怒的空气,工厂方面已有十分之七正式宣布罢工,所以现在长春街亦热闹起来了。工会的代表、罢工同盟会的代表、警察、资本家的探子、宣布罢工回家整群的工人等等,像蜜蜂似的在平日冷静的长春街穿出穿入。

一点钟后,天空突然阴暗起来,绳结似的灰云堆积在暗淡的天空上,风再尖利起来,猛噬着劳动区域八九万新失业的劳动者。公安局和工部局的警察都全队动员,实弹装刀地在各处巡哨着。工人们的男女宣传队出发到各处去宣传和发传单。被凶蛮的警所逮捕的约近四十。

虽则劳动区域的空气这样紧张,可是大戏院的门口仍旧是涌进许多"狗"和挤出许多"猪"。桃红色的咖啡店仍旧有许多大学教授,咬着指头的"现代女",有闲的小资产阶级,在闲谈着,在说笑着。

——哥德的浮士德算是什么东西?! 又糟又坏!

——不,不,我还是深爱德国的海涅和英国的——

——你看,这样好的法国哔叽只卖——

——从唯物史观的立场看来,你和老杨的恋爱已根本动摇——

——Greta Carb 的 kiss

——噢,密斯脱陈,这晌好吗?听说贵校学生已近三千,今年多少总可以赚点钱吧?

——买一只钻石戒指给我吧,实秋,你看密斯郑多么傲气呀!

——明天是艳芳生辰,你亦出来闹闹怎样?

——喂,伙计,两杯黑咖啡!快点!

银街及其他大街上照旧地热闹着,女人们披着上等羊皮大衣高突着屁股,争先夺后地挤进大廉价的商店,轻荡的"现代女",很巧慧地将愚蠢的老商人带进珠宝店,女学生们争抢着漂亮的茶房到大旅馆去开房间,自称是"普罗"派的投机作家挟着妓女坐华丽的汽车兜风。外国水手们坦然地摸着路上中国少女的面孔和乳,路上的警察和"中国人"坦然地引为好笑和趣味……

他们全不管在上海有八九万失业的劳动者受着饥冻的剥削,他们全不管战场上有多少的兵士赤足在刀林上走着,他们全不管西北有十余万饿死的同胞,他们全不管某某外交大臣的卖国,他们全不管中国人种的衰亡……

这天薄暮,罢工委员会将明早十时的大示威决定了!工会代表的调停全无结果,因为他们大多是受贿赂而来的,所以调停的条件大多袒护厂家那一方面。

厂家方面的态度仍旧是极顽固,并且很积极地筹备到别处去雇聘新的工人来。各工厂的大铁门都关闭,处处都有警察严密地巡视着。

警察们,尤其是日本警察最看轻工人。他们常常在极小极小的事情中找出些流血杀人的工作来干。早晨十点钟左右亦就是因此闹了一次极可痛心的笑话：

事情是发生在工业路上，一个罢工回家的油漆工手里提着一桶红漆正要转过吉祥路，迎面一辆汽车开来，他赶忙跳开一闪避，不想那桶红漆一摇动却溅泼在一个站在路边抽雪茄的日本警察的脚上，那个警察一声不响，走过来当头就是一棒，接着又是一脚，工人自觉得有点错处，所以并不回手。行人纷纷聚拢来将日本警察围住，但是警察毫无惧色地继续乱打下去；油漆工完全不反抗，只是跪在地上哀求着，终于被打得脸上流血了！两个胆子大一点的路人走进前，将警察的棍子夺开，警察却更加生气，即刻鸣警笛，同时向空中打了一枪，路人赶忙散开。但是却被附近急跑过来的警察抓到三个据说是"工人模样的恶棍"。下午，《上海晚报》即刻将这事颠倒是非地排在第一面上，用特大号的字标题说：

工人殴打日本警察！

就是这个荒谬的记载，第二天全上海的报纸都很忠实地照样地登出来，虽则有的标题改为更动人一点：

工人开枪暴动！殴打日本警察！

这夜劳动区域的工人们，除了几个领袖以外，大都很早就睡，准备明天早晨八九万人的失业大示威，许多劳动者兴奋得几乎不能睡去。

夜风异常冷冻和尖利，人人的心异常焦躁和悲哀；这夜天空漆黑，全无星月，遥远低微的钟声摇曳着几世纪的疲惫和沉重，八九万失业的、寒冻的、饥饿的灵魂在忧郁的钟声中不安地彷徨着，哀诉着……

六

但是,第二天早晨六点多钟,总工会忽然下令禁止工人"蠢动",接着发出一张动人的传单,说明资方已经退让,虽则怎样退让并没详细解释,可是够以欺骗数万无知识的工人了。

工人们都很欢喜,以为他们胜利了,人人的面孔都由不安中转为快乐,只有长七公公却觉得很不安。工厂肯仍旧用他吗?假如是肯的话,罢工的工伴会不会加害于他?早饭吃完,他就跑出去看看风势了。

今天长春街的空气又变成一种纷乱的状态,昨天那种团结的、紧张的空气已经消失。街头街后,处处都有一小群的人在聚谈着。同时,你若仔细一看,就看得见许多"工贼"很巧妙地在破坏罢工大同盟。有的或许就是你的挚友,有的或许就是你的亲戚,他向你肩头一拍,笑头笑脑地说了些骂厂家的话,接着弯了一大圈子说厂家已经退让,俺们已经大大得胜,下午何不复工呢?随即又说到大家生活的困难,罢工延长一天就是使俺们的老婆和孩子们多挨饿一天呀!

虽则同时亦有一部分人极力主张仍旧罢工下去,因为资方退让的条件却是很模糊的,但是他们的势力较为薄弱一点,终于给那些勾结资方的"工贼"得胜了!

那天下午已有一部分的工人陆续复工,三四天后,整条工业路再生动起来了,工人们仍旧是受压迫,俱乐部的领袖暗中被开除。资方答应的四个条件,除了每天加贴米钱一角以外,都没有履行;工人团结的势力已经近乎瓦解,资本家乘机以种种的手段使工人互相摧残——但是工贼们已富起来了。

复工的第二天,长七公公小心翼翼地溜进三星棉纱厂的大门,他那小小的鼠眼不住地眨着,他偶然看见前天他那一班的工头,于是就跑进去,那工头看也不看,他抽身向寂静的地窖下便走,长七公公追下去,工头问他亦来干吗的?难道你不晓得我们这里老人是不雇用的吗?别说是你,就是这里二三十年的老工人,亦别想可以保持他的位置咯。

长七公公伤心得几乎要哭出来,千恳万求,若不答应,好像就要撞壁而死一般。幸亏那位工头是那种"慈悲的",停了半晌才答应他。

长七公公感激得流泪出来,不晓得怎样说话才好。

——但是,我们还须立定一个条件。

——条件?

——不错。你须将三分之一的工钱给我。

——三分之一?哼——

——不然,你就是踏破全上海的工厂,亦别想得到一个职业。

工头说完,装做要走的样子。长七公公急迫地接下去。

——你能担保我有工做吗?

——假如你肯履行那条件的话,明天早晨来见我。决定不会没有?

——好,好。

七

　　上海的春天是可爱的。

　　丽姑已经复原,再到工厂里去了。这家的人度着一种较为稳定、平和、舒适的生活。除了新生的婴儿以外,还多了一个女亲戚来和他们住在一起。这位女亲戚是柳兴的表妹,一个曾进过小学的女郎。

　　这位女郎是剪发的,她的父亲从前是村中的教员,一时曾以"新人物"自负,所以村中第一个剪发的,就是他的女儿淑珍。淑珍今年十八岁,带着一副红润雪白的圆面孔,两只眼睛黑溜溜,碰到陌生人还有点羞怯。从柔软的头发一直到脚,都有一种诱人的迷力。虽则举止行动还有点拘束。

　　去年她跟着父亲逃难,逃到徐州的时候,她的父亲不幸呕血死了,幸亏还有一个堂叔——一个杂货店的老板——要到上海来定货,顺便亦带她来找找工做,不想有朋友的地方偶然听到柳兴这一家亦住在这里。

　　淑珍是一个从小就娇养惯的女郎,但是现在不工作还有什么办法呢?经过丽姑几次的拜托人家,好容易才在同一工厂里找到一个位置给淑珍。虽则工作的地方不在一处,但是上工下工总是一同走的。

　　喂,上海的春天多么可爱呀。

　　天上银白色的密云在太阳强烈的光线中辉耀地浮来浮去,小小的海鸟常常的三五成群地在寂寞的电线上翻着雪白的肚子,春天甜蜜的气息拥抱着各条冬天污秽的、冷滞的街道了。

　　这家的人一年来第一度过着稳定、安心的生活,虽则他们都努力地工作着,经济方面还时时发生恐慌。同时,柳兴拉人力车的生意越来越坏,因为公共汽车和电车比从前更多了。有时候,他整夜都在外面兜着生意,在舞场和戏院的门口候着客人。起初一两星期,这家的人还焦急地等到夜深,后来渐渐成为习惯了。

　　淑珍一月后偶然结交了一个男朋友,他是同厂里早班粗纱间扛纱的男工,粗眉浓发,手如熊掌,两眼像黑炭般闪光看,声音宏壮,像轰天雷一般。初见的时候,似乎很可怕,其实为人很忠实、侠义;厂中混名为黑旋风李擎天,咱家顶天立地第一条好汉也。

一天星期五的薄暮,淑珍刚刚散工回家,恰巧那天丽姑因为身体不适,没去工作。天上密集着鲜红的云堆,一切都很寂静与单调,仿佛春天已将在海鸥梦般的飞翔中昏睡了。

从建国工厂到工业路来,必须走过街角的聚春楼,楼下常常有三四个流氓在那里鬼混着,在那边等着机会调戏年轻孤独的女工。当然,他们一定不会放过像淑珍这样美丽的女郎。

——呀,好久不见了。

一个"横肉丝"的大汉凶凶地走近淑珍来,接着又有三个笑嘻嘻的后生将淑珍的身前身后围住。

到上海一个多月后的淑珍,已听见许多关于女子被调戏的事,想不到却亲身碰到了,但是有什么法子对付呢?

——这晌好呀?

一个黄牙齿的、酒味的矮汉子不客气地在淑珍的肩上一拍,淑珍想要叫出来但是喉咙里像被什么塞住似的,面孔涨得很红。

街上的行人虽则看见,谁欢喜管闲事呢?并且与这种狗肏的流氓闹事,次次都是吃亏的。至于警察,别来调戏女人已够算忠实了,还想叫他来救助吗?!

要不是咱家梁山泊的好汉黑旋风偶然走过,天晓得,淑珍会受到怎样的侮辱。咱家李大哥虽则并不好色,却还是仗义之徒,一冲近去,两手将两个后生掷开,还有两个后生本想伸出拳头来,一看见是咱家的李大哥,赶忙陪个笑面,他妈的滚开了。

从那天以后,淑珍就和他相识。两星期后,你就看得见他俩散工的时候每每一同回家。咱家的李大哥虽则是粗汉子,心地却很精细,吹得起一支甜美横笛子。

星期日的下午,李大哥每每来找淑珍,那时除了丽姑和长七公公在家以外,柳兴和九斤儿都在外面做生意;长七公公是老人家,只是坐在阶上抽抽烟,乘乘凉,丽姑一壁背着婴孩,一壁打扫着屋内,谁还有空顾得到李大哥和淑珍在做什么。李大哥是粗汉子,从前又没爱过女人,来的时候充满了一肚子许多好话儿,但是一见到淑珍好像完全忘记似的,说不上几句,就没话说了。

但是,大家别说李大哥完全是个粗汉子,心地还有点精细哩。他懂得带来的笛子,一到话头儿断的时候,你就看得见他低着头,两手不住地摩擦着,眼睛里有一点窘迫,那么轮到淑珍说话的时候了。

——吹吹笛子吧。

于是,你就看见黑旋风再高兴起来了,左眼一闭,头一歪,右脚慢慢地踏着拍子,粗大的手指亦急速地在笛洞上转动着,那种动人的甜美的调子就流出来了。

他不会吹出"毛毛雨""妹妹我爱你"等等无聊的小曲给你听。他吹的是乡间的调子,质朴的、天真的调子,这是他们家乡的调子,是他们这一阶级的调子。

淑珍懂得他所吹的,懂得他是要以甜蜜的声音来抚慰她的心。她懂得他是用柔和的眼睛来吹她的头发。

她每每以羞怯的微笑来报答他。

八

淑珍那一班的"女监工"是一个妖模妖样的半老徐娘，混名叫做"老太婆"。年纪看起来总在四十以上，可是还满面胭脂水粉，说起话来左手总是跟着头慢慢摇着，对待工人非常凶恶，但是那些"白脸"们却是例外。

淑珍上工的第一天，一眼就被她看上，运用种种甜蜜的、阴险的手段来笼络淑珍。常常减轻淑珍的工作，还派来许多"白脸"来诱惑她，淑珍总以为老太婆是好人，眼睛总是笑眯眯，从来没骂过她，并且还钟爱她的样子。有时候她看见淑珍太努力工作，就说：

——呀，淑珍姐，别太用力，别磨坏了自家的身体……

但是，淑珍却常常听见她在咒骂别人，连怎样淫猥的话亦敢骂出来，更生气的时候，甚至送别人吃耳光。

对于这一点，淑珍觉得很可疑。既然她侍我这样好，管它什么别的。她每每这样地想着。

淑珍隔壁有一个女工名叫阿毛，一个装束入时的女郎，头发有时候烫得卷卷曲曲，懂得讲几句红毛话，看起人来总是打斜眼。但是对于淑珍姐却不是这样，总是带着殷勤的态度，对淑珍讲起话来总是小声细气，好像很亲密似的。淑珍很欢喜她，只须她不多谈人家淫猥的事情就好啦。

两三月后，淑珍渐渐学会搽胭脂了，长七公公对于这一点很不满意，但是有什么法子呢？麒麟不生，天下哪有太平，现在真是子孙捣蛋的时代了。

淑珍的服装、装饰渐渐时髦起来，裤脚极大，上衣极短，一条粉红色手巾总是放在袖子里，一见人总是微笑着。这一切对于丽姑虽则都很平常，但是一方面却暗暗地担忧着淑珍会堕落。

其实，淑珍却是个极灵惠的小妖精，虽则老太婆竭力诱惑她，还是不能使她向娼寮、酒馆，这一类下流的地方走去。她学人家的装饰，无非是自家欢喜罢了。

夏天到了。

天气烦热，工作更为使人觉得沉重，在窒息的空气中漂流着汗的臭味，讨人厌的纱质处处飞舞着。况且又是厂中"大赶工"的时期,人人都觉得烦闷。

老太婆开始以恫吓的手段对付淑珍,常常在淑珍的工作中找出极小的过失来咒骂,但是淑珍只是微笑着。

阿毛姑娘近日的行动很诡秘,很少来上工,就是来上工亦好像没上工一般,只是跑来跑去。老太婆对于这一点装做没看见的样子,可是薪水仍旧照发。淑珍见过她一两次,她的面孔苍白,精神萎顿,说话亦没从前那样地起劲,眼睛亦暗淡起来。淑珍问她是不是生病,她只是摇摇头。同时眼睛里好像有无限的悲哀和懊恨。

——到底是什么事,给我晓得不要紧的吧?我不告诉别人。

有一次,旁边没有别人的时候,淑珍偷偷地问,起初阿毛姐还是不肯说,经过淑珍几次催迫以后,才肯吐实。阿毛的家里有一个母亲和一个丈夫——拉人力车的——还有一个不到三岁的小孩子,她们四口子,专靠阿毛和阿毛的丈夫老二的工作来过活;三四月前老二因左脚被汽车撞伤,卧病在家,别说医药钱,就是生活费亦已发生问题。当然咯,要专靠阿毛一人的工钱是不够的,

说到这里阿毛沉默下来,左手的指头在作台上怀恨似地爬着,叹了一口气。

——后来呢?

年轻的淑珍被好奇所催迫。

——后来?哼,你晓得——我出于万不得已就——就——

——就怎么样呢?

——告诉你,就到"韩庄"去!

阿毛以小声的愤怒说出,好像对于淑珍催迫的询问发脾气似的。

——好,好,至少我就坏到这样地步算了,有什么难为情呢?狗屁……

阿毛的声音带着歇斯底里混乱的状态,好像要借着淑珍出气似的。

——韩庄?

淑珍不解地问。

——你别装蠢吧——许多人都以这样的态度对付不道德的事情,但是什么是道德呢?狗屁!狗屁……

阿毛姑娘好像要哭出来一般,双手急急地绞扭着;同时,淑珍睁着疑惑的

眼睛不解地打量着她。

——你晓得,我的丈夫是怎样一只疯狗,后来他一晓得,就想将我赶出来,他完全不了解我所做的,你想有一个人欢喜干这种营生吗?

——或许没有吧。

——"或许?"难道你欢喜吗?你不妨去试试看,到底是哪一种的滋味。

——后来呢?

——你晓得,我是舍不得母亲和儿子的。当然咯,谁高兴离开一个好好的家庭呢?人们常常说我的丈夫是疯子,起初我不相信,不料他却投黄浦——

——投黄浦?你的意思是跳下黄浦江吗?

——那么还有什么别的。

阿毛姑娘面孔涨红,愤愤地说。

——后来呢?

——当然是上西天喽,还有什么话说呢?像他这样不会了解——

阿毛姑娘这次真的流泪了,可是她不敢哭出声来;淑珍本来还想问下去,但是她忽然看见老太婆对她投下愤怒的眼线。

九

中午的天气热得像在沸水锅上一般,什么都蒸气着;下午黑云渐渐集拢来,天空变成灰暗,到了散工的时候,突然刮起了惊人的大风,像饥饿的猛虎一般怒啄着。显然的,大雨快要到了。

工人们争先恐后地挤出工厂的大门,大家都害怕大雨会将他们浇得像落水狗一般。淑珍小姑娘来不及等着丽姑或是李大哥,亦像别人开足速力向前跑去。大风猖獗地卷起街上的尘埃,电线噌噌地响着,天空漆黑,时时闪电,惊人的迅雷在头上不住地轰响着。许多"白脸"的女工都已跳上车子,淑珍小姑娘身边又没零钱,只能赶快跑进前去,心里又急,脚又时时撞到街上的小石头。

风尖利地吹散她的那漆黑的头发,风尖利地吹来薄暮萧索的悲哀。一部电车停住,随即再开进前,开车的汉子好像嘲笑着她似的,将鼻子一耸,唱起《游龙戏凤》……

到了宋家路,大雨真的倾流下来了,挟带着闪电、轰雷,种种骚乱的轰响。淑珍全身打了一个冷抖,赶快跳到一间房子的檐下,差个半点儿被雨淋湿。天上的黑云迅速地飞着,密密地合拢来。

密密的大雨急遽地打在街上,发出优美的节奏声,很像夜深出征的马蹄,的落的落地响着。街灯放出昏黄的、暗淡的光线,或许是海上湿人的冷雾吧。全街寂静,时而有一两声汽笛呜咽地遥遥响着,随即消失。

淑珍,一个十八岁的女郎,睁着黑溜溜的眼睛,站在一家黄砖屋的檐下,在薄暮沉郁的怅惘里,回忆的火焰在齿唇中注流着……

曾几何时,还是顽皮的小孩子,还在碧绿如油的草原上放风筝,还在清净晶莹的溪流中濯足?曾几何时,还在热夏柳荫中捉迷藏,还在慈母慰藉的歌声中睡去?曾几何时,还与邻娃纤纤笑语,还在夜色如酒的湖上采莲?……

吡吡……一辆货车冒着大风雨急急地开过,街上湿湿的黄泥,差个半点儿溅在淑珍的身上。

雨仍旧落着,街上渐渐昏暗起来了。对街一间青色大建筑物的一个窗子打开,丁香花色的窗幔慢慢地卷上,露出一个红衬衣的少女,她无意地微笑着,让阴冷的雨丝打在她那快乐的小面上；她斜眼打量珍淑一下，有点疑惑似的，歪歪头，随即消失去……

当然，淑珍不会不有点生气，那个女孩子，顶多是十五岁，就这般妖精妖样地傲气，滚她妈的，只是靠着爷娘几文臭钱；若论美貌，咱家的淑珍姐跟她比起来，差得几个鸟多少？

但是，或许，淑珍这样地想着，淑珍就是最大的权势，有了金钱，还有什么痛苦呢？你要什么就可以得到什么，不是这样吗，哪一个人不是为钱而忙碌吗？既然是，她们或许有权利可以这样傲气吧……

遥远电车走动的声音被暴雨声压低，蜂群般营营地哼着，一切都空虚，寂静。薄暮潮湿的雾梦般在街前街后浮幻着，周围大建筑物的轮廓在狂雨中鲜明地竖立，闲散地放下淡蓝的倒影。昏暗的街灯又在流着眼泪。

淑珍渐渐觉得寒冷起来，双手不住地摩擦着，黑溜溜的眼睛恨恨地望着灰蓝的天空，巴不得雨停下来。

突然，一辆新汽车从她的身边迅速地开过，她又在沉思，忘记避开，被街上的黄泥溅得满衫满裤。

——呀……

淑珍姐吓得一跳。

开车的人好像已经看见，赶忙开倒车退回来，淑珍满肚子恨气，拾起路旁的石头，准备要敲碎车窗的玻璃。

车上跳下一个青年，穿着最时髦的西装，戴着雪白的羊毛手套，鞋子刷得极光亮。淑珍一眼就看出是那种平日她所羡慕的"上流人"。

——对不起，对不起，密斯……

——你看！

淑珍姐恨恨地将满身的黄泥迹用手指出，虽则她被人称做"密斯"，倒有点高兴。

——你又不是瞎子，又不是——

——实是出于一时之疏忽，并非故意……

青年两眼贪婪地仔细打量淑珍，越看越可爱。

——这套衣服叫我怎么回去！

——呵,不要紧,不要紧——

青年的眼睛里闪出浪漫的光辉,因为他近日正在读着拜伦的诗哩。

——假如是密斯不以为意的话,屈临敝舍换一套好吗?

青年的右手恭敬地向前一摆。无疑的,是在模仿着 Charles Farrel,唇上泛流着甜蜜的微笑。

——到你家里去?

淑珍姐疑惑起来,有点害怕,两只黑溜溜的眼睛不住地望东望西,两手不安地摩擦着。

——你不是说笑话吗?

她天真烂漫地问。

——你怕吗?

青年显然晓得她所想的。大笑起来。

——密斯大概是女工吧。

——是。

淑珍姐怀疑地凝视着青年的面孔。

——哪间工厂?

——建国。

——噢,多么有趣,密斯,你晓得工厂是谁开的?

——我不大晓得,听说姓童的。

——你晓得姓童的有一个儿子叫做童梦麟吗?

——童梦麟?

淑珍想了半晌,连身上的黄泥都忘记了。

——呀,是,是,听说在什么银行当经理的是不是?

阿毛姑娘曾对淑珍说过银行的名字,但是,淑珍却忘记了。

青年的眼睛再闪起浪漫的光辉,心里暗暗地偷笑。

——假如是密斯不以为意的话,在下便是。

淑珍姐倒吃了一惊,幸亏刚才没骂出什么不规矩的话来,不然,天晓得,自己在工厂里的地位,早已滚进爷娘的肚子里去了。

青年两手插在裤袋里,含意地微笑着,吹起口哨来,左脚在地上打着拍子。

雨已小下来了,天空较为光亮一点。

淑珍姐不晓得怎样说话,望青年一眼,提起身边的饭篮预备要走,眼睛里有些窘迫。

——密斯,你不是说要换一套衣服吗?

青年反而有点着急,很怕这场的浪漫得到一个无趣的结局。

——到敝舍一坐何妨?

——谢谢你。天已黑了,我还是回去好。

——不过密斯的衣服——

——不要紧吧。

淑珍姐第一次微笑,露出雪白的牙齿,和两颗圆圆的酒窝。说罢就要走。

——最低限度,密斯,你身上的泥迹让我用毛巾揩揩好吗?我觉得实在是对不起。

——不必吧,谢谢你。

说后就走!青年赶忙赶上一步,右手又是向前恭敬地一摆。

——对不起,密斯,路上很滑,并且水窟很多,允许我用车送你回去吗?

这个请求使淑珍更惊惶不知所措,不晓得怎样才好。

——我的衣服这样污秽,坐在你的车子里——

——噢,那不算什么。

青年说后,右手又是恭敬地向前一摆,弯一弯腰。

淑珍姐口里虽则推辞了半响,其实心里却极想坐坐看。

汽车开了,在薄暮的苍茫中,淑珍姐快乐地微笑着;她和那个青年并排而坐,那青年倒很规矩,不来噜哩噜苏。

微雨打在车篷上咚咚地响着,迎面冷风习习;多么幸福呀!淑珍这样地想着。

——对不起,密斯,结过婚没有?

青年故意将车开得很慢。

——哼,没有?

淑珍姐望他一眼。

青年拿出一支金龙牌的上等香烟。

——抽烟吗？

——不。

淑珍微笑地接下道：

——烟是有害的。

——噢，密斯，你听谁说来？不错，一定是那些穷教员，他们自己没钱买烟，反而说香烟有害，哈！哈！

青年的鼻孔冒出青烟来，很有趣地一小圈又是一小圈，烟味倒很香。鼻孔的上面是一对辉耀的眼睛，眼睛上是梳理很整齐的黑发。

——这样天气，明天恐怕再下雨吧。

青年的眼睛望出车窗，天上都是些打结的灰云，雨还是落着。

车子已经开到乌衣巷，女的起身要下车，男的赶快叮咛一句：

——万一明天再下雨，我仍旧在原处等你好吗？

——不必吧！

女的有点惊惶，极力避开青年辉耀的眼睛。

——只求天多落几星期雨。

男的诙谐地说出。他晓得女的是答应的。

——再会。

——明天会。

男的仍旧甜蜜地浪漫地微笑着。

十

　　淑珍到了家,撒谎说在路上滑了一倒,衣服才这样地染污,关于那青年的事,全不提起。

　　第二天,她巴不得天亮起来,一滑落就跳下床,跑到窗边去望望天空,谢天谢地,虽则没有下雨,天上黑云还是很多。

　　今天淑珍姐特别努力装饰,穿了一套最好的衣服,巴不得饭赶快吃好可以上工,上工后,又巴不得早点散工,一颗心像小鹿儿般乱撞乱跳。

　　恰巧阿毛姑娘亦来做工,又是带着一副憔悴萎顿的面容,常常咳嗽。淑珍对她今天特别殷勤,东帮忙她,西帮忙她。阿毛晓得有些蹊跷,忍不住问珍姐儿道:

　　——今天干吗的这样高兴?

　　珍姐儿偷望望周围,小声小气地将昨天的事情说出。最后还叮咛一句:

　　——毛姐儿,千万别告诉别人呵。

　　——哼,晓得的。

　　阿毛的面孔焕发起来。

　　——他真的自己告诉你,他是童梦麟吗?

　　——当然咯。

　　——噢……

　　对手羡慕地叹了一口气,呆呆地望着小窗外的天空,出了一会神。从窗外爬进来的光线照得她那枯黄的面孔更为憔悴。

　　——你真幸运呀。

　　珍姐儿的手拐上受到一捻,眼睛里看到一个有点古怪的微笑。

　　——你认得他吗?

　　——那家伙——

　　接着是一阵剧烈的咳嗽,胸部痛苦地起伏着,一对眼睛因咳嗽而流出眼泪来。

　　珍姐儿一面看顾着她,一面忙碌地工作着,自己心中有点害怕,因为工厂中的空气极坏。一间四五十人的作房,只有两个鸟粪般大的小窗。纱质又在各处浮流着。那些四五年的老工人大多面黄身瘦,咳嗽的尖利声音永不绝耳。

淑珍姐自从第一天踏进工厂来,她的心就焦急地对她说:快点设法离开这地狱吧。所以,当那些"白脸"来诱惑她的时候,心中亦有点跃跃欲试。但是在丽姑严厉的监视,以及先父的教养中,好容易才战胜一切虚荣的诱惑。

过了半晌,阿毛姑娘才恢复原状,向珍姐儿瞥了一眼,含意地微笑着。

——你看,我迟早总要上西天了。

——哼,说什么话,你请医生看过没有?

——哪里有这些闲钱,连饭亦快没处讨,还——

——你说那家伙怎样?

珍姐儿赶快用话又关对方悲伤的诉说,其实,自家的心里亦焦急要晓得哩。

——说起那家伙,我虽则不认得他,但听人家说过。据说是英国什么大学的博士,做人好不利害,年纪不到三十,就做了申江银行的总经理,家产听说有九百多万,又不放荡,又不讨好女人——

阿毛姑娘说到这里的时候,含意地向珍姐儿笑了一下。

——然而却看中了你!哈哈!

对手的话显然有点讽刺。珍姐儿只是默然不作响,将头歪到一边去,面上虽是窘迫,心中却是有点得意。

——你很幸运,你日后若攀得上,千万别忘记我。

——其实我有什么福气呢?

珍姐儿故意一问。

——这种福气?!就是你在关帝庙前碰破了头,亦不能得到。

——或许他只是搅趣的。

——哼,当然咯,他们富家子弟都是这样的,只要你当心,别将自家的身子卖给他,除非是堂堂正正的结婚——

——结婚?我的年纪还轻。

——男人家巴不得更年轻哩。

两人都笑起来。但是赶工的声音已将她们的笑声截断了。

下午上工的时候,天上开炮般轰响着大雷声,窗外时有急速的闪电,不一刻儿,大雨就倾流下来了。的落的落地打在小窗的玻璃片上,好不爽快。

巴不得散工的汽笛一响,淑珍小姑娘的屁股好像坐在针毡上一般,恨不得将时间用嘴仔细地咬短。

汽笛一响,大家像是囚犯听到赦罪的通告一般,欢天喜地挤出厂去。但是现在的雨虽然不大,却亦够以与那些忘记带伞的人们为难。珍姐儿已经完全忘记丽姑或是李大哥,早已马不停蹄地向前跑去了。

泥沙铺的街路被大雨浇得像是生疮的病狗,东一窟水,西一窟水,一不小心踏上去,包你半脚淋湿。

同时,北风好像又是故意作对似的,好不凶猛:不小心,就会将你的雨伞括走,并且不住地吹卷你的上衫,一卷起来,街上的行人即刻像看显微镜般涎涎地看着你。大风,你的恶作剧亦已够了吧。

到了昨天避雨的地方,青年早已停车在那里等着了,一看见淑珍,就跳下车来迎接。

——密斯,今天真下雨了。

——对不起,密斯脱童,今天我带了雨伞,我想我可以独自回去。

青年显然晓得这只是推托的话。

——但是,哼,路上又湿又滑,说不定雨会再大起来,风又这样凶猛……

青年是上海社交界有名的人物,说不上五六句,早已将女的窘住了。女的有点惊惶,面孔有点红,再也说不出什么推托的话来。

青年的头微歪,右手又是恭敬地一摆,女的亦只能走上车,眼睛里有点不好意思。男的只是甜蜜蜜地微笑。

男的将车机一拉,车子向后动了一下,随即捷驶进前了。女的今天较为定神一点,车子里装设的华丽和舒适使女的有点骇异,晶莹的雨点打在玻璃片上,淅沥淅沥发出很优美的声音。

路旁的建筑物和行人迅速地飞过去,在薄暮沉暗的雾中,在雨声蒙蒙的声调里,青春的生命仿佛是在大都市的裙边跳跃着……

车子兜了一个大圈子,转进一条寂静的林荫路,渐渐慢下来了。路上的行人寥寥无几,畏缩地躲在雨伞下,或是包在绿色的雨衣里,路旁连绵不断的大树,露出青翠欲滴的树叶,风和雨亦较为沉静了。

女的虽则晓得密斯脱童将她载到别处去,又不好意思问,只是睁着黑溜溜的眼睛注视着青年的面孔,青年还是微笑地说出些不关重要的话。

车子缓缓地在几条寂静的街上荡了半天,男的打趣地打听女的家况以及一切,女的掩饰地说了一大套,睁着黑溜溜的眼睛注视着男子微笑的面孔。

雨停了,天朗气清,处处都可闻到雨后六月的气息,小鸟儿歇在树枝上吱啁吱啁地乱叫着!像是梦中温柔的蜜语。

汽车终于在一间大旅馆的门口停下来了,女的很惊惶,男的显然亦在注意着女的神情。

——什么意思?密斯脱童?

淑珍小心地问。

——到里面休息一下子好吗?

男的眼睛里再闪辉着浪漫的光辉。

——噢。

女的现在会意了。

——密斯脱童现在放我走好吗?

女的声调里有点颤抖。

男的走进一步,从背心袋子里摸出一叠十元的红钞票,殷勤地放在淑珍的面前。

——你看错了人了,密斯脱童!

女的讽刺地向男的泛了一眼;即刻动身要跳下车去。

——等一等,密斯。

男的赶快再拿出一个小匣来,匣子里是一只金刚石的戒指,金刚石在黑暗中诱人地辉耀着。

——送给四马路那些野家伙吧,我不是那种女人。

女的大胆地冷笑。竭力想打开车门,但总是开不来,她显然有点着急,手忙脚乱,面孔急得全红了。

——谢谢你放我下去好吗?

女的恳求着。

——你要到哪里去呢?还是我送你回家去吧,男的很快活,眼睛里浪漫的光辉更光亮了。亦等不得女的同意,车子早已打倒车回去了。

淑珍很害怕,全身不住地抖动,天晓得,这个男子要将她载到哪里去。

——你真的送我回家吗?

声音战栗着。

——当然咯。

男的又是一副甜蜜蜜的微笑。随即加上去:

——你真是一个奇异的女孩子。我曾试过五六个女人,只有一个看到钞票还不屈服,不想你却——

——在你的眼睛中,你以为我是那种做生意的女人吗?

女的有点愤然。

——起初我这样想,但是,现在不这样了。哼,你是纱工吗?

——是。

——工作很苦吗?

——当然。

——你识字吗?

——识一点。

——到什么地步?

——这倒很难说。

——比如说,记账记得来吗?

——懂得一点。

女的晓得现在必须"攀上"的时候,

——密斯脱童,你肯提拔我吗?

说话的人带着一副动人的微笑,两颗笑窝露珠般旋转着。

——哼,现在我银行里没什么缺。或许我能设法帮忙你。

大家静默了半晌。

——府上几位尊夫人?

淑珍忽然小心地问起。

——一个,但是很蠢。

男的微笑。女的亦笑起来。

车子快要到乌衣巷了,男的又将车开得慢吞吞。

——密斯柳,刚才冒失的行为你肯饶恕吗?

——那不算什么。

女的低着头,两只小手绞扭着。

——你真是一个又美丽又好的姑娘。

女的面孔泛红,眼睛竭力避开对方的。

车子终于到乌衣巷了,男的开了车门先跳下去,殷勤地扶着女的下车。

——前面黑暗,密斯柳自己当心。

——谢谢你。再会。

——明天会。

女的走进泥泞巷口,还回头来笑了一下,随即在黑暗的巷底消失了。男的望了一回,愉快地跳上车,在车上欣喜地点了一支雪茄,眼睛里闪着浪漫的光辉,喷了几口青烟以后,车子便就开了。

晚祷的钟声遥遥地轻响着。

十一

梦麟到家的时候是七点半,屋里早已点灯了。妻子绿珊还是躺在床上生病,正在读着普希金的诗,妻子又是绿的衬衣,绿色的丝袜,连微笑和说话都有绿色的抖动。墙壁亦是绿色的,灯光亦是绿色的,窗帷帐幔都是绿色的。

从前妻子在大学里的时候,曾被人叫做"绿姑娘",亦曾被大诗人尊为"青春燃烧的生命",梦麟亦是为着她的"绿色"而娶了她,况且又是一个赫赫有名的女诗人哩。

可是,却有一件短处;既多愁而复多病,据一般人的推测,她是在模仿着林黛玉;因此,反而造成一种辉耀的光荣。自从嫁到童家来以后,她什么都不管,只是热情的歌,撒娇的病,和微笑的绿色。

今天晚上当然不是例外,又是在绿色的灯光下露出一副丁香花的微笑。丈夫照例是走进前给她一个小小的接吻,说了几句单调的闲话以后,丈夫照例是转身到书房里去,妻子仍旧俯下头来读她的诗。

晚餐的时候似乎较为生动一点,因为多了一个绿色的小孩子。

——到哪儿去,小宝贝?

卷发的小宝贝扑身于父亲的胸前,伸出肥圆的小手捶着父亲的面颊。愉快地笑着。

——看樱——樱花。多么有趣呀。

——谁带你去?

——绿蒂姊。

那个被叫做"绿蒂"的婢女正在侍候着她的女主人,女主人似乎是在喝着咖啡。

——樱花什么颜色?

——噢,白得像雪一般,爸爸,你欢喜这种花吗?又香又惹人爱,我想采一朵,但是绿蒂姊不肯,后来——

绿色的小孩向绿蒂瞥了一眼,绿蒂似乎还没听见。

——后来呢?

——后来,绿蒂姊说我若肯吻她一下,她才给我一朵。

爷爷失声大笑,连诗思悠悠的绿珊亦抬起头来了。

——你真的这样做了吗?

——但是我却得到一朵樱花哩。妈妈说过:接吻并没犯罪。

绿蒂现在已经领情,似乎有点窘迫。

——宝贝,你跟谁接吻?

母亲抖出绿色的声音,像是细雨中的 guitaro,做父亲的偷偷地在孩子的手拐上捏了一下,以同样绿色的声调接上去:

——他吻着美丽的樱花,樱花。

年轻的母亲似乎有点惊愕,随即愉快地问绿蒂说:

——真的吗?

——真的,太太。

绿蒂镇静地回答。

晚餐后,照例是绿珊看报的时间,小孩子在柔软的地毡上搭房子,父亲总是埋身于沙发上,抽着上等雪茄,沉思着。

夜之凉风从幽静的花园中吹了进来,在绿珊卷曲的黑发上跳舞着;天空是蔚蓝的,群星欣欣地辉耀着。在淡红色优美的灯光下,平静的气息冷流着。

大都市纷杂的喧声在这里已经听不大见了,蜜蜂般轻轻地哼着。一望出窗,夜色如酒,热情的夏天已在樱花的阴影中瞌睡了。时而有一辆汽车在临门的大路上驶过,汽车呜咽地响着。

这种可爱的平静突然被电话的铃声所打破,绿蒂小姑娘飞也似的跑去接电话。

——童公馆是吗?

一个男人焦急的声音。

——你是谁?

——童太太在家吗?

——谁?太太吗?是的,什么事?

——劳烦你请太太过来说话。

——哼,到底你是谁呢?

——姓徐的。

——好,等一等。

当时绿珊夫人正在读着报纸副刊上的一首诗,《记忆的火》:

> 微闭着眼睛细数着昔年空虚的情爱,
> 在悄然疲惫的灯光下,你漂泊回来,
> 你的脚迟迟地合着迎礼的节律,
> 噢,忧郁的眼睛里仍旧是青春的悲哀!

——太太,电话。

——谁?

——姓徐。

夫人懒懒地站了起来。丈夫抬起头瞥她一眼,打趣地说:

——恐怕是你那位情人吧。

梦麟常常欢喜说起夫人的"你那个",其实在这四五年中,"你那个",不晓得已漂泊到何处去了。他这样说,无非是要炫示他自己是胜利者。

——哈啰,是绿珊女士吗?

——是,你是谁。

——少东——

——噢,少东,好久不见了,你在上海吗?为什么不来看看我们呢?我们很思念你,你——

——对不起,我是少东的弟,少南。

——噢,我误会了,不要紧,你的哥哥现在怎样?

绿珊夫人的喜悦暂时停顿,但是却使那个听到"少东"而站起身的梦麟安心一点。

——病得很厉害。

——什么?在什么地方?

——在我的家里。他叫我对你说:假如你还顾得昔日的友爱,请过来一趟。我的哥哥大概是没希望了。

——噢！什么？什么？

——什么？我的住址是闸北青云路瑞德里九号。请你即刻过来。再会！

现在是绿色的悲哀了。绿珊夫人呆呆地站着，黑溜溜的眼睛凝视着接话器，好像不相信似的，两只小手不住地绞扭着。

——什么事？你那个怎样了？

梦麟走近她，有点不安地问。绿珊只是望着接话器出神。

——发痴了不成？哼，是他结婚吗？

梦麟好奇地问。在夫人雪白的颊上轻轻地打了一下。眼睛里又是浪漫的光辉闪耀着。

——他快要死了。

——死？！

绿珊扑身在沙发上，似乎是在哭着。孩子要走近来，梦麟向绿蒂作一手势，叫她带孩子去睡。

——夜安，爸爸。

——夜安。

绿色的孩子走开了。梦麟无聊地将半支雪茄头丢在地上。再走近绿珊。

——死就死算了。还哭什么？

——你这狭心鬼！

绿珊抬起带泪的眼睛，两手还是不住地绞扭着。在淡红色的华灯下，绿色的悲哀叹息着。

她的眼睛里忽然再闪起热情的希望和急切的恳求：

——你肯带我到他的家里去吗？

——他的家里？

男的有点惊愕。

——是。他的一生对于我只是这一点点的要求，答应了吧。

——这样夜深，哼。好，但是你晓得他的家在哪里吗？

——在青云路。

——青云路？住到那种地方去！

绿珊拿出手巾揩干眼泪，按一按铃。绿蒂随即再走进来。

——去拿我的 Evening-coat。

梦麟本想拒绝,但是良心上总觉得太不好意思;并且从前又是很好的朋友。

——须要带保镖去吗?

穿好了 Evening-coat 的绿珊小心地问。

——不必,我们走罢。喂,绿蒂,你小心看顾孩子,我们即刻回来。

——是。

梦麟小心地扶绿珊上车,在黑暗中,月亮的光线似乎是很低微。妻子白着面孔,还在啜泣着。

——乖乖哭得够了。每个人眼泪的多少是有一定的,你一时哭完了许许多多,太可惜了。

绿珊笑了起来,伸出嘴唇给丈夫一个小小的接吻。

十二

到了青云路的时候,绿珊再小心地问:

——你不怕他们绑去吗?

——你晓得绑匪是谁吗?

梦麟笑了起来,接上去说:

——我的父亲和他们很有交情。哦,这不是瑞德里吗?

梦麟跳下车,扶着绿珊下去。他俩小心地走进一条污秽的、寂静的胡同。

一只路灯昏昏地照着。

——咻,这里很臭。

绿珊用手巾掩着鼻子。

——都是你自己要来!

梦麟埋怨地说。

到了第九号的门口,梦麟轻轻打着半掩的大门。

——谁?

——我。

——哪个"我"?

门里的人似乎亦很顽皮。绿珊很焦急,忍不住叫了出来:

——绿珊!

——噢,对不起,对不起。

门开了,漏出一些煤油灯光,一个男子恭敬地站在门边。

——请进来。

——徐少东是住在这里的吗?

梦麟小心地问。

——噢,是密斯脱童吗!你亦来很好,你连我都忘记了吗?

走到大厅里,梦麟才认得开门的是少东的弟弟少南。

——我以为谁,原来是你这只小绵羊。你的哥哥呢?

——在楼上,小心楼梯。

楼梯又狭又直,又是黑暗,绿珊姑娘险些跌了一跤,幸亏梦麟竭力扶住。

少南活泼地走进二楼的亭子间,他俩都跟着进去。一间小小的污秽的亭子间里竟然聚了七八个人,一个老妇人在床前啜泣着,似乎是少东的母亲,房中的空气窒息,并且还有汗气药味。

——哥哥,绿珊女士和密斯脱童来了。

病人僵僵地躺在床上,已经不能说话,一听见"绿珊",勉强睁开眼睛。其余七八个工人模样的汉子,一看见是女人,都走开了。

病人瘦得满身皆骨,在煤油灯昏暗的光线下,照出一副枯黄的皱纹的面孔,头发又长又乱,两眼是陷在深坑里的,还有一点生命的闪光。

——噢,少东,想不到你病得这样厉害了。

声音又战栗又呜咽。

病人摆一摆手,叫绿珊不要走近来,他那迟钝的眼睛偶然看到梦麟,似乎又惊又喜。

——哈啰,老徐。

梦麟敷衍一句,但是一看见病人的眼睛里带着羡慕,却又得意起来。绿珊带着泪咻咻地说了不少的话。病人很注神地听着,又好像不懂似的。

梦麟偶然看见壁上有一张纸上剪下来的照片,近前一看,原来是伊里奇·列宁;病人的床前又有一本破碎的《资本论》,老徐大概已变成"康敏尼斯特"了吧。他这样地想着。

妻子咻咻说出的话在他的耳朵中既无价值,复少兴趣,于是他索性坐在壁角里沉思着。

少南捧过来一小碗的茶,在主人的面前,勉强呷了一口,与其说是茶,倒不如说是白开水。梦麟这时才晓得老徐患的是急症的肺病,昨夜吐了一大盆的血,医生早已拒绝医治了。

梦麟的面上虽则装做伤心的样子,其实心里却大大着急,因为这种危险病大概是会传染的。他望望妻子,妻子还是咻咻地讲个不停,不晓得在说什么鸟话。

楼下忽然有一阵紧急的敲门声;不一刻儿,一个满身汗水的少年工人气喘喘地冲到病人的床边,隔了半晌还说不出话来。病人睁着惊诧的眼睛。

——到底什么事？阿六？

少南小声地问。

少年一边喘着气，一边望望两个丽服的贵客：

——杨正——声被——

少年恨恨地咬着牙根接上去：

——被刺杀！

——哎哟！

少南震惊地嚷了出来。不防病人面孔突然变色，呕出一口鲜血，全身不住地战栗着，又气又恨，终于"脱力"了。

绿珊尖叫一声，扑身在梦麟的胸前，梦麟亦吃了一惊。不一刻儿，全屋子都是哭声了。

一间极小的亭子间，空气本已很窒息，而且又加上骚动的哭声和鼻涕。

——我们走吧。

绿珊惊吓地点一点头。少南送到大门口，说了不少失礼的话。梦麟摸出一叠钞票拿给少南。

——这是什么意思？

——你家的穷困我是晓得，大家何必客气，以后若有什么欠用，尽管打电话通知我。

——密斯脱童，我不晓得怎样谢你。

——说什么话。再会。

——再会。路上当心呀。

第九号的大门关了。两个人又是走上那条冷静污秽的胡同。妻子又是凄凄咽咽地啜泣着。

——人生真可怕呀。

在车上的时候，女的作了一个绿色的叹息，身体紧紧地偎着丈夫。丈夫不说什么，他抽着香烟。歇了半晌，他忽然说：

——你晓得那个被刺的杨正声是谁吗？

——鬼晓得！

妻子对于丈夫不同情于她的悲哀，似乎很痛恨似的，打一斜眼望出窗去，月光美丽地沐浴着路旁的树叶,群星繁耀,她忽然觉得生命的可爱,哦,生命,生命呀!

——你还记得五六年前在西湖的那一个春天吗?他还是一个多么活泼多么可爱的青年,不是吗?他很会划船,很会说笑,并且还很会喝酒——哦,或许就是酒害了他的一生吧——有一天晚上,是的,像今夜一样可爱,月亮在湖波上辉耀着,歌女热情的歌声在夜雾中寒抖着,我悄悄地告诉他,你和我订婚的消息。起初他大笑起来,说我在哄他。但是第二天早晨,哼,不是吗,他已离开杭州溜到上海去了。他不哭,他不骂,从来不对我发一句怨语,但是,噢……

绿珊哭起来了,刚像小孩子一般。到家的时候还是呜呜咽咽,丈夫有点生气,接连给她六个大吻,才使她安静下来。绿蒂走来开内门,一面搓着眼睛,一面扶着绿珊到卧房里去。

绿蒂好像刚刚醒起,头发松乱,只穿着一条衬衣,在绿色的灯光下,梦麟看得眼睛险些突了出来。只有十五岁哩,他自想着,可是已经这样惹人爱了。

绿珊呜呜咽咽地上了床,还咻咻地说了许多伤心的话。梦麟装做睡去,睬也不睬她。一点钟左右以后,绿珊已甜甜睡去了。

梦麟轻轻地溜下床,披上睡衣,偷溜出房,向绿蒂的卧房走去。月亮斜斜地照在走廊的壁上,一切都很寂静。一个青年,一个在学校中曾以"国家主人翁"自负的青年,一个在教堂中被人尊敬的青年,在深夜里,干着他生平第七十九次的强奸处女罪!

十三

近来黄色的公共汽车和电车加添不少,人力车的生意大受打击;当然柳兴不能是例外,每日的收入已由八角降低到三四角了,况且还有种种剥皮的车租、车税。一部分的人或许会称赞交通的便利,但是同时又一部分人的妻子和儿子却在饥饿的吞噬中哀泣着。

柳兴仗着一对强健的手臂,竟然能在日商的正金工厂得到一个位置,工厂的管理又严又凶,工人不能有任何的组织,人人都是忍声吞气的。

然而工厂中仍旧有许多秘密的团体,为着工人的利益暗暗地斗争着。柳兴对于这些组织完全不了解,都拒绝参加,他完全不懂什么是劳动者的权利、自由等等新名词。他只是做他的工作,像他的父亲长七公公一般,而领他的工钱;一切阶级的斗争,在他的眼中似乎有点可笑。

丽姑已经从生产的消耗中恢复过来,仍旧是一副青春辉耀的面孔,一对强健的、铁般的手臂,日里努力地工作,夜里舒适地安眠;婴孩很乖觉,日里被王家妈妈抱去看顾,用那种灰银色的便宜牛乳饲她,夜里仍旧和慈爱的母亲睡在一起。日里,你听得见丽姑姐在厨房中快乐的歌声,夜里,你看得见她紧抱着婴孩甜眠着。

春天来了,这对于小小的九斤儿似乎是件很快乐的事。他不必再受寒冻的欺压;不必再受冷风的咬嚼;不必忧虑没衣服穿,不必常常流着那种讨人厌的鼻涕;春天来了,带来微肫的轻风,带来慈爱的温暖。

现在已经是夏天了,闷热气流着,汗味到处蒸发着,太阳热辣辣地照着,天空老是蔚蓝的。但是,九斤儿可以在街角阴影里贩卖报纸,可以乘乘风凉,有机会还可以捉蝉儿来玩哩。

至于老祖父长七公公,他的运气正像他那"大喜"牌的香烟一般,又香又便宜。他初入工厂的时候,对于那些复工的人们很害怕,但是对方却意外地慈和,一晓得他初到上海的,对于他已有相当的原谅了。

现在每天早晨,你看得见他戴着一顶破草帽,手里提着饭篮,笑嘻嘻地上工去;抽起香烟来,早已能装腔作势了。有时候,他还和那些老女工调调情哩。

至于淑珍小姑娘,我们早已晓得她秘密在干着一种浪漫的冒险;她那对黑溜溜的眼睛燃烧着热烈的希望,盼望可以从贫困的阶级一跃而跳入富贵的花园。无疑的,在她的面前是展开着一条有希望的路程,但是走的人应该十分小心哩。李大哥时常带着他那支笛子来找她,但是她好像有点厌恶似的。一切微笑和欢迎都是勉强的。比起密斯脱童来,多么不相同呀,他懂得爱情,懂得爱抚,懂得莎士比亚或是李白、杜甫,但是这只蠢铁牛,除了孙行者七十二变和"火烧赤壁"以外,似乎什么都不懂似的。

李大哥虽是粗汉子,却已料得几分,现在每星期日下午,独自在家里,吹他那悲哀的笛子了。他晓得自己配不起淑珍那般伶俐美丽的姑娘。他不说什么,只是在薄暮的惆怅中,吹着他那悲哀的笛子。

现在阿毛姑娘和淑珍要好得像胞姊妹一般,两个人总是黏在一起。阿毛教她跳舞,以及社交界一切的手段。淑珍很欢喜,很顺从地去学习。

一个星期六的下午,工薪刚刚发完,一个仆欧叫淑珍到事务室去,淑珍吃了一吓,摸不着头脑,心里兀自害怕是"老太婆"开除她。终于硬着头皮走进总经理的事务室,里面都是些洋装整整的 gentlemen,头发梳得极光亮,面是笑嘻嘻,眼睛里却是轻蔑。左边事务室里,从敞开着的门,淑珍看见两个艳装的女事务员,头发烫得整整齐齐,唇上点着胭脂,眉上搽着艳霜,动人地闪光着。

在一只光滑的黄桌边坐着那个凶恶著名的经理,仆欧走上去报名,经理即刻站起身,堆下一面的笑容,叫仆欧拿一只椅子来给密斯柳坐。

那个被经理先生尊称为密斯柳的小姑娘,惊吓地坐在椅沿,两只小手不晓得放在那里才好,睁大着眼睛望着经理的面孔。戴着夹鼻眼镜的经理先生,眯着狡猾的眼睛打量淑珍一下。

——密斯柳,府上哪里?

——河南。

——到上海几年了?

——三四年。

淑珍冒险地撒了一个谎。这亦是阿毛姑娘教她的。

——懂得记账吗?

——懂得一点。

——噢,不必谦虚,我们厂中的会计部有一个缺,未知密斯柳肯屈就吗?
——先生的意思是说会计员吗?
——是。因为我有一时找不到更好的地位,这一点要请密斯柳原谅原谅。至于薪水,每月五十元,膳宿由厂中供给,密斯柳肯屈就吗?
——噢,当然咯,我不晓得怎样感谢先生。
——不,你应该感谢童先生。
——童先生?
——当然,你是认得他的。哼,那么就请密斯柳于下星期一日就职好吗?
——好,好。

经理一按铃,刚才那个仆欧再走进来。
——带密斯柳去看看膳宿的地方。
——好,老爷。
——密斯柳,再会。
——再会!

淑珍欢喜得几乎要飞上天去,兴高采烈地跟着那个仆欧去看看膳宿的地方。到了那边,一个老妈子出来说童少爷吩咐:柳小姐可以住在童家花园里。

仆欧和淑珍都吃了一惊。
——童家花园?!

两人都喊出来,老妇子还呶呶地说了一大堆的话,随即自走进去了。
——现在我们只能到童家花园去吧。

仆欧对于淑珍大大恭敬起来,不敢鬼头鬼脑了。不住地打量着淑珍,竭力想打听淑珍和童少爷的关系。

淑珍很乖觉,只是微笑,老是不肯说,反而从仆欧的嘴中,打听了许多关于童家的话。

童怡南这老家伙有两个儿子,一个就是申江银行的总经理童梦麟,还有一个小儿子在广东做官。童老爷有七个小老婆,年纪都还很轻,却都养不出男孩子来。童大少爷住在愚园路,是否有小老婆,没人晓得——

仆欧说到这里的时候,含意地向淑珍瞥了一眼,淑珍把头歪到一边去。

淑珍虽则没见到过童家花园,但是听却常常听见,据说里面的房子极华丽,除了童家的亲戚以外,从来不许什么人进去。淑珍的心里又惊又喜,如果童梦麟真的要讨她做小老婆,她怎么办呢?她做富人的小老婆好呢,还是像丽姑做一个穷人妇好?她的心很紊乱,思潮在她那小小的头脑中不住地汹涌着。

现在是黄昏,上海六月的甜蜜和黑暗,遥远的钟声和心的憧憬,黄金热的梦和都市阴阴的暮雾,鲜红的晚霞和飞翔的海鸟,沉滞的苏州河在水门汀的大桥下忧郁地、烦恼地、悄悄地流着。

仆欧在一间大理石建筑物的花园的大门前停住脚,黄铜的大门又高又坚固,紧紧地关着。仆欧按一按电铃,歇了半响,一个汉子从侧门走了出来,一听见是密斯柳,赶快敞开侧门,请他们进去。

里面的花园果然不小,一片青翠的平滑的草埔广阔地展开,一间华丽的大建筑物堂宏地矗立着;园中有一个奇异的喷水池,一个裸体的意大利妇人,开着美丽的小口,露出雪白的小齿,小齿中喷出晶莹的水泉来。一只松毛的黄狗伏在屋子的阶前,伸出鲜红的长舌头,舔着柔软的尾巴。

大厅里铺着波斯美丽的地毡,壁上挂着许多雅典的古画,窗口垂着洁白的窗幔,所有的装饰都模仿着法国式。一个肌肤雪白,睫毛又黑又长的少女走出来接见淑珍,问明来意以后即刻将仆欧和看门的人打发走开。

那个少女一声不响地带淑珍上楼去,淑珍心里有点害怕,虽则她早已决定心要嫁给童少爷了,她的眼睛永远不离开那个肌肤雪白的少女,楼梯亦铺着柔软的地毯,两旁的栏杆带着华美的雕刻。

——密斯柳,这里是你的卧房。

少女开了一个房门,淑珍小心地走了进去。里面很香,装饰极华丽。

——你的衣服在这里。

长睫毛的少女开了一个衣橱,里面都是极华丽的西装。还有许多化妆品。少女的声音好像是蜜蜂声一般,又轻又弱,但是肥满的臀部、丰富的乳房,以及辉耀的眼睛,都使她几乎保不住青春燃烧的飞跃。

过了一点钟以后,淑珍已换上西装,穿着橐橐的高跟鞋了。那个少女帮她化妆,在她的眼睛下搽着蓝粉,在她的眉上搽着闪光的艳霜,头发梳成佛罗里达式,手指和手心都搽着淡红的胭脂,与刚才进来的淑珍已判若两人了。

那个服侍的女婢不是别人,正是前天在樱花树下偷吻小主人的绿蒂。她的眼睛里还有点恐惧的疲倦,她对于淑珍有无限的同情,因为她的男主人所做的事,她大半都晓得,她可怜淑珍,同时亦自怜。

淑珍乘着她的汽车到柳兴的家里去,将自己的幸运告诉他们。她只说她已升做会计员,厂中既然肯供给她的膳宿,那么她何苦去拒绝呀?但是她的衣服从哪里来的呢?长七公公看不惯他的侄女穿着这种妖模妖样的洋装。

——厂中发出来的。

淑珍咬着嘴唇,镇静地说出。

——事务室里容不得人家穿破衣裳。

丽姑晓得,十三分地晓得淑珍所干的,她只是忧虑地摇她的头。她不说什么,当一切的话成为不需要的时候,何必多说呢?

柳兴显然很高兴,还能快乐地大笑,他还是一个"乡下人"哩。至于九斤儿,淑珍带来一瓶糖果给他,他只是坐在污秽的阶上一面睁着眼睛望着,一面吃着甜蜜的糖果。

淑珍快要走的时候,丽姑才诚恳地说了一句:

——倘若有什么变故,你尽管回来,我们时时都欢迎。

——嘿,嫂嫂,说什么话,我有空就来看看你们。

淑珍不是不晓得丽姑的意思,她对于她的好亲人不是没有留恋,同时对于自己的前程不是没有忧虑;但是她一想到厂中工作的苦闷,以及一切的困苦,她不得不决心丢弃了。

十四

夏夜。蝉声消失以后,似乎什么都空虚和寂寞了。凉风轻轻地吹进窗,唏嘘地摇动着微微的烛火。

黑旋风坐在他那荒凉的房间里,吹着悲哀的笛子,他的头微歪,两脚跷在凳子上,眼睛做梦似的闭着,连他自己亦不晓得在吹着什么调子……

他的母亲已死了两年,他既没父亲,连兄弟姊妹都没有了。有时候想了起来,似乎是不可思议的,不能相信的。

隔壁的王家嫂嫂,年纪很轻,人又长得漂亮,一见到咱家的李大哥,总是含情地微笑。李大哥虽是粗汉子,心里亦有几分明白。但是英雄哪有做暗事的道理,况且王世良活在世上的时候,亦是李大哥的好朋友哩。

王家嫂嫂近日似乎灰心一点,因为她亲眼看过李大哥和淑珍姐在一起走路,并且仿佛还很亲热的样子。但是今天晚上,她听见李大哥吹着悲哀的调子,越吹越悲哀,她晓得李大哥有心事了,自家的心里偷偷地欢喜起来。

她看见床上的小桃早已睡去,便轻轻地吹熄了灯,偷偷地走出房门来。在大门边偷望了一刻儿,才冒险地走出大门,在李大哥的大门上小心地敲了两下。

——谁?

隔了半晌,李大哥才走了出来。

——我哦。

王家嫂嫂撒娇地说。大门早已开了。

——哼,原来是王家嫂嫂,什么事呀,这样夜深?

王家嫂嫂很窘迫,一时回答不出来,终于讷讷地说出:

——没什么事,不过想来谈谈。

说话的人不好意思地低了头,在昏暗的烛光下,露出一副泛红的面孔,丰富的臀部、充实的乳房,以及浅黄的皮肤,青春的火燃烧着。

李大哥有点明白,但是他早已久仰打虎武松的大名,哪有去干西门庆那种勾当的道理。

——我快要睡了,哼,现在大概是十一点多钟了,有话明天谈吧。……

　　女的更窘迫,露出恳求的眼线来,你看见她的胸部不住地起伏着,两手焦痛般绞扭着。她不晓得怎样说话。

　　——我晓得你已勾上了那只狐狸精。

　　王家嫂嫂愤愤地说,所谓"狐狸精"者,无疑的,是指着"淑珍",李大哥亦明白。

　　——嫂嫂别胡说,你晓得我不是那样的人。不过,你说她是狐狸精,倒有点不错。

　　王家嫂嫂转怒为喜,索性走到李大哥的身边。

　　——不是吗?

　　她撒娇地一笑,忽然大步地跑进李大哥的卧房。李大哥倒焦急起来,赶快追上去。

　　——你是什么意思,你是什么意思?……

　　女的早已微笑地躺在床上,将头藏在枕头里。一句话也不肯回答,似乎是在害羞哩。

　　问了半响,问得李大哥性起,不容分说,便将床上的少妇抱了起来,女的闭着眼睛,动也不敢动;不想李大哥一口气将她抱到大门口才掷下来,等到少妇惊愕地爬起身的时候,大门早已紧紧地关好了。

　　女的又羞又气,又不敢骂出声来,装了满肚的恨气跑回家。想不出李铁牛真是李铁牛哦……

　　李大哥亦愤愤地走回卧房去,在凳子上呆坐了半天,越想越糊涂,越想越生气。在昏暗的烛光下,似乎什么都是黑洞洞的。隔了半响,大门上忽然又是"膨!膨!"两响。

　　——敢是这只野鸡再来胡闹吗?

　　他呶呶地自语着,不动身。

　　——膨!膨!

　　又是两响,但是这次大声一点。

　　——那个狗禽的混蛋?

　　李大哥一边嚷着,一边走了出来,心中很生气,捏紧双拳,一口气开了大门。

——哼,李大哥还没睡吗?

一个男子的声音,似乎很熟识,一时想不起来。

那男子畏缩地走了进来,神经质呆望着李大哥。到了烛光下,李大哥才认得那人是王八。

——原来是老王,干吗的这样夜深?

——哦,哦,一言难尽!

老王神经质地摇着头,鼠般的小眼睛一瞥到黑暗的角落就战栗起来。

——你这里有鬼吗?

他小声小气地问。

——鬼?

李大哥更为疑惑,出力地摇着老王的肩头。

——到底是怎么一回事?

——哦,哦,你有开水吗?我渴得要命了。外面真是黑暗得像地狱一般,吁……吁……

客人又是神经质地叫着。喝了两杯开水以后,才安静一点,但是全身还是不住地抖动着,眼睛里还是带着极端的大恐怖。

——几月前我听见人家说你压伤了脚,真的吗?

——脚?

客人微笑起来,仿佛对于这个问题很有兴趣似的。他诙谐地将左脚一缩。

——现在已经能走路,不是吗?那么我怎么来的呢?但是他们却叫我蹩脚,跷脚,……

客人的面孔枯黄,身体很瘦,声音亦很衰弱,活像死人似的。

——你相信有鬼吗?

沉默了半晌,客人忽然神经质地问。

——有鬼没鬼横竖没什么鸟关系!今天夜里你真的看见鬼不成?

——吁……鬼!鬼!多么可怕呀。

老王将头埋在手里,全身不住地战栗着。

——什么样子?

李大哥打趣地问。

——可怕极了。吊死鬼！哦！吊——吊死鬼！长舌头,红得像血一般,咿咿地叫着,哦,哦……

李大哥出力地摇着客人的肩头,忍不住大笑起来。

——你喝了多少酒呢？

——那鬼追着我,凶凶地追着我,我跑了又跑,哦,哦,多么可怕呀……她要我的命——

——女鬼吗？

——是,是。

——在什么地方？

——我——我的家里。

——你真的看见吗？

——为什么不真的,幸亏我跪下来磕头,求她饶命——

——嘿,那么嫂嫂到哪里去了呢？

——呀——

客人大叫一声,全身缩做一团,眼睛突出,带着极端的恐怖。

——什么？什么?!

李大哥倒是吃了一吓。

——就是她,就是她……

——你疯了不成？嫂嫂几时逝世？

李大哥仍旧出力地摇着客人的肩头。

——就是她,就是她,她吊死了！哦,多么可怕呀……

——嫂嫂吊死?!

李大哥再吃了一吓。

——什么事情？到底什么事情？

客人忽然沉默了一刻儿,呆望着微暗的烛火出神。摇摇头,小声地自语着。

——你晓得,我的老婆是,哼,你有香烟吗？简直三天没抽烟了,哦,哦……

——恰巧还有一支,抽你妈的去吧。

客人喷了几口烟以后,将头向后一仰靠在壁上,然而接下去!

——你晓得,她平日是个很好的妇人,哼,当然喽,要不是这样,她为何肯替我养了一个儿子呢?就是为我压伤了这只脚啦,我不得不停工,但是家里的费用完全由她一人独力支持,为着我这只倒霉的脚,哦,不但另要饭钱,还要种种的医药费……你晓得,她只是一个女纱工,每天的收入亦是有限的,但是她很勤苦,还去做夜工,哦,哦,想起来,我多么对不住她呀——

老王神经质地啜泣了起来。两只拳头极力地握紧,几乎要流出肉汁来。

——你晓得工厂方面不但不肯津贴医药费,连工薪都不肯照发。我的脚是工厂的机器压坏的,当然他们应该津贴我,但是他们不,不,不——

老王又是神经质地嚷了起来,面孔由恐怖变成愤怒,牙根咬得咿咿地大响着。

——你懂什么是模特儿吗?

——模特儿?哼,是不是裸体的意思?

——我"亦"不大晓得。

老王狠狠地喷了一口烟,望着对面的破壁出了一回神。

——大概是裸着体给人家画的那种玩意儿。

——那跟嫂子有什么关系呢?

李大哥老老实实是粗汉子。

——起初我亦不晓得,前礼拜我脚复原以后,一跑出门就被人家们喊做"蹩脚乌龟",到了工厂亦是这样。散工以后,我一直跑回家,她愉快地跑出来迎接我,不想被我愤愤地推了一跤。你晓得,我那时多么生气。

——好,你这鸟婆娘,在外面干了好勾当,害得老子还有什么面目!

——什么?什么事?

她还在装幌子哩,惊愕地爬了起来。

——什么,什么,还有鸟什么,我是"乌龟",那么你是什么?

——哦,你别听人家乱说。

她还很镇定,还想瞒我。

——你这鸟贱人,儿子已经养得这样大,还干那种不知耻的勾当,哼,还能笑哩——

——到底什么事,说个明明白白,别这样黑狗血乱喷人家——

她亦生气起来。

——什么事?!你还问得出,你这鸟贱人,自从你嫁到老子这里来以后,老子对待你敢有半点差儿,好不识羞!——

——你说,你说,你说,我什么不"识羞"?

——还能倔强哩,哼哼,一不说二不休,老子索性与你这鸟贱人讲个明白明白:你当过模特儿吗?

——哦!

我看得出她的眼睛里带着惊惶,但是即刻恢复原本的镇静。她不说什么。

——现在,你这鸟贱人,还有何话说呢?何不再挺起胸膛来倔强呢?为何不再响一声呢?哼,哼哼……

——尽管骂下去好了。完全不想一想你生病时候的药钱和饭钱那儿来的。

——哼,哪个要你爱惜,你倒不如让我死了还干净哩。

——我这样做亦是万不得已的,并且对于你亦没什么害处,我对待你不是与从前一样吗?不是吗?

她开始啜泣起来,抬起恳求的眼睛瞥我一眼。

——谁稀罕你这鸟贱人,什么鸟一样不一样,老子的面皮被你完全糟坏了!

后来我又骂她一顿,我自己亦忘记骂她什么,不过我记得是很凶的,她只是哭着,求我饶恕,跪在地上哀求。我睬也不睬她。

谁晓得,哦,天呀!

老王又是神经质地大叫起来,将烟头向烛光凶凶地一掷,露出像要吃人的牙齿,随即狞笑一阵。

——后来呢?

李大哥镇静地问。虽则就是他不问,心里早已明白,他还是顺口哼了一句。老王只是神经质地狞笑着。

现在已经是十二点多钟了,虽则两人很疲倦,可是还很兴奋。沉默和黑暗统治了一切,李大哥不说什么。他不愿意说什么,桌上的烛头已在作最后的挣扎,一闪一闪地发光,映在污秽的壁上,更显得空虚和寂寞。

——我不敢回家去了。

老王半开着眼睛,咻咻地说,声调里有点沙哑,因为刚才太用力的缘故。

——真的有鬼不成?哼,你在这里住几天亦好,养养神,然后回去——

——要我回去干吗的!我对于人生已憎恶了。我的一生没什么快乐,没什么幸福,或许有人问你,你到底为谁而工作呢?你回答得出来吗?哦,多么笑话了……

——好好,老王,你要住在这里,就住在这里吧,横竖这样大的房子空着亦没什么用处。

李大哥说了以后,伸起双手,打打呵欠。显然有点疲劳的样子。

——不,我只要借歇一个晚上,明天我就要开始流浪了……我七岁的时候就开始工作,直到现在二十九岁,没有一天不工作,没有一天不忙碌,究竟是为着谁呢?究竟得到什么结果呢?我还有什么希望呢?还有什么——

——喂,老王,你不是有一个五六岁的儿子吗?

——儿子?

客人的面上泛流过一阵暗影,随即露齿而笑。

——他,他已被我杀死了,好不痛快,好不痛快,哈,哈,哈……

——你——你杀死你自己的儿子?

李大哥从凳子上跳了起来,不相信地睁着注神的眼睛。老王冷冷地微笑,两脚交叠起来,他的头又是向后一仰靠在壁上,眯着淡黄的鼠眼。

——你!你亲手杀死你的儿子?!多么残忍呀!

——一个孩子,因父母的罪恶而受一生的侮辱;这是更大的残忍。你想想看,当他在街上走的时候,被人称做"杂种""小兔子"——

——天下总有公理的。

——呸,多么好听!公理!公理!我告诉你,厂主就是公理,富翁就是公理,受贿赂的法官是公理,哼——

——无论如何,你总不应该杀死你的儿子,这是犯法!

——我生儿子既不犯法,那么杀儿子有什么犯法呢?

——你是天下最大的罪犯!

——而你却是天下最大的傻子!

微微的烛火似乎已经厌倦这种无谓的争辩,早已点一点头瞌睡起来了。房中黑暗,空虚,冷静。

遥远街灯漏进来的光线又低微又凄暗,望出窗去,依旧还看得见几颗暗淡的星儿。李大哥疲倦地叹了一口气。

——睡吧,将一切交给就要到的明天吧,人生是不可思议的。

两人随便地躺下身,夏之夜风轻轻地吹进窗来,在身上抚慰着。老王翻了几下身便就睡去,但是李大哥的心事却多着哩。

过了半晌,老王忽然喃喃地呓语起来,时而大笑,时而大哭。

——呀,宝贝,你今年几岁?十岁?不对,不对,是四岁,懂吗?一二三四,谁给你糖哇?妈妈?妈妈在什么地方,去烧饭?宝贝,喊声"爸爸"才抱你,呀,你这顽皮狗……

——几点钟了,宝珠?五点?你又要去做夜工吗?哦,太辛苦你了,你亦应休息休息。倒杯开水给我,谢谢,你待我真好呀,嘿,你瘦了不少,你看看你自己的手,都是骨头呀。你说什么:不要紧吗?难道我比你要紧一点?笑话,你真是一个好妻子。好,再会,不,不,先给我亲个嘴,咽……早点回来……

——宝贝,谁给你这花儿?好香!刘家妈妈?哼,妈妈回来了没有?没有。嘿,你哭什么?人家骂你?!骂你什么?"小乌龟"?谁?谁骂你?哪一个王八蛋?他为什么骂你"小乌龟"呢?不晓得。哦,哦,乖乖,别哭,妈妈就要回来了,唔,唔……

——哦——噢噢——乖乖,你流血呀,谁杀死你?爸爸?我?哭得好悲惨呀。不是我吧?不是我吧?!妈妈呢?妈妈呢?妈妈来了,哦,多么怕死人呀?吐着这样长的舌头,噢噢哦,饶了我吧……

——什么?你们丢下我,走了?为什么跑得那样快呢?等一等,亲爱的宝珠,等一等,好儿子!你们头也不回,多么残忍呀,噢噢哦,鬼呀,吁哦,鬼呀……

接着是一阵极凄惨的哭声,在黑暗中,在深夜的寂静里,这样的哭声类似荒原墓中的磷火在骷髅中延续着,或是像黑暗深林中,忽然听见鬼灯哥的哀叫一般;就是李大哥这样的好汉子,也不免冷抖起来。

过了一点多钟,他还不能睡去,今夜的刺激实在太厉害了,他竭力想探讨这件悲哀的事应该由谁负责。那个画模特儿的学生吗?不是,这与他没有什么大的关系。想了半晌以后,他才决定应由厂家负责。

不错,机器压伤了人。厂家应该津贴医药费和生活费;厂家实在太可恶了。大家劳苦地过了一生,为的是什么呢?为着给厂家乘汽车、逛窑子、打扑克、垄断商场、强奸女工,以及其他种种不良的勾当吗?……

夏天的深夜是阴凉的,轻风在街上蹑脚地走着,天空又蓝又黑,星儿耀耀。几朵白雪浮雕般在天上彷徨着。远巷时而有一两声睡意的犬吠,打破了大都市深夜的寂静。

十五

八月,淑珍小姑娘度过一种很幸福的生活,她那"会计员"是挂名的。她整天都玩着,跳舞着,一直到了厌倦。况且童梦麟实在宠爱她,每隔两天,就来找她一次。她要什么,就可以得到什么,她有汽车、金刚石、珍珠、宝玉、最新式的巴黎服、价值五十美金的高跟鞋、意大利的香水,以及她所欢喜的一切。

一天下午,她和梦麟正在花园中吃晚餐,梦麟的父亲突然过访,为的是些商业的事情。梦麟顺便地将她介绍给他的父亲,童怡南那老家伙,只是将头一点,一眼不看地坐了下来。淑珍亦晓得自家的位置只是如此而已,虽则有点生气,却不敢显露出来。

她小心地打量那个上海商界独裁的统治者,那妖精又肥又矮,两只眼睛又小又尖利,留着一簇人上人的日本须,面上虽有皱纹,但是样子还像很康健。他穿着一件淡青色的绸长衫,脚着黑缎鞋,满身都是强烈的香水味,他的声音有点粗哑,时而咳嗽。

——这次的事情我已和工部局磋商好,并且国府方面,亦早已派人去运动,大概是一帆风顺的。至于海关方面,有辛博森在那边,一定不会产生什么阻碍。我们这次的运动费虽则花了七八万元,但是至少可以得到十五万的赢利……

做父亲的抽着一支上等雪茄,淡蓝的雪茄烟圈随风飘散,两脚交叠地坐着,每每以头部的旋转来加重他的语气。说话是商人式的时而小声,时而大声,虽则这却是与自家亲儿子的谈话哩。

做儿子的喝着一瓶冰冻的汽水,似乎心不在焉地听着父亲的话,当父亲的秃头旋转的时候,他那对活泼的眼睛亦跟着旋转一下子,在父亲滔滔的话流中时而插入一两句顺口的话。

做小媳妇的淑珍小心地听了半晌,还听不懂他们谈着什么。似乎是一桩秘密的买卖,可是能够大大赚钱的。今天晚上,她穿着一套最时式的西装,身上只披着一条短短的红色丝绒外衫,下身是一条印花纹的长套裙,在薄暮黄色的帷帐中,不能不算是一个很美丽的女郎。她畏缩地坐在一边露出雪白的皓齿在咬着指头。

父亲的话随即转向"米价"这两个平庸的字,起初在淑珍的脑中只留下很浅薄的印象,但是一听到可以得到数万元的赢利,她即刻注神起来。

——当然,省政府的公文要等到明天才会送到,我早已向老虞通融好,我答应给他抽十分之一的油水,你看,又是一笔钱——

——前天我听见有谁向省政府请愿,不晓得是否是真的?

——你管他是谁向省政府请愿!省政府若没叮当叮当的"袁世凯",早已拍卖老婆了……

——报纸说我们是奸商,什么操纵米价——

——你听他们放屁,他们敢指出谁是奸商吗?这方面你尽管放心,我早已叫老戈去安置,保你没有一粒米沦出仓来,哈,哈……

绿蒂捧着一盘的苹果走过来,鲜红的苹果在美丽的银盘上映出一种动人的异国的情调。梦麟最讨厌男侍者,所以服侍他的人多是年华二八的女郎,并且必须是活泼可爱的。

——爷爷,吃苹果吗?

老头子摇摇头,偶然瞥淑珍一眼,似乎有点惊愕。

——哼,密斯,贵姓?

——刚才我不是早已介绍给你过?

做儿子的有点不识趣。

——奴就寒姓柳。

——什么学校的毕业生?

——圣玛利亚。

梦麟抢进前去回答,向妻子偷瞥了一眼,妻子点点头表示同意。

——是不是梵王渡那间外国尼姑庵?

父亲好像故意要打趣,三人都笑了起来。梦麟再补充一句:

——那儿的校规实在很严厉的,但是学生大多是好的。

过了半响,父亲的话又是转向商务那方面去了。父子两人亲热地谈起金价银价等等,淑珍实在有点不耐烦去听,但是又不好意思走开。

她望望蔚蓝的天空,暮色苍茫,晚霞早已消失,小蝙蝠低低地飞着,遥远大建筑物的轮廓鲜明地划着天空,夏天已在树叶的萧索中瞌睡了。

邻园有一阵动人的凡娥琳声,随风飘荡,时远时近,似乎是在拉着 Holy Night,过一刻儿,好像却是一支西班牙的小曲,时而低微,时而激昂,忽而又像母亲的催眠歌,使寂寞的淑珍忆起早日的童年,童年糊糊的记忆向她的心泛流过来,她仿佛以为自己还是一个小孩子,躺在母亲的胸前半睡着,在薄暮的寂静中,她依稀听见母亲温柔的催眠歌!……

——淑珍,你疲倦了吗?

——噢。

淑珍吃了一惊,一睁开眼睛才晓得自己是睡在花园里。梦麟伸手抚着她的头发。

——你的父亲呢?

——滚蛋了。你讨厌他吗?

——有一点。

——噢,你这大胆的好媳妇!

——可是你呢?

她给他一个长长的接吻。

——我们到月华饭店去好吗?

——谁高兴那种无聊的跳舞。

淑珍的嘴虽是这样说,早已站起了身,跑到化妆室去重新修饰一会;半点钟后,这对半公开的夫妇便在骚动的跳舞里了。

他俩拣了一只较为清静的桌子,傍着一个大窗,夜风阴阴地吹着。跳了一回舞以后,似乎仍旧是有点不舒适;舞女憨笑的声音,乐队骚乱的 Jazz,酒味烟味混杂的空气,强烈刺眼的电光,袒露的胸与大腿,少女燃烧的眼睛,这一切对于淑珍都已变成平庸和有一点讨厌了。她欢喜一点什么新的有刺激力的。

——你有朋友吗?

——朋友?

梦麟呷了一口香槟,放下酒瓶才接下去。

——太多了!都是些很讨厌的东西。开口是"袁世凯",闭口又是"钞票",好不讨人厌,我故意避开他们。

——我的意儿是你这里有朋友没有？

——这里？为什么没有，不过仍旧是讨厌的；尤其是那些舞女——

——男朋友有吗？

——你要他来做什么？大多蠢得像牛一般——

——那么有学问的——

——呸，有学问到什么地步呀！

——譬如大学生。

——大——学——生——哦……

梦麟将头向后一仰，嘲笑地念出这三个字，随即伸出两只指头来敲桌子。

——艺术生专门画年轻的模特儿，一看到女人，就像饿鬼一般，至于文艺生呢？肚子里尽其量也不过是学胡适之几句狗屁不通的"新名词"，青春的Romavel 啦，安那琪主义啦，人道主义啦……

——哈啰，密斯脱童。

一个大学生模样的青年忽然走近来。

——怎么，老朱？你几时回来的？

——昨天夜里。哼，这位密斯贵姓？

梦麟站起身介绍一回，于是三人再坐下来了，据丈夫的介绍，淑珍晓得这个漂亮的青年是上海大学的毕业生，一个"都市文学家"，带着一副热情的蓝眼睛，声音很响亮，所有的姿势和举动，无疑的，是在模仿着范伦铁诺。就是他的名字，亦很有诗意：朱流痕。

流痕的话很有趣，常常引起人家的大笑，当然，尤其是女人们。他请求淑珍同他跳一回舞，梦麟不说什么，淑珍自然不会拒绝的。

在跳舞中，他不断地赞美淑珍的美丽，淑珍不好意思地低着头，虽则她的心里很欢喜；同时她亦很佩服对方脚步的自然和谙熟，况且眼睛又是那样热情的哦。

淑珍姑娘从婢女绿蒂的话中，已得到许多关于丈夫的暗示，她晓得丈夫是一个多爱主义者。同时，从自己过去的经验中，她能够断定丈夫对于她全无爱情，只是肉体的追求罢了。

她的物质享用已经够了，她需要一点精神上的爱抚，一点点，一点点亦好。

有时候,在最烦闷中,她每每想起那个爱她的李大哥,最低限度,她晓得他是实在爱她的。

——你很可爱……

流痕忽然低下头来轻轻地说。淑珍含笑地瞥他一眼,仍旧有点不好意思。

在白色电光交流之下,乐队骚动地拉弹着,旋律的脚在光滑的地板上浮流着,火般的嘴唇和燃烧的眼睛,丰富的臀部和高耸的乳房,半裸的大腿和斜倚的肉体,青春的沐浴和浪漫的陶醉,黄色的抖动和紧张的空气……

十六

傍着苏州河的支流之 Villa Rio-Rita,一支骚动的 Saxophove 正在乱吹,白衣的仆欧敏捷地有礼地飞来飞去,完全没露出鲁莽的样子。香槟酒红着脸在绿色透明的玻璃杯中泛流着。

现在是薄暮,深秋的气息在树叶中蹑足地走着;树荫下的人们,似乎还未觉到,仍旧笑着,低语着,或是喝着酒。空气里充满着汗味、香水、酒精、粉气的混合物,人人都陶醉于梦般飞跃的兴奋中,病人般黄色的灯光倒照在黑黝黝的小河流上,河水悄悄地流着。

傍着河,在较为僻静的一个角落里,一对年轻的男女亲热地坐着,铺着白色巾的桌上放着三只空的啤酒瓶,女的眼睛燃烧地发焰,男的脉脉地微笑着。

——在香港的梦麟,真的连梦也想不到有这种的幸福吧。

男的得意地说。

——唔,你别替他悲哀,天晓得他在香港有几个女人哩。

女的托着腮,默默地望着迟滞的苏州河。声音里有点激昂,或许因为酒喝得太多吧。随即深深地叹了一口气。

——不爽快吗?我们再跳舞——

——谁高兴!实在有点讨厌——

——人生何不是这样呢!?

男的亦是一个感伤主义者。这几天他正在读着《少年维特的烦恼》,在梦中,每每将女的当做绿蒂。

——跳舞简直是癫痫病,使人的神经麻痹,结局仍旧是烦闷。哼,流痕,你结过婚了没有?

——结婚?

男的诙谐地摇摇头。发焰的眼睛开始向对方容易受惊的明眸射击。夜风阴阴地拂面。

Rio-Rita

Senor-Rita
When you are nearer
Lifo is completen
……

留声机逗直着喉咙,在郊外薄暮绿色的寂静中,动人地唱着。乐队似乎在休息,像黑黝黝的苏州河般迟滞着。

——划划船玩好不好?

——你懂得划吗?不要弄翻了船——

——唔哼唔。你放心。

两个紧偎的人影,在葡萄树荫的小码头上下船。船里很湿。

——我的一生,从来没像今天这样快活。

男的默然,桨声在寂静的河流上,发出很优美的节奏。隔了半晌,忽然感伤地喝起"In the cradle of three deep"来。

女的两手托着腮而倾听,在夜阴里,黑暗蒙蒙地包罩着一切;淑珍白色的衣裳微微地发光,像是一个虔诚的少女,垂着头跪在神圣的墓前,默然庄严地忏悔着。

遥远都市的骚乱在这里已经完全不能听见;河的对岸是黑黝黝的农田,田上似是稻的植物被风吹得沙沙作响,波纹般地起伏着。月亮还没上来,天上只有几颗淡淡的小星。

——老实说,你欢喜梦麟吗?

——唔哼唔。不过不爱他罢了,他那广阔的肩膀和微松的头发倒还有点可爱,只是性子有点太鲁莽,脾气又不好。当然,他是不敢向我发脾气的,但是看他那样子对待别人,实在有点使人厌恶,况且又是一个多爱主义者——

——多么不知足!

男的附和一句,要不是在不透明的黑暗中,你一定看得见一副阴险的微笑。

——不过他的宠爱我已够算好了,我要什么,他就给我什么,但是为着什么呢?当我年老的时候,当我的颜色消褪的时候,当我的青春幻灭的时候,他要怎样待我呢？我害怕，我实在有点害怕……

男的仍旧默然，心里暗暗地欢喜，时而插进一两句顺口的话；在黑暗中，仍旧是一副阴险的微笑。

——我需要真实的爱情！

女的终于说出来了，两只雪白的小手在黑暗中绞扭着。声音是微抖的。

——唔哼唔。到岸了。

在舞厅里仍旧是紧张和混浊，骚乱的Jazz疯狂地叫着，绿色的灯光在平滑的地板上投下摇动的倒影，阔的洋裤子和肉感的大腿，燃烧的嘴唇和热情的眼睛，高耸的乳房和肥商的秃头，长头发的艺术家和高臀部的卖春妇，一切都是错杂的、疯狂的、骚动的。

——跳吧！

流痕着魔地叫着。

——青春的飞逝是迅速的哦。

淑珍重新振作起来，你看得见她的心亦在燃烧着，于是这群黄色的摇动的"肉堆"，增加一支生力军了。

——流痕！

——什么？

——放松一点，规矩一点吧。

男的俯下头来，看见一副含情脉脉的微笑。在微弯细小希腊式的鼻子下，是两片石榴色燃烧的嘴唇，唇下是非常优美的、鹅般雪白的头颈。

——你的头颈真美丽呀！

——美丽不是永远的。

女的含意地低语，含意地微笑。

——永远就没有美丽了。

——哼，又是杜威博士哲学的臭味！你曾见过绿珊夫人没有？

——当然，从前是同学的。

——噢，那么你和她很熟识吧，听说很美丽是不是？

——但是没你这样美丽。哪儿及得到你！

——胡说！

声调虽则是生气,但是亦有点得意。

——梦麟到香港去,究竟为着什么事情?

——天晓得!据他说是去清账,那边又有战争,我劝他别去;但是他说越有战争越可赚钱——

——他做生意的本领真是了得。

——除此以外,别无它长。

淑珍恨恨地说,又是含意地瞥对方一眼。灯光错杂地点在她那大理石般苍白的前额上。

他们紧偎地走出 Villa Rio-Rita 是十一点多钟了,夜风阴阴拂面,渡船的撑篙声轻轻地响着。月亮光辉地照着寂静的河流,天上的群星繁耀。

——现在呢?

男的小心地问,驾着车机,迅速地开向愚园路去。

——回家。

女的咬紧下唇,又是向漂亮的男伴瞥了一眼;无疑的,她还在等着对方说出一个字,为了那个字,她可以牺牲一次。

——梦麟几时回来?

男的有点踌躇,小心地注视着对方的神情。

——哼,大概后天吧。

回话的人,心里亦有点焦急,想不到男子竟然这样小胆。她望望路旁轮廓模糊的建筑物,随即再带着恳切的眼睛望着身边的男子。

其实男的并不是小胆,这种事情早已成为他的家常便饭,唯一使他踌躇的,只是良心上的谴责:因为梦麟是他多年的好友。况且不久他就要和别一个女人结婚哩。

曾经在一个时候,他是一个很善良的青年,很自负的青年。在那一次轰动全国的五卅惨案中,他是站在示威队前列的人物。他对于一切爱国运动都很热心,备受全校师生的称赞;但是离开学校不到一年以后,早已变成一个无耻的、堕落的、金钱与肉体的追求者了。正像"五卅"以后一般的大学生,成为姨太太的玩物了。

当然,像普通一般大学生的遭遇,他亦曾有过一次甜蜜的初恋。初恋淡青色的记忆似乎是永远不能磨灭的,它每每在冷静的咖啡店里,夜阑人散的欢宴上,安息日遥远教堂的钟声中,像海燕般掠过他的心,一对忧愁的天真的眼睛,即刻在面前出现,一种天鹅绒般的声音在那边轻轻地诉说,还有面颊上的珠泪哦……

到了童家花园的门口,女的失望地叹了一口气,将披在身上的大衣拉紧,便就走下车来。在黑暗中,男的看得见对方苍白的前额和闪烁的哀怨的眼睛。

——Good night

——Good night

女的橐橐的鞋音在花园中消失了,男的似乎有点懊悔,恨恨地将半截的雪茄向路旁的电灯杆扔去。

夜是阴凉的,已经有点冷意了。海滨吹来的东北风在都市的各处飘荡着,落叶萧索,像是叹息一般,哦,秋深了……

十七

第二天,流痕再也忍耐不住了,在床上躺了半点钟,看看契诃夫的小说。对于平日所崇拜的契诃夫,不晓得为着什么,忽然觉得憎恶起来。

——望出窗,青翠的树叶已经有点带黄,似乎故意要给他晓得青春如梭地飞逝;现在即是烦闷,索性给它烦闷到底吧。

经过几番踌躇以后,他终于突地走到电话机边去了。

——哈啰,是童公馆吗?

——是。

一个年轻女子的声音,流痕认得出那是谁。

——淑珍,是你吗?噢,你的嘴过来。

——什么意思?

对方显然有点疑惑。

——你晓得,我多么爱你!……

——噢,真的吗?你的嘴过来!

两个嘴放在远隔的两只收音器上——都市的诙谐,电流的接吻——

——我们今天再在昨天的地方聚面好吗?不?为什么?生气了么?那儿太骚闹?那么——

——你到我家来好吗?……

——噢,darling,那不行,他们会晓得的。那么,我们在戏院里相会好不好?哼,你欢喜那一间呢?卡尔登?好。我替你定座位,我在门口等你。两点三刻好不好?什么?太热吗?那么五点一刻吧。千万不要忘记哦!什么?你还没起床了。噢,多么懒惰!不要失约呀!……

——再见,你的嘴!

女性可爱的声音随即消失,男的还是拿着听筒不肯放,他的眼睛看见充实的乳房、丰富的臀部、初醒惺松的眼睛、松乱的短发……

从窒息的戏院出来的时候是七点多钟了,男的将女的硬拖到一间咖啡店里去。今天天空阴暗,秋雨霏霏地落着。

这间艺术化的咖啡店并不为着下雨而减少生意,还是极热闹,但是比舞场较为平静点,因为客人是"艺术化"的。从淡紫色的天花板一直到蝴蝶般的侍女,浪漫的艺术气味弥漫着。有戴红色 French-cap 的少女,有庄严的大学教授,有长发披肩的画家和诗人,有短裤子的新闻记者,有猪似的外国水手,有沉静的独身者,有蓝眼睛的高等卖春妇……

他们坐下来的时候就听见一片骚乱的笑声,三四个大学生向一个年轻的侍女在调笑。

——不行,一定要给我一个 Kiss!

——别胡闹,别胡闹!

那个侍女显然是新来的,面孔涨得很红,在一个青年的手臂中挣扎着。

——一个 Kiss 算是什么!

旁边一个画家模样的学生亦在嚷着。淑珍有点埋怨地瞥流痕一眼。

——怪讨厌!

男的默默一笑。用猛力地敲着桌子,淑珍倒吃了一吓。那个侍女到这时才能从青年的臂上挣脱出来,赶忙跑到流痕的身边。

——先生,什么?

——啤酒。

那三四个大学生似乎有点生气,好好一个 Kiss,却被人家抢走!他们睁着眼睛望望流痕,晓得是上等的 gentleman,不敢过来胡闹,随即摸着鼻子滚开了。

不久,那只桌子又有三个青年来承接,一个要黑咖啡,一个要牛乳,一个要汽水。多么滑稽!

——听说这几天革命军很占优势。

中间一个瘦削的青年小声地说,

——你管他妈的!和我们有什么关系呢?我这几年来索性连报纸都不看,实在太无聊了。

说话的,略带鼻音,仿佛又是一个诗人。

——我们到这里来不谈国事吧。哼,老徐,你的事情到底怎样了?

——不行,不行,丽珍这只小狐狸精非常倔强。

鼻音的青年又气又恨地说：

——我不是老早告诉你过,她亦是秤金钱的女孩子。她跟天宝银楼那个江小萍打得一片热,你晓得,那是为着什么呢！

——女人都变成这样子,中国哪有不亡的道理！朱丽珍这只小狐狸精不晓得颠倒了几个——

——我倒不赞成,女人是女人,国是国,空即是色,色即是空！

那个瘦青年又是呶呶地哼着。

——只有你那个革命党才不是空！放屁！孙中山,列宁,马克思,屁,屁！

——你别胡闹,亏得你亦是常联会的执行委员,并且还读了五年杜威博士的臭哲学！……

吃晚餐的淑珍只得再将左耳塞住,眼睛望向右边去,那边桌子上坐着两个庄严的大学教授模样的上流人,一个留着仁丹须,一个戴着夹鼻眼镜,一望而知是外国留学生。

仁丹须的正在读着一本黑布皮的书,戴夹鼻眼镜的那个肥教授似乎有点不耐烦。

——你想无产阶级的专政是可能的吗？

——当然,绝对不可能的！那只是列宁们的空想,比方叫清道夫、苦力来执政,那简直是笑话了。

说话的人,洋洋地摸一摸仁丹须。

——哈啰,独特王,哈啰,独特杨。

一个中年的人忽然闯了进去,身上洒着哥龙治的香水,连相隔颇远的淑珍亦闻得见。

——吃点什么,先生？

刚才那个被调戏的蓝蝴蝶侍女飞也似的跑过去。眼睛红肿,似乎是刚刚哭过,况且声调里有点呜咽。

——看"你"有什么？

中年人调戏地说。

——哼——

初出茅庐的侍女又窘住了,不知所措地闪烁着她那对惊惶的眼睛,还是那个庄严的仁丹须的独特王较为慈善一点。

——香槟好吗?

——嗐哼嗐。

惊惶的蝴蝶再飞到酒吧间去了。

淑珍瞥流痕一眼,男的睁着发焰的眼睛在射击,她不好意地避开,将一块布丁一塞进口,便再去听听那些大学教授的高谈宏论。

——那么贵校这一学期是大大赚钱的了?

戴夹鼻眼镜的教授带着英国牛津大学一种倨傲的姿势向中年人问。

——当然。你们呢?

——却刚刚相反,唉……

——所以我极力主张将原本的计划改变改变!

中年人又带着一种胜利者的口气接下去:

——那很容易,只需像小弟略施小技,包你利市三倍!

——领教,领教!

——第一点是多多招生,凡来投考的,一网打尽。第二点是多送一点钱给胡适之博士这一类的名流,请他们做个名誉教授。第三点是多招女生,你们晓得,现在是什么时代。第四点是关于校规的方面,外严而内宽,对于男女社交不妨 ninety percent 地公开。只此四点,包你们"一见生财",哈,哈哈!

——这几点都很好,独特王你以为怎样?照康德主义的立场——

——嗐哼嗐。来季实行看看。

说罢又是摸摸他的仁丹须,刚像他在教堂里读《圣经》一般,须的上面是一颗微红的鼻子,鼻子上是一对又慈善又阴险的眼睛。

咖啡店的空气是淡紫色的,闲适的,沉静的;假如你是一个独身者,坐在僻静的角落里,喝着一杯浓咖啡,或是抽着一支香烟,双手托着腮沉思地听着街上的细雨,而在红绿的华灯下追求着旧的记忆,那或许是有点悲哀的吧。

固然,倘若你是一个年轻的卖春妇,疲倦地紧偎在一个外国水手的身边,陪着你那讨厌的主顾,狂喝着啤酒,狂抽着烟,并且还须时时微笑,时时回答那种淫污的问题,那么,或许是有点烦闷吧。

可是,你若像流痕这样幸福的人,他的身边坐着一个年轻的美丽的贵妇,他的身边有卷曲的佛罗里达式的黑发,有大理石般洁白的前额,有苹果般鲜红的面颊,有青春燃烧着的眼睛,有富于弹性的樱桃般的嘴唇,有天鹅般又柔软又优美的头颈,有充实的,使画家发狂的、使诗人忧伤的乳房……并且又有这样优美的声音,高贵的姿势,含羞的浅笑,发焰的眼光,那么,谁不会快活呢?!

餐事用完以后,他们走出来的时候,淑珍看见那个蓝蝴蝶的小侍女在酒吧间偷偷地哭,旁边站着一个似乎是店主的肥汉。

——不,不,我一定不!

侍女歇斯底里地叫着。

——你这小妖精倒这样倔强,一个夜里十元钱还不满意吗?

——千元我亦不干!即是耻辱的!

……

以后的话淑珍虽则没有听见,但是她早已明白。流痕似乎是在想着别的,抽了一口很长久的香烟。

天上还落着霏霏的细雨,街路迷离地映着商店的倒影,遥远大建筑物在蒙蒙的暮雾中露出模糊的轮廓,天空是银灰色的,好像很沉重似的。

——现在呢?

要开车的时候,男的带着一种神秘的口吻问,女的瞥他一眼,不说什么。

——我们还有许多话要谈谈。

男的自语似的说,车子随即开了。直到一间大旅馆的门口才停住。

在一间六层楼的房间里,淑珍安静地靠在窗上,天已黑了,海上轮船的钟声沉重地缓响着。楼下的街上,虽则在雨中,还很光亮;"黑匣子"的行列像龟似的爬着,触灯溜来溜去。夜雨霏霏地落着。

十八

梦麟从香港回来以后,就决定扶淑珍做正房的妻子;不久以前,绿珊夫人因难产而逝世了;据 Saint Lous 的女看护妇说她是背了雪莱的夜莺曲,然后断气的。

但是"扶正"的事情并非极简单,还须得到公公婆婆的同意,梦麟虽则是极"开通"的人,对于这一点,还认为人伦大道。幸亏事事都有绿蒂暗中的指点,好容易才成为一个堂堂宏宏的正房妻子。

至于报纸方面,自有梦麟的秘书去安排,几乎每种报纸都刊载梦麟"续弦"的消息,在许多恭维淑珍女士的文章中,都有她的一张玉照,并且还捏造许许多多光荣的衔头哩。

但是都市文学家朱流痕的对于淑珍,却亦不因为自家的结婚而决绝;他们还时时秘密地幽会着,像普通大学生对于官僚、政客、富豪的姨太太一般。

有时候,在深夜里,在夜雾的迷濛中,在寂静中,淑珍独自一个人在花园中散步,道德的观念每每不安地浮上心来。为什么自己堕落到这样的地步呢?这是"堕落"吗?梦麟不够算一个善良的丈夫吗?不满意吗?为什么还常常和别个男子幽会?肉体的追求?浪漫?……罪恶?淫妇?……

但是当她再在骚闹的舞场里,或是在别个男子强壮的手臂中,她再屈服了。那是"爱"吗?不!不!那么是什么呢?……

一个天朗气清的下午,绿蒂走进来说外面有一个褴褛的孩子要见她——孩子的名字是九斤。淑珍很窘迫,虽则房子里没有客人,可是若给一个仆人晓得,那就更糟了。巧慧的绿蒂懂得她的意思,于是就细声地说:

——太太,我秘密地带他进来好吗?

——好,你真乖觉。

女主妇快活地微笑,绿蒂随即飞去了。过一刻儿,九斤儿畏缩地跟着绿蒂走了进来,睁着黑溜溜的大眼睛,惊惶地望来望去;一看到淑珍,似乎很惊愕,一声亦不敢响地,呆呆地站着。

女主妇向绿蒂摇一摇头,绿蒂即刻走了出去,顺手将门关好。外房里只剩九斤和她两人了。

——好呀？九斤，不要怕，过来一点。

女主妇温和地说。孩子还是有点惊愕地，缓缓地移动着脚走近来。还向四周探望看看。

——家里的人都好吗？

——大家都平安。

淑珍从桌上拿下一小匣的紫古力糖，方块的糖包在闪光的锡箔里，上面还配着红色青纹的纸条。

——你现在还在卖报纸吗？

——是的，三姑。

——快活吗？

——很快活。

孩子吃着糖，面上勉强造出一个微笑，淑珍晓得他是"撒谎"。

——你的妈妈还在工厂里做工吗？

——是。

——你的妹子会走路不会。

——能够走一点。

孩子很欢喜人家提到他的妹子，他爱他的妹子，几乎更甚于他的父母。

——她还能叫妈妈，爸爸，实在很可爱，她还能叫我呢。

——叫你什么？

——哥哥。

孩子模仿妹子不大正确的叫声，还做了一个滑稽的姿势。

——噢，你倒做哥哥了。

九斤刚进来的时候是带着一副惊愕的面孔，隐约地带着几分烦恼，但是现在却大大欢喜了。他小心地望着淑珍的服饰，他似乎很奇异。

淑珍忽然想起一个人来，但是又不好意思开口问，谈了半晌，才拉上题来。

——李大哥近来怎么样？

——还好。还常常到咱们家里来打听三姑的消息。

孩子质朴的答语使淑珍有点不好意思。

——他仍旧在那工厂里吗？

——哼，不，他现在到爷爷那边工厂里去了。

——噢，那么爷爷现在已经不拉黄包车了吗？

——是的。

隔了半晌，孩子好像忽然想起什么似的，面上露出踌躇的神情来。

——什么事？

淑珍晓得九斤的来访不是无因由的。

——我刚才忘记对三姑说，前天公公撞伤了脚。

——什么？

淑珍从沙发上跳了下来，惊愕地问。

——被汽车撞坏了左脚。

——汽车？什么汽车？谁的汽车？在什么地方？

——在马浪路。

——公公脚断了没有？现在在什么地方？

——同仁医院。脚没有全断。血流得极多，真可怕呀……

孩子好像要哭出来的，同时亦好像很愤然。

——开车的人怎样赔偿损失？

——没有！

孩子紧咬着牙根。

——没有赔偿？！

——捕房不理，他们说是公公自己不好，但是据一同走的人说，汽车连——吹一次警笛都没有，况且又在转弯的地方。

——捕房不理？！谁的汽车？

——我不晓得。

——什么号数？

——一〇〇六。

——噢，姓杜的是不是？

——大概是吧，据说是什么捕房的华董。

——对了，对了。多么可恶！

起初淑珍颇愤然,但是一想起自己与长七公公的关系若泄露出来,那不是受到更大的创伤吗?

——脚撞坏不要紧,还需要药费、房间费——

孩子不安地讷讷地说。

——那么你是特地为这事来找我的吗?

——是。

孩子睁着注视的大眼睛。

——那么你们是想借点钱是不是?

——是。家里已经很穷——

——我不晓得,这拿你去。一百元钱。小心藏好。

——喔,太多太多了,以后我们没有力量还你。

——你这小顽皮!我现在不算是"我们"了吗?用不到你们还的。

——真的吗?

孩子又惊又喜,双手小心地捏着那叠钞票,随即迅速地谨慎地放在衬衣里。

——还有这个。

淑珍将那匣紫古力糖给他。

——噢,我不晓得怎样谢谢三姑。

——好孩子,现在回去吧。

——好。

——哼,慢一点,你回家去对妈妈说我这几天很忙,我若有空就去望望公公和你们,别忘记呀。

——记得的。

淑珍按按铃,绿蒂随即进来带孩子出去。刚刚走到门口,淑珍忽然跑近去。

——等一等,九斤。

——什么事?三姑。

——你自己一个人来吗?

——不,王二哥拉我来的。

——王二哥？哪一个王二？

——王家妈妈的儿子,那个烂头的——

——噢,我倒忘记了,那很好。路上当心呀。

孩子欢天喜地走出去了,过一刻儿绿蒂再走进来。面上总是笑。

——笑什么,你这歪嘴丫头。

——他送我一块紫古力糖,我不要,他再送我一块,我看他很窘迫,只得收了下来。你看这不是很好笑吗?

——他是一个很乖觉的孩子。

淑珍自语着,深思地凝视着窗外遥远的天空,白云缓缓地浮动着。

十九

因为家中忽然减少了长七公公的收入，大家不得不更努力地工作。柳兴拼着命亦去做做夜工，日夜都在煤屑汗味之中，极少休息的时间；不到几天，身体上显然已瘦了不少。丽姑很忧虑，很会体贴丈夫，不像初到上海来那时候了；二年来辛苦的劳动已将她磨成一个有铁般意志的妇女，对于世上的一切已有正确的判断力。

对于淑珍的幸福她并不羡慕，反而倒替淑珍很担心；因为她晓得百万富豪的心是反复无常的，尤其是那些年轻轻的风流鬼。况且当一般的妇女还在度着极辛苦的生活的时候，她独自一个人像淑珍那般舒适，似乎是不应该的。

从长七公公被汽车撞伤的事件中，她学习到，并且促进了她那阶级意识的自觉，于是她才认识那种有危险性质的工会是什么，它的目的是什么，它的任务是什么，它有什么权利，它有什么势力。当然，在这时候，厂中已有许多革命党的宣传员，秘密地组织着各种团体，暗中煽动着。所以，在极短促的期间中，她已加入工会工作了。

虽则李宝章的大刀队在各处巡逻，虽则孙大帅逆党格杀勿论的广示遍街皆是，虽则厂家用更残暴的手段对付工人运动的领袖，虽则每日有十人以上的同志被枪毙；虽则报纸上只是刊载革命军失败的消息，工会领导的斗争仍旧是不挠不屈的。

咱们的李大哥老早就是工会的会员，好几次劝柳兴加入，柳兴总是含糊置之，直到这次父亲被撞伤的事件发生以后，他才真实觉得统治阶级和资本家的可恶，他才明白大家为什么需要工会，以及工会是为什么而存在的。

在工厂里，他是一个很勤的工人，在工会里，他是一个很忠实、很热诚的会员，虽则他没有许多空闲，他还是到工会去听人家的演讲；当然，有许多新名词是他所不懂的，但是演讲完结以后，有人会解释给他听，他才晓得什么是革命党，革命军是民众的军队，大家应该竭力拥护的。

对于这一切，李大哥比他熟识得很多，李大哥是识字的，能看看三民主义这一类的书籍，现在他已是小组长了。在星期日的下午，他不再吹起悲哀的横笛了,其实,他连这种空闲都没有哩。虽则,有时候,还能忆起淑珍,那不过是偶然的罢了。

至于九斤儿,他已成为一个很能干的小革命党员了,他在各处贩卖着报纸,同时亦散发革命党传单。他曾被捕一次,但是两天后就放出来,因为捕房将他看做"愚蒙受欺的小孩子"。

在家里,丽姑每每以那种从别人处听来的革命理论解释给九斤儿听,她希望他成为一个革命的儿子,因此,九斤儿对于阶级的斗争亦有相当的认识。所以那次的被捕只是反而巩固了他对于革命党的信心。他在狱中,曾亲眼看见革命党员受到怎样残酷的虐待。在狱中,他看到党员勇敢无畏的精神,他曾亲眼看见女党员被典狱强奸,他曾亲眼看见统治阶级怎样毒杀狱犯……

二十

红绿色的华灯,辉耀地照着一切。人们笑着,叫着,唱着,来庆祝柳淑珍夫人二十二周年的诞辰。

在这广阔的大厅聚集着全上海中西社交界的英俊。空气里弥漫着强烈的香水味,同时亦带着一种上流社会淡白色的严肃。

二十二岁(撒谎!)的淑珍夫人——现已成为社交界独裁的统治者——披着黑色的大礼服,傲然地走来走去;求嫁的少女们一看到她就羡慕,已嫁的虽则是嫉妒,亦不敢坦然显露出来。与其说这些客人是来庆祝女主妇的生辰,倒不如说大家是到这里来较量各人的服饰。

有巴黎装的少女,有见人就问的记者,有某领事馆的外交科长(谁不晓得一个大银行家的妻子与国际之邦交大有关系哩),有矮肥的饶舌妇,有德国腊肠似的资本家,有畏羞的少女,躲在暗角里,睁着黑溜溜的大眼睛……

当然,我们的都市文学家朱流痕,是不会缺席的,还带来他那丁香花色的娇妻——一个怪装的女画家。她一说起话来,总是插入一两句法语,当人们听不懂的时候,你就看得见她的眼睛里闪耀着有趣的骄傲。

虽则梦麟没有来,淑珍亦不以为意,她有她的好情人哩。据梦麟说,他是要去参加一个商务的紧急会议,因为这几天的形势大大不佳,革命军已迫近上海了。孙大帅似乎已经一败涂地,可是还在派捐勒饷,仿佛预备要滚他妈的了。

冬天的风在窗外凶猛地吹着,电线嚶嚶地响着,被饥饿与寒冻所吞嚼的劳动阶级正在准备一次流血的斗争,各处的空气都异常地紧张,希望的火酝酿地燃烧着。

但是,在这里,在这上流社会里,人们似乎还很安适,还很安心,他们仍旧笑着,叫着,或是喁喁地低语着。大厅里仍旧是 Ualtz 的幻梦,淡红色的青春,发焰的眼光,燃烧的红发,橄榄般的心,陶醉的老白兰地,小小的 Kiss,价值五十元美金的丝袜……

——这一杯庆祝童夫人永远的幸福!

流痕着魔地喊着,高擎着一杯香槟酒。

——童夫人万岁!

——青春万岁!

数千只人的手一齐举起,晶莹透明的酒杯在淡红色的灯光下闪耀着。

童夫人含谢意地微笑——这微笑是幸福,金钱,青春,权势。

——太太,电话。

一个恭敬的侍者,木头人似的。

——童太太吗?

——是。你们是谁?是绿蒂吗?哼,老爷回来了没有?回来了。为什么他不过来呢?我们这里非常快活。什么?他很生气?什么事?不晓得,他要我马上回家?但是我怎么可以丢下这些客人呢?你请他等一等吧。不可以?为什么?有极重要的事?好,好。

淑珍心里亦有点害怕,不晓得什么事情这样地重要,难道银行破产不成?不,那么是什么呢……

客人们一听见淑珍头痛,亦就纷纷散开了,只有流痕晓得她是假装的。

——什么事?Darling。

——不晓得。梦麟打电话叫我即刻回去,再会。

到了家,她看见丈夫板着面孔坐在卧房里,绿蒂呆呆地站在一边。

——什么事?

她微笑地走进去。

对方冷笑一下,向绿蒂点一点头,绿蒂小心地走了出去,并且还将房门轻轻地关好。

——身体不好吗?

对方仍旧沉默着,睁着眼睛注视着艳装的淑珍。淑珍脱下大衣,露出雪藕般的小手臂来,在壁炉边烘烘手。

——到底什么事情?

淑珍疑惑地再走近去。

——关于你的事情。

——我的?

——不错。你同意离婚吗？

——离婚？噢！离婚！？什么意思，梦麟……

女的惊惶起来，睁着极大的眼睛。那男的仍旧沉默着，唇边是一副阴险的微笑。

——你厌倦我了不是？你不能这样随随便便地丢弃我，我们是经过正式结婚的。不，这是不可能的……

女的面孔苍白，绞扭着两只小手。

——是你先厌倦我。

梦麟沉沉地说，点了一支雪茄。

——不，谁说我厌倦你，我爱你——

——Shut up！你还说得出哩！女人是永远撒谎的。你爱的是谁，你自己知道。

——假如你要丢弃我，就丢弃我，为什么说我不爱你呢？

——不必多说。拿这个去看看。

梦麟扔给她一封信。她疑惑地展开信纸：

请注意尊夫人与朱流痕的秘密关系。

一个朋友

淑珍惊惶地瞥梦麟一眼。梦麟还是沉沉地微笑，他不说什么，只是狂抽雪茄。

——噢，梦麟，你怎么可以轻易地相信人家的谗言——

——你还要强辩吗？想不出女人有这样的毅力。好不识羞！我待你敢是有半个差儿，你何苦做这样下流的事情呢？

——你不要乱骂人家，你还有什么证据？……

——哈，哈哈！好蠢的贱人！看看这是什么东西。

淑珍小心地接过来一包文件，手指不住地战栗着。那是些侦探的报告，她与流痕一切的行动都记在里面。

——噢，梦麟，你叫侦探来监视我呀！

淑珍又羞又气,将那些文件猛狠狠地掷到地上去,随即伏在沙发上哭了起来。梦麟还是"哈哈"地大笑着。

　　——现在还有什么话说吗?淑珍?

　　——但是你不能丢弃我呀,梦麟,我还爱你……

　　女的还是伏在沙发上,并没抬起头来。

　　——谢谢你的盛意,但是你还是专心去爱你那个吧。你可以拿点衣服去,其余一切,你都没权利可以得到,听见没有?

　　女的不说什么,只是伏在沙发上哭泣着,全身不住地抽动。

　　——今天晚上你可以住在这里,明天十点钟以前必须离开。听见没有?

　　——不,不能,你能这样子,就算离婚,你亦不能够这样子——

　　——嗨哼哼,你倒好像很懂法律似的,你晓得你自己犯什么罪吗?你还敢请求什么赡养金吗?你忘记你是怎样出身了吗?女丝工,多么好笑!

　　——难道女丝工不是人吗?噢,梦麟,我的爱人,你不能这样地丢弃我——

　　她扑身于梦麟的胸前,但是却被推开。男的全不动情,像他在办事室里一般,板着黄铜般严肃的面孔,两手交叉地站着。

　　——好,我走了,我永远不愿再见你,记牢刚才的话。

　　女的绝望地伸着双手,追到房门边,但是门早已关了……

二十一

　　翌晨，淑珍愤然丢弃了一切，从下女借来一套蓝布衣服，身边只带着一点钱，便就偷偷地溜出童家花园了。

　　冬晨的太阳和暖地照着，落叶满街，行人畏缩地走着。淑珍好几月来，第一次再走着这条单调的灰色的工业路，一切都仍旧，只是较为沉静似的。

　　昨天夜里她亦曾想去找找流痕，但是她晓得流痕是一个穷光蛋，养一个妻子已经是很勉强，怎么还能再养她呢？并且，她晓得，她十二分地晓得，流痕的爱她，多半是有金钱在作祟，一切美丽啦，青春啦，热情啦，等等都是假的。

　　她的心小鹿般地跳着，头脑似乎很纷乱，忽然想到东，忽然想到西；寒风凛冽地吹散她的短发，天上灰暗的沉重的云堆似乎要压下来似的。

　　到长春路的时候，她已很疲倦了；这几月来，她从来没步行走过这样多的路，虽则在她做丝工的时候，这些路程是她天天走的。她低着头走路，害怕碰见熟人，总觉得有点不好意思。

　　幸喜现在是上工的时间，这条长长的路上只有些顽皮的小孩子。到了故家，她站住脚，心里又喜又怕，她想象亲人们会怎样地惊骇，怎样地欢喜。房子里很寂静，她只听见有些瓷器碰撞的声音，房子蓝色的倒影闲地躺在街上，仿佛里面没人似的。

　　她轻轻地敲门一下，里面一声咳嗽，随即有一阵脚步声走近门来。

　　——谁？

　　淑珍不回答，门已开了，露出一个小孩子的头来。

　　——喔，三姑！

　　——没人在家吗？九斤。

　　——他们都上工去了。请进来。

　　——那么刚才谁在咳嗽？

　　淑珍再看到污秽的壁，突出的屋桷，蜘蛛网，黑暗的房间。

　　——那是公公。

　　——公公。公公的脚好了没有？

——好了一点,躺在里面。但是还不能走路。

——伯伯,我回来了。

长七公公斜着身,半靠在枕头上,人已瘦得不像样子了。

——是你?!

——是我,伯伯。

淑珍在床沿坐下。望一望周围;壁角里有一只小火炉,炉上烧着一锅开水,炉边放着些小杯子。

九斤儿有点疑惑地呆站在一边,他不解淑珍为什么穿着这样坏的衣服,月前她不是穿着很美丽的西装吗?

——伯伯,你的脚好了没有?

——好了一点,但是还很痛,走不得路。

他对于淑珍同样亦是很疑惑,他那对灰小的鼠眼不住地打量着淑珍。他的神情有点生气似的。

——大家都平安吗?

——还活得过去。

这句话显然是含刺的。老头子摸摸扫帚般的胡须,似乎亦很得意。九斤在倒着茶,面上露出很欢喜的笑容。

——三姑,喝茶。

茶很热,淑珍接过来放在桌子上。隔壁房间里,忽然有婴孩哭的声音。九斤儿飞出房去。

——谁在哭?

——喔,你倒忘记了,秋儿,秋儿小宝贝,你还记得吗?

老头子对于秋儿显然很欢喜似的。

——已经这样大。

淑珍对于婴孩亦很有兴趣,那婴孩在九斤的胸前不住地挣扎着。九斤学他的母亲"恶恶"地拍着她,她还是哭着。

——给我抱抱看。

淑珍从九斤儿的胸前将婴孩接过来,婴孩看到是大人,亦就不哭了。

——很乖觉,不是吗?

——喔,这小妖精。
　　长七公公又是摸摸他的长须,九斤儿忽忽忙忙地从那边暗房里拿过来一瓶东西,里面藏着灰白色的液体。
　　——什么东西?
　　——牛乳。
　　——牛乳?清洁的?
　　——早晨刚刚送来。
　　九斤儿将那瓶叫做"牛乳"的东西放在婴孩的嘴唇中,她即刻开始啜吸,似乎很贪婪似的。
　　——这里没处买那种白色的牛乳吗?
　　——这里没有,并且价钱非常贵——
　　——不会生病的吗?
　　长七公公摸摸长须,忽然替九斤接上去:
　　——前礼拜病了一趟。因此瘦了不少,你看她那小眼睛,多么可爱呀。
　　——九斤,你在家里当保姆吗?
　　淑珍打趣地说。
　　——不。
　　又是长七公公接上去。
　　——本来是由王家妈妈看顾的,近日我从医院回来,需要九斤侍候,既然家里有人,用不到再去麻烦别人家。
　　牛乳瓶是用酒瓶制成的,牛乳却是一只手指的指套。淑珍望了一回,不可思议地微笑着。
　　——伯伯,你从医院回来几天了?
　　——哼,大概有八九天了。
　　——医生没说什么吗?
　　——哼,他说必须多躺一两月,我的脚才能复原,你看,你不是怪讨厌的吗?!
　　——一两个月倒不要紧,只盼望伯伯的脚能够复原。
　　——淑珍,你的年纪还轻哩,不晓得人家的痛苦。咱们家里人手又少,要吃白饭的人又多,我怎么可以多躺一两个月呢,你身体长得好看,去做人家的——哼,那你自有你的道理,不过——

——伯伯,现在我不做人家的那个了,我回来——

——什么？淑珍,我晓得你在骗我。你们富人家,住的是九层洋楼,吃的是人参鱼翅,穿的是纺绸罗绮,乘的是汽车——是,汽车！

——伯伯,你很恨汽车吗？我亦不再乘那种东西了。

——淑珍,你又在骗我,有那样快那样便利的东西,你为什么不乘呢？我想你刚才来的时候,一定是乘着那种乌龟——

——不,我走路来的。我仍旧要再做一个女纱工。

——哈,哈哈,哈哈！

老人有点神经质地大笑着,他的左手捋着胡须,右手不住地摇摆着。

——笑话,笑话,你还要当女纱工？

老人笑得咳嗽起来,九斤儿赶快去拍拍他的背部。淑珍抱着婴孩,站在一边。

隔了半晌,咳嗽才过去,但是老人还是笑着,右手还是摇摆着。

——笑话,笑话……

——伯伯,我的话是真的,我不再做人家玩弄的东西了,我要做一个人。

——人？难道现在你不是人吗？我晓得你的话是真的,是真的骗我！现在你已经多么幸福,多么快乐,多么奢侈——

——伯伯,你不看见现在我所穿的衣服吗？你看。

——喔,我明白,我老早已经就看见,你故意穿这种衣服,是的,故意的,为要给人家不晓得你是什么童夫人,亦不给他们晓得童夫人有像我们这样穷的亲戚。哈,哈！哈哈哈哈,哈哈哈……

老人神经质地狂笑,露出几颗黄牙齿,他的笑几乎使自己的喉咙窒息。

——伯伯,我的话实在是真的。从今天起我要再做一个女纱工,或是什么别种女工人,我要和你们在一起,永远和你们在一起。

——淑珍,你要给我笑死了。你,一个百万的太太,要做女工,哈哈哈哈,哈哈哈,……

老头子早年的酒醉,对于他的老年不是没报应的,他继续神经质地大笑着。淑珍疑惑地望望九斤,九斤亦在凝视着他。老人的笑实在有点可怕。

淑珍将婴孩抱到隔壁房间里去，然后再走过来，九斤儿倒着一杯茶给老人喝，老人忽着变了面孔，将杯茶向地上狠狠地掷去，当地一声，粉碎了。

——伯伯，什么事？

淑珍赶快跑进去，现在老人不再笑了。

——淑珍，你这鸟贱人，你——

——呀，伯伯。

淑珍吃了一惊，畏缩地退了一步。

老人响亮地磨着牙根，满面都是皱纹，两眼像饿猫一般望来望去。

——你这不识羞的淫妇，在外面干了好勾当，弄得老子一家的面孔都浸在尿壶里，自己却活肥肥地享福，出门就是乘着那种鸟——乌龟，哼，呸，就是那东西，弄得老子一脚险上西天……现在你这鸟贱人倒还有面孔敢来见我——

——噢，伯伯。伯伯……我真的回来——

——哼，或许，你这鸟贱人或许是要来诱惑丽姑，但是丽姑不像你这样无聊，不，她是一个很好的女人；我不准你来诱惑她，快给老子滚出去，听见没有？滚出去！老子的家里容不得你这样淫荡、污秽的鸟贱人。

——呀……

淑珍用两手塞住耳朵叫了起来，眼睛里还是带着绝望的恳求，全身不住地抖动着。

——亏得你的父亲是个有德行的人，天晓得会有你这种背逆的无道德的女儿；全长春街，哪一个人不晓得柳家的淑珍去做千人骑万人压的——

——呸！

淑珍再也忍不住了，两只小手不住地绞扭，眼睛里几乎要流出眼泪来，她不晓得应该怎样说话。九斤儿畏惧地躲在暗角里，两只黑溜溜的眼睛火炭般地旋来旋去，一声都不敢响。

老人越骂越起劲，怎样荒唐的话都骂了出来，右手不住地摇摆着，有时候大笑，有时候大叫，他的神经显然是纷乱的。

——滚蛋！听见没有？你这臭味的鸟贱人，快给老子滚蛋！

淑珍再也忍受不住，转开身就冲出去，她想说些话，但是她的喉咙太小，容不得许多话一齐要说出去。在大门边，她痛心地徘徊一刻儿，房间里老人的狂骂声还是不绝耳；她踌躇一刻儿，不晓得留在这里等柳兴回来好呢，还是离开这里好。

九斤儿白着面孔追出来，喘乎乎地凝视着淑珍，同样亦是说不出一句话来。

——好，九斤，我走了。

淑珍终于决定了心，竭力将夺眶欲出的眼泪忍住。

——三姑，刚才你不是说要永远和我们在一起吗？

淑珍勉强一笑，伸手拍拍孩子的肩头。

——你的年纪还轻哩，九斤，还不晓得人心是容易变的；不能变的只有父母的爱心，喔喔——

淑珍啜泣起来，孩子有点不解地望着她。

——三姑，你为什么不留在我们家里呢？

——乖乖，你不听见公公所说的吗？

——我不懂他所说的，他从来没有这样地生气过。我很害怕。

——从前他是一个很好很仁慈的人……

淑珍自语似的说，凝视着污秽的壁角，终于再振作起来。

——好，我走了。

——喂，三姑！

——怎样？

——现在已经十一点多钟了，吃了饭然后再去好吗？

——不必，九斤，你很乖觉。

——你要回到童家花园去是不是？

——不。

——那么到哪里去呢？

——不一定。再会，九斤。

——再会。

淑珍来的时候是充满着希望，去的时候却是痛心的绝望和烦恼，一个老妇人畏缩地走过她的身边，仿佛轻蔑地瞥她一眼。

这条街是没有太阳的，在冬天，更为阴暗，西风疲倦地吹起街上的污物，屋外的寒冻使她不得不打了一个冷噤……

二十二

一九二七年的春天。

四马路的某深巷,一个老妈子在夜之黑暗中喊着:

——大东旅馆三楼三十四号!

——晓得了。

在黑暗中,一个年轻的妇人疲倦地回答,接连打了几个呵欠。

不久,一个老的一个年轻的就走出那条寂静的神秘的深巷,现在虽则是春天,还有点寒冷。

年轻的跳上黄包车的时候,在街灯昏黄的光线下,仿佛看见车夫是烂头的;她毫不以为意。在车上,她点了一支白金龙,猛力地狂抽着。

老妈子的车在前面,车夫似乎是一个老头子,所以跑得很慢;后面这个烂头的车夫起初跑得很快,后来一看见前面跑得这样慢,就慢下来了。

上海春天的夜是酩酊的。街前街后,罩着一层蒙蒙的夜雾;现在十二点钟已经打过,街旁的店家大半已关门了。街上的行人稀少,有的亦是咱们的"同路人",倘若是相熟的,便打了一个招呼;不然,便是打一斜眼。

后面的车子到了一个弯角里,忽然停住,车上那个年轻的正在打盹,倒吃了一吓。

——什么事?难道到了?

女的在街灯光下露出一副苍白的圆面孔。

那个烂头车夫忽然叫了起来!

——果真是淑珍姐不错!

车上年轻的女人吃了一吓,仔细地打量打量车夫。

——你这妇人倒乖觉,害得人家到各处寻了一个多月。

车夫粗粗的喉音才使那年轻的女人猛然记起是烂头王二。

——你拉你的车算了,管人家什么别的。

——喔!喔!喔!好一个妇人!也不过为着长七伯伯发脾气骂你几句,就一溜之大吉,使李大哥险些和柳哥哥打起架来!哪有这种道理,自家兄弟拼火,原来你却躲在这里吃冷风——

于是,烂头王二,不容分说便将车子拉到别一条街去,飞也似的跑起来。

——喂,王二,你要将奴家拉到什么地方去呀!

王二一声也不回答,只是拼命地跑进前,像是一匹疯马似的。尽管让车上的妇人千恳求万恳求,连睬都不睬。

拉过了两三条街路,车夫才跑得较为慢一点,一面跑着一面用手擦汗。车上的妇人探探头望望周围的街道,在黑暗中,看不大清楚。

——你到底要将奴家拉到什么地方去?

——到了再说。现在革命军已到龙华,不晓得真的不真的,妈的,咱家的世界快要到了。

——你这王八蛋,将奴家的生意——

——哼,好听!奴家,奴家,奴家!什么鸟生意!等你见了你家的柳大哥才说吧。

——呀,王二,你要将我拉回家呀!

——正是,不错。你放心。

——不,不,我不回去!

——我偏偏要你回去。你在外面做这种事情,像个什么样子!柳嫂嫂不晓得哭了几回,李大哥总是要向长七伯伯讨人。你看,你若再不回去,不是两个爷娘生的!

——你再不停车,奴家就要喊起来。

——你喊你妈的好了。看看谁来睬你。

车夫的脚步声和车轮声很有节律地呼应着,天空蔚蓝,白云几抹,星儿密密地辉耀着。街上冷静得连个鬼影都没有。

妇人晓得恫吓是没效力的,只能改为恳求的:

——好王二,你千万别将奴家拉回家,奴家赏你一元钱。

——谁稀罕你"奴家"的一元钱,就是一万元,还须在关帝爷面前放了三十个大屁!

——你又不晓得人家的苦衷,他们很讨厌奴家。

——你别胡说!

——不然,长七伯伯为什么大骂奴家呢?

——那不过是他老昏透罢了。现在他天天都向李大哥赔几个不是,你又要使性子,到了家再说吧。

车子转入一条黑暗的街路,路上不平,车子不住地跳动着。淑珍小心地望来望去,晓得已到长春街了;同时她的心越跳越快。她不想什么,她不能想什么。

——停!口令!

遥远黑暗的街角里发出响亮的声音。

——平安!

烂头王二叫了一声,继续将车子拉进前去,淑珍起初以为是警察或是兵士。但是一走近去,都是些武装的工人。

——王二哥,你拉着谁?

工人纠察队中一个鼻音的汉子问。

——一个亲戚。

——谁?

——柳家的。

长春街的空气很紧张,处处都有工人纠察站岗着,每次都是"口令",烂头王二总是带着粗哑的喉音喊出:

——平安。

终于到家了,淑珍小心地跳下车,柳家的大门是开着的。烂头王二拖着淑珍走进去。

里面寂静,一支洋烛在壁角的桌上放着昏暗的光线,丽姑抱着秋儿坐在床上打盹。

——柳大嫂,你家淑珍姐回来了!

丽姑吃了一吓,睁开眼睛来,淑珍早已跑到床边。

——嘘……

丽姑作了一个姿势,轻轻地将婴孩放在床上,然后跳下床来。

九斤儿亦从一间暗房里跑出来。

——噢,三姑!

——乖孩子,小声一点,你的妹妹睡着哩。

淑珍伏身于丽姑的胸前,痛心地啜泣着,她不说什么,她不能说什么,丽姑慈和地拍拍淑珍的肩头。

——不必哭吧,好妹子,能够再见面是应该快乐的。王二,你可以回去了,明天再谢你吧。

——说哪里话。

王二得意地搔搔头,随即走出房子去了。他的脚步声渐渐消失。夜是黑暗与沉默。

——早知如此,倒不如听了嫂嫂的话。

——让过去永远过去吧,我们欢迎新的与未来的。革命军已到龙华,我们自由的日子到了。

——真的吗?

——还没有确实的报告;但是是可能的。九斤的爷爷和公公们都去打仗了。

——打仗?

——是。

——跟谁打仗?他们又不懂得开枪呀!

——跟那些北洋军阀的兵士。上天保佑吧,别有一个受伤——

——他们几时学得开枪?

——他们老早就学会。现在几乎每个男工都去打仗,大概又有不少的人要死了。但是他们的死是光荣的,是有价值的,那是为着大家的自由而殉难的——

——伯伯老人家亦去了吗?

——是的,他的脚已复原了。但是脑筋还是有点不好,不是吗,前次不晓得将你怎样乱骂,将你这样有忍心的人亦骂走了,我们散工回家以后才晓得,但是已经太迟了。

——亦是我的性太急——

外面黑暗的街上忽然骚动起来,时有黑暗的人形忽忽地闪过窗前,隐约可以听见遥远的枪声。

西方一片红光照得皆红,好像是火烧似的;街上的人们纷纷地喊着:

——童家花园火烧了。

——还有瑞典火柴厂,说不定连上海信托公司亦烧掉。

丽姑含意地瞥淑珍一服,低语说:

——要是你在那边,我们不晓得又要怎样担心了。

——你晓得是谁放火烧的?

——大概是革命党吧。

街上的人像蚂蚁一般,对于这次的大火烧,显然并没有丝毫惋惜。似乎大家都很欢喜似的。

——烧,烧,烧!

人群中忽然有一个老妇人歇斯底里地狂叫着。

——烧光他们!烧杀他们!哈,哈哈!哈哈哈!!!还我的儿子来,还我的阿龙来!烧,烧,烧!

在夜阴中,人群的低语像是蜜蜂的哼声一般,但是这个老妇人的狂叫却异常地尖利和响亮,仿佛有权力似的。

——那是谁?

淑珍不解地问。

——做细纱的那个杨妈妈。

——杨妈妈?她的儿子阿龙不是做漆匠的吗?

——就是那个。话说起来很使人痛恨,前天阿龙活跳跳地去上工,回来的时候却是一个无头鬼。

——呀,阿龙死了?到底是怎么一回事?

——前天在租界里有人分一张传单给他,他又不识字,随便地将它放在袋子里。一不留神走到中国地界,被警察捡到他的传单,硬说他是革命党,只是一刀,便将他的头挂在电线杆上,这种事还是不说好,说起来总是生气。

淑珍惊吓地望望周围,在黑暗中,她仿佛看见一个不到十四五岁的孩子,手里拿着一只漆桶向她走来。

——我有点头痛,嫂嫂。

——那么我们到里面去吧,外面的空气太窒息。

淑珍畏惧地靠在床边,凝视黑暗的角落里。她悲哀地叹息。

——这种事多着哩。

丽姑小声地说。隔了半晌,接上去说:

——你累了吗?

——有一点。

淑珍打了一个呵欠。

——那么你亦睡一回吧。九斤,你去将大门关好。

九斤吹熄了烛火,仍旧回到他的暗房里去。淑珍昏昏地躺着,丽姑时时翻身,低声地拍着婴孩。

房子里是黑暗与沉静。外面街上亦已较为安静。杨妈妈歇斯底里的哀叫似乎永远不能停住似的……

二十三

在灰色的微曙中,枪声剧烈地响着,昨夜革命军到龙华的谣言,到现在还未证实。工会的武装队似乎有点支持不住的光景。女人们焦急地在蒙蒙的街上走来走去,打听着消息,有的只是躺在床上,用被蒙住头祷告着。

有些孩子,一听见枪声就哭,紧紧地缠住母亲,容不得她做别的事情;有些辄辄偷溜到街上去,母亲跟在后面叫着。

秋儿一醒起来就哭,因为没牛乳吃,送牛乳的人已不来了,或许他早已死在某条路上,或是忙于开枪着;丽姑自己又没有乳,想不出有别的方法;只是唱着催眠歌,哄孩子睡去。

淑珍一下床,就将满面的胭脂水粉洗掉,穿上女工的衣服。她在厨房里帮着九斤儿烧早饭、洗碗,以及打扫房间。

大门上忽然有一阵紧急的敲门声,淑珍吃了一吓,一开了门,一个女孩子跳了进来,惊惶地哀叫着:

——柳婶婶,我的爷爷受伤了。

——你的爷爷?

丽姑急忙地将哭着的孩子掷给淑珍,飞也似的跟着那孩子跑上街去了。

——她的爷爷是谁?

——马荫亭同志。

九斤儿忧伤地回答。

——呀,你亦会叫同志,他和你的爷爷很要好吗?

——不,他跟谁都要好,他是一个很热心、很忠实、很勇敢的同志。谁都敬爱他。

——他亦是去打仗的吗?

——当然,他是一个总指挥。

婴孩不住的哭声,与遥远的枪声反应着,淑珍不安地焦急地走来走去,她不晓得自己在想着什么……

乓……砰……不远的地方好像有一排房子被炮弹所炸毁似的,外面的街上即刻再骚闹起来,在晨阴里,在灰色晨雾中,许多妇人在拥挤着。

东面一带高大的房子完全倾覆,现在不住地喷着烟,孩子们欢喜地叫着,妇人们惊吓地合着十指……

但是整条长春街忽然光亮了不少。几十年来,这条街的人们第一次看到东方黎明的红霞,孩子们欢呼的声音充溢整条的街路,有些甚至唱起歌来……

隔了半晌,丽姑白着面孔走了进来,两只手不住地绞扭着。淑珍吃了一吓。

——哥哥没有什么变故吗?

——没有。

丽姑机器般地回答。

——伯伯呢?

——还没有消息。

——那么是什么事情呢?

丽姑机械地接过来秋儿,呆然地摇摇头。

——大概是马荫亭同志逝世吧。

九斤儿似乎早已晓得似的说。

——他是一个多么强的勇敢的同志呀!

丽姑忧伤地叹息。

——那边情形怎么样?

——还不大清楚。大概两方都有损失吧。

街上仍旧骚乱地叫嚣着,但是最响亮的,却是杨妈妈欣喜的呼声:

——我们天天有太阳了。红色的太阳,自由的太阳!

淑珍听了以后,好像很欢喜似的,随即问丽姑道:

——你想她的话是实在的吗?

——或许,这种事情是不能确定的;不过我们的希望是这样的,从过去历史的教训,我们晓得这是不容易的。并且,不是一时就可以得到,这还须要民众彻底的自觉,和党员们的大努力……

忽然门外有一阵老妇人的哀哭声,一面哭一面走了进来。淑珍和丽姑都很疑惑,大大不安起来。

——喔,原来是王家妈妈,什么事呀?哭得这么凄惨——

——我的阿二死了,我的宝贝死了。

——嘿,他回来了吗?

——没有,人家看见的。

——或许人家看错也不一定,等九斤的爷爷回来再打听看看——

——不,不,我晓得他死了,他不懂开枪。他从来没有学过,他会死的,不,他已死了。昨夜我听见他的哭声,不要笑,我真的听见的,他真的死了,真的,真的,哦……

丽姑竭力安慰,淑珍倒红起眼睛来,丽姑偷偷地瞥她一眼,于是她就走到厨房里去。

在阴暗的厨房里,她还很清楚地听见王家妈妈的哀哭声,越听越难过,却暗暗地流起泪来。

王家妈妈起初是哭儿子,接着怨天怨地,接着是哭丈夫,接着是哭自己的命运,假如你是一个有灵感的人,无论如何,你总会替她叹了一口气。

她的哭声是有调子的,况且哭词是经过一番修改的,从她做孤儿的时候哭起,一直到现在哭她自己的孤儿,对于哭已经有相当的经验和成绩了。

丽姑晓得她的脾气,人家越去安慰她,她越哭得不成样子起来,你若索性不去睬,她自然而然会渐渐安静。

窗外的天空已露着鱼肚白色了,春天的风和暖地吹着,遥远的枪声到这时候较为不剧烈一点;但是仍旧没有正确的报告,妇人们在门口不安地合着十指,人人都是一副焦急的面孔。

东南风吹来一种火烧的臭味,使人欲呕;据路人的传说童家花园已烧成一片平地,并且还有三具尸首,现在那边满街都是警察。

淑珍听着这些话的时候,面上虽则极镇静,心中却亦有点惋惜;唯一使她担心的是绿蒂——她是一个很善良的女孩子。至于梦麟及其他的一切,她毫无一丝的怜惜。

街上人声鼎沸,晨曦微笑着,一个黑外套的战斗员赶着一匹马在人群中冲开一条路;他疲倦地伏在鞍上,长长的头发又乱又污秽,满身都是汗水。

当他跑过的时候,丽姑大声地喊住他:

——那边怎么样?

那人用脚刺刺马,抬起头来,他的眼睛黑炭般地闪光着。

——革命军到了。

他的声音很衰弱低哑,欣喜却在他那晒黑的面上燃烧着。那马正扬着白色的尾巴继续跑进前去,他的黑外套在风中飘荡着。

——我们一定得胜。

街上一个老人呶呶地跑着,他的手里拿着一把破扫帚。妇人们听到这个消息以后,亦较为安心了。

孩子们睁着黑溜溜的大眼睛望来望去,面上都带好奇的神情;一个小孩子小心地问那老人说:

——革命军是什么样子?

老人仿佛是耳聋的,并没有回答,只是呶呶地自语着,摇摇他的扫帚柄,随即走进房子里去了。

黑色的救护车敲着悲哀的钟声缓缓地开过来,路旁的妇人虔诚地合着十指,孩子们沉静地紧偎在母亲的身边,老人暗暗地流着眼泪;谁晓得车上的人是哪个孩子的爷爷、哪个妇人的丈夫、哪个老人的孤儿……

车夫歪歪地戴着帽子,缓缓地开着车子。他的眼睛红得像火一般,显然很疲倦的样子。钟声悲哀地响着,黑色的车子缓缓地在沙尘中消失。

接着又是一辆,又是黑色的救护车,悲哀的钟又是缓缓地响着,在晨光熹微中,妇人虔诚地合着十指,白头发的老人流着泪……

又是一辆……

悲哀的警钟缓缓地,空虚地响着。

二十四

大都市的早晨微笑着。

枪声停了,妇人们把恐惧的眼光收了回来,慰藉地叹息着。孩子们兴奋地跳来跳去,在晨阳的光辉中沐浴着。

又是一个黑外套的男人,气喘喘地骑着马的落的落地跑过来,他的黑头发在风中飘荡着,他高扬着赤裸的左手,粗哑地喊着:

——我们得胜了!

赤褐色的马喷着口沫,扬着长长的尾巴疾跑过去了。孩子们大声地叫了起来,妇人们欢喜得流下眼泪来,互相拥抱着,互相吻着。

——革命军万岁!

欢呼的声音响彻云霄,满街都是黑黑的人头,像是一条黑颜色的河流。街上的电线因受震动而噌噌地响着,上海站起来了!

光辉的太阳从红色的地平线上升了起来,春的甜味处处泛流着,空气中是紧张和兴奋,几乎有点使人窒息。

云端上惊愕的野鸢,睁着尖利的眼睛凝视着骚乱的地面;它不解地、疑惑地乱飞着。雪白的云块堆在蔚蓝的天上,轻轻地浮着,被太阳照得异常光亮。

夜之污秽和灰暗是消失了,光明的白昼向未来的路上展开;民众的希望火般燃烧着,他们期待着自由、平等、幸福……

在街上,在骚动的街上,不晓得在什么时候起,已在大声地唱着:

> 打倒列强,打倒列强,
> 除军阀,除军阀,
> 国民革命成功,国民革命成功,
> 齐欢唱,齐欢唱……

这个简单的调子不久就在各处普遍(传)起来,孩子们附和地唱着,老人们倚在大门上,张着口听着。

——打倒北洋军阀！

人群中一个学生模样的青年喊着，群众跟着喊了起来，人人都喊，除非你是哑子，这是不能抵抗的。

——拥护革命军！

——中国革命万岁！工会万岁！

——世界革命万岁！

群众雷响般的声音使空气更为兴奋，像是天崩地裂一般，几个胆小点的婴孩吓得哭了出来。

工人的武装队陆续回家来了，这些疲倦的，污秽的，为全上海数十万被压迫阶级而战斗的英雄，要从人群中走过，是多么困难呀！他们在各处都受人们热烈的欢迎，将他们包围起来，将他们抬到空中去，少女们甜蜜蜜的接吻对于他们是毫无吝惜的。

——柳兴同志万岁！

丽姑们听见街上人群在喊着，接着是一阵粗笨的脚步声跳下阶来，不错，来的人是柳兴，虽则很疲倦，声音还很响亮。

——没受伤吗？

丽姑一手抱着婴孩小心地问。

——没有，嘿，淑珍，你回来了！

——是的，哥哥，我永远回来。

——公公呢？

——在后面，大概和李大哥在一起。

——李大哥没受伤吗？

丽姑瞥淑珍一眼。

——没有。有开水吗？我渴得要命。昨天夜里真打得一个痛快。

九斤倒一杯开水。柳兴喝了两口才坐下来，他的面孔很污秽，染满黄色的泥土。

——你看见王二哥没有？

淑珍焦急地问。

——噢，可怜得很，他却死了。

——死了？

——王家妈妈又没别的儿子，不晓得要哭得怎样凄惨，唉——

柳兴叹息。

街上仍旧很骚乱，孩子的歌声，铁器的响音，马蹄声，口号，错杂的欢呼，喇叭声，空虚的鼓声，脚步声，妇人尖利的叫喊，老人的哭声，使每个人的神经都非常错乱。

俄而阶上又有粗重的脚步声跳了下来，又是两个污秽的武装队员。

——都没有受伤吗？

——不会的。嘿，怎样啦，淑珍你亦在这里？淑珍不好意思地低着头，她的心急跳着，她转开身向卧房跑去。

李大哥惊喜地追上去。

——怕什么羞呢？又不是第一次见面呐。

淑珍在卧房里停住脚，她的面孔涨得通红，她不敢抬起眼睛来。

——你永远不再走吗？

——或许。

——我以为你永远不再回来了。

——为什么？

——那只是我的乱猜，刚才我在街上听见人家说昨夜童家花园火烧，倒替你担心不少。

——那么，你仍旧爱我吗？

——当然。

——你晓得，现在我已经是一个很污秽的女人了。

淑珍凝视着黑暗的壁角。

——不要这样说，让过去的灭亡吧，我们要有新的、光明的，你晓得，我是永远爱你的。哼，你呢？

——什么？

——你爱我吗？

——或许。

女的微笑，男的欢喜得说不出话来。

——那么你肯嫁给我吗?

——为什么这样急呢?

女的抬起眼睛来,男的两只粗大的手不住地摩擦着。他想找出一个适当的答语,但是找不到,他很窘迫。

丽姑忽然跳了进来:

——李大哥,到外边去洗洗面吧。要说话时间还多着哩。

李大哥粗拙地走了出去,房间里只剩着姑嫂两人。淑珍忽然流下泪来。

——什么事,淑珍?

——我很惭愧呀!

——谁笑呢?你的年纪还很轻哩。缺乏经验,但是这次伤心的经验给你一个很好的教训。

——你晓得李大哥是一个好人吗?

——怎么?你自己一定比我更晓得。

——我很久没和他交接,不晓得现在他是什么样子,嫂嫂,你晓得,人是容易变的。

——我想不比你的哥哥坏吧。刚才他向你求婚吗?

——是的。

淑珍的面孔还有点红。丽姑大笑起来,她的眼睛辉耀着。

——我是赞成的,大大赞成的。

街上充满着强烈的歌声,太阳辉耀地照着,一个年轻的工人在人群中拉着手风琴,他一面拉着,一面唱着,他的声音很响亮,压倒一切别的:

> 丁香花的姑娘
> 流着眼泪穿上忏悔的衣裳;
> 呀呀,吁吁,
> 爱人哟,请再斟此一觞……

街上忽然再骚动起来,人们纷纷地叫着叫着:

——革命军来了!

——革命军来了!

柳兴惊愕地跳上街去:

——见鬼!我们这里是英国租界。

——不,原本是中国地界,后来被他侵占去了。大概这次又夺回来了。

丽姑跟在丈夫的后面,全家的人都冲了出去。遥远一队灰色的兵士从尘埃中出现,听得见一阵节奏的步伐声和鼓声,前面是两杆大旗,被风吹得刮刮地响,在辉耀的太阳光中,青天白日满地红的大旗广阔地展开,啪泼啪泼大声地响着。

兵士们穿着破污的灰色制服,板着一副肮脏的面孔走路,来福枪东歪西斜地靠在肩上,脚步亦不十分整齐,显然是很疲劳的样子。

队伍旁边,一个军官模样的人骑在一匹黑色的肥马上,他的面孔很严肃,铜做似的,两只眼睛,黑炭般地闪耀着;他直直地坐在马上,当人群喊着"革命军万岁"的时候,他只是将指挥刀移动一下子。

最有趣的,是那个打小鼓的,身体很肥,穿着一套新的制服,帽上插着一枝桃花,腰间一只军用瓶不住地荡来荡去。他的打鼓是有姿势的,可是常常打错拍子,他的头微歪,眼睛望着天空,似乎永远在想着什么似的。

来福枪上的刺刀,在太阳光中,辉耀地闪光着。街上的群众带着十二分的敬意凝视着他们,他们再在尘埃中消失了……

二十五

夜。

柔软的黑暗泛流着,整日兴奋的人们到这时候才感觉得有点疲倦。蔚蓝的天上,群星美丽地繁耀着;夜风是温柔而且暖意的,白昼激昂的狂喜渐渐低微下来,街上寂静了。

长七公公满意地坐在阶上抽他的烟,烟圈在黑暗中慢慢地消失;丽姑抱着婴孩,低声地唱着催眠歌,在平静中,她的歌声是很柔和的。

淑珍沉思地望着月亮,在月光下,她的前额苍白。她不说什么,她不必多说什么,她感慨地叹了一口气。夜风吹散她的头发,仿佛很温和地抚慰着她。她明白过去许多的错误,她要建造一种新的、健全的生活,她微笑。

烛火熄了。黑暗和静寂。蚊子嗡嗡地哼着,人们微微地感受着柔和的睡意。

苍茫茫的深夜。

1930 年作于上海

无轨列车

无轨列车　林疑今 作

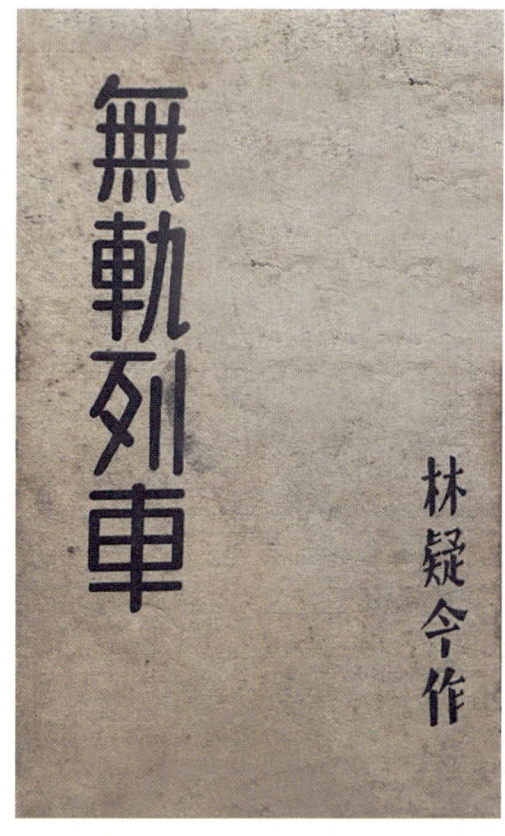

無軌列車　林疑今 作

第一号

风景画一

鼓浪屿落着雨,落着霏霏的雨。我们沿着山坡上微湿的柏油路缓缓地走,头发和脸孔在被雨丝吹拂着。落着雨的灰色的厦门,落着雨的鼓浪屿——一个列强帝国主义共管的小岛,一个弥漫着异国情调的侨民区。灰色的细雨轻轻地拂着柔和的海湾,轻轻地拂着低矮的房屋,轻轻地拂着在帝国主义炮舰保护下的基督教堂,轻轻地拂着长满着青苔的古旧的岩石。然而谁也不能记得这是曾一度展开中国历史大画卷的厦鼓两岛,为着民族英勇的斗争,曾抛了多少健儿的头颅,倾流了多少健儿的鲜血。铁一般勇敢坚毅的郑成功,铁一般勇敢坚毅的水师,曾在这里反抗着侵略的外寇,反抗着出卖祖国的儒教徒。

中国的历史,永远不会忘记一六四六年的二月,郑成功带着他的水师,在这现在被列强帝国主义铁蹄践踏的小岛,高声喊出"誓复祖国"的口号!

从泥泞的小径爬上了郑成功的阅水师台,霏霏的雨轻轻地拂着古旧的岩石,吹拂着孤独的旗杆。勇敢坚毅的郑成功曾在这里向他的水师发出号令,指挥着一队一队灰色的兵船溯着锁链一般的鹭江,去恢复在敌骑铁蹄下挣扎着的中华大陆。他忘记了奴颜婢膝的父亲,忘记了家,忘记了儒教的奴隶思想,只有粗大的拳头,只有翻飞的鲜血和头颅。

在这个雨中的黄昏,在这被忘却的阅水师台上,我们怅然凝视着遥远温柔的海湾,灰色的厦门,怀孕似的冒着烟的轮船,以及沉重地压着水平线的天空。雨,落着,还是绵绵地落着,轻轻地击着我们的头发和脸孔,轻轻地击动了我们火焰一般青年的心。远处基督教堂的钟声,在三月的微风中飘曳着,给半殖民地的奴隶们带来了一种来世的幸福和憧憬。于是炮舰、战斗机、陆战队、毒瓦斯,怀孕似的轮船载来的货品,飘扬着美国旗、英国旗、日本旗、法国旗、意国旗……

我们离开了郑成功阅水师台,街上还是落着黏人的细雨。一个从上海回来的女学生,撑着青油绸的小伞,蛇皮高跟鞋轻松地踏着微湿的柏油路,笑着樱花一般的微笑。粗大的印度人,白的头巾,赤褐色的皮肤,背着沉重的步枪,在百万富豪别墅的门前踱来踱去,忘记自己是狮王殖民地的奴隶。在泥泞的龙头街,红毛水手从东洋啤酒间摇摇颤颤地走了出来,像兽似的调戏着街上的中国妇人,旁边的人们在笑着,白种人在笑着,日本人在笑着,印度人在笑着,中国人也在笑着,谁相信这是曾一度展开中国历史大画卷的鼓浪屿。

李　琳

在夏天,李琳的家是一个闷热的火炉。火一般的太阳光不断地燃烧着薄木板盖成的屋顶,房子又窄又暗,地板是湿的,暖风所带来的又是一阵一阵使人窒息的鱼腥味。在父亲离开厦门以前,他在鼓岛龙头街替他们租了一间房子。他们住在二楼上,楼下的租客是替人家修牙齿的。站在临街的窗口前,望得见对街的鱼店、肉铺、水果店、药房、理发所、菜铺、米店。每天早晨,当李琳被母亲从床上拖下来的时候,他听得见街上买卖的喧声。许多男子、女子、老人、孩子在晨雾的街中挤来挤去,街的两旁排满一担一担鲜菜的摊子,摊贩们都在用着一种明快的声调招呼他们的主顾。这种使人难堪的喧声,李琳天天都听见,月月都听见,年年都听见,但他并不觉得讨厌——他是在这种喧声中生长了的。

在午后,龙头街是沉静下来了。在空虚的鱼摊前,赤膊的伙计们在拉着呜咽的三弦,或是三三五五地聚在一起赌博,肥屠夫在蠢笑着,谈着淫污的笑话。水果店的伙计坐在阴影里瞌睡着,让切开的波罗蜜掩满了一大群污秽的苍蝇。煎油条的老妇也歇了业,用一块油腻的布条盖好她的油条摊子,她的儿子阿三倒是一个勤谨的家伙,在大火一般的炎阳下,还歪歪地戴着一顶破草帽,到处摇着铿锵的小铃,喊卖着冰条。在街上,时而有一两部轿子飞也似的跑了过去,轿夫满身满面都是汗,眼睛发红,穿着草鞋的脚辛苦地、乏力地、悲惨地践踏着热烫的柏油路,然而坐在轿上的是却是矮肥的白种商人,闲适地笑着,口角衔着腊肠一般的黑雪茄。

一到午后两三点钟,炎热的太阳光斜斜地射进李琳家里临街的窗口,使他们的卧房和客厅充满熔铁炉一般的热度;李琳和他的妹妹没处逃,只得躲到灶间里去。从灶间的小窗口望得见楼下那座古井,许多半赤裸的少年在那儿用井水浇身体,脸上露着异常愉快的神情,但是妈妈不准阿琳做这种事情,她次次都是说:"你还是一个孩子,一个小孩子啊!"这使阿琳很生气,好像是受谁侮辱似的。然而灶房里也不是一个避暑的胜地，因为妈妈常常在大锅里烧热水来洗衣服——妈妈是在替人家洗衣服的。在这种辰光，李琳觉得苦极了。尤其是在暑假期间，整天坐在房子里望着妈妈忙忙碌碌地洗衣服、晒衣服、烫衣服，接着便喊阿琳到各处送衣服给主顾们。

有时，坐在临街的窗口，阿琳看得见同学们穿着很整洁的衣服，戴着新草帽，跟着他们的爷买水果、吃冰淇淋、喝汽水，这种舒适逸乐的生活每每使小阿琳睁着羡慕的大眼睛。他奇怪自己为什么没有一个这样好的爷。父亲在他那幼稚的脑子里只有一个很模糊的印象：一个弯背曲腰的、严肃的长汉，穿着水管一般的窄裤子。父亲到南洋去已经三年了，没有回来过，信是好久好久才来了一封，这使母亲常躲在黑暗的灶房里流泪。据许多人说，父亲在南洋很过得去，可是寄回来的钱又是那么少，刚刚好付房租和买米，为着阿琳和小妹妹阿香的读书费，母亲不得不像母牛一般劳动着，度着异常悲惨的生活。有时阿琳想帮助她，很愿意去做卖油条这一类的小生意，然而母亲次次都是用严厉的声调拒绝他："啊，你还是一个孩子，一个小孩子啊！"这种话使阿琳很不快活，在当时，他只是以为母亲固执，十二分的固执。

从前母亲是一个很热心的基督教徒，阿琳记得她曾怎样鼓励他们去信耶稣，去敬奉上帝，而她自己又是多么热心，早晨祷告，晚上祷告，饭前祷告，星期四晚上还跑到礼拜堂去参加祈祷会。但是后来渐渐冷淡，冷到零度似的，阿琳不晓得这是为着什么缘故，不过，李琳晓得这事让祖父很生气，因为祖父是一个基督教的牧师。祖父是一个瘦削的老人，弯着腰，留着灰白的胡须，不断地咳嗽，他常常喊阿琳的爹做"他的约瑟"。他的情性是游移易变的，像橡皮一般，有时候很温和，有时候很凶暴，甚至用长烟管打妈妈。祖父常常因为妈妈对于宗教的冷淡而生气，在这种时候，妈妈总是坐在暗角里流泪，咬着嘴唇，一声都不响。

祖父是一个奇异的牧师，阿琳记得有一次他在礼拜堂里讲道，用拳头出力敲打讲台，这使阿琳很害怕，以为听众都会跑掉，但是结果他们并没跑掉，有的还在笑。祖父的礼拜堂是在内地，一个很不著名的城镇，祖父说那儿有香蕉，有柚子，有橘子，有龙眼，有一天要带阿琳他们到那儿去玩，可是这句话永远没有实现。

当祖父住在他们家里的时候,大家都觉得痛苦,他是一个常常咳嗽的老人,妈妈很怕他的痨病,并且又常常发脾气,一发脾气便把媳妇虐待他的谎话到处告诉人家。祖父喜欢住在临街那间顶风凉的卧房,阿琳和他的妹子阿香只得睡在客厅的大椅上,度着闷热悲惨的夏夜。祖父欢喜清谈和比棋,天天晚上都坐在楼下跟那个修牙齿的爷(又是一个老糊涂!)讲闲话、比象棋。祖父睡觉的时间是在早上,这时候,孩子们不敢玩,不敢大声说话,有时母亲连衣服都不敢洗。在午后一点钟左右,祖父水烟管的青烟飘到客厅里来,于是妈妈便数二三十个铜板儿,喊阿琳赶快去买两只鸡蛋,一些青菜。

　　阿琳的伯伯有时也跑过来吃一顿晚饭,他在泉州开布店,一来就坐得那么长久,板着严肃的脸孔,一句一句地盘问阿琳的爹有信没有,有钱寄来没有。当母亲向他诉说她们的贫困时,他总是狡猾地微笑,眨着怀疑的小眼睛,似乎很不相信似的。母亲对于这一切总是忍耐着,忍耐着。

　　有时伯母也跟着伯父一同来,她是一个瘦削柔弱的妇女,常常头痛,常常在害着种种孩子们不可以知道的疾病。有一次,阿琳早点放学回来,看见伯母和母亲抱在一起哭。伯母一面用手帕揩泪,一面还在呜呜咽咽地说了许多悲伤的怨语;母亲咬着嘴唇,没说什么,眼泪像水一般倾流着。后来母亲告诉他们说伯父是一个不规矩的人,怎么不规矩,她倒不肯说。

　　伯母有一个弟弟在阿琳学校里当教师,也是一个瘦削柔弱的人,学生们都说他有痨病;但是人倒是很温和仁爱的,阿琳从来没见过他发脾气,他总是那么酸酸地微笑着,似乎在惋惜自己的生命是一朵萎缩着的花。伯母到鼓岛来的时候,他也常常到阿琳家里来,在客厅里与她们姊姊默然对坐了整个半天。

　　这是在四五年后,阿琳才从一位同学那里听到伯父是这样不规矩的:他喜欢嫖,把梅毒传给他的妻子、他的儿女,然而他的父亲却是一个闽南著名的牧师啊!这是在四五年后,阿琳才了解为什么伯母常常跟伯父吵架,甚至吵着要离婚,为什么每每在半夜里突然狂哭狂笑起来,而伯父竟是从未在家里睡过的,阿琳那时很奇怪祖父为什么没向伯父发脾气。

　　母亲是一个勇敢的、康健的妇人,微黑的皮肤,伶俐果决的眼睛,双手因过度劳动而变成粗糙,阿琳有时在客厅里望着那张母亲在结婚时跟父亲合拍的相片,奇怪相片中的她怎么会这样年轻,像朵刚刚开的桃花。几年来的劳动、贫困、奋斗、疾病，剥夺了她的青春、幸福的憧憬，而使她成为一个较为严厉的妇人了。她很盼望她的儿女能够多读点书，多受一点优秀的教育，为着这个愿望，两三年来她时时都在劳动着、刻苦着，忍受着社会上一切的轻视，一切的侮辱。

阿琳记得只有一次母亲是快乐的，那是在寒假中，母亲带着他和他的两个妹子：一个阿香，还有一个是只有一岁的阿麟，在一个晓雾茫茫的黎明中，乘着一条充满干鱼味的小轮船回到母亲的故乡去。母亲的故乡是在距离厦门不远的Q岛，倘若是乘着好的小轮船，两点多钟就可以到。船是七点钟才开的，在许多耸立的船桅和呜咽的汽笛声中，迎着晨阳的影子向港外驶去。他们母子四个人在船尾占据了一个小小的位置，守着两只旧皮箱，母亲用一条灰色的领巾裹住头颈，一面给阿麟喂着乳，一面哄着阿琳阿香两人吃蛋糕。阿琳用双手掩住脸孔，摇着头，虽则早晨动身以前只喝了一点开水，然而现在觉得有什么东西要呕出来似的。小阿香也是这个样子，皱着眉头，扭着枣一般的小脸孔。母亲孩子一般微笑着，温柔地抚着他们的头发，安慰他们，告诉他们说外祖父要怎样欢迎他们，要请他们吃鸡子，吃一顿很丰富的中饭，孩子们半张着口，欣喜地笑着。

船中充满种种的客人，有高谈阔论的中学生，有短衫短裙的女学生，有矮肥的商人，有穿着夏服的南洋华侨，有脸孔苍白的妓女。在机器房里，赤膊的火夫们，用健壮结实的手臂铲起一堆一堆的黑煤掷在热烘烘的火炉中，于是干鱼味的小轮船走着，走着……

船到Q岛的时候是在九点多钟，冬天温暖的阳光从铅块一般的云堆里溜了下来，映照着母亲美丽的故乡。外祖父他们雇了两部轿子在码头上接他们，从轿子里望出去，阿琳看到一大片荒芜的旷野，一条连绵的、单调的赤土路。外祖父是个温和的老人，留着雪白的胡须，伸着双手欢迎他们。母亲小孩子一般笑着，活泼地跳来跳去，年纪似乎是轻了不少。他们在母亲的故乡过了年，吃了许多东西，舅父又带他们去骑驴子、掘山薯、拾蚌壳，度着异常愉快的日子。他们从来没有这样快乐过，母亲让他们撒娇，让他们做种种顽皮的事，然而这种日子并不是长久的。一回到鼓岛来，一切劳动、辛苦、悲惨的日子仍旧继续下去，母亲又是一个严厉的妇人，忙忙碌碌地烧着饭，打扫着地板，洗着、晒着、烫着一大堆一大堆的衣服。

在龙头街的附近,有一大片荒芜的旷地,工部局在那儿盖了一间大厕所。在这个叫做"河仔墘"的旷地上,每天午后和晚上都排好了两三座说书摊子,每座摊子有二三十来条长凳,说书的个个都是烟鬼,苍白的脸孔,黄的牙齿,柔弱瘦削的四肢,左手拿着书,右手便在空中挥舞着。在说书摊的周围,在垃圾堆和污秽混浊的小水沟中,还拥拥挤挤地排好了十来个小摊子,卖水果的,卖汤圆的,卖牛肉面的,卖香烟零食的,卖冰淇淋的,卖新花生的,卖山芋的。阿琳常常跑到这里听说书,瞒着他的母亲和妹子。他顶欢喜那个海沧烟鬼讲七侠五义和梁山泊的好汉,他盼望自己将来会做一个山西雁,或是一个武松。他常常站在说书摊边,呆呆地张着口,出神地倾听着。坐在长凳上听书的,大多是流氓、恶棍、懒汉、舢板夫、泥水工头、学生、公子哥儿、小贼、小商人。有时,两三个"河仔墘"的顽童会跑过来跟阿琳开玩笑,用种种的话嘲笑他、骂他,向他挥着小拳头挑战,在这种时候,阿琳只得早点跑开,红着脸孔连头都不敢回,他晓得自己不是一个英雄。

有时,母亲雇来送衣服的孩子病了,洗好的衣服每每是由阿琳代送的。洗衣服的主顾有的住在距离较远的内厝澳,去的时候必须从工部局前那个小岗子走过,倘若是在夏天,阳光像火一般燃烧着你的头额,你的小脚践踏着那种在溶解中的、热烫烫的柏油路,手中又是一大包沉重的衣服,在这种最难堪的时候,忽然又有几个内厝澳的顽童跑来跟你开玩笑。他们狠狠挥着小拳头,扯住你的袖口,用一把一把微湿的污秽的泥沙撒在你的领口里,骂你是狗杂种,是河仔墘的走狗,在这种环境之下,你只好窘然苦笑着,又不敢丢下衣服,撒脚就跑(这一定会挨妈妈痛打的),那么只好装做是个懦夫,勉强忍受着他们的侮辱、他们的嘲笑、他们的一切。

每次送衣服回来,阿琳总是忍着一肚子气,想哭,想报仇,看见妹子阿香安静地坐在窗口上看旧的儿童画报也生气,有时甚至将画报抢了过来,故意逗她哭。于是母亲便从弥漫火烟的灶房里跑了出来,一面用围裙揩着双手,用温柔的话安慰阿香,一面瞪着严峻的眼睛来注视这个小野人,脸上溶合着愠怒的、鄙夷的、怜惜的表情。

晚上,阿琳躺在床上,听得见母亲在灶房间向邻妇呜呜咽咽地哀诉着:"这孩子,多么蛮……如果是有一位好好的爷,谁会叫他去送衣服……"接着便是凄凉的啜泣声。

* * * *

阿麟是阿琳最小的妹子,是父亲离开厦门两三月后才生出来的,大家都欢喜她,因为她是一个多么胖、多么可爱的婴孩啊！那时祖父还住在他们家里,盼望母亲会生一个男孩,甚至预先替那个孕中的婴孩取了"李光"这样一个男孩的名字。但是一听见母亲生的是女孩,即刻像青烟一般溜开了他们,丢下阿琳和阿香两个小孩子跟那个产后衰弱的母亲去度着孤苦悲惨的日子。那时父亲刚刚到南洋去,一点消息都没有,家里只有一点点的钱,而母亲又在害病,没有乳可以喂孩子。孩子饿着,常常哭,日子真像铅块一般沉重。后来幸亏有一个姨丈,从厦门跑了过来,帮他们做了许多事情,还了一点债,又替婴孩阿麟(这个名字是他取的)定了三四个月的牛乳,倘若没有这个姨丈,他们不晓得要悲惨到什么地步。这个可怜的阿麟就是在这种不幸中的幸运中生长起来了。有时,阿琳放学回来,走进客厅的木门,看见阿香那小妮子在窗前用乳瓶喂着笑嘻嘻的阿麟,心中偶然也感觉到妹子的可爱。但是这个可爱的孩子的存在并不很久。

这是一个夏天的午后,阿琳摇着他的小书包,踏着黄昏柔和的阳光回来,当他爬上水门汀石阶的时候,他奇怪客厅里为什么像死一般沉静,一点脚步声都没有,也没有婴孩的啼哭声,也没有母亲在灶房里工作的声音。一走进客厅的门,看得见母亲、阿香和一个邻妇都在卧房里,那些临街的窗子都关了起来,使屋内更为空虚、黑暗、冷静了。阿麟躺在小床上喘息,据母亲说:她的体温已经升到一百零四度,一点东西都不肯吃。不久以后医生也来了,他是一个矮胖的中年人,脸孔像火腿一般红润,提着一个光亮的小皮包,蹙着眉头走进来。他在病孩旁边坐了下来,按按脉,听听肺,用怪谨慎的声调问明了孩子的年龄,以及大小便的状态；接着便从皮包里摸出一张白纸头来,举起自来水笔迅速地开了一个药方,喊他们到他的药房里去配药。在走出去的时候又是蹙着眉头,但是他说:不要紧,不要紧,恐怕,恐怕是早晚吃了一点冷气吧,不要紧,不要紧,只是一点冷气……

听了医生的话,大家都吐了一口慰藉的气息,虽则医生的出诊费是五元,轿夫的酒资又是四角,配药又要一元多钱,可是大家都很安心,因为医生说孩子的病是很轻的。医生并不是陌生者,据母亲说,是他父亲的朋友,是厦鼓第一流的内科医生。阿琳也常常在礼拜堂看见他,他是一个值得尊敬的执事,常常跑起来捐款,虽则中学里几位学生对于他有点不大好的议论,如私贩鸦片、放印子钱等等,然而阿琳不大相信他们,因为青年人总是这样擅于说闲话的。

那天晚上,阿琳拿了张医生开的药方去配药,店前挂的招牌是个颜体的大字:张氏大药房,旁边还有一大列的英文,阿琳都看不懂。在配药的时候,阿琳看见三个外国水手跑进来买一种药,店伙耍笑了起来,彼此暗地挤眉弄眼,似乎有什么很神秘很可笑的。于是他便问那个配药的店伙,但是店伙只用鼻头向他笑笑,眼睛里似乎在说:你还是一个小孩子哩。阿琳一手紧捏着药瓶,一手紧捏着张医生的药方,跑到夜风阴阴的街上来,望着对岸厦门闪烁的灯火,想起刚才那个店伙的神情,心中感觉到一种轻微的惆怅。

但是张医生的药似乎并没有什么效用,阿麟的病反是越来越重了,母亲披散着头发,苍白白的,吃也不吃,睡也不睡,点着一根洋烛头,呆呆地守着那个昏睡的婴孩。几个邻居的,看得过意不去,大家募集了五六块钱,借给阿琳他们去请医生。不久以后,张医生终于再坐着轿子来了,还是那么镇静的步态,口角衔着支雪茄,摇着那个小皮包。一走进窒息的卧房,蹙起眉头来,按按脉,听听肺,喷了两口雪茄,然后慢吞吞地说道:"大概是吃了什么肮脏的东西吧。"于是母亲便用颤抖的声调询问他是否是霍乱。"霍乱?"张医生耸耸肩,口气中似乎以为"霍乱"这两个字不是平常人所可以随便乱说的,接着便以很不满意的眼睛望望茶黄色的旧蚊帐,低的屋顶,空虚颓落的四壁,以及摇曳着的烛火。阿琳像猫一般蹲在暗角里,望望床上瘦削的婴孩,望望那个喷着雪茄的医生,又望望母亲苍白的脸孔,心中涌起一个奇异的念头:是的,妹子是会死的。他不愿意再思索下去,这个念头太可怕了。

他从窒息的卧房里溜了出来,跑到灶间里去,那儿充满着黑暗和空虚。阿琳打开灶房的小窗,窗外是蔚蓝的天空,花一般的星儿,苍白的夏夜的月。月光奇异地照着楼下那座古井。古井边充满着绿色的苍苔,在夏夜奇异的月光下,显出更为凄凉的景象,井旁坐着一个邻家的婢女,沉思地凝视着井绳印在庭上的黑影。夜风是温柔的。阿琳听得见医生橐橐的皮鞋声走下水门汀的石阶,接着又是一阵奇异的、难堪的沉默。

一点多钟后,张医生派了一个店伙送药来,一来便使屋子里充满一种喧闹的空气,母亲问他孩子到底是什么病,他便毫不思索地讲出一个很长很长的病名,使母亲忧愁的脸孔再充满着难堪的困惑。那个店伙是一个短小活泼的汉子,只穿着一件衬衫,说起话来像钟一般响,他也替阿麟按了一会脉,又将屋内的卫生批评了一番,从母亲微抖的手中接了四毫钱的酒资,才像火鸡一般跳了出去。

这是星期六的深夜,疲倦了的市街死一般沉静,小阿琳被母亲从竹床上拖了下来,孩子顽固地挣扎着,用手揉着异常疲倦的眼睛,母亲出力摇着他的肩头,啜泣着。孩子不愿意睁开他的眼睛,不,他要睡觉,他疲倦,异常地疲倦;然而他觉得眼皮上有一团热,一团热刺刺的东西,眼睛终于缓缓地张开了,那是烛火的光。他醒转来了,他看见自己是站在母亲的卧房里,站在妹子的床前,妹子痛苦地喘息着,小肋骨急急地起伏着,小眼睛向上不断翻着。母亲在哭着,哀哀地哭着,恳求阿琳快点去请医生来,阿琳的心被一种难以形容的情感所激动,他忽然完全了解母亲所说的话,就像疯子一般跑下水门汀的石阶,穿过黑暗的街衢,一直向医生的住宅走下。他不晓得在什么时候已经跑到医生的门前,出力地按着电铃,好久以后才有一个仆人从里面慢吞吞地走了出来,疑惑地望着门外的小孩子。问明是谁来请医生的,便说医生已经在睡觉了,接着突然将铁门关了起来,丢下阿琳一人在门外哀诉着,恳求着。

在回家的途上阿琳觉得自己是一条被殴打的狗,心中充满火一般的愤怒,紧紧地捏着两只小拳头。爬上家里水门汀的石阶,阿琳听得见母亲和几个邻妇的哀哭声,妹子的床前床后都已经点着小蜡烛,就是请医生来也没用处了,他想。小阿香躲在灶房里啜泣,鼻涕与眼泪时时搅在一起,阿琳在她的旁边坐了下来,想哭,但是没有眼泪,只有热辣辣的愤怒。烛光从母亲卧房里溜到灶间里,巨大模糊的人影繁杂地印在灶间的壁上。阿琳觉得疲倦,极端的疲倦,他想睡觉。

黎明像蛇似的爬上了灶间的小窗,清冷的风带来了教堂里晨祷悠扬的钟声——钟声散布着博爱的、和平的、慈善的、幸福的、平安的福音。不久以后,龙头街将再热闹起来了吧,那个矮肥的牧师将再在教堂里用热情的声调讲起耶稣的殉难,白玫瑰花将再唱着使人迷醉的歌调,绅士们将再站起来捐款,板着铜像一般严肃的脸孔。在星期一,基督徒们将继续劳动,有的继续私贩鸦片婢女,有的继续做尊贵的洋行买办,有的继续做大慈善家,有的继续度着异常悲惨的日子,忍耐着,刻苦着,赞美荣光的上帝,等候着来世的幸福。

  雨。整个鼓岛在霏霏的细雨中,翠绿的树枝在微风中摇曳着,空气里充满着一种新鲜的大地的香味。阿香一面走着,一面哭,鼻涕还是跟眼泪搅在一起,阿琳扯着姨丈粗大的手,咬着嘴唇一步一步缓缓地走着他的路。母亲跟在小棺木的后面,枣一般瘦削苍白的脸孔,眼睛又红又肿,时时用一条手帕去揩眼泪。大家都沉默着,只听见沙泥路上许多不整齐的脚步声。抬棺木的是两个壮年的伙夫,脚上穿着黄草鞋,在前面迅速地走着;棺木又是那么小小得那么可怜,由几块纸片一般的薄板钉成。有一个伯父一个叔父也跑来帮忙,但是他们总是那么冷冷的,对于母亲诉说的贫困,总是那么怀疑似的眨着狡猾的眼睛——他们都以为父亲已经寄了许多钱回家。幸亏有姨丈肯帮忙,同时又借了许多债,才能够勉强将小阿麟葬在荒凉的公共墓场里。那天落着雨,霏霏的细雨,十来个垂着头忧伤的人,一具薄纸片搭成似的小棺材……

  接着又是刻苦,又是悲惨的劳动,布店、杂货店、米店、柴店、鱼店、肉店、菜店,到处都是债,而房租又是拖欠一个多月,房东板着长脸孔来了好几次,次次都是怪慈善地说起他是父亲的老朋友,接着便是猪一般的蠢笑,那种笑,那种怜惜的神气,实在比用武力讨债还使人难受。学校是再开了,学费又在增加着,教科书又要费钱,练习簿要费钱,笔又要费钱,有时衣服穿得太坏些,又要挨先生骂,连在礼拜堂里也应当捐一点钱,否则便像罪犯似的觉得局促不安。为着这一切,忧愁的母亲日夜工作着,忘记了自己的健康,于是头昏、腰酸、胃痛、气喘、疾病,昏暗悲惨的日子……

* * *

  在阿琳小学毕业那一年的夏天,母亲忽然接到父亲要回来的电报——这张电报使他们贫困的小家庭,即刻充满了希冀和欣喜的空气。阿香姑娘简直是一只小麻雀,摇着两根短辫子,到处用很兴奋的声调告诉人家道:"爸爸要回来了,我们的爸爸要回来了!"听着她的话的人,总是会同情地微笑着。啊,谁不晓得这个在贫病连环中挣扎的小家庭的悲惨啊!

这是一个夏天炎热的午后,青色的天空上浮着一堆一堆灿烂的密密的白云,街上充满着热带的景色,涂着斗大"冰"字的店旗,像少女一般媚笑着,百货商店明亮的店窗里是排着种种的草帽、白帆布鞋、游泳衣、薄的浅色衣料。轿夫们满面满身都是汗水,赤裸的脚辛苦地践踏着热烫烫的柏油路;白种的商人、牧师、领事、医生,坐在轿子上喷着雪茄,只穿着短袖的衬衫和黄帆布短裤子,露出满身兽一般的长毛。

从泉州赶来的伯父,带了阿琳阿香两人,雇了一条舢板去迎接从南洋回来的父亲。父亲的船是五点多钟才到的,喷着浓黑的烟卷,吹着异常尖利的汽笛。阿琳望一望升旗山,看得见旗杆上一面飘着红红绿绿船旗,一面是四五个报告风暴的黑旗字。父亲穿着一套淡青色的合领的西装,伏在大船的铁栏上向他们挥着手,阿琳阿香都不认得他,因为父亲在他们的记忆中只留着很浮幻模糊的印象。伯父喊他们也挥着手,他们顺从他的话,于是他们看见父亲在笑,唉,多么温和的笑啊!父亲不让他们上大船去,一手一只箱子,腋下还挟着一张帆布床,敏捷地跑下步梯来,不久以后,他便在他们的舢板上了。

父亲是一个很瘦的中年人,脸孔发黄,好像有病似的。伯父疑惑地望着他,问他其余的行李放在什么地方,父亲耸耸肩,用有点不自然的声调答道:"就在这里,都在这里……"阿琳看得见伯父的脸上掠过一阵失望的影子。父亲摸摸孩子们的头,疲倦的眼睛里露出一种炽烈的慈爱。他望着鼓岛,再望望厦门,口中喃喃道:"啊,没什么改变啊,没什么大的改变啊!"接着他又向伯父问了许多关于伯母、祖母的事。

到了家,母亲从灶屋里走了出来,苦苦地、欣喜地笑着,眼睛里噙着闪烁的珠泪。父亲放下了他的箱子,望着被过度劳动与贫病剥夺了健康的母亲,没血色的唇上也浮起了一种怜惜的苦笑。

自从父亲回家以后,许多从未来过的亲戚朋友,现在都来了,一来就是笑嘻嘻地恭喜发财那么一大套,父亲总是酸酸地微笑着,挥着手,喊阿琳去买冰,买了冰回来,客人总是又把母亲的贤能、阿琳阿香的聪明,滔滔地恭维了一阵。听着父亲向母亲说的话,父亲不但没有发财,并且还失了业,因为是生了一场大病。父亲刚到新加坡的时候,由一位朋友介绍到一间橡胶公司里去服务。公司的主人也是厦门人,对于慈善事业、教育事业异常热心,然而对于雇员工人的待遇,却是异常的坏。最近因为橡皮市场不振,公司收入骤减,于是乃实行严厉裁员,那么,在病中的父亲当然亦是被裁的。"去的时候满心都是发财的梦,可是回来的时候,仍旧是两只破皮箱,一张帆布床。"他常常对母亲这样说着,带着抱歉的口气。父亲也向母亲问起这几年家中的情形,祖父是怎样死了的,亲戚朋友是怎样奚落了他们,生病的时候是怎样的困难,接着又说起了阿麟,母亲的眼眶忽然红了起来,父亲也叹了一口很悲哀的长气。

有时,楼下那个修牙齿的,阿琳喊他做阿清叔,也跑到楼上来谈谈,这几年来他也是在贫困中挣扎着的,他的妻子已经生了第五个孩子,天晓得他要用什么东西去养他们。他是一个老实的汉子,似乎是太老实的,他完全没有商人油滑狡猾的性格,走起路来总是蹑着脚尖,垂着头,不敢多看人家;安息日他到礼拜堂去,在虔诚的祷告中,他得到了一点小小的安慰。

阿清叔有一个弟弟在漳州中学当教务长,是父亲小学时代的同学,听见父亲从南洋回来,也跑过来坐坐。这位先生是美国留学生,戴着眼镜,穿着不大整齐的洋装。阿琳他们喊他做刘先生。他跟父亲很熟,什么话都谈,老是欢喜讲起"当我在美国的时候",一肚子里都是牢骚,对于谁也不满意。他说只有基督教能够救中国,倘若中国人都变成基督徒,中国一定要变成美国那样强。然而他对于厦鼓的教会也不满意,比方说牧师德行的浅薄啦,教会组织的不健全啦,会员的复杂啦,长老执事的腐化等等。

阿琳有一次听见这位刘先生谈起那个把妹子阿麟活活弄死的张医生。张医生在教会里当执事,暗中却在串通海军私贩鸦片,私贩婢女,放重息的印子钱;在外面老是装得怪正经,从来是不走花柳间赌场这一途的,其实在家里养着怪漂亮的婢女,弄大了肚子才将她硬嫁给手下的奴仆,孩子生了出来,竟然在喊他做公公。虽则家里很有钱,可是完全不肯做做慈善事业。比方说,这次刘先生办的中学要跟他捐一点儿钱,他便老早躲着不见客……

阿琳现在已经小学毕业了,升学似乎很成了问题,然而母亲一心要孩子多读点书,她说她愿意将她的首饰当掉,在犹豫中的父亲,终于也答应了。有一天,刘先生又是跑过来讲"当我在美国的时候",父亲便问他厦鼓的中等学校,想不出刘先生竟然大摇头,大骂各校的校长完全不懂得什么是教育,对于近代教育制度、教育原理、学校管理以及学生心理等等,完全没有一点儿常识。刘先生发了半天惊人的议论,迫得皱着双眉的父亲终于决心将阿琳送进刘先生自己办的中学,那中学是在漳州。

风景画二

跳上开往浮宫的小轮船,一阵浓重的咸鱼味混合着妇人奇特的发臭,像小旋风一般钻进鼻孔来。穿着水管一样狭的裤子的番客,撑着青绸伞的女学生,满脸汗水的水贩;默然抽着烟的绅士,畏缩地眨着小眼睛的老妇,卷着衬衫袖子的学生。这是初秋之晨,船旁的油腻混浊的海水漂着枯黄的芦苇、玻璃瓶和种种的垃圾。厦门岛在薄雾茫茫中露着灰色的轮廓:灰色的码头,灰色的街道,灰色的人的脸孔。褴褛的小报贩,从舢板里跳到轮船上来,一面挥着油墨味的报纸,一面用粗嘎的声调喊出报纸的名字和当日重要的消息:《江声报》《民钟报》《思明日报》……孙传芳……吴佩孚……许崇智……张作霖……冯玉祥……

轮船喷着浓黑的烟流,走了一点多钟才到浮宫,拉着尖利的、呜咽的汽笛。在污秽的码头上,宪兵们板着怪阴沉的长脸孔,检查着搭客们的行李。站长是一个矮肥的福州人,穿着蓝色的制服,没戴帽子,眨着老鼠一般的小眼睛。车站里没有车子,似乎又是脱了班,有人跑去问站长,站长只是耸耸肩,扭扭鼻孔道:等一等,等一等。搭客们密密地聚在车站旁的旷地上,望望那条黄泥土的汽车路,望望天上铅块一般的灰色的云堆。大家都很焦急,很不耐烦似的。有的在骂站长,有的在骂汽车公司。一个穿着西装的中年人又在很愤慨地说道:"当我在美国的时候,哼,这种事情……"旁边的人们抬起头来,满不在意地望着他,对于他那许许多多"当我在美国的时候"似乎早已失去了兴趣。长途汽车到一点多钟后才到,据车夫们说,在石码附近有一段汽车路被水冲坏了。搭客们不大相信他们的话,大家都在抢车子。坐在车子上等车子开,又要一刻多钟。汽车夫们跑去吃面,吃了面又要大便;跑去质问站长,站长照例又是耸耸肩,扭扭鼻孔哼道,等一等,先生,等一等。那个穿着西装的中年人,在揸着脸上的汗,伸长着脖子,似乎再要说:"当我在美国的时候……"但是看见大家不大愿意理他,便又将脖子缩回来了。

车子开了不久便落了雨,雨像沙粒一样大,哗唎啪唎击着震动的车窗,车夫衔着烟支,在牙缝里喃喃咒骂着天气。从车窗里望出去,看得见路旁青翠的农田、颓落的村舍、黄泥土的泥泞的路。车子在水头附近突然开不动了,车夫像放连珠炮一般骂了许多难懂的话,冒着大雨跳下车,用一条弯曲的铁杆去绞动车机,弄了好久还是弄不好,终于挥着汗珠与雨水再爬上车来,喊那些男搭客们到车后去推车子,搭客们板着很犹豫的脸孔望着车窗外的雨,忍受不住车夫连珠炮一般的咒骂,终于一个一个溜了下去,推了五六下,车子便开了。

到漳州的时候已经是十二点多钟了,旅客们忧郁地望着车站赤砖石的建筑物。

李 琳

漳州是一个曾经一度繁荣的城市,宽阔的石路,装饰简陋的商店,闪烁着肉的诱惑的康乐道,单调的平房,缓慢的牛车,处处充溢着中古时代小城镇闲散安静的气息。

漳州中学是在县城西郊外,在一个小山上。学校是美国人开办的,极力鼓吹着基督教的思想,实行次殖民地的文化侵略。校长是中国人,可是实际上学校的管理权都在外人的手中,学生们是被训练做谦卑的基督教徒,听从白种人的话。李琳初进学校的时候,在这种基督教徒奇特的气氛里,觉得很过不惯,但是不久便习以为常了。教务长刘先生在学校不大管事,只会发牢骚,许多人说他跟校长不对路,这或许是可能的吧,因为一个脑子是新的,一个是旧的。

学生的宿舍是在山上,空气地位光线都很好,只是缺少了电灯,每天晚上都点着臭味的汽油灯。宿舍的周围载满着青翠的竹树,风一来总是簌簌地响着。李琳住在三层楼上,五个学生一间房间,从明亮的窗口望出去,看得见远山黛色的轮廓,像木刻画似的浮在地平线上。在国民革命军未克服漳州之前,李琳在那个小窗口常常看得三四个褴褛的罪犯战栗地跪在山下荒芜的广场上,在距离不远的地方,有一排灰色的兵士在瞄准着枪,铜像一般屹立着。接着是呼的一声,枪管吐着灰色的火烟,犯人们一个一个倒了下去,头上胸上倾流着鲜红红的血。

在李琳进初中二年级那一年春天,漳州城充满种种革命军进攻的谣言。北洋军阀的军队在不断地退却着。学校里几个外国教员都觉得很不安,因为听说革命军是杀牧师、烧教会学堂、烧礼拜堂的,他们都逃到鼓浪屿去受外国兵舰的保护。国民革命军进漳州城是在清明节的前后,听见了枪声,留校的学生们都跑到教室的地窖底躲了起来,个个是苍白的脸孔,大家都担心他们会来烧学堂,李琳到这个时候,很懊悔自己为什么不早点回到鼓浪屿去。但是第二天早晨,杂差跑进报告说北洋军阀的兵全退了,革命军先锋队已进城了,并没有什么杀人放火的举动。

那天早晨除了零碎的步枪声外,漳州城死一般寂静,几个胆子大一点的学生结成一群,跑到街上去看革命军。街上的商店都关着门,但是路上的行人倒很多,三五成群,交头接耳,细声细气地评论着那些革命军。革命军在司令部前置了岗位放步哨,板着怪严肃的油腻的脸孔,眼睛很疲倦地眨着,对于人家不大愉快的评论,装做没听见似的。

国民革命军正式的军队那天午后才开到,灰色的军装,整齐的步伐,颈旁的枪刺在阳光中像冰河似的闪耀着,不断地流着。尘垢的脸孔,宽阔的肩头,高逞着的胸,健康的笑。军官骑着高大的黑马,镇静地咬着嘴唇,眨着黑炭一般的大眼睛。马一面走着,一面喷着白色的泡沫,扬着柔泽的长尾巴。街上的行人都站住了脚,呆呆地张开着口,他们奇怪这些正式的军队为什么不先开进来。在黑密密的人群中,一个小学生高高地挥着紧握的小拳头,很兴奋地喊道:

"这是我们的军队,我们老百姓的军队,妈妈告诉我们!"

许多人的眼睛都在望着这个天真的孩子,许多人的心都被一种难以形容的情感所感动,一种难以抑制的兴奋从人人的心里像瀑布似的倾流了出来,他们睁着仰慕的眼睛凝视着那些兵士——那些跋涉千里为民众而战斗的英雄。人人的心里在想:被压迫的民众将从军阀们奸掠残杀、苛捐重税的铁蹄下得到解放吧。于是党部,政治部,工会,学联会,商会,总理的遗像,三民主义,建国大纲,青天白日满地红的旗,红红绿绿的标语,女同志,便充满了这个文化闭塞的古城。到处都是"努力下层工作""到民间去"的口号,汽车工会、印刷工会、人力车工会、农民协会,都迅速地组织了起来。许多学校换了校长,变更了课程,举行纪念周,受着革命党的指导。在此期间中,漳州中学几个外国教员、牧师,都陆续回来了。校门前高高地贴着国民革命军东路军总指挥何应钦"保护外侨生命财产及教会学校"的告示,实际上,革命军的行动并非真的像人家所谣传的那么凶。

在厦门的父亲写了一封快信给李琳,询问他的近况,对于他的安全很担心。李琳接了信,即刻写了一封很长很兴奋的信答复父亲,告诉他革命军是民众的军队,并没有杀人放火,他们是怎样好的人,是为着民众而打仗,他们的纪律又是那么好,与北洋军阀那些奸掠焚杀的军队完全不相同。最后他又说,厦门没有真正的革命军队真是可惜,他很盼望父亲会到漳州来玩一趟,来看看我们那些捍卫祖国的、民众的军队。

李琳写完了信,听见楼下在敲着集合的钟声,匆匆跑了下去。在小礼拜堂里听了校长先生的报告,才晓得是要到东校场去听何应钦将军的训话。在广场上排好了队伍,大家都很兴奋,盼望可以早点看见这个著名的何应钦将军。

在东校场,在明亮的春日阳光中,校旗、军旗、党旗、国旗,像火龙一般挥舞,燃烧着。矮肥的何应钦将军,站在木棚上,勇敢地站在背着机关枪的卫队中,挥着拳头,作异常壮烈的演说:"民众的军队……北洋军阀……帝国主义……革命外交……工农商学兵的团结……党的基础……被压迫阶级……最后的胜利……"

被列强帝国主义封锁了八九十年的中华大陆,一幅历史新的画卷似乎是在展开着;而这个在北洋军阀践踏下的古城,这个死气沉沉的古城,工人、农夫、兵士、学生,第一次握着手,铁一般团结起来……

风景画三

初秋的黄昏,卷着落叶的西南风,在寂寞荒凉的鼠亭上悄悄地叹息着。绚烂的晚霞,奇异地映照着山脚下颓落的城堞,奇异地映照着绿沉沉的旷野。围在鼠亭古石栏上的,是几个郁郁不得志的青年,蓬乱的头发,苍黄的脸孔,眼睛里是空虚,阴沉沉的空虚,有的在沉思着困厄险巇的身世,有的在抽着手卷的纸烟,有的在凝视着一片一片枯黄的落叶,给渺茫的西南风,吹着吹着……

古亭下的小径,猛然有了银铃一般的女性底笑声,接着是一位革命的武装同志,搀着一位花一般的姑娘,从古松的黑影里露了出来。男的佩着光耀夺目的党章,头发油光,脸上新刷过雪花膏,女的款款地摆着纤细的腰肢,挂在红唇上的,还是那种淫亵、狎昵的靓笑。

"这是漳州的一个胜景,这座山叫做芝山,这个亭子叫做鼠亭,从前朱文公也到过这里……"武装同志操着广东腔的国语,文绉绉地说明着。

从岗子下走进暮色沉沉的古城,经过寻源书院,走进了城市的核心,在沿街黰黑的土墙上,到处看得到是白纸黑字的标语。

李　琳

圣诞节,南国的圣诞节,怀着沉重的思乡病的李琳,跟着同学老程,懒懒地践踏着中山公园里晚冬柔和的阳光。在公园冷落萧索的墙头,挂着绚烂美貌的晚霞。学校里放了五天的假,来庆祝圣诞日,这对于已经飘扬着青天白日旗的漳州,显然地是承继着炮舰与金元政策而来的文化侵略。可是,在学生时代,哪一个学生不欢迎放假。

老程是一个磷质的青年运动家,文化侵略、经济侵略这一类的东西,在他脑子里只有一个模糊的印象,教科书更不必说。教师对于这种学生,有时候失望得连教书的勇气都没有了。他只欢喜运动,特别是网球,他那重的抽球,凶猛的压杀,回手的稳固,以及置球的适当,使他成为漳州网球第一线的人物。恋爱是不可思议的,然而,有时候友谊也是不可思议的……而李琳和老程两人的感情,便是这种不可思议的友谊的一种。一个是较为有进取的青年,一个是磷质的糊涂虫。

老程的家是在中山公园旁边,一座灰色的小洋房。推开围墙的小门,听得见里面有嘹亮的钢琴声。客厅里装饰得很整洁,稍为带着法兰西柔和的风味。在玻璃窗前,一个十五六岁的女孩子正在按琴,穿着淡青色的旗袍,头发比炭还要黑。听见了男性粗暴的脚步声,像猫一般敏捷地转过头来。苍白的橄榄形的脸孔,忧思的眼睛,两只小手还在弹着波兰薄命音乐家萧邦的《夜曲》——沉郁凄凉的琴音,风一般溜出了散开的小窗,而流入圣诞节薄暗的晚空。

"这位是妹妹国瑛,在女中念书的。这位是同学李琳。"老程爽直而又笨拙地介绍了一下,完全没注意到妹子脸上稍为皱着的双眉,双眉下是空虚的眼色。

李琳很窘地脱下了帽子,做了一个勉强的笑脸,凝睇着她那对忧思的疲倦的,然而恬静的眼睛!眼睛里是异性们所不能了解的神秘的深渊。在她,李琳或许只是一个很平凡的青年;然而,在怀着沉重思乡病的青年,在圣诞节晚一种浪漫而沉醉的气氛里,她却是有多么惊人的迷力啊!

李琳从来想不到老程有这样一位妹子。老程的父亲是个包捐运鸦片的劣绅,自家为革命青年的李琳,对于劣绅的家庭,当然没有好感——不过,阿瑛似乎是一个例外,好像是一株生于污泥中的莲花似的。特别是老程将妹子失恋的事告诉他以后,他越觉得这朵莲花的可怜可爱了。

李琳不晓得自己从什么时候起,对于这个脸孔苍白而似乎有肺病的小阿瑛,倏然有了一种恋恋难舍的感情。第二天下午,他跑遍了全城书铺,为要找到一张美丽的、有意义的贺年片给她。找了半天才找到了一张较为惬意的,接着又亲身跑到邮政局去寄。回来的时候,才觉得自己轻松了不少,心上也没有什么铅块似的东西重压着了。跑进校门口,看见同学们在操场上打篮球,脱掉外衣参加进去,打了一身的汗,跑到膳厅后去洗浴,浴后又是围着桌子吃饭抢菜,大家想起五天舒适的放假,都在笑着、谈着。

晚饭后,李琳独自个儿跑到芝山上去,在古亭上望了一回西边赤色的落日,暮霭苍茫的县城,远山模糊的轮廓,以及庙宇颓落的红墙,心里忽然想起自己寄给阿瑛的那张贺年片,当她拆开信封的时候,她将怎样奇怪啊。一个陌生生的男子的贺年片,贺片上是瑞士名山日落的风景,或许,她会笑起来吧,哼,不,她一定会很生气,一定会把那张贺年片撕掉的。想到这里的时候,李琳从古亭的石栏上下意识地跳了下来,他不能够再安静地坐下去,他觉得有点懊悔,奇怪自己为什么干了一桩这样荒唐的事,给同学们晓得,一定会大闹笑话吧。

他沿黄泥土的小径疾走着,一步一步地踏着径上飘零的落叶;于是他又想起苍白的小脸孔,深湛的眼睛,浓黑的头发,在钢琴上晃着的纤指,他按捺不住地喊着她那迷人的小名。

回到学校里,天已漆黑了,宿舍里很寂静,同学们大多是去参加圣诞节第二次庆祝会的。然而卧房里有灯光。推开没有油漆过的房门,看得见老程独自一个人躺在铁床上懒懒地翻着日报,其余的房友都已经出去了。老程抬起头来,问了一声"到哪儿去"以后,仍旧继续看他的报纸,李琳倏然觉得有点惭愧,竟然瞒着自己的老友向他的妹子进攻。他晓得这是卑鄙的,但是也没有说什么。

第二天早晨,坐在操场上死等绿色的邮差,虽则明明晓得她不会复得那么快,然而还是在那儿等着,等着。邮差到十点多钟才来,李琳跑了过去,劈头就问:"有李琳的信?"邮差有点奇异地望着他,摇摇头。那一天,痛苦咬蚀着他的灵魂。中饭后,他瞒着朋友们独自一人在中山公园附近瞎跑,寒风刮起一阵一阵污秽的尘埃,使他时时用手巾掩住鼻孔。他在她的家门口跑过了好几次,每次走近去的时候,脚步总是很不自然地快了起来,而心又在喉咙口急跳着。有时候有琴声,他很盼望她会从飘扬着的白窗帘后伸出头来;但有时候连钢琴声都没有,随即又在牵挂着她是在生病还是什么……

那一年最后的一天,一个蒙雾的冬晨,李琳终于从老邮差手里接到了一封淡青色的信,信上是女性很清秀的小字。他的心又在喉咙口急跳起来了。他赶快把信塞在裤袋里,左望右望,害怕给同学们看见,邮差看着他那样窘迫羞涩的样子,几乎要笑了起来。李琳也没有空去睬邮差在笑他,回转身便向飘着落叶的山径上匆匆跑去。瞎跑了半天,终于拣了一个很幽静的地点坐了下来。

他从裤袋里摸出信来,一看见那清秀美丽的笔迹,双手便不自然地抖了起来,而脸上是不断地激增着的燥热。贺片也是一张风景画,有点脂粉的香味,李琳睁着大眼睛,小心翼翼地注视着那些斜斜的,女性的,蓝墨水的小字,觉得自己是世界上最幸福的人了。贺片上是北欧冬晚落日的风景,街上桥上屋顶上树枝上都堆积着厚厚的雪,石桥边是一间古旧的小教堂,教堂的窗口里露着辉煌的灯光,教堂后是赤红色的晚霞。这张画的色调异常沉郁,很容易使人体味着人生的疲倦。一个十七八岁的花一般的少女,真不应该用这样沉郁的风景画寄给她的男友吧。李琳将那张风景画看了又看,幻想着这张贺片的主人在寄贺片时是怎样的心情,应该不是笑着,也不是生气的吧。他在山上静坐了好久,听见了学校里晚饭的钟声才缓缓地走了下去,很满意地微笑着。

以后,李琳还到她的家里去过两趟,大家混得熟了一点,讲话也自然一点了。每次回来的时候,李琳总是异常愉快地微笑着,自以为两方的感情已天天地增长着了。老程也有一点儿感觉到,不过他并不说什么。有时他偶然向李琳说起"神经过敏"这一类的话,很使李琳难过,并且灰了心。

寒假回了家,母亲已经生了一个弟弟,身体非常衰弱,常常躺在床上。父亲现在在厦门跟一个朋友合资开了一所商店,生意不大好,所以家中的空气仍旧是灰色的。阿香最近也剪了发,穿起旗袍来,懂得半合着一双眼睛笑,常常跑出去,不愿意留在家里。她说家里是地狱,父亲常常发脾气,像是一个疯子,母亲总是在生病,请了许多医生还医不好。小弟弟是个讨厌的东西,常常哭,常常撒屎尿,又要喂牛乳,好麻烦!她很希望能够像李琳这样在外埠念书,免得在家里做丫环,度着怪悲惨的生活。对于这些话,李琳总是带着一点同情去听,时而回复了一两句很不紧要的话。

李琳也常常跑出去,不高兴住在家里,因为家里实在是像一个地狱,大家都没有什么好感,父亲母亲几乎天天为着很琐屑的小事而拌嘴吵架,父亲总是摔碎茶杯,摔碎碗盘,而母亲总是哭啼啼,婴孩的啼哭更不必说。父亲一回来就发脾气,好像要将他在外面社会上所受的气都在儿女的身上发泄似的,因而谁都不大欢喜他。

鼓岛在冬天也是一个不大愉快的地方,刮沙尘的寒风,落叶,单调的柏油路,铅块一般灰色的天空,污秽的百货店窗,行人们忧郁的脸,人生好像只是一段疲惫而寂寞的旅程。

风景画四

鼓浪屿，花似的浮在碧绿的海水中。倘若隔着一条鹭江的厦门是中国最污秽的猪栏；那么，鼓浪屿该是猪栏边的天堂吧——没有车子，没有窒息的尘埃，没有马蹄声，到处是南欧味的小洋房，到处是青翠的树木，腊肠一般的柏油路，又窄又清静，充满着浓郁的诗意。

花岛上的住民多是富豪、洋行买办、银行家、糖商、茶商、南洋华侨、私贩鸦片的医生、失意的政客、发了财而度着"隐居生活"的土匪——他们都在各国帝国主义统治下度着安闲的日子。

在礼拜日，教堂的钟声会在晴朗的空中飘荡着，给饥饿层的人们带来了一种来世幸福的憧憬，引诱他们继续忍耐顺从地度着被压榨的、悲惨的生活。在教堂里，牧师的脸孔像冻了风一样红的牛肉，眨着慈善的大眼睛，笑着温和的微笑。在教堂外，基督教王国的水手，在街上掷着酒瓶，唱着耶稣殉难的圣诗，调戏着中国少女。

——一八四二年英国炮舰的大炮炸开了中华大陆，跟着炮舰的传道师，用基督教炸毁了中国二三千年的文化……

李　琳

春天，春天的影子又在灿烂的云端微笑着了，李琳匆匆地整理着行装，准备回到漳州。在寒假中他跟老程通了几回信，还没直接写信给小阿瑛的勇气。老程的回信总是那么短，简简的那七八行，很少说起他的妹子的事。

到了漳州，李琳将行李安置在学校里以后，即刻雇车子赶到老程家里去。车子在树影参杂的街上疾驰着，街树青翠的枝梢泛滥着无限的春意，遥遥地望着那座灰色的小洋房，心又是焦急地疾跳着。下了车子，爬上水门汀的石阶，轻轻地敲了门；出来开门的是老程的弟弟，一个顽皮的小学生，李琳问他老程在家没有，那个小学生摇摇头，睁着黑溜溜的大眼睛，似乎不相信李琳是来找他的哥哥的。客厅里燃着一种奇异的香木，青色的烟一圈一圈地飞出玻璃的小窗。客厅后倏然一个少女美丽的头伸了出来，接着是苍白色的微笑。

"老程没在家吗?"李琳一时找不到话,很窘迫地说着,脚下趑趑趄趄,觉得满脸是燥热。

"他到公园里去打网球。"少女娴静地回答着,走到客厅里来。她穿着一件白色华尔纱旗袍,头发散乱地垂在颈背上,眼睛像珠子一般闪烁着。她喊那个顽皮的弟弟去告诉老程说李先生来了。小弟弟走了出去以后,李琳觉得更为踟躅,很不安地坐在沙发上,不晓得应该说什么话。

"厦门这几天不冷吗?"先开口的反而是她,眼睛总是不断地闪烁着。他们就是这样地谈了起来,李琳觉得自己简直是一个机器,不晓得自己所谈的,到底是什么话。香木青色的烟,浓黑的发卷,珠子一般闪烁的眼睛,温和轻脆的声调,纤细的指头,李琳仿佛是在梦中一般。

不久以后,门外有粗笨的脚步声,老程像热旋风一般冲了进来。一手是Top-flite的球拍,一手是白帽子,汗湿的头发纷乱地黏在额上,颈上还松松地系着一条白毛巾。"原来是老李!我以为是哪一个李先生!"老程响亮地喊了起来,把球拍、帽子、毛巾,都掷到沙发上去。他跑过去拉拉李琳的手,接着又訾訾那个坐在钢琴边的妹子,妹子晃一晃黑金一般的头发,像猫一般溜了进去。

在开学那几天,李琳不晓得自己是活着,还是已经死掉。他对于同学、教师、课本、小说、运动,甚至革命运动,也都已失去了兴趣。每天午后三四点钟,老是在东门圆环附近兜着圈子,等着娇小的她放学回来,从那儿走过。有时,倘若能够得到她的嫣然一笑,被咬蚀着的灵魂,也有一倏间的宁静。

于是在一个春风醉人的晚上,一个星月繁耀的星期日晚上,在一个朋友家里听了一夜留声机回来,觉得人是异常的兴奋躺在床上,一合起眼睛来便看见苍白迷人的小脸孔,浓黑的头发,珠子一般闪烁的眼睛。他总是不能睡去,终于一跃下床,偷点了汽油灯,写了一封很长的信给她。第二天早上向学校告了假,亲自跑到邮政局里去寄。

李琳寄了那封信以后,每天看见邮差一来,心中总是懔然,而却从未接到回信,他晓得那封信是宣布了他自己恋爱的死刑。灰了心,把自己喊为单恋的病患者、神经过敏者,未始不是一桩自慰的事。他觉得懊悔,他想起了自己那在悲惨中挣扎的家庭,那个暴躁的父亲,那个被劳动磨损的母亲……

※ ※ ※

不久以后一个夏天的晚上。街灯初上,天空好像是少女的青油绸伞。公园边泥土的路上只有交错迷离的树影,空的零食摊子,卖冰淇淋的小铃声。李琳不晓得在什么时候忽然走到了阿瑛的门前,客厅里有浏亮的琴声,调子有时异常激昂,有时凄楚万分,制曲者和弹琴者似乎都有无限的伤心事,在向憧憬的黄昏诉说着。是的,这是她的家,这座熟悉的灰色的洋房,白网的法国窗帘,钢琴边是那盆青翠的万年青,在万年青的右边就是那只柔软的长沙发,李琳曾在这里坐过好几次,凝视着她那珠子一般闪烁的眼睛,谛听那温柔的低低的话声。

李琳匆匆地走了过去,他的心又在猛烈地急跳着,他的头部发烧,一阵一阵的冷战从背骨下流了出来,沉重的脚不自然地快了起来。他走了又走,走了又走,一条街又是一条街,人影、商店、摊子、车子,模模糊糊地流了过去,在脑子里留着很浅的印象,像梦一般,走着,走着,他终于走到东新桥畔,像木鸡似的站住了脚。桥下是悄悄地流着的水,溪船在黑暗中喷着一缕一缕的炊烟。在桥上,街灯懒懒地画着明亮的光圈,时而有一两个模糊人影,悄悄地走了过去。

李琳在这里站了好久,凝视着桥头商店灿烂的灯火,不晓得自己在想着什么。夜的寒冷使他接连打了好几个喷嚏。雇了车子回到学校里,饭也不吃,话也不说,便倒在铁床上睡觉。

第二天早晨觉得头很痛,用手摸一摸,怪热烫烫的,告了一天假,服了一片阿斯匹灵,倒上床又是睡觉。午后醒了转来,喝了一点冷开水,眼睛痴望着单调的天花板。校医来过一次,按了一会脉,笑着说:大概是受了寒吧,没什么要紧。李琳没说什么,盼望校医早点滚开。他把校医送来的药水倒在痰盂里,而病在第三天便复原了。

病好以后,先跑去找校长,将这次学联紧急会议的情形报告了一下,校长没说什么,只是询问学联是否有非基督教的倾向。从校长室出来,李琳卸下了一个沉重的担子,呼了一口慰藉的气息。

接着大考到了,李琳忙于预备课本,忙于预备初中毕业,将阿瑛及其他一切都忘掉了。考完了书,正在忙着毕业式种种节目的时候,李琳忽然接到了一张表弟寄来的明信片,信上只是寥寥的几个字,文句还有不大通的:令尊已携令堂赴沪就医,弟妹尚留鼓寓,考完请即返厦照料一切。

李琳吃了一惊,把那张明信片仔细看了几遍,奇怪父亲为什么没亲自写信通知他。但是接了这样的信,也只好不参加毕业典礼了。他带着信跑去跟校长商量,校长一口便答应了。

于是,在一个夏天温暖的早上,独自一个人带着一件箱子、一只网篮、一包被头,悄悄地离开了古旧的漳州,长途汽车吹着呜咽的汽笛,沿着黄泥土的大路疾驰着,朋友,教师,单恋过的少女,同学,都像烟尘一般留下后面了。

鼓岛的家里是一个活地狱。炎热的阳光,暖洋洋的鱼腥风,石灰颓落的墙壁,布满着蛛网污尘的屋角,并且婴孩又是哇哇地哭个不停,似乎在哭着这个小家庭悲惨的命运似的。

阿香穿着学生装在烧饭,在喂孩子,在洗衣服,忙碌得使你觉得非帮帮她不可。你一帮她,她总会有种种巧妙的法子,把所有的事情都推在你的身上,于是你便变成这个小家庭的小奴隶。

早上一起来就要买菜,买了菜回来要帮阿香烧饭,接着又要哄着孩子吃牛乳,一不小心,孩子又是撒了一大床的尿。在午后,热烫烫的阳光从窗外射了进来,使李琳更觉得痛苦,抱着孩子没处躲,只得躲在灶间里,但是那里的空气异常坏,屋顶又特别的低,四周是被火烟熏黑的暗壁,有时邻家在烧东西,一卷一卷使人窒息的火油烟便从灶间的小窗外溜了进来,常常使人家连眼睛都不能睁开。

阿香常常有两三个女朋友跑来找她,扯着她到海滨去散步,于是晚饭啦,孩子的尿布啦,牛乳啦,都要李琳一人挥着汗水去干。有时,李琳对她说了一两句不满意的话,阿香总是鼓着颊儿,撅着嘴,呜呜咽咽起来,总是埋怨自己为什么不是男孩子,女的总是没有像男子那样自由,那样快活,那样幸福。听了这种话,男子还有什么话说。

这是一个星期三的下午,李琳从理发店走了出来,摸一摸新剪的头发,觉得轻松了不少。理发店宽爽的空气、明亮的镜子、旋转的风扇、殷勤有礼的理发师,都使他觉得很高兴。

街上还有阳光,来往的行人还在揩着汗水,他走进了一间冰店。冰店的生意很好,听说是因为主人的女儿很有点诱惑人的浪漫,在厦中念书的,生着一对美丽的小眼睛,于是黄制服的学生便像旋风一般卷进了这间精巧的小冰店了。啤酒瓶、汽水瓶、冰淇淋的杯,都迅速地空起来。李琳刚刚走进去,便被一个穿 Tennis-suit 的青年抓住了手臂,他想不到那个男子就是同学程国鸿。

"咦,你怎么跑到这里来,我完全不晓得你到厦门来……"

老程喊他坐下来,替他叫了一瓶柠檬汽水,然后对他说明自己到厦门来已经三天了,住在一个亲眷家里,准备在厦门练习网球和游泳。老程没说起他的妹子,李琳也没有问他,大家都有点明白。

喝完了汽水,从拥挤的冰店里走了出来,李琳将自己快要离厦赴沪的话告诉了老程,老程有点惊奇地望着他,好像很不大相信似的。李琳告诉他父亲已经特地从上海跑回来,要将家完全搬到上海去。在分手的时候,老程答应于星期五日来送他们下船。

船是星期五下午开的,客人很多,大半是学生。老程也来送他们下船,在最后的握别中,老程说他的妹子下季会到香港去念医科。李琳搭讪地一笑,眼睛望着遥远的青峰。

风景画五

"芝巴德"轮船喷着浓黑的烟流,向茫茫港外开了出去。花一般的鼓岛,青翠的山峰,灰色的码头,厦门大学,炮台,都像水波一般,被抛在后面了。

散舱里,到处充满着一种使人难过的海货臭味,窗子像兔洞一样小,船板又湿又脏。然而散舱客还是很多很多,处处都是报纸、席子、帆布床、皮箱、网篮。客人们有的躺着,有的坐着,有的蹲着,有的站着,有的在闲谈,有的在看书,有的露着乳房在喂孩子。在女厕所门前,有一群男人围着叉麻雀,一面抽着烟支,一面懒懒地谈论上海的绑票匪啦,女人啦,哪一家姨太太姘汽车夫啦,哪一家小姐未嫁生孩子等等。

在二等舱的甲板上,叶家年轻的姨太太在妩媚地笑着。微黑而光泽的皮肤,丰富的臀部,饱满的乳峰,眼睛里露着异常有诱惑性的疲惫。她只穿着一件薄罗的水红旗袍,没穿袜子,下面是露着轮廓圆浑的、美丽的小脚。

黄昏时候,阳光像云一样软,二等舱的甲板上异常热闹,有人说叶家姨太太是个有力的磁石,她一上甲板,即刻大受包围。像雄狗一般包围着她的,是小银行家、买办、退伍了的警长、几位华侨,和一群像三等舱下冲上来的青年们——他们忘记了"大学入学考试指导",忘记了牛顿的地心吸引力,忘记了二次方程式……

晚饭后,蔚蓝的天空闪烁着小小的星儿。在头等舱的甲板上,一位披着白衫的白种少女,牵着一条小喇叭狗在散步。抽着雪茄的美国大副,穿着直挺挺的白制服,跑过来跟她作伴谈话。少女只是点点头,晃晃金黄的头发,继续牵着喇叭狗往来的散步,她那端庄的仪态,她像是一个英国的贵族公主。

第二天罩着雾,白蒙蒙的浓雾。轮船摇荡得很厉害,船客大多躺在床上凝视着尘封了的、黰黑的壁角,或是做做奇异的噩梦。然而在那窒息的女厕所的门前,还是围着那一群叉麻雀的男人,一面狂抽着烟支,一面懒懒地评论着那一位女人有月经,在六小时内光临厕所几趟。在二等舱的甲板上,叶家年轻小姨太太,眼睛里露着更诱惑人的疲惫。而头等舱的甲板上,"英国公主"还是晃着金黄的头发,安娴地散步着,牵着她那匹小喇叭狗。

中午,雾稀了一点,阳光懒懒地射着青色的海面。前面有一条轮船疾驰而来,两只轮船都吹起招呼的汽笛。嘟……呜嘟……呜……一卷一卷浓黑的烟流,从乳白色的烟囱里喷了出来,唉,流浪者无涯的忧愁……

李　琳

渣华商轮"芝巴德",是在午后五点多钟到上海。黄色混浊的江水,污秽的煤炭码头,阔嘴的划子,列强的驱逐舰,都很奇特地映入李琳的眼帘。甲板上站满着人,大家都像狗一般伸长着脖子。

江上有卜卜卜卜的喧豗声,一条白色的小电船,沿着青黄色的江水,向"芝巴德"径直开来。电船上高高地飘扬着大不列颠帝国的旗帜,船头则站着两位雄赳赳的白种水手。电船靠近了"芝巴德"的步梯,一位英国少年军官翩然跳了出来,径直向头等舱走去。不久以后,那军官便抱着白喇叭狗在甲板上出现了,跟在后面的,是那位公主似的英国少女,撑着白绸阳伞,身上是白的草帽,白的西装,白的丝袜,白的高跟鞋;替她拿随身小皮箱的,是穿着直挺挺白制服的大副,照样又是微笑地衔着雪茄。喇叭狗,少女,军官,箱子,都进了电船,水手使劲地撑起篙子来,于是卜卜卜卜,电船像箭一般冲着江潮,在后面拖着一条喷着白沫的长浪。

渣华公司的小轮船终于到了,穿着蓝制服的搬运夫,一个一个从步梯下跑了上来,接着是一阵阵货物的搬运声,客人的叫声,孩子的哭声,像潮水似的倾流着。

小轮船靠近了海关码头,又经过了海关检验员的稽查,才可以从水门汀的建筑物里走了出来。这时天已昏黑了,街灯辉煌地闪烁着,蛇一般的电车,隆隆地开了过来,接着又隆隆地开了过去。水门汀的摩天大厦,在中夏的暮空中画着异常鲜明的轮廓,红的,绿的,紫罗兰色的 Neon-light,明亮地映照着夜的市街——映照着行人们的脸和心。

李琳帮着父亲雇了一部旧马车,将人、皮箱、木橱、餐桌、帆布床、网篮,都装在一部车子上。车夫是个褴褛的粗汉,不住地用手揉着他那赤红的眼睛;而车前那匹黑灰色的老马,嘴里喷着奇异的白沫,疲倦地扬着尾巴。在船中因帮着当心弟妹的李琳,也是觉得疲倦劳乏,在他,上海实是个太喧豗的都会了。

单调而迟缓的马蹄声,在柏油路上地嗒嗒地响了好久,终于在一间旅馆一般的小洋房前停下了。小洋房的门口坐着一大群粗汉,一看见马车到,便跑过来搬行李了。父亲招呼那些粗汉搬了行李以后,便向马车夫算账。马车夫瞪着赤红的眼睛,在车资以外,还要讨酒资,父亲用不大纯正的官话跟他理论,而越理论,马车夫却越凶了。后来还是旅馆里的人出来排解,由父亲多给四毫钱,马车夫才赶着马车走开。

父亲开了一间靠街的房间,每次电车开过的时候,临街的玻璃,总是格格地震动着。吃了一点难于入口的粥,婴孩哭了一阵,大家又是忙了一会,终于觉得疲惫异常了。父亲因为孩子哭发了一场气,接着又是闹背酸,喊李琳和阿香替他捶背,有时太轻,有时太重,足足闹到半夜才安然睡去。

李琳在沙发上躺下要去睡觉的时候,看见妹子用一条手帕在偷揩泪珠,于是将一口将要吐了出来的叹息,再咽抑进去了。

第二天,侵晓的晨光刚刚爬上了临街那个尘封的玻璃窗,父亲便在催着孩子们到病院里去看妈妈。李琳他们跟着父亲乘了一回电车,又走了一些陌生生的路,才到妈妈的病院。病院是一间青灰色的旧建筑物,进进出出的人很多,而且似乎都很忙碌。妈妈是住在三等病房里,一间小房间密密地挤着十来个病人,一进去便是一阵浓烈的药水味。

妈妈看见他们非常快活,特别是对于婴孩,异常珍惜。她说她病已复原,医生已答应给她离院。李琳望一望妈妈苍白削瘦的脸,不晓得怎样,他总觉得有点异样,那个在病床前孱弱无力的手紧紧地抱着婴孩的,已经不是从前那个健康刚毅的妈妈,而是一个孱弱无能的妇人了。

离开了在病院里的母亲,父亲说要带他们到闸北去看房子。乘着一路电车到了车站的终点,父亲领着他们走,经过一个灰色小火车站,火车站还是污秽险峻的圆石路。路的一边,是铁路水门汀的围墙,一边是些颓落阒黑的房屋,房子又低又暗,屋顶上竖着马口铁钉成的小广告牌,铁板上除了贴着"红锡包"的广告,还留下一大部分的空白。

沿着圆石路向南走去,看得见一长排灰色的小洋房,洋房前是一条昏暗冷落的小弄堂,弄堂口有一个铁门,因为经历了多年的风吹雨打显出很冷落苍老的景象,铁门上有三个生了锈的黄铜字,跑到了铁门下,才看得出"天通坊"

三字。

看门人是一个矮肥的汉子,剃着和尚一般的光头,黄牙齿露在唇外,说起话来,总是一阵一阵四溅着的口沫。一看见是来看房子的客人,脸上堆起了铁锈一般的讨好的笑,从腰带里辛辛苦苦地摸出了一把门匙,兴高采烈地领着他们去看房子。

推开了房子的门,里面像夜一样昏黑,看门人敏捷地打开了尘封的百叶窗,让中夏明亮的阳光斜了进来——阳光照了黄白相间的四壁,和天花板上那盏没有灯泡的寂寞冷落的灯罩。李琳跑到三楼上,发现了一些子弹洞,据聪明的看门人说,这是不久以前孙大帅大兵们和上海武装工人斗过的成绩。

父亲决心即刻要搬了进去。

天通坊这个家,是个家吗?弄堂又窄又湿又臭,墙门污秽阒黑,客厅没有光线,房间又没有光线,连地板也是有破洞儿的。一进内便是婴孩哇哇的哭声,哭着要乳吃,病后孱弱的母亲没有乳,而牛乳又是那么贵,雇乳妈则更不必说了。除了婴孩的哭声以外,还有父亲骂人的声音,每每一件屑细的小事,即板着极凶的脸孔,大闹脾气。对于父亲这种易于动怒的、神经质的性格,大家都很勉强地忍受着。李琳晓得父亲是因为早年南洋经商失败,前年在厦门,跟友人合办肥田粉公司,又被友人用非法手段霸占了公司的财产,几年来的失业,已够使一个有大家室的男人,郁闷至发疯了。

那年秋天,李琳考进一间教会私立的高中,能够从地狱一般的家中跑了出来是幸福的,他觉得。至于妹妹阿香,曾背着父亲哭了好几回,因为她不能够升学。不能够升学的原因,当然是因为做保险公司里小职员的父亲的收入不丰。

钟大鹏

钟大鹏一生下来,便被父亲看做不吉的东西,因为生着这个孩子的宠妾,生了孩子以后,不幸与世长辞了。这个没有母亲的孩子,既不为父亲所爱惜,那么在一个妻妾满门的大家庭里,所受的冥落和轻侮是可想而知的了。

于是,从做小孩子起,大鹏便懂得刻苦奋斗,而少有豪族子弟不良的习气。从小学到中学,从中学到大学,都是出人头地,于是只有两个儿子的老父亲,终于也较为爱惜他了。

在中学时代,他是个不离足球场的球鬼,在入上海大华大学的时候,即刻被选为队员,不久以后便擢而为队长,这或许也是显出他那奋斗的精神吧。

这是一个初秋的黄昏,大鹏从体育馆里走了出来。体育馆的门前围着一群学生,大家在争着看告示,告示上是一字一字红的绿的、方的斜的墨水字:明日大足球赛,本校对北洋队,上海杯最后的一周,锦标最后的关键,欢迎列位同学参加大规模的啦啦队。地址:万国运动场。时间:明日午后三时半。接着是几个蛇形的黑字:大华大学足球队干事布。

在回宿舍的途上,大鹏被一个电话间的茶房所追上。茶房告诉他说有一位朱小姐要请他去听电话。大鹏一听见是姓朱的电话,眼睛里即刻燃烧着炭一般的热情。

推开了电话室的玻璃门,听筒握在手中,手因兴奋而微抖着。一听见对方清脆的声音,便想象得出对方婉约的姿态,荔枝核一样美丽的瞳子,纤细的长眉,咬着小指头的浅笑。

"哈啰,不错,我是阿鹏。病好了没有,哼……真对不起,这几天学校里忙着练习,没空去看你……怎么,前天的花收到了没有?……是的,是的,哼,你明天想来看我们比球吗?好极了!没有你,我们一定吃败仗,你别笑,真的话……好,好,明天再会吧,我的小宝贝。"

大鹏放下了听筒,呼了一口慰藉的气息。他本来在牵挂着丽珠一定很生气,因为她这几天患了流行感冒,而他却忙着练习足球,抽不出空去看望她,只是喊茶房送了一趟花,觉得很过意不去。现在,丽珠的病已经好了,并且似乎并没有生气,于是他快乐地笑着。

丽珠姑娘是个舞女,大鹏去年圣诞夜在华华舞场结识的,第一次是由一位友人的介绍,一听见是汉口大银行家的儿子,本来悄悄地喝着鸡尾酒的丽珠,眼睛便像星儿一般闪烁起来了。她是懂得给青年看看异常映丽而明润的颜色的。

舞场里的空气很不健康,烟支青色的烟圈,疲倦的灯光,爵士乐队多角形的音波,蛇一般赤裸的手臂,尖耸的乳房,丰富的臀部,鲜红的唇,粉白的脸,虎列拉病菌一般的媚笑,还有蠢笑着的大腹贾,还有流氓派头的少年,还有黑人一般的菲律宾乐师,还有……

窗外是圣诞节的夜街,绿色的电车,鹅黄色的公共汽车,大廉价的百货商店,街上的行人,匆匆地走着路,把头颈埋在冬大衣的衣领里,连脸孔都看不清楚……

在舞场一个黑暗的角落,从她那咬着纤指的低语中,丽珠姑娘的不幸的早年,便像一幅图画一般在舞客的面前展开了:破落的小资产阶级,父亲的早殁,母亲刻苦悲惨的奋斗,债权人的威吓,弟弟的教育费,都逼得她只得堕落做舞女了。大鹏在上海也已经混过好几年,女友们都是上海社会的精华,有美丽的,也有聪明的,然而他总觉得她们有点可怕,有点靠不住,好像是患了瘆病的友人似的。然而社会下层的丽珠,那颗真诚而纯洁的心,那对荔枝核一般黑溜溜的瞳子,他却觉得有一种难于抵抗的魅力。

有一次,他带丽珠去看影戏,片子好像是丽琳甘许主演的《劫后春光》。从戏院里出来的时候,两人都很兴奋地走进一间广东馆子去吃晚饭。喝了一点酒,男的觉得自己的性欲像酵母一般发着涨着,抱着丽珠想亲一个吻,丽珠稍为挣扎一下,然而男的终于还是达到他的目的。丽珠伸手整理她那乌黑的头发,高高地撅着嘴唇,似乎有点儿生气。

男的抽了一支烟,想看看她那荔枝核一般美丽的瞳子;但是女的看也不看他,转开头,像石膏像一般凝视着窗外大都会的夜空。

"生气了吗?"男的温和地抚着她柔细的肘子,"那么我赔罪好了。"

丽珠还是石膏像一般沉默着,男子站起了身,将她的身体扳了过来,忽然看见她的眼睛里噙着晶莹的泪珠。男的呆了一晌,向她说了许多赔罪的话,终于逗得她笑了起来,用高跟鞋的鞋跟轻轻地踢着他道:"你们这种男人……"

然而从广东馆子里出来时,丽珠只有装作的笑,话儿都是氢气球一样空洞的、敷衍的。这使男子很难过,在分手的时候,两人都是装作的笑。

从那夜以后,大鹏失眠了一星期,觉得自己被荔枝核一般美丽的瞳子所征服了。跳了一场华尔兹,丽珠姑娘还是一座冷冷的石膏像,答话总是空空的、敷衍的,好像他只是一个普通的顾客似的。于是,大鹏终于讷讷地说道:

"那么我们订婚吧。"

丽珠姑娘怀疑地笑了起来,愣着两只黑溜溜的眼睛。她用银色高跟鞋的鞋尖随便地踢着圆桌的桌脚,随即她又注意到男人怪严肃的神情:"外边去吧。"话声是低低的,然而却带着命令的口气。

丽珠全身抖了一下,瞥一瞥男子的眼色,随即站起身,跑到里面去拿了一条围巾,跟着他走出舞场水门汀的石阶。夜有点寒冷,街上充满着喧阗的人声和车声,灯光辉煌得如白昼一般。男的喊了一部汽车,用很冷静的声调叫汽车夫开到兆丰花园去。丽珠用白围巾裹住头颈,瞟了大鹏一眼,没有说什么。

汽车沿着北四川路疾驰着,跨过了四川路桥,桥下是一堆一堆的货船,微弱的灯光将船夫庞大的黑影印在水上。车子在南京路转了弯,沿街商店的灯光又是将上海的夜映成热闹的白昼。丽珠姑娘又瞥了瞥男人严肃的脸孔,终于半斜着聪明的脑袋,缓缓地说道:"你怎么好久没有到舞场里来?"

"哼,"大鹏兴奋地燃了一支香烟,望着窗外的建筑物,"想离开你。"

丽珠笑了起来,伸手理一理头上乌黑的卷发。

车子由静安寺路开进树影交错的愚园路,橡皮车轮轻轻地轧着平滑的柏油路。沿路大多是上流阶级的住宅,绿绸的灯罩,孩子的笑声,钢琴声,小茶桌,青翠的棕树,飘扬着法国窗帘。丽珠姑娘在想着订婚、结婚、蜜月、汽车、美丽的小住宅、孩子、幸福的家庭……汽车突然停住,丽珠从甜蜜的幻梦中醒了转来,男子已经严肃地站在车外,很有礼地伸着手。

大鹏搀着丽珠的手臂走进安静清凉的兆丰公园,在一个小池边的树丛下坐了下来。男的给女的燃了一支香烟。夜风吹动了树枝,叶儿美丽的黑影在女的洁白的面额上,晃了又晃。

"我们俩还是订婚吧,丽珠,你晓得,我爱你爱得疯了,离开了你,我总是觉得寂寞,无限的寂寞,我可以发誓……"

"咿呀,慢一点,先生,别对舞女说这种话吧!"

男的露出踧踖的仪态,默然半晌,心中好像有许多话要讲,但是讲不出来。公园的周围很冷静,满天是繁耀的星星,凝睇着那些星星,男的忽然从裤袋里摸出一颗戒指来,钻石在夜的阴影中美丽地闪烁着。丽珠的眼睛发亮了起来,没有勇气望着男的脸孔。男的笨拙地抓住了女的手,将钻石戒指套在柔滑的纤指上。

"这是妈妈给我的,这是她最宝贵的戒指,她是一个很好很好的妇人,珠,我一生下来她便死掉……现在我把这颗戒指送给你，你晓得，这里保藏着妈妈和我的爱。"

丽珠抬起头来，荔枝核一般的瞳子月亮光下的露珠似地闪烁着，她望望手上的戒指，望望男人的面孔，望望水一般的夜空，觉得自己仿佛是在做梦。

那天晚上，丽珠把大鹏带到家里去。她和母弟三人在北四川路底向人家租了一个三层楼的亭子间，楼梯又窄又暗，大鹏有一次几乎跌了下去。丽珠轻轻地敲开了亭子间的门，来开门的是一个瘦削的中年妇人，这是她的母亲，还有一个小孩伏在桌子上做算术，是她的弟弟。丽珠一进门便带笑带叫地拥抱了母亲，妇人惊愕地望着她的女儿和那陌生的青年。

"妈妈，我订婚了！这位就是我常常说起的钟先生……"

在分手的时候，丽珠让青年在唇上、颈上、额上吻了好几次，她答应以后不再到舞场去，生活费当然是由青年供给。青年将写信给汉口的父亲，父亲的回信一到，他们就可以结婚了。丽珠的母亲也允许丽珠跟青年到杭州旅行。

风景画六

　　上海北车站。大家都在等着的车子,终于吹着尖锐的汽笛,轰隆轰隆地开进来了。客人们像蜂群一般挤上车子,接着又是在抢靠窗的位子。车子是午后五时才开的,经过了新龙华,径直向杭州开去。在车窗外,农田,茅舍,村落,旷地,在落日流金中的河流,桥,小树林,小山,青灰色的天空。到嘉兴的时候天已完全黑暗。在黑暗中,几个孩子和妇人,呜咽地喊着:嘉兴蹄子! 嘉兴蹄子! 车子在嘉兴停了一刻多钟,疲倦的客人们都跑去散步一下,吸吸新鲜的空气。白种的大腹贾,也从头等车里跳下来,口里喷着雪茄,手里牵着一条德国种的警狗,用大银行家的步态在踱着嘉兴黑暗的月台。据说他是要到莫干山去避暑的:他和他那条德国种的警狗。

　　车到杭州已经夜半了,车站里异常喧嚣,充满着客栈掮客的喊叫声,客人又像群蜂一般拥下车。出了车站,蓝色夜空上浮着澄黄色的圆月,雇了两部黄包车到南国旅馆,青年开了两个房间,一间给舞女和他的弟弟,一间自己住。从临街的窗口,望得见夜的西湖,划子,月亮,远山的轮廓。

　　早晨,被街上的车声、人声、马蹄声弄得醒转来,阳光已经爬到床前。白昼的杭州:黄泥土的路,尘埃,土墙,张小泉的剪刀铺,藕粉。在岳庙,是的,南宋岳飞的庙,人像蚂蚁那么多,蓝布衫的村妇们,背着黄色的进香袋,一阵一阵地走了进来。在秦桧的墓前,孩子们撒着尿,大人们吐着痰,似乎大家都要表示一点愤慨。岳飞的墓前,一个妇人在贩卖着西湖的全景、西湖名胜、佛珠、竹杖、小木刻,以及许多孩子玩的东西。许多人,男的女的,老的幼的,围着岳飞的圆墓在掷铜板,笑嘻嘻地。他们似乎完全忘记了:一一四一年,岳飞曾以鲜血,秦桧曾以卖国的和约,写着中国史最悲痛的一页。

　　晚上,疲倦得像条老马似的,乘着黄包车回到旅绾里。在晚饭的时候,舞女像樱花一般妩媚地笑着说,这是她一生最快活的日子。青年几次想拉她过来亲嘴,但是一看见她那弟弟睁着天真无邪的眼睛,发着酵的性欲,又是沉下去了。女的也似乎觉得青年的苦恼,故意时时把弟弟留在旁边,一面则给青年看看异常靓艳美丽的颜色。

第二天侵晓,舞女听见有人在轻轻地敲她的房门,接着是青年在喊着她的小名。女的披着一件寝衣跑去开门,青年伸一个头进来,望一望床上睡熟的孩子,对女的用很恳切的声音说道:"到我的房间里来。"女的妩媚地微笑着,摇一摇顽皮而又聪明的脑袋。青年出力拉着她的手,哀求她,露着踧踖仪态的她终于给拖出了。

啊！美丽的西湖,恋之湖啊！

钟大鹏

从杭州回到上海,是一个萧索的秋晨。天气变得真快,前几天还是熔铁炉一般的炎热,现在飘摇的街树竟是泛滥着无限的秋意了。大鹏送她们回家以后,随即雇着车子回到自己的寓所。在车子里,他燃了一支香烟,担心着父亲的回信。现在他在大华大学是三年级生,再读一年就可以毕业。在这一年间,他盼望父亲多汇一点钱来,可以做丽珠她们的生活费。他一毕业,即刻就要去找事情做。

敲开了二房东的门,房东的小儿笑着对他说:"钟先生,有信！"女孩子一面说着,一面用小手指着壁炉的架子。他跑了过去,心儿剧跳着,望着信封上"汉口××银行钟缄"几个字,手脚都抖了起来。拿了信匆匆跑到自己的卧房,关了房门,推开了百叶窗,让阳光溜进来,然后拆开信。

是的,信是父亲的信,满纸是愤慨的气息,父亲说:一位富家子弟去跟舞女结婚,简直是违风背俗辱及亲友的事,接着是"夫舞女者,乃……",最后几句训斥的话,口气似乎是异常严重,"如不速与该女断绝关系,勿回吾家……"。读完了信,人像是瘫痪一般静坐在窗前的椅子上,窗外是青色的天空,天空上浮着一堆一堆白色的、灰色的云块。

十点多钟的时候,有人轻轻地敲着他的房门,一个戴着巴拿马草帽的中年人走了进来,黑眼镜,雪茄烟,充实的文书包,这是他的哥哥。哥哥脱了他的帽子,拍拍手,在大鹏的旁边坐下来,即刻用很乐观的声调谈起大鹏和舞女的婚事。他说他是接到了父亲的快信,昨晚特地由南京赶来的。他的话像父亲一样迂腐顽旧,不过没有父亲那么亲切,他和大鹏是个不同母的兄弟,往日的感情本来是在冷点以下。坐了半点多钟,看了两次手表,终于像牡牛一般爬了起来,说他现在有一个很重要的金融会议,应该走了。

在临走的时候,哥哥说倘若大鹏再这样迷恋下去,父亲将停止了一切的供给,或者还要剥夺他的遗产承继权。说着这句话,哥哥那狡猾的眼睛间,似乎很有得意的意思。

"×××的走狗!"大鹏喃喃地独白着,于是他想起他那可怜的妈妈,因为养着他,而自己却苦苦地死去了。忧愁、苦恼、旅行的疲倦、失眠,像箭一般刺着他的心,他用双手捧住脸孔,终于像老马一般倒在床上了。

午后两三点醒了转来,窗外没有阳光,只是灰暗的天空,密密地压着铅块一般沉重的云块。在浴室里洗洗脸、梳梳头发,换了一件外衣,赶车子到学校里去。在暑假中的学校很冷静,只有几个学生在草场上打网球,大鹏向他们打了一个招呼,便去找那当足球指导员的经济学教授。经济学的教授带着笑握握他的手,教授夫人也走了出来,温和地点着头。说了许多关于天气、体育、电影的话以后,大鹏终于犹豫地说出下季的辍学。

教授从沙发上跳了起来,愣着愕然的大眼睛,他简直不能够相信。"什么,连你这大银行家的儿子也陷入于经济的恐慌,究竟是什么话?嘿,你和你的爸爸脱离了关系?为什么?结婚?啊,又是女人的事!玛丽,你听见没有?又是女人的事!"教授夫人仍旧温和地点着头,微笑着。

"密斯脱钟,你以后呢?"经济学教授一面问着,一面在客厅里踱来踱去,吸着很经济的"大英"牌香烟。大鹏耸耸肩,颓丧地望着壁上的一幅油画:南欧的葡萄园,花一般的少女,落日中苍郁的树影。他心中忽然觉得有一点懊恨,埋怨自己为什么对丽珠迷恋到这个地步,甚至毁了她的贞操。在那个时候,似乎把自己的前程,将来的雄心,都忘掉了一般。还是跟着她断绝关系吧,毁了她的贞操算是什么,拿钱赔她算了,无论如何,她还是一个舞女啊。但接着又转了念,想起了丽珠是万恶大都会中孤零零的一个弱女,时时都有阴沉沉的深渊,在引诱她堕落,他永久不会忘记在杭州旅馆里那个灰色的早晨,被毁了贞操的她像小羊一般躺在床上,伸手整理着蓬乱的黑发的小动作,瞳子里是融合着悲哀、欣喜和无限的信赖。"那么,你是打算找职业的吧,kid?"经济学教授踱来踱去,终于再说出这一句话来。

大鹏抬起头来望着他,点点头。教授喷了一口烟,好像忽然记起什么来似的,匆匆地跑到书房里。出来的时候手里拿着一封信,信是一个湖镇办学校的友人寄来的,需要一个体育英文兼授的教员,月薪五十元。经济学教授说这个学校也是教会办的,月薪虽则不多,然而在湖镇那种地方,夫妻两个人总能够勉强度日,以后还可以找别的机会。大鹏看了信,想了半响,终于接受了经济学教授盛意的推荐。

从教授家里出来,天已微黑了,外面落着霏霏的雨,青翠的棕树在阴影中美丽地摇摆着,望着校场周围熟悉的建筑,大鹏忽然觉得眼睛里有点湿了起来。回到自己的寓所,二房东告诉他有一个绅士来找过他,留了一张小字条。字条上是牡牛般粗笨的字:"愚兄决于明晨离沪,吾弟如有悔意,请到西摩路沧州饭店一叙为荷。"大鹏想笑,但是笑不出来。

那天晚上他跑去找丽珠,将她拉了出来,然后将爸爸的事告诉了她。丽珠吃了一吓,瞳子睁得比荔枝核还要大,对于到湖镇去的事,她没说什么,只是用柔润的小手不住地抚着大鹏的头发。沈大娘,丽珠的娘,听了这个消息,接连连地叹了好几口气,对于大鹏也没从前那么敬重了。

从丽珠的家悄悄地走了出来,走进了雨雾淋湿的夜街。脑袋里异常的空虚。

他真的会为着一位偶然邂逅的女子而至于与舒适富贵的家庭决裂吗?他仿佛记得在爷的书斋里,曾经看过一张母亲的照片,一个明媚的脸孔,纤削的肩头,挂在唇上是春阳一般温和的微笑。后来这张照片,不晓得给谁撕毁,母亲的印象在孩子幼稚的心里越来越模糊了。

在异乡的雨夜里怀念着母亲,母亲的脸孔越来越像是一个女人的脸孔,而那女人又明明是丽珠,心中觉得一凛。倘若服从父亲的话,而真的跟她决绝,想起了她那不大好惹的娘,说不定会因而引起很大的讼事。想到这里,青年觉得好像是犯了强奸的罪责而全身战栗起来。

况且,自己真的能够将丽珠丢掉的吗?他想起了西湖那个浪漫的早晨,被抱进房间里去的少女,满脸羞涩的红晕,那是异常娇艳昳丽的,教人即刻难于忘却的颜色。唉,没有这位少女的男人,是活不下去的啊。

大鹏一面在夜街上彷徨着,一面胡思乱想,像个漂泊流浪的游魂似的。偶然从一间水果店走过,店里点着异常明亮的电灯,在整洁的玻璃橱窗里,鲜红的水果,鲜绿的水果,在水果后面是两个年轻的人头,一个男的,一个女的,显然是新婚不久的夫妇。男的抱着一个婴孩,女的弯着腰,用丰腴的手在拣着高丽苹果,脸上露着幸福的女主妇所特有的颜色。

他停住了脚,终于也打定主意了。

第二天,他得到了女的同意,在《申报》上登了结婚的启事:"我们俩定于今日结婚,屏除一切仪式,即日离沪往外埠旅行。"这一天继续落着霏霏的上海雨,高层建筑物的轮廓,鲜明刻画着空蒙灰色的天空。大鹏、丽珠、沈大娘、小弟弟,四个人悄悄地赶上了开往湖镇的小轮船。

风景画七

会是开成了。三四十个人紧紧地挤在胡君的卧房里,桃红色的卧房里。临街的窗口,放着一条方桌,四五个人围在那儿打麻雀。于是会中发言者的话声,便和打麻雀声混在一起。主席是个大头的矮子,操着湖南腔的国语,似乎是在作一报告,报告什么,却没有人在注意。

会开了三个多钟点,在窒息的空气中,在喧阗的麻雀声中,好不容易才通过几条议案。会议散后,楼下排着红桌布的宴桌,据说是要庆祝胡君小孩子的周月,孩子又胖又白,不过脸孔很不像爷:当胡夫人拖着孩子回去的时候,我才忽然想起那孩子有点像胡君的一位挚友老冯。

钟大鹏

湖镇是一个荒凉的小城,土路,土墙,土一般沉闷的人。学校在北门外,几幢土色的小房子,一百多个土头土脑的学生。校长是一个年青的美国人,欢喜讲英国腔的美国话,看了大华大学经济学教授的信,和大鹏亲热地握了一会手,接着便盘问履历。大鹏勉强敷衍了几句。校长指定了一幢土色的平房给他们住,一个客厅,一个灶间,两个卧房。屋后还有一个小菜园,房子的光线还好,不过是稍为旧一点,灶间的墙根已经生了青苔。

住在隔壁土色平房的,是一个姓胡的中年人。在湖镇中学当国文兼史地教员,瘦瘦的一个人,有点驼着背,戴着深度的眼镜,身上的长衫像灶间的桌布一般,人倒是怪老实温和的。大鹏他们搬进来的第一天,他就跑来帮忙,他的妻子,一个脸孔苍黄的妇人,也摇着大肚子来看他们,告诉他们在什么地方买菜,哪一家米店最靠得住。倘若没有这对燕和的夫妇,丽珠简直不晓得怎样弄一个家起来。

胡先生家里的孩子很多,男的女的老的小的,共有八个,而胡师母的肚子又是年年在涨着,最大是女孩阿秀,还在高小念书,拖着一条油光的辫子,有一个在湖镇当女传教士的妇人很疼爱她,天天在教她弹钢琴。

大鹏在湖镇中学教了两年的书,在贫与病的连环中挣扎度日;在这一年中,除了和一两位知己的朋友通过信外,对于亲朋都断绝了关系。父亲从大华大学那边得到了他的通信处,曾写了一封很长的信来,但是他从未复过。

丽珠生了一个孩子,一个肥胖胖的小家伙,虽然增加了丈夫的重负,然而也使这个在贫困中挣扎的小家庭充满了欢乐的空气。每天操着粉笔生涯,而感觉异常疲惫的男人,回家一见到这天真活泼的婴孩真是无限的安慰。他常常想起离开上海的前夜,北四川路那间水果店的玻璃橱窗,鲜红的水果,鲜绿的水果,在水果后面是一对年轻夫妇互相信赖的脸孔。

在湖镇度着两年愁苦的教师生活的大鹏,已经变成一个肢体孱弱、脸孔苍白的瘦子。日间,在三四十个学生的课室里,扯长着喉咙,不断地讲着一些自己不愿讲的、枯燥乏味的话,或是在黑板上做着他生平最厌恶的算术,或是跑到礼拜堂里去做宣传基督的演讲。同时对校长,总得装一副讨好的笑容,对于同事,则总得有很钦佩的态度,经验渐渐告诉他这就是灰色的人生啊。晚上,回到了湫隘的故家,掇了细板凳儿静坐在屋后的菜园里,看看空蒙的天,看看在妻子怀中的婴孩,看看黄竹篱外孩子们的戏嬉,虽然感觉兴趣,然而身心却因日间过度的劳动,觉得异常疲惫劳乏。

还有丽珠的娘,自从搬到湖镇以来,便是没有好的颜色,努着嘴,楞着眼,常常埋怨女儿嫁错了人。她的嘴常常开着,从那不吉祥的嘴巴里流出来的,总是噜噜苏苏讽刺自己的话,丽珠有时会因之而啜泣起来。看见红着眼圈的憔悴的妻子,男人心里好像被许多锐利的小针在刺着一般。

那是在一个寒假之后,年尾的辰光像是一杯苦酒。大鹏不小心患了感冒,头晕目眩,咳嗽得异常厉害,他觉得胸部十分难过,但是没说出来。在一个小雪的早晨,丽珠终于在男人的痰壶里发现鲜红的东西了。她忽然觉得眼前全是黑暗,想起了男人这几个月中夜夜性的兴奋,虽则日间过度的劳动,已足以使他十分疲惫了。

医生是请来了,露着踧踖的颜色,派了一个普通的药方,接着便说最好是到上海去照一照爱克司光。送了医生到雨雪飘飞的门外,一进房来又听见男人那粗哑的咳嗽声和痰声,丽珠将被泪水淋湿的眼睛揩了一下。

到上海去是决定的了。妻子是在担心着男人痰壶里那鲜红而骇人的东西,男人本身也不愿意再做灰色的中学教师,而沈大娘则是在憧憬着上海的繁华,努着的嘴终于也恢复从前的笑容了。

　　到上海是在一个寒冷的午后,绚烂的彩霞奇异地画着大都会的风景线。第二天早晨到医院去照爱克司光,丽珠所最担心的病终于证实了,他不敢看男人的脸孔——男人脸孔上黑霉霉地涂着一层灰。医生说应该有长期的疗养。男人悄悄地打了一张电报给汉口的爷,爷即刻电汇两百元来给患着肺痨病的儿子,并且叫他跟丽珠脱离关系。男人将爷的电报给妻子看,妻子眼睛里翻动着惘然的眼皮,于是男人便决意不回汉口去了。

　　在闸北"天通坊"租了一幢廉价的房子,肺痨病患者在煤烟的世界中,开始其长期的疗养。于是又是沈大娘努着的嘴、妻子的红眼圈。男人觉得只是缺少了自杀的勇气。他天天躺在床上凝视着帐顶,晒晒太阳,望着妻子们极力掩藏着痛苦的脸孔,在穷困中度着悲惨黑暗的日子,心真比被利刃割着还要痛苦。

　　那年冬天,大鹏的病好了一点,能够起来散步,走到街上去看看风景,吸吸新鲜的空气。他常常说"天通坊"的空气坏,时时都有火车的煤烟,而弄堂又是那样肮脏,满地堆着垃圾,同时屋后又有人用臭得难堪的粪在灌田,总是想搬家。但是要搬到什么地方去呢？家里连饭也已发生问题了。

　　这又是一个圣诞节夜。丽珠午后两三点钟就出去,到晚上八九点钟还没有回来,大鹏坐在壁炉前看了一会晚报,问问沈大娘,大娘只是扭扭嘴唇,呐呐地哼了几声,似乎是说丽珠是去看朋友还是什么。丽珠到早上四五点钟才回来,躺在床上的他听得见她那躐着脚步的高跟鞋声。接着是轻轻地推开了房门,在黑暗中悄悄地脱着衣服。大鹏很疑惑,想不到忠实的妻子会变成一个这样鬼鬼祟祟的东西,口中按捺不住,很愤慨地喊了起来：

　　"丽珠!"

　　在脱衣服的妻,全身抖了一下,好久以后才趄趄趔趔地"唔"一声。丈夫突然扭开了电灯,坐起身来,看见只穿衬衫的妻子,畏畏缩缩地望着他,满脸羞涩腼腆。

　　"怎么,你还没有睡吗,阿鹏哥？"丽珠很勉强地说了这样一句话。大鹏喊她走近来,注视着她那脸上脂粉和烫过的头发,接着又闻到一阵浓烈的香槟酒味。"到什么地方去?!"他觉得自己的声调是不自然地抖着。

丽珠翻一翻疲惫的大瞳子,终于像枯萎的花茎一般地垂下头来。男人一跃而起,兽一般地抓住了她的头发,出力地摇着:"告诉我,到什么地方去!"

头发下是大理石般的头额,两条细长的黑眉,接着是那两颗荔枝核般的美丽的瞳子,瞳子里是十二分的冷静。她终于直截地说:"我在华华找到一个位置,否则我们活不下去了。"

肺痨病患者的心又一次跳到喉咙口,狠狠地发了一阵气以后,手软了下来,终于放松了她的头发:"为什么不先告诉我?"

"唔,怕你伤心,怕伤了你们男子的虚荣心。"话声还是那样冷静,完全没有感情作用似的。

丈夫瘫痪地躺下身,用被头掩住脸孔,他好像是听见许多亲友用异常难堪的口调嘲笑道:"啊,钟大鹏的妻子在当舞女!"于是他又想起父亲信中的话:"夫舞女者,乃卖淫妇之变相也!"心中填满着耻辱、怨恨、懊恼和愤慨。

丽珠动都不动地坐在床边,大家都沉默一刻多钟,大鹏终于听见她轻轻地喊了一声:"阿鹏哥。"接着又是一声,他还不睬她,于是第三声竟然是呜咽的了。大鹏拉开了被头,看见她扑簌簌地在流着泪。

圣诞后第一天的早晨,灰色的空中飘着霏霏的雪花,一个瘦削的中年人,穿着破的冬大衣,冒着尖利的寒风来敲钟家的门。大鹏还躺在床上,出神地凝视着冻了冰的玻璃窗,心里老是在想着冬天、贫困和死灭。丽珠早已下床,虽则她只是睡了两个多钟头,人还是那么活跳跳,在丈夫面前从来没有露出疲倦的神气。大鹏望着她那优美温馨的肉体,心里尽是想在舞场里,她和那些放荡的青年在紧紧地拥抱着,胸压着胸,脚压着脚,肉擦着肉,这样地想着妻子被人家像花一般摧残,是多么难堪的事啊!

丽珠的弟弟阿富从楼下跑了上来,说:"胡先生来了。"

"哪个胡先生?"丽珠放下手中的牛乳瓶截问着。

"湖镇那个胡先生,从前住在我们隔壁的。"

"唔,"丽珠又惊又喜地哼了一声,瞥一瞥床上的丈夫,然后说道,"一个人吗,阿富?唔,那么请他到楼上来吧。"

"真奇怪,老胡怎么会跑到上海来。"大鹏喃喃地说着,用手摸一摸腮,想起了什么似的叹了一口气。丽珠没说什么,坐在床边,用牛乳喂给孩子吃,孩子喝了牛乳,终也停住哭声了。

胡先生从外面畏缩地走了进来,冻红了的手拿了一顶湿透的旧呢帽,不晓得应该把帽子放在什么地方,口中又是一连贯的"清扰,清扰……"使丽珠觉得好笑起来。而在床上的大鹏也用很快乐的声调喊起道:"啊!老胡,怎么变成这样客气,得得,在这边坐下来吧,这样冷的天气!你看你的手都冻红了。哼,阿富,快去倒杯热咖啡来给胡先生……"

胡先生在火炉边畏畏缩缩地坐了下来,像一条老鼠,伸出双手在火炉前烘了又烘,随即问起大鹏的近况,他说他们在湖镇听见老钟有这种病的时候,大家都不相信,像他这样康健的人,竟然会生这样的病,真是太奇怪了。接着他又问起丽珠、孩子、沈大娘、阿富,好像都是他亲眷一般。丽珠也向他问起胡师母的近况,听了"胡师母"这三个字,胡先生的脸忽然变得像死一般苍白,额上的青筋一条一条浮了起来,连捧着咖啡杯的手也在抖着,嘴唇接连扭了好几次,终于用呜呜咽咽的声调说出来道:"前月她患了难产死了!"

沉默。烛火,空虚的壁,蚊帐,镜橱,冻了冰的玻璃窗,灰暗的天空,霏霏的雪。沉默。脸孔苍黄的妇人,摇着大肚子,温和的笑,响亮的话声,是在一刹那间飘过丽珠的记忆的印象。噢,难产,贫穷的妇人的命运。

胡先生又说自从妻子死后,家里是多么惨,而湖中那个校长又是多么残酷,向他预支三个月的薪水来办丧费,他总是满口学校经济困难,经了许多人说项,结果还是由他私人拿出三十元钱来,还算是顾念胡先生是在湖中服务七八年的老教师!

倘若不是有一位亲眷从上海汇钱去,天晓得胡师母的丧事要怎样料理。

胡先生气愤愤地说着,额上青色一条一条地涨了起来。

阿秀姐

胡先生在第二天便将他的家也搬进"天通坊"来,左边就是钟家,右边便是住着李琳他们。天气又冷,孩子又多,搬家真是痛苦的事。现在他跟湖镇中学已经完全断绝关系,打算在上海找一个职业。

他们搬家那一天,丽珠也跑过去帮忙,七八个小孩子,流着鼻涕的,喊冻的,喊肚子饿的,哭着的,除了阿秀和两个大孩子较为懂点事外,其余像耗子一般乱吵乱叫；看着那些冻红的指头，褴褴褛褛的衣服，想起"没有母亲的"，丽珠心里不禁酸了一阵。

阿秀最近剪了发，黑溜溜的两只眼睛，像小母亲一般地忙碌着。丽珠帮着她烧饭。柴啦，炭啦，米啦，油啦，菜啦，锅子啦，炉子啦，都是丽珠替他们预先买好的，但是缺的东西还是很多，胡先生冒着寒风出去了好几次。

阿秀姐带丽珠去看她的钢琴，是湖镇那个白姑娘送给她的，虽则稍为旧了一点，然而琴声还是像新的一样准确。

午后，右边的李家太太也跑过来望望他们，带来了一大包的糖果，说是要给孩子食的。李家太太是一个皮肤微黑的南方人，脸上的皱纹刻画着她那早年的劳动和贫困，说着很破碎的上海话，她的大儿子李琳陪着她来，一个健康的青年，上海话却说得很流利。李太太也向丽珠打招呼，并且还问起钟先生的近况，接着照例又是那些琐琐屑屑的说不完的妇人话，天气啦，柴米的昂贵啦，哪一家媳妇养了孩子啦，哪一家死了男子啦；阿秀姐注意到李琳在李太太旁边擦着手，有一点显出沉闷的样子。

李琳穿着藏青哔叽的西装，充满着都会青年的诱惑性，从直线形的脸孔到脚上光滑的皮鞋，阿秀竟然找不到有什么不惬意的地方。阿秀在湖镇从来没有看见过这样整齐而优秀的青年。慢慢地慢慢地，阿秀看见他的眼睛终于注意到那张传教士所送给她的钢琴，他站起身，跑了过去，揭开了琴盖，用手按一按白色的音键。阿秀很盼望他是懂得音乐的，最低限度也应该听得懂人家弹的钢琴。青年只在钢琴上按了几下，并没有弹了起来；接着又在翻琴谱，翻了两三页便放下，不晓得是看不懂，还是看不起。他回头来望一望坐在丽珠旁边的阿秀，两人锐利的视线忽然相触，女的有点不好意思地红了脸孔。

那天晚上，阿秀初次练习钢琴，她费了一刻多钟去选琴谱，终于拣定了裴多分的《月光曲》，阿秀记得这是钢琴先生白姑娘最喜欢的调子。端庄地坐在钢琴前，不晓得什么缘故，心总是卜地急跳着，踌躇了几次，北欧沉闷悲壮的曲调终于像春潮一般奔流着，流出玻璃窗，流过肮脏的弄堂，流进了次殖民地大都会的核心，听了这优美的琴调，许多邻居都冒了寒风跑到窗下来窥探着。

第二天有更多的邻居来拜望他们，一家是姓陈的，在弄堂口开了一爿杂货店，一家是姓张的，有一个女儿跟人家学琴，跟隔壁姓李的是同乡。阿秀小姑娘觉得很快活,因为她听见李琳向人家称赞她的弹琴。

* * * * *

灰色的都会,灰色的黎明,灰色的雾,灰色的圆石路。冒着尖利的晨风,沿着一个女校篱旁的小路疾走着,一手是空的菜篮,一手是滑溜溜的油瓶。融了雪的小路,泥泞得难堪,一不小心便会滑倒。

路的一边是一片荒芜的旷地,黄色的草,混浊的小水沟,垃圾,穷人的小草房。路的另外一边是灰色的篱笆,篱笆里的女生宿舍,一座红砖的建筑物,里面住着贵族公主一般的小姐。永远不会在这溢着灰雾的黎明,在尖利的寒风中,挽着鱼腥的菜篮,辛苦地践踏泥泞的小路。她们只是整天听着使人忘记还有"中国"的教科书,看看性史,写写情书,星期六下午便是去找爱人,看影戏,到紫古力店吃点心,晚上便跳跳舞,或是去开旅馆。

在这路上走着的只有蓝布衫的劳动者,阴郁的脸孔,失眠的眼睛,曳着疲劳乏力的脚去上工。

菜集是在十字路口,密密地排着三四十个菜摊子、鱼摊子、油条摊子。倘若袋子里很丰富,买菜当然不是十分困难的事,不过倘若袋子里只有三四毫钱,又要打油,又要买菜,同时菜又要够给七八个人吃,虽则结果只买了几样小菜,然而倒须花费一个多钟头的工夫。肉铺的屠夫总是不肯把精肉多给人家;卖豆的那个老妇,比什么还要吝,什么价钱就是什么价钱,差一点都不肯卖,南货店的伙计总是睁着那么油水水的眼睛,常常故意将她所买的东西延搁了好久;在油条摊前,总是有那么多的人在等油条,男人总是会用手抢的。

有时,在回家的途上,不晓得从什么地方跑来了一两个穿得异常褴褛的白俄,油腻的脸孔,蓬乱的头发,野草一般的胡须,红的眼睛,摊开着两只污秽的手,从带着浓重的酒臭的嘴呐出些破碎的英语来。他看见你一手滑溜溜的油瓶,一手是沉重的菜篮,愈想窘住你,愈想跟在后面叽里咕噜瞎缠一阵。

阿秀在回家的途中,她总走得很快,害怕给谁看见,总觉得很难为情。有一次给李琳看到,脸孔红得像高丽苹果一般,李琳身上只披着一件短绒线衫,似乎是从公园里散步回来似的。他很有礼地笑了一笑,完全没有惊愕或鄙视的神气,这使小阿秀更觉得不安,因为他好像早就晓得她在买菜似的。

回了家,又要料理早菜,又要烧牛乳给最小的孩子吃,又要哄那些吵着、哭着、打架着的孩子肃静下来,因为迟眠的父亲还在睡觉。阿秀有时简直要抱头哭起来。有时天落着雨,石路像冰一样滑,撑着一柄破油伞去买菜,倘若碰着冒撞的汽车,总是一车轮一车轮的泥水溅在她身上,就是要躲也没处躲,回来的时候,人家总是掩着口吃吃地笑。

一天又一天,灰色的雾,灰色的黎明,灰色的都会,灰色的菜集。在菜集的一个冷清的角落里,老是有一个卖菜的江北妇人,沉思地咬着她的大饼,旁边是一个流着鼻涕的、两三岁的小孩子。人家说她没有丈夫,没有故乡——没有祖国。

* * * * *

第二年春天,阿秀的父亲得到教育局里一个朋友的介绍,在江湾一个市立的中学教书。胡先生每天早晨,挟着一个文书包,由天通庵车站乘小火车到江湾,学校里的待遇还好,于是胡先生一家七八个人倒也快快乐乐地度着日子。

在春天,除了在贫民窟和劳动区域以外,上海毕竟是可爱的,青色的天空,温和的气候,嫩绿的树枝,没有落叶的柏油路,混血儿们迷人的笑,百货商店的店窗换了新风味的装饰,少女又是裸着两条蛇一般的手臂。在这期间,阿秀简直是一只快乐的小燕子,她做她的工作,弹她的琴,盼望春天的阳光会永远照着这个繁华的大都会。

然而,阿秀有时从小窗口望出去,看见李琳的妹妹和那张家的女儿,穿着时髦的旗袍,蹬着皮鞋,挟着书本一摇一摆去上课,心里也时常生起一种热切的羡慕,但是一想起自己黑色的命运,便惘然把什么愿望都放弃了。

阿秀也常常跑到丽珠那边去坐。现在钟先生的病已经好了一点,能够看书写字,但是丽珠仍旧在华华当舞女,因为钟先生还没有找到相当的职业。阿秀晓得他们夫妻两人常常为这桩事情而吵起来。有一次,在一个暖和的黄昏,阿秀刚刚推开了钟家客厅的门,便听见楼上有摔碎瓷器的声音,接着是钟先生严厉的声音:"你做得好!告诉我,昨儿晚上谁用汽车送你回来?!"

"有人送我回来就是了,你管他是谁!"这是丽珠清脆的声音。

"我是你的男人,我有权利可以质问你!"

丽珠没有回答，楼上暂时是紧张的沉默。

"我一定要晓得，"又是钟先生粗暴的声调，"我一定要晓得他是谁，你别以为我是病人便可以瞒我——告诉我，你的姘头！"

"你有什么权力说这种话!？"丽珠的声音在抖着；接着又是瓷器的碎裂声，大概是丽珠摔的吧；接着婴孩也哇哇地哭了起来。阿秀摇摇头，悄悄地溜了出来。

夏天，炎热的夏天带着霍乱、脑膜炎、赤痢、白痢、伤寒、流行性感冒、疟疾、脚气、白喉，到大都会里来，饥饿、疾病、死灭，在恐吓每个穷人的家庭。

阿秀的父亲的学校就在这个时候掀起了罢课的大风潮，实际上是校长和教务长在争权，学生们竟分成两大派在相打，甚至有几个受了重伤。因为这场风波，教员们六月份的薪水只发了五成，领得到现款还要是有脸子。

这五成的薪水当然使阿秀他们的生活费起了恐慌，接着七八两月，学校甚至一文不发。对于薪水的事，校长不肯负责，教务长也不肯负责，教师们虽曾一度组织了一个"索薪团"，可是实际上，不但一个钱也没有弄到，大家都倒贴了些车钱。在这种情形之下，胡先生这家人是当着冬天的衣服度日的。胡先生找了许多朋友，想在暑假中找一个临时的职业，然而在各机关都在厉行裁员的期间，胡先生终于还是无数失业者中的一个。

穷的日子真长，长得难堪，小孩子们又不懂事，尽是喊着肚子饿，吵着要东西吃。父亲每天大清早就出去，晚上总是颓然空着双手回来。冬天的衣服，秋天的衣服，一件一件当光了，只剩空的橱子、空的抽屉；值钱一点的东西都押在当典里，然而穷的日子还是延长着。

窗外刮着冷风，街上飘着一片片的落叶，秋是来了，当人家在穿夹衣和卫生衣的时候，胡先生一家却在穿着白夏布衫。房租已经拖欠了一个多月，账房先生的脸孔越来越可怕，阴险的鼠眼，挂在鼻子上的小眼镜，残暴异常的声调。

账房先生驼着背，穿着整洁的长衫，提着一个又破又旧的文书包，说起话来总是"洋行里外国先生"怎样怎样。当你有钱付房租的时候，他倒客客气气，什么话都说得通；但是房租一拖欠，即刻变成狼一样凶，总在说"洋行里外国先生"怎么怎么，挥着手蹬着脚，完全没留个脸子。胡先生一听见他那打鼓一般的敲门声，便从后门偷偷地溜了出去，忍受不住他那难堪的侮辱。账房先生来了两三次,终于限定他们在一星期内付出房租,否则实行驱逐。

账房先生去了以后,父亲从后门外悄悄地溜了进来,像是一条落水狗,脸上黑霉霉地涂着一层绝望与羞愧,眼睛只是望着熄了火的灶洞。阿秀从来没见过父亲这样颓废、苦恼。朋友那边没有脸孔再去告贷,因为穷的朋友都是穷的啊。

那天黄昏的时辰,父亲带了一个整洁的青年走了进来,阿秀注意到父亲的脸孔有点发青,不晓得究竟是怎么一回事。那陌生的青年跑去看窗边的钢琴,将音键一个一个按了一下。父亲走进灶间来,用异常焦虑的眼睛望着阿秀,眼睛里含着无限的歉意。阿秀没等到他开口便抢着说:

"卖掉吧,爸爸,不要紧,我没有琴弹没有什么要紧,你卖掉好了……"

阿秀不晓得自己怎么会有这样果决的声调,竟然使父亲很感动地抚着她的乌发。

在客厅里,陌生的青年对于那张钢琴似乎还很满意的样子;接着是跟父亲争论价钱,争论了好久,客人只肯付一百五十元,这种人,他的灵魂似乎全未经过音乐的洗礼。这样低的价钱,父亲当然是不答应的,那个青年很狡猾,晓得胡先生急要用钱,故意把"现款即付"这种话来打动主人的心。争论了半个多钟头,那个青年终于以一百八十元的现洋从阿秀的手中抢去了那张宝贵的钢琴。

客厅里减少了一张钢琴,更显出空虚凄凉的景象,父亲颓丧地垂着头,手中握着一百八十元的钞票。

冬天,灰暗的冬天,没有阳光,没有钢琴,没有希望,从小窗中望出去,只望得铅块一般的天空,灰黄色的篱笆,污秽的弄堂。国庆节后第二天,阿秀忽然染了急性白喉,四五天便死了。她,这个孤苦的女孩,死于寂寞凄凉的冬天,死于闸北一条灰色的弄堂里。

在阿秀的棺木前,丽珠扑簌簌地流着眼泪。

李 琳

李琳听见了阿秀姐的死,心里也有一点点儿酸楚,仿佛是死了一个很好的朋友似的;特别是她那春潮一般的琴声,每每使他忆起了五六年前他那橄榄味的单恋。

那是在翌年夏天的一个傍晚，街旁建筑物的轮廓鲜明地刻画着蔚蓝的天空，阿琳同他的女友阿琼从影戏院里回来，银幕上的悲剧使两人都有一点儿感动，有一点儿轻微的悱恻惆怅。特别是对于大学生李琳，这场在美国好莱坞用黄金制成的悲剧，竟然使他忆起了他的单恋——忆起了那个远在南国的阿瑛。

在回家的途上，他简直连阿琼的眼睛都不敢看，因为怕她看出他的伤感来。在黄色的公共汽车里，客人们像胶水一般黏在一起，脂粉味、古龙香水味、汗味，使空气变成异常窒息。学生、混血种的女店员、小商人、矮肥的女主妇，都像货物一般堆在车子里。车外是薄暮的上海，闪烁着的红绿灯，繁耀的店窗，宽阔的柏油路，水一般的车子。

走进"天通坊"肮脏的弄堂，天已昏黑了，小孩子们在竹篱边骑着小脚踏车。走到了张家的门前，阿琼在低声地说着"多谢"的时候，李琳看见了两颗闪烁的眼睛，两个澄澄的小湖——湖水好像能够淹没世上一切的忧愁与欢乐似的。李琳紧紧地凝视着她，凝视着她那美丽的背影在深绿色的铁纱窗后隐没。

回到了家里，娘姨对他说有一位学生模样的青年来望过他，留了一个短短的小字条，熟识的粗字，一字一字跳进李琳的眼帘："趋访未遇，怅甚！弟现寓北四川路华华旅馆十五号，见讯请即来，一切面谈。国鸿留白。"

李琳不大相信自己的眼睛，怎么，在故乡的老程会突然跑到上海来了？他急急地再看一遍，一个一个熟识的、粗笨的蓝墨水字，就是没有署名，李琳也看得出这是谁的笔迹。于是，他衣服也没有换，便再匆匆跑进暮霭苍茫的街上了。

在电车上，他又将程国鸿留下的字条看了一遍，地址是华华旅馆，哼，华华旅馆，这不是华华舞场附设的旅馆吗？初到上海的国鸿，怎么会住在这样不大清洁的地方啊。

在老靶子路下了车，径直向华华舞场走去，一走进门便听见骚动的爵士音乐。是的，今天是星期六，那是有茶舞吧。一个白制服的茶房告诉他旅馆是在第三楼。第二楼是舞场，从敞开的门，看得见许多黄种的肉的颤动，许多涂着脂粉的脸孔，许多装作的诱惑的女性的笑，许多没落的灵魂。

敲开了三楼十五号的房门，站在他面前的就是四五年前那个常常穿着白色 Tennis-suit 的老友，依然是那个宽阔的、微黑的脸孔，依然是那种坦白诚实的笑，他几乎要把李琳拥抱了起来。

房间里的装饰很简单,一只四方形的麻雀桌,一个镜橱,一张大铁床,席上放着许多枕头。房间靠着街,有一个洁净的玻璃窗,从窗口望下去,辉煌喧嚣的北四川路,像长蛇一般蜿蜒着。

主人开了电扇,叫茶房送来两客冰淇淋,接着便很殷勤地问起李琳的近况。李琳约略地告诉了他一点后,随即也问起他的。国鸿燃了一支香烟,喷了几口,只说他到上海只有三天,第一天晚上便被朋友拖到这里来跳舞,从厦门来的时候是准备读法律的,这是父亲的主意。接着他用生动一点的声调喊道:

"老李,你相信吗,我到上海第一天晚上便闹恋爱了?"

"噢,有这么一回事么?"

"完全是真的,"国鸿很兴奋地说着,"你跟我来,她在楼下,是的,她是一个舞女——一个极可爱的舞女!"

李琳从来没到过舞场,被人家拖着走的时候,觉得有一点惶惑。在下楼梯的时候,他望一望在旁边走着的友人,油光的头发,雪花膏的脸孔,阔肩的西装,尖的漆皮鞋,跟从前中学时代那个不管装饰的运动员,已经判若两人了。

舞场里燃着麻醉的、昏弱的灯光,烟支的烟和脂粉的气混合起来,在这有点窒息的、不健康的空气里蒸发着。在音乐台上,菲律宾乐师,摇晃着卷曲的短发,伸长着脖子,着魔似的狂吹着骚动的《卖花生女》。挑拨的音流,电力发动机似的闪烁的眼睛,蛇一般赤裸的手臂,火焰一般摇晃的黑发,尖耸圆滑的乳房,咬着纤指的红唇,虚伪的黄金的媚笑……

他们走进去没多久,音乐便暂停下来,舞女们,中国种的,高丽种的,俄国种的,混血种的,像散了阵的喽啰似的,一个一个回到她们的本位。李琳注意到附近一张桌子,坐着两个外国水手和一个俄国舞女。舞女狂抽着烟,狂喝着一杯一杯的香槟酒。一个水手,伸出一只多毛的手臂去找舞女的细腰,舞女没说什么,只是奇异地笑着,蓝瞳子里的是俄罗斯人特有的疲倦和冷淡。

音乐再响起来,天花板上壁柱上的色灯又在映着一光一暗的眼睛,终于完全熄了。国鸿跑去找一个穿着绿华尔纱旗袍的舞女,舞女笑吟吟地站了起来。调子是一支熟悉的西班牙小曲,使人不禁忆起了怪可爱的卡门。那绿旗袍的舞女跳得很好,完全没有下流粗俗的丑态,在低暗的灯光下,李琳忽然忆起她的脸孔好像是在什么地方见过似的。

灯光终于再亮了起来,又是笑声和柔情的低语声。国鸿扯着那个绿旗袍的舞女来找他,他半站起身,看见了舞女大理石般洁白的头额,细长的纤眉,荔枝核般黑溜溜的瞳子,于是他记得她是谁了。

舞女看见了他,似乎也有一点惊奇,一阵忧虑的黑影像电一般掠过她那美丽的脸孔。李琳垂下头避开她的眼睛,抽了一支香烟,说了许多很没有意思的话,终于猛然站起身,说起"失陪"来,借口说是后天要考书。舞女半站起身,伸出一只棉花般的小手,瞳子里似乎带着一种求怜求恕的神气。

李琳跳上了电车,呆了半晌,想不到那个舞女就是邻居的钟师母。她的丈夫钟大鹏,从前是个很著名的运动员,最近竟然患了痨病,靠着妻子做舞女来养家,人生的悲剧,真像水一般流不完的。可笑的是那个老程,他还说第一天到上海便闹恋爱哩。

以后,在一个又闷又热窒息的下午,李琳独自个儿在虹口游泳池浸了一个多钟头,跑上岸去喝一瓶汽水,刚刚要在藤椅上坐下,便有一位摩登女郎向他这边款款走来。不错,她就是老程的舞女,那个邻居的丽珠姑娘。李琳点点头,请她坐了下来,接着便用疑惑的眼睛望着她。

"钟先生没出来吗?"李琳踌躇了半晌,终于讷讷地说了这样一句。

"唔,他近来的身体不大好,"丽珠扬一扬纤眉,"你的朋友密斯脱程呢?我好像没看见他。"说的时候,光亮的眼睛望着游泳池那边。

"老程吗?噢,他没有来。"李琳很急遽地说着,心中有点不高兴,他奇怪这位已婚的舞女为什么还要缠住独身的青年。

"老程跟你认识还不久吧,蜜雪斯钟?"

"唔,只有一两星期。"丽珠很爽快地说了出来。李琳注意到她那荔枝核一般的瞳子在望着自己的脸孔,觉得刚才所说的话,有一点儿唐突。

丽珠姑娘燃了一支香烟,倏然用很恳切的声调对李琳说道:"密斯脱李,我要求求你。"

"唔,是什么事呢?"李琳愕然问着。

丽珠姑娘低着半个头儿,眼睛看着小手中的烟支:

"密斯脱李,你是个大学生,你晓得,我们舞女本来是没有爱情的,尤其是像我这种做了娘的女人,更不必多讲。你的朋友密斯脱程是一个很好的青年,很老实,只是经验差了一点。这几天他正在对我发狂,我是舞女,当然是欢迎人家这个样子的。现在,我求求你,他还不晓得我是已婚的妇人,让我以后将我自己的家况慢慢告诉他,好不好?我答应你,我一定不会叫他堕落的,我并不是那么坏的女人……"

李琳斜着头,倾听她那像春天流水一般的低语声。他望望她那荔枝核一般美丽的瞳子,想起她那失业而又患痨病的丈夫,她那抽大烟的母亲,她那不懂事的小孩子,觉得自己对于她渐渐有了同情心,终于一口答应了。

那年最后的一天,屋外刮着懔冽的寒风,李琳和阿琼两人,坐在家里火炉边玩扑克。在壁炉闪耀的火光中,阿琼姑娘的面颊,比绚烂的彩霞更鲜艳了。他们一面玩着扑克,一面兴高采烈地谈论着沈阳的东洋兵,天津事变,石友三,本庄繁,土肥原,张学良,胡蝶,十六省的大水灾……

客厅的门上,忽然有了响亮的叩门声,一个邮差送了一份快信给李琳。信封上是粗笨潦草的蓝墨水字,李琳一看便晓得是老程寄来的。信封里只是一张短短的字条:

"琳:见信速来,事关重要,切切!"

李琳皱皱眉,踌躇了半天,很不愿意离开这快乐的小聚会,可是一想到中学时代的友谊,他终于决然站起身,披着冬大衣跑出去了。

在门外,刮着尘埃和细沙的冷风到处乱窜着,好像是要把行人们的鼻头和耳朵吹掉似的。火车站附近异常冷静,除了一个寂寞的大饼摊以外,只有一群褴褛的人力车夫,在冷风中缩着被饥饿与穷困所压碎了的躯体。一听见李琳要雇车子,即刻拖着车子跑过来抢生意,一个一个苍黄的瘦削的脸孔,一对一对充满着希望的眼睛,好像是沙漠的旅客突然找到水泉一般。然而,抢得生意的只有一个,其余的摇着头,垂着头,叹息着。有的年纪已经大了,鼻涕在胡须上冻了冰,声音好像是被猎狗所窘的狐狸的哀叫,有的还是十三四岁的小孩子,脸孔好像是还在母亲胸前吃乳似的——这些被生活皮鞭所鞭挞的可怜虫!

老程的学校是在江湾附近,学生们是以跳舞、打教授、罢课、调戏女工等等而著名的。一跑进那座灰黄色的宿舍,便听得见满耳的胡弦声、谈话声、吐痰声、麻雀声、留声机声;从敞开的房门口,时而看得见一两个桃花一般的女生,衣发不整地躺在男生的铁床上。李琳看了以后,自己的脸孔反而燥热起来。

推开了二楼三十二号的房门,李琳看见他的朋友独自一人呆坐在房间里,头发也没梳,脸孔也没洗,眼睛里一点精神都没有,身上只披着一件寝衣。于是李琳便问道:

"怎样,老程,害了病吗?害什么病?"

老程用手掠一掠蓬乱的头发,疲倦得连开口说话的力气都没有。李琳注意到铁床边有一堆黑灰色的香烟屁股,七八瓶空了的啤酒瓶,而地板上又满满是花生壳,他便猜着说或许是舞女丽珠的事吧。

老程苦笑了起来,摇摇头,从裤袋子里辛辛苦苦地摸出一团纸,好像是从垃圾桶里捡起来似的。他说这是妹子阿瑛的信。

"什么话,阿瑛在上海了?"李琳跳了起来,心中又是燃烧着五六年前单恋时代的热情,橄榄形的苍白的脸孔,疲倦而忧思的眼睛,猫一般的脑袋,还有她那春潮似的钢琴声——呵,当年的事,好像都是异常美丽而且忧伤的。

"倘若没有这封信,连我都不晓得哩。她最近跟家里因逼婚事闹翻了,这小妮子!喂,信赶快看吧,她人在病院里哩。"

李琳将那团纸接了过来,双手不自然地抖着。绿色信纸上是花朵一般清秀的字,花朵一般的句子。阿瑛在信里说她因逃婚跑到上海来,已经有一个月了。本来是想和家里永远断绝关系,所以对于亲友们都没通信。但是,最近因久年的肺病复发,生命已经像春天的云一般在消融着了,盼望哥哥会来望望她。

雇了一部汽车,在大西路上走了半个多钟头,问了许多巡捕、印度人和警察,才找到阿瑛住的那所新筑的小疗养院。疗养院是德国式的、长方形的房子,前面有一个冷清的小花园,落叶铺满着花园中黄泥土的小径。

轻轻地敲着阿瑛的房门,一个外国女看护跑了出来,摇晃着棕色的头发。女看护半斜着头,小声小气地问他们中间是不是有一位是蜜丝程的哥哥。老程向她点点头,于是她便带他们进去了。

病房里异常整洁,白的墙,白的窗帘,白的椅子,白的桌子,白的铁床,白的被单。在白被单下,躺着瘦瘦的阿瑛,悄悄地。她的脸孔像蜡纸一样苍黄,一点血色都没有。老程跑近去握握她的小手,伤心得似乎要掉下泪来似的。

病人缓缓地睁开了她那疲倦的眼睛,默然望着她的哥哥,接着又望望站在哥哥旁边的李琳。起初,她对于这个阔别五六年的他,似乎已不认得,一阵疑惑的黑影掠过她那苍白的头额;然而,不久以后,苍白的脸孔终于泛起一阵感激的微笑。

她,这个被人家单恋过的阿瑛,死于那年最后的一天,孤零零地死于大都会一个阴暗的角落里,好像是秋天的一朵落花,生对于她并没有无限的缱绻,死或许只是一种安静的休息。

李琳从疗养院里出来,夜已深了。他的心异常空虚,好像是失掉了什么不应该失掉的东西似的。琼还在家里等他,一看见他那忧愁的脸孔,什么话也没说,琼也是个乖觉的女孩子,同情地笑着,永远不会像猎狗一般侦探着人家痛苦的秘密。

琼跑了过来,用温柔的小手轻轻地摸着他的短发。

他垂下头,忧思地凝视着壁炉里熊熊的赤色的炉火,火光闪烁着,飞跃着,在客厅的白壁上投下许多美丽的黑影——在黑影里,他似乎是看见了闽南的初春,处处都充溢着温柔的春意:街树青翠的枝梢,春阳的影子,孩子的笑声,飘扬着的乳白色的窗帘,窗子里是一个十五六岁的少女,苍白的脸孔,忧思而疲倦的眼睛,两只小手敏捷地弹着一支萧邦的《夜曲》。

列车餐室一

一

春晨,美丽的春晨。

罗勃教授摇着一根手杖,在小河边的草径上散步着。小河的周围异常寂静,除了风吹动绿色的树叶而发出轻微的沙沙声以外,只有教授那有节奏的脚步声——橡皮底的皮鞋一步一步地踏着还有露水的草径。他到中国来已经快要十五年了,在这十五年间,他天天早晨都在这小河边散步着,悠悠地摇着他的手杖。

这一天,天气实在太好了,春天的影子到处跳跃着。青色的晨空,镜子一般的河水,清脆的鸟声,绿杨在和风中摇摆着嫩枝,湿露的野草发着一阵一阵难以抵抗的香味。教授使劲地摇着手杖,觉得自己已经年轻了不少。他想笑,但是没有笑出来,因为他忽然忆起了还躺在病院里的妻子。一忆起妻子,那个躺在病榻上急急地喘着气的妻子,春晨的美丽好像是忽然褪了颜色,而教授回家的脚步也快起来了。

没有妻子的家,好像有一种难堪的冷静,这是独身者永远不能体味到的一种痛苦。但是在他走进大门的时候,他听见灶房那边有一个陌生男子的话声,低低地,好像是大提琴似的。

在进早餐的时候,教授用从一位中国和尚学来的北京话,问一问站在旁边的黄妈:

——是你的儿子吗?

——唔,是阿根,他又失了业哪,先生。

教授抬起头来,望一望旁边那个老年的娘姨,似乎对于"失了业哪"那话要发一点言论,然而结果只是拿咖啡起来喝。教授想起了他的祖国,那个全世界最富裕的金元帝国,最近也被失业这皮鞭鞭挞得异常悲惨,而远在海外的他,薪水也被削去两成了。

他是个历史教授,他信基督教,他信《圣经》,他信海格尔的历史学说。他不相信马克思的经济决定历史论,他根本就不愿意相信,因此他对于马克思的学说，也不求甚解，至于列宁主义，则更不必说了。不过，有时候他觉得马克思和列宁的学说，有许多可取的地方，比方说，这失业问题。然而，黄妈对于这问题是不会懂的，于是他只是拿咖啡起来喝。

黄妈也有她自己的念头，她在想着那个在灶间里的阿根，青青的脸孔，垂着头，没精打采地走着路，好像是一匹无辜而被殴打的狗，连对于自己的娘，也没往常那般亲热了。她想起了阿根那个爷，二十余年前跟着人家推翻清政府，丢下一个年轻的寡妇，一个不满十月的婴孩，啼啼哭哭地过着日子。黄妈想起了二十余年来劳苦悲惨的生活，流着汗，流着血，磨灭了自己的青春，一个十月的小婴孩，终于变成一条结实的汉子；不过，在这个黑年头儿，结实的汉子终还是常常失业哪。

在灶间里，黄妈的儿子阿根，无聊地抽着烟支，眼睛空虚地望着玻璃窗外。窗外是一片青翠的草地，草地的尽头是一间古旧的教堂，教堂顶耸立着一支黄铜的十字架，十字架在春阳下灿烂地闪烁着。他想起了那些黑暗窒息的工场，那些脸孔苍白的妇人，那些不断地咳嗽着的童工，那些机器单调的喧声，永远没有阳光，永远没有春天，永远没有休息，永远没有娱乐。工人们流了血，流了汗，康健是牺牲掉了，幸福是牺牲掉了，然而所换得来的，只是贫穷、饥饿、寒冻、疾病和死灭。失了业的人，竟然还能够在家里安闲地抽着烟支，吃着母亲的饭，晒晒春天的太阳，这岂不是奇迹吗？此外，还有丁妈，那可怜的丁妈。

丁妈是罗勃教授的厨娘，一个年轻的寡妇。春天对于年青人当然痒痒的，特别是新死了丈夫的少妇。油光光的乌头，皙白丰腴的皮肤，说起话来总是轻快地笑着。自从阿根来了以后，往日寂寞冷静的灶房里，便常常有丁妈欢快的笑声了。

但是，不久以后，罗勃教授的灶房里便再归于寂寞和冷静了，丁妈那种弹性而轻快的笑声，越来越少，终于完全消灭。阿根在沪西一家纱厂里找到了位置，在丁妈或许是一件可悲的事，然而在黄妈，在做娘娘的黄妈，看见儿子兴高采烈地跑回工场去，却是一件可喜的事。

——妈妈，我找到事情做了，我找到事情做了！

阿根从外面跑了进来，一面跳，一面叫，紫膛膛的脸上满是汗水，他快活得几乎要把母亲抱起来似的。母亲也快活地笑着，她懂得工作对于儿子的意义。

二

阿根是个有孝的儿子,每星期来看他娘一趟。他在纱厂里的位置并不好,现在已经是热蒸蒸的夏天,他却得天天躲在煤房里工作,一面挥着汗水,一面铲着煤,添到已经烧得通红的锅炉里去。煤房又暗又窄又窒息,工作的人竟然是三四位,一人一层黑黝黝的煤灰,一人一身臭汗,而且工作又是异常危险,一不小心,跌进锅炉里,那可不是好玩意儿,连骨头也没处找哪。

然而,在娘的面前,阿根永远不会露出什么不高兴的样子,他总是和蔼地笑着,擦着两只粗手。从教授灶旁的窗口,他望得见教堂顶的十字架,一片青翠的草埔,时而或有一两部崭新的汽车,吹着尖锐的汽笛,疾驰而过——在汽车里坐着王子似的大学生,像厂主一般高傲地挺直着胸膛。

不过,娘也不是没有眼睛的人,她觉得儿子似乎有一点改变,不但是人瘦了一点,眼睛里时而偶然会露出疲惫的神态与内心的空虚,这是做母亲的人所不能了解的。

最感觉得痛苦的是丁妈,因为她那弹性而轻快的笑声,早已失掉诱惑力。有时,她在阿根的面前,故意解开衬衫的钮子,露一露棉花一般的乳房,然而青年却每每掉开头,冷冷地望着空虚的墙,或是窗外的绿叶荫荫的槐树。

有一次,一个初秋的早晨,丁妈跑到菜集里去买菜,在长七公公那鱼摊前碰见了阿根和一个女人。是的,阿根和一个女人。女人穿着青花布衫,扁扁的一个黑脸,手里摇一只饭篮。阿根,这个没情义的瘪三,一面笑看,一面抽着烟支。他走得很快,好像是在赶上工,并没有看见在鱼摊前那个口呆目瞪的丁妈。

丁妈不晓得自己还买了什么菜,她只觉得头隐隐地痛着,而肚子里是一股热蒸蒸的烈火。回了家,黄妈听到了这个消息,也是呆了半天,她早已晓得儿子是变了,哼,一个女人,穿着青花布衫,扁扁的黑脸,手里摇着饭篮,哪里来的野××……

其实,儿子在街上跟一个女人一同走路,并不是什么败风坏俗,或是大逆伦的事。不过,在老黄妈的心里,早就在害怕有一天儿子会爱上了一个年轻轻的女人,而将自己的娘渐渐忘掉。这似乎是不可避免的事,适如命运一般,正因是不可避免的事,娘的心便是在极端悲怆痛苦中了。她忆起了阿根的爷的早殁,她自己怎样刻苦,怎样劳动,好像是一条不知疲倦的老牛,日赶着夜,夜攒着日,在贫病的连环中拼命挣扎着,吞声咽气地忍受着一切的侮辱,尝遍了社会人情的酸苦,唯一的希望只是在儿子阿根的身上,希望他会争一口气。现在,幸而孩子已经是个结实的汉子,就是她在街前巷口走动,人家晓得她是阿根的娘,也多露着一个笑脸。不过,阿根可变了,他在跟着一个女人,扁扁的黑脸,青花布衫……

第二天早晨,历史教授从外面散步回来,看见黄妈惘然坐在餐厅的一角,皱缩的脸上,堆满着忧郁和苦恼。于是教授便摇一摇手杖,用他那美国腔的北京话问道:

——是你的儿子吗?

黄妈点一点头,她的头发已经灰白了。

——又失了业吗?不是!那么是什么事呢?

——我怕他在外面交了坏的朋友,他又是一个那么老实的孩子,真像他的爷……

黄妈那枯皱的脸颊上,滚着两颗大泪珠。

教授掷开手杖,半斜着脑袋望着窗外,窗外的槐树在西风里飒飒地响着,似乎是带着无限的秋意。教授的眼线落在槐树后那座赤砖石的图书馆,他忽然想起了那边恰巧有一个空缺。

——哼,黄妈,你问问阿根看看,他愿意不愿意到图书馆那边去工作,他可以补老头子的缺。

——老头子的缺?嘻,那是最清闲的,我一定叫他来,这种缺等十年也等不到的。谢谢啊,先生,谢谢。

黄妈那柠檬一般的小脸上,露着异常感激的微笑。

这天是星期日。星期日下午,阿根照例又来望望他的娘,还带来一双新乌布鞋,说是要给娘穿的。娘坐在灶房一角的木板凳上,早就预备好一篇话要对儿子说:

——阿根,你那边工作很辛苦吧。

——哦,还过得去。

阿根搭讪地说着，装做很高兴的样子。

黄妈忽然从木板凳上跳了下来，敏捷地跑到儿子的身边，敏捷地拉住了儿子的手，好像是一条猫。

——最近图书馆那个老头子死掉了，留下一个缺，这里的罗先生答应将你荐到那边去，每天八九个钟头工作，扫扫地、揩揩地板、揩揩玻璃，不是什么苦工，离我这里又近，早晚容易照顾到。我的年纪也大了，来年便是五十岁，要是有福气的人家，早应该享一点清福……

阿根用一只手窘然地摸着头，不晓得应该怎样回答。他应该怎样说明给娘听呢，瞧着她那双微抖枯缩的小手，她那灰白的头发，他连说话的勇气都没有。

娘望着阿根那种犹豫不决的脸色，她晓得儿子实在是变了——唉，变得那么快啊。是不是那青花布衫的女人，扁扁的乌脸，一定是那种轻佻的婊子将儿子的心带走了。于是，一股难以抑制的、热蒸蒸的力，开始在她的身体里燃烧着，烧焦了她的心，烧焦了喉咙，烧焦了嘴：

——阿根，你在外面姘了什么女人？

阿根全身抖了一下，他看见娘的眼睛里带着一股子火，两只眼睛就好像两只烧得通红的炼铁炉似的。他想不到娘会说出这种话，觉得自己的脸孔似乎是红了起来。

——妈，没有这种事，谁，谁说的……

——我亲眼看见的。

灶房外跳进一个女人来，油光的乌头，皮肤像白棉花一般。

——我亲眼看见的，前天早上六点钟，在菜市里。一个青花布衫的女人，扁扁的乌脸，妖模妖样地摇着一只饭篮；那时候，你除了她，谁也没看见哩。

——哦，你是说阿宝，她，她不过是在纱厂一道工作的……

阿根竭力要把自己镇定下来，然而，不晓得什么缘故，话声总是很不自然，好像是不会撒谎的小孩子，两只手擦了又擦，不晓得应该放在什么地方。

黄妈在木板凳上，像瘫痪似的坐了下来，她觉得周围的墙壁在震动着，眼前只是一片茫茫的黑暗。二十年来苦苦养活了一个儿子，终于给一个扁扁的乌脸，悄悄地带走了。要他在学校工作，就好像是叫他上天堂，这种缺，人家等十年也等不到的,现在他竟然不要,竟然愿意回到那地狱一般的纱厂里去,回去找那黑脸的狗娘。

儿子的脸孔板得通红,嘴唇像蚯蚓似的蠕动了一会,好像要说什么话,然而终于悄悄地溜了出去,一阵渺茫的西南风似的。屋外是深秋的黄昏,几个王子一般的大学生在草场上安闲地打着高尔夫。草埔的尽端,在宿舍的门口,停着一部猩红色的"林肯",车上装着收音机,正在喧嚣地奏着一支西洋调子;车上还坐着一个年青的贵妇,像是一朵花似的,她和车前几个摩登青年在说笑着,黑发下的绿耳坠子,晃了又晃……

阿根皱皱眉,脚步不自然地快了起来。

三

冬天来了,屋外飘着枯黄的落叶。

阿根仍旧是在每星期日下午来望望他的娘,不过,每每是坐一会儿便走了。母子的中间好像是隔着一层厚厚的膜,两方都觉得痛苦。黄妈没再提起那个扁扁的黑脸的女人,阿根当然也没再说什么。

有一天早晨,罗勃教授照例又从小河边散步回来,河上压着一层微湿的灰雾,他忆起学生时代那个古旧的伦敦。走回没有妻子的寂寞的家,他又听得见灶房那边有一个男子粗哑的话声。

黄妈那个柠檬一般的小脸孔,忽然从灶房那边露了出来,满脸是斑斑的泪痕,一看见教授,便好像要跪下来似的。

——先生,先生……

教授愕然站住脚。

——是你的儿子吗?

黄妈呜呜咽咽地哭了起来,上气赶着下气,一句话也说不出来,她的双手抖着,她的灰白的头发抖着。教授忍受不住这种年纪大的人的哀哭。

——究竟是怎么一回事,也应该说个明白啊。喂,丁妈,到底是什么事呢?

丁妈从里面出来,一副冷冷的脸孔:

——阿根当兵去了……

——完全像他的爷,老是在干着傻子的事,老是在干着对于自己没有利益的事,年纪那么轻轻的便……

黄妈一面走进灶房里去,一面讷讷地独白着。

罗勃教授也陷入于沉思中,他甚至忘记用他的早餐,只是在小书斋里走了又走。他想起了大学里那些学生,一毕业以后,只有三条路可以走:有钱的度着放荡奢侈的生活,变成了社会的寄生虫;有智识有脑子的,大多在瞎干;剩下来的,只是那种又笨又懒惰的,爱国是谈不到的,更不必说到救国,跑去当当银行的小伙计、保险公司的掮客,或是什么粪虫一般的小教员,骗骗那些同样愚蠢的后辈。

不过,罗勃教授是个乐观者,他相信中国是会复兴的,他忆起了斯宾柔拉的学说:历史的进展是个圆圈,有时升上去,有时候降下来。已经降落到最低点的中国,现在一定又是在上升了罢。

细雨落在泥泞的草径上,落在行人的脸上,一阵又是一阵,好像是一个网。黄妈在想起阿根的爷和阿根;教授却在想着这个没脊椎骨的古国:内战,水灾,旱灾,瘟疫,饥荒……

第二号

风景画八

　　上海的五月,像少女们含羞的小酒窝一样地甜蜜。在街上,在商场,在工厂,在学校,处处都充溢着春天浓烈的气息——春天活泼的动力。街上的窗店,有美丽的新装饰,渲染着丁香花色柔和的情调,摩登少女们,从野蛮性的兽皮里溜了出来,又是裸着白蛇般双臂,在热闹的大街上,蹬着鹿蹄一般的高跟鞋;在水门汀的大建筑物里,矮肥的买办们,又是逗着木乃伊一般的尸体,喷着上等的黑雪茄,睁着无精采的、淫荡的小眼睛,吞噬着办公桌前骚溜溜的女书记,然而,在僻静的坊头巷尾,水果小贩的喊卖声,却不像往常冬天那样呜咽了。

　　这几天,世界大学的篮球队忙得很,天天在新建的体育馆里练习,准备上海万国篮球会最后的决赛;在揭示牌上,有体育主任命令大学啦啦队全体出席的布告,欢迎各位同学参加,票价对折,在图书馆,在课室,在厕所,在膳堂,在宿舍,学生们所谈的,都是这次篮球的比赛,人人都有一种不安的兴奋,一种春天猩红色的强烈的希望。

　　带着浓重的油墨味的日报,用金鱼眼珠一样大的铅字,传播今晚篮球赛的消息,在下午五点钟以前,一元钱的入场券,即已全部卖光。而万国体育馆,又是塞满了黑黝黝的人群,又是啦啦队多角形的奇异的尖叫声。

　　篮球赛,是八点半开始的,蓝背心黑短裤的世界大学队与红背心的英海军队,在千余观众热烈的鼓掌中,跟着裁判员响亮清脆的银笛,开始夺标的猛战。

　　篮球场上,充满着紧张兴奋的空气,混合着女性尖利的叫声,啦啦队旋风一般的音波,迅速的拍球声,断续的银笛,以及宽阔的圆形的肩膀,强而有力的手臂,套着阔嘴的篮球鞋的敏捷的脚,红阔的紧张的脸孔……

　　世界五虎,像走马灯一般地跳来窜去,使灯光灿烂的篮球场,充满着高速度的黑色的抖动;红背心的追着、跳着、拦着、扑着,起初是五人联防制,接着又改为单人守防制,然而,在记录板上,世界大学所赢的分数,却像特别快车般一连贯地增加着,增加着。

　　——喂!丽丽!世界大学那个怪活泼的左锋是谁呀?

一个嘴唇搽着红"丹琪"的女郎,悄悄地问着,睁着非常羡慕的大眼睛。

——噢!老李,李超明!英丰银行李宾侯的儿子。

李宾侯

五月的晨阳从华丽的玻璃窗外溜了进来,照亮了桌上灿烂精致的食具,膳厅里弥漫着一种恬静整洁的空气。一个又瘦又矮的老人,穿着不大整齐的西装,一面咳嗽着,一面向站在旁边的仆人,挥着瘦削的、衰弱的手。

黄脸孔的仆人,恭敬地点一点头,放下手中精巧的圆镜子:

——但是,大老爷的领带,不大……

——嘎!

老人出力地摇摇头,板着不惬意的、阴沉的脸孔。

——阿二!你老爷今年几……几岁了呀?

黄脸孔的阿二,扭一扭头颈,张着没血色的嘴唇:

——七十六,大老爷,七十六。

——哈!嘎!阿二,七十六了,还管什么领带?

老人是上海商界赫赫有名的李宾侯,三间大银行的董事长,五家洋行的买办,亚细亚轮船公司的经理,上海百货公司的监督,福康大药房的大股东,世界医院及现代大学的创办人,七间中学的名誉校长。

他的父亲,在年轻的时候,是一个杂货店的小伙计,懂得信奉"洋鬼子"的耶稣教,从外国教士学了一口洋泾浜英语,从洋行的小跑街,经过十余年的勤苦节俭,渐渐升为拥有巨大资产的买办。在他那舒适的老年,他有很好的名誉,是忠实的基督徒,教育家、慈善家、财政家。

他的承继者李宾侯,是一个更厉害的商人,出身于圣约翰大学。他有才干,有恒心,有巨大的家产,有高等的教育,有"仁爱"的耶稣教,使他在雏形的小都会中,获得一个优良的地位。道光廿二年的鸦片战争,资本帝国主义的铁蹄,跟着新战斗舰第一枚轰攻的大炮弹,将数千年严厉的海禁炸毁以后,开始将丰饶的中华大陆,践踏成为半殖民地。就是在这时期中,李宾侯由他的精明能干,赢得了非常多的金钱、地产。

一九一四年的世界大战,战斗的黑旋风,像高速度的电流一般卷扫了各国工业与实业的核心,机关枪的弹珠,像暴雨一般击倒了无数愚昧的、天真的青年,各大都会,是患着沉重的失业症,苍白色的饥饿,又像虎列拉的病菌,在各国死滞的血脉里,急急地繁殖着,而李宾侯先生,却因而一跃为东亚商界重要的角色之一——上海商界,曾一度盛传英国皇帝将封他为"男爵"。

虽则他贩卖多量"药品性质"的鸦片、吗啡、海洛因,虽则他曾在全国抵制外货中,秘密包卖外货,然而,他还是受人尊敬的忠实的基督徒、教育家、慈善家、财政家、外交家。

膳厅外,有敏捷的轻步声,一朵红海棠花,飞也似的飘了进来,一个蓬乱的黑卷发的头,两只黑珠子一般惺忪的眼睛,裹在红缎寝衫里苗条的鳗鱼,两条赤裸的柔软的白脚。

——哈,嘎,皓明!我的好女儿!

老人从剧烈的咳嗽中,抬起刻画着惊愕的皱纹的脸孔。

——爸爸!你看,你看,看呀,看这报纸!

皓明的小手中,挥着油墨味的日报,面上带着一种紧急焦躁的表情,使人想起从大腹贾阔嘴里呕出来的雀巢牌巧古力糖的渣滓。

——明仔,你是刚刚下床的吧!你……你……你……

老人有点惶惑地望着女儿薄细细的红寝衣、赤裸的脚。

——这样热的天气,披着这东西还很难过呢!在伦敦,听说有许多女子穿着浴衣,在街上走路哩。

少女失望似的摇摇狮鬃一般的黑发,望着窗外的青空。

老人又是咳了起来,板着非常难过的酸的青脸孔,向着旁边严肃的侍仆,出力摇着衰弱的小手,喊他快点走出去,好像害怕什么恶魔似的。

黄脸孔溜了出去,很忠实似的关了门。少女摇动着还有昨夜华尔特茨舞的残梦的小脚,跑去开了华丽的玻璃窗,让五月阴冷的晨风流了进来——风带来花园里浓烈的玫瑰香味,以及遥远摩托车呜咽的汽笛,融合着大都会近代味的忧郁。

老人戴了他的玳瑁眼镜,翻着女儿所带来的报纸,在商业栏中,辛辛苦苦地找着较为重要的标题,一行又是一行地追求着。

——得,得,明仔,你到底喊我看的是什么呵?

又是酸的小脸孔，刻划着疑惑的皱纹，好像是色调不和的画像。

红海棠花由窗口那边再飘了回来，转着黑珠子似的聪明伶俐的眼睛：

——你没看见关于二哥他们赛球的消息吗？

——赛球的？嗄，嗄，超明那孩子，已经有那么多的银盾！

老人呼了一口慰藉的叹息，脱了玳瑁眼镜，放下手中油墨味的报纸。女儿扭着失望的脸孔，用柔泽的手指抚摸着父亲瘦削的肩头，怀着什么灰色的忧虑似的出神着。

——爸爸，你为什么时时刻刻都在想着生意、生意，你晓得，爸爸，我们家里大不如前了，没像从前那般……

——是，是，我晓得的，好孩子，现在，我忙得很。嗄，九点钟了，我该走了吧，哼，慢一点，明仔，你的大哥哥，昨儿晚上回来没有？他好像跟你的嫂嫂又吵了架似的。

——我不晓得哪，爸爸，大哥哥好像很久很久没回来了。

红海棠花垂着很不高兴的头，黑珠子的眼睛好像很疲倦似的。

——哼！这就是自由恋爱哪！我是始终反对的。妈妈呢？

——寂寞着哩！还有二哥哥，也越来越孤独了，好像很不愿意回家似的，你晓得，他是一个好怪癖的孩子，自跟淑静订了婚以后……

——是的，是的，我晓得的，我们下次再说吧。

老人一面走着，一面喃喃地说，挥着衰弱的瘦手。

新派克轿车在一间水门汀大建筑物前停住，看门的印度警察，从红头巾下扭出不自然的、黑褐色的微笑，点点头，恭恭敬敬地开了汽车门，一手接住了充实的旧文书包。

伛偻着的李宾侯，板着酸的严峻的脸孔，走进了英丰银行明亮的玻璃门。一进门，便听见一阵混杂的算盘声与打字机声，许多书记、收款员、簿记员，伏在排列得很整齐的办事桌上，机械人一般地工作着，不自然地笑着。

在华丽的经理室里，女书记给李宾侯燃了他的黑雪茄，溜溜风骚骚的眼睛。老人很生气似的摇着衰弱的瘦手，诅咒着。

——快要……快要十点钟了，好经理！

——是的，是的，老先生，他好像忙着哩！

女书记辩解似地微笑着,她晓得老人家辛辣辣的脾气。

英丰银行经理先生李耀明的办公室,是十分美化的,地板上,铺着柔软的波斯地毡,暗色的墙上,挂着许多美女的画像,窗幔是柔泽的白绸,在大都会五月的轻风中飘扬着。办事桌边,放着黄楠木精巧的书架,上面堆着许多装订美丽的西书,如《雪莱全集》啦,《莎士比亚戏曲集》啦,《十日谈》啦,《神曲》啦,卢骚的《忏悔录》等。办事桌的左角,放着爱神断了手臂的石膏像,她那花朵似的小唇笑着希腊人特有的、健康的微笑。桌的右角,放着绿灯罩的灯,灯边有一张李耀明学生时代纽约拍的照片,穿着棒球衫,装在灿烂的金相架里。

李耀明像他的父亲一般,也是出身于圣约翰大学,在大学里人家说他是有希望的诗人,念的是文科。在资本主义的美国,他遵从了父亲顽固坚持的命令,入哥伦比亚专攻商科,虽则心里老是不愿意。然而在美国,他有猩红色的浪漫,在夜总会与神秘的大旅馆里,消磨了四年流水一般的光阴,花了数万块钱,换了一张博士文凭,一跑回中国,老是对人家讲起"当我在美国的时候",称赞美国资本主义制度的成功,攻击英国留学生"落伍"的守旧,到处演说杜威、爱迪生等人的伟大,而罗素啦,爱因斯坦啦,马克思等,只是几个"小学者"。

得了博士文凭以后,跟那些红头发黄头发的女孩子,亲亲资本主义底的别吻,乘了富丽的"林肯总统号",溜到"古旧"的欧罗巴去。在伦敦,在柏林,在日内瓦,在维也纳,在巴黎,在罗马,李博士有新的浪漫、热情的艳史,在许多摩登少女脂粉的宫殿里,他考察了全欧罗巴的经济情形。

在繁华的巴黎,他偶然碰到了一个中国女学生——在法国学习画男模特儿——她年轻,她美丽,一个怪聪明的 gold-digger。过了三天,便就订婚,回到中国以后,女的似乎有点后悔,但是,她终于还是成为李耀明夫人,有金钱,有汽车,有富丽的住宅,有空闲的时间,可以画男模特儿。

郑淑静

花园里,非常幽静。星期六午后的阳光,懒懒地映亮了玫瑰花鲜绿的叶子,黄蜜蜂儿缓缓地、缓缓地飞着,哼着单调的嗡嗡声,使地上整洁柔软的青草儿,更充满着昏昏的疲倦的睡意了。

玫瑰花床边放着一只白藤的小茶桌,简单地放了几只光泽的小茶杯,一个画着希腊春天女神的、精巧的茶罐,几支整洁的银叉,在新鲜的黄牛油旁闪光着,与五月的夕阳光游戏着。

披着白 Tea 服的皓明,伸出纤细的指头,举起银钳儿,从小糖罐里,夹起一片一片雪白的糖块,放到女客的咖啡里去。女客露着温和的微笑,摇着柔软的扇子,望望花园的周围。她穿着浅绿色的旗袍,健全美丽的脚践着白玫瑰般的高跟鞋。虽则她微笑着,但是,有一种很不安的神情,藏在柔泽的黑睫毛后。

——淑静!

皓明轻轻地喊着,睁着黑珠子似的大眼睛。

——哼,明,谢谢你!

淑静将茶杯接了过来,用小银匙不住地搅着咖啡,深思着什么似的垂着黑卷发的头。

——我奇怪二哥哥怎么还不来哪?

皓明喃喃地说。

淑静女士喝了一口咖啡,长睫毛美丽的眼睛不住地翻着。

——今天的报纸你看过没有?

皓明换了一个新的题目,希望把这种沉闷的空气打破,自己再倒了一杯咖啡。

——唔,唔。

淑静女士笑看珍妮·盖诺的温柔的笑。

青翠的草埔上有轻快的脚步声,一个整洁的小厮跑了过来:

——小姐!电话。

声音清脆得女性的似的,逗直着胸膛。

——电话?哪儿来的?

皓明小姐溜着光亮黑珠子。

——学堂里的,小姐。世界大学的,好像是二少爷的。

皓明小姐瞥一瞥淑静有点不高兴的脸,歉意地苦笑着;她站起身,摇一摇狮鬃一般的黑发,向客厅的电话间径直跑去。

——哈啰,你是二哥哥吗?是的,我是皓明,哼……

——抱歉得很,明,今儿晚上我恐怕不能回家了,因为……

——你现在在什么地方？二哥哥，你好像忘记还有家呀！

皓明蹬着高跟鞋，很生气似的说，黑珠子朝着走进来的淑静溜了又溜，鼓着红润的双颊，高高地撅着嘴唇。

——哼，在一个朋友的家里。密斯郑来过没有？

——人家等着你呢。哥哥，喂，二哥！这星期你又……

——嗄，明，喂，喂，喂，是你，我是超明，噢，原来是密斯郑，对不起得很，累你久候，不过……

——你近来好像很不愿意同我见面似的……

淑静把听筒放在小耳朵旁，花朵似的嘴朝着话机急急地开着合着，她的面上，有一种伤心的表情，声调好像在哀诉着似的。皓明睁着同情的黑珠看着她。摇摇狮鬃一般卷曲的黑发，伸出小手安慰地拍拍她那抽搐着的肩头。

五月美丽的黄昏在客厅外悄悄地流了过去，窗外海一般蔚蓝的天空，被灰白色的云块遮着，盖着，重压着。风又是这样轻，这样微，玫瑰花鲜绿的小叶子还是安静地垂着。

淑静躺在客厅的皮沙发里，用柔弱的小手掩住脸孔，泪珠从黑睫毛的眼睛里不断地流了出来，双肩还是抽搐着，抽搐着。皓明咬着嘴唇站在一边，无可奈何地擦着双手。

——他这么冷淡淡地，他不欢喜同我见面。他讨厌我的父亲，他讨厌我，他……他爱上了别个女孩子，我晓得的，他有新的爱人，前天玛丽看见他同一个女学生，在光禄看戏，怪亲蜜蜜的……

淑静呜呜咽咽地说，扯着自己的头发。

——淑静！我看二哥哥并不是这种人哪。况且是正式订婚的。

皓明俯下身来，黑珠子般的大眼睛注视着淑静女士的。

——正式订婚？！

淑静鳗鱼一般的身体，突然抖了一下，抬起忧愁的脸孔，她的脚，不住地踢着咖啡色的波斯地毯。她沉默了好久，才说道：

——明！你以为婚约对于"现在"的青年还有什么效力吗？一颗小小的戒指是无法系住爱人的心的。

——我也这么想，不过，在我个人的观察，我觉得二哥哥并不是这种放荡的青年。其实,他近来对于我们全家都忽然冷淡起来了,好像受了什么大刺激似的。

淑静女士轻轻地摇摇头,悲伤地嘘着气,掏出手帕来,缓缓地揩着颊上的泪水。皓明跑去开了白热的电灯,电光炽烈的曲线给黑暗沉闷的客厅带来新的活泼的气息,淑静打开黄金色的手提包,掏出精巧的小粉盒和长方形的"丹琪",重新化妆起来。

客厅外有清脆的门铃声,小仆欧带了一个中年男子进来,说是要拜望李耀明夫人的。男子穿着非常漂亮的初夏装,打着蝶形的黑领结,脚上是光亮的尖的漆皮鞋,微黑的脸上露着有点局促的微笑。据他自己的介绍,他是耀明夫人在法国的老同学,随后便从胸袋里辛苦地摸出一张长方形的名片,皓明小姐点点头,将名片接了过来,交给那个逗直着胸膛的仆欧,叫他将名片送到太太那边去。

那漂亮的男子坐在钢琴边的大沙发上,很注神地望着壁上所挂的油画,露着很温和的微笑——艺术家天真的微笑。

客厅外,有高跟鞋急跳着的橐橐声,耀明夫人飞了似地跑了进来,喘呼呼地睁着欢喜的闪烁的黑眼睛。

——保罗!保罗!你这大孩子!

她伸着圆润的双手。

——好久不见了呵,海伦,让我仔仔细细地看看你呀!

男子从沙发上跳了起来,紧握着她的手,顿了又顿。

——你好像瘦了一点啊,保罗!你几时从法国动身的?油画完全学好了没有?还有冰、汪、老蒋,他们怎样呢?

那个漂亮的男子说了许多夹杂着法语的中国话,兴奋地笑着,还是紧握着耀明夫人柔泽的小手,然而丁香花似的耀明夫人却忽然从男子的怀中挣了出来,向皓明与淑静两人有点窘迫地微笑着,随后便再拉着那男子的手说道:

——这位密斯脱刘,有名的油画家,我的老同学。

接着再用柔情的、闪烁着的眼睛望着她的男友,而说道:

——这位密斯郑,耀明的弟弟的未婚妻;这位密斯李,耀明的妹妹。

淑静皓明两人都先后跟油画家密斯脱刘握了好一会儿的手,有礼地微笑着,点点头。

——到我的画室去好吗?

耀明夫人活泼泼地说,闪烁的黑眼睛望望她的男友,又望望淑静与皓明。

——我该走了吧。

淑静开着花朵似的嘴,喃喃地说。

——噢,别客气啊!密斯郑,不肯赏光到敝画室去一趟吗?

耀明夫人拉拉淑静的手,很诚心似的说着,又瞥瞥皓明。

——一道去好了,静!

皓明插了进去。

——你前天不是说要欣赏欣赏嫂嫂的杰作吗?现在是最好的机会!

淑静女士摇摇黄金色的小提包,点点头。

从自动电梯里走了出来,淑静女士的眼睛,被暖洋洋的浅绿色的壁灯光刺激着,走廊的壁上,画着许多色彩匀和的立体派的几何图形,与地板上的北京地毯的花纹互相反映着,他们弯了好几条装饰富丽的走廊,走到了一个圆形的小门前,门的周围,绕着一圈光线柔和的玻璃灯柱,使人深深地觉得法兰西二十世纪的艺术极端享乐的麻醉。

画室里,有一种油画浓重的气味,整整齐齐地放了许多书架,壁上装着光亮的大镜子,反映着从天花板上华丽的吊灯里射出来的浅红的光线。左边有两个白色的小门,一个小门写着"男子更衣室",一个写着"女子更衣室"。右边是一个小木台。后面有戏台一般的幕境,木台前后左右,都有光线不同的电灯。

——天哪!这是东亚最美丽的画室啊!

从法国回来的男子,惊愕地喊着,在一幅题着"爱的灵感"的大油画旁,兴高采烈地拍着手,他说这是中国油画界最伟大的收获,近代高速度的文化最优美的速写。画中是一个裸体的男子和一个裸体的女子,在鲜绿的树下接吻着,背景是用沉郁的紫红色,融合着麻醉的情感与享乐的意境。

桌上的电话铃忽然急急地响了起来,耀明夫人将听筒递给皓明:你的,好像是超明的声音。一面说着,一面朝着淑静女士笑笑。皓明听了一会电话,终于活泼泼地喊道:

——二哥哥明儿早晨一定回来哪!静。

淑静回转身来,翻着黑睫毛的美丽的眼睛,笑了一个珍妮·盖诺的浅绿色的笑。

李超明

上海筹募各省水灾急赈会为

上海各界名媛演剧助赈启事

敬启者本埠各界女子联合会决于本月念七号夜(即星期日夜)假座南京路万国青年会举行第二次大年会欢迎各界人士参加

备有京戏文明戏音乐及跳舞以娱来宾拟将全部收入悉数交本会代为拨充各省赈款一举两得谅荷同情诸维

公鉴

星期日的午后,五月的阳光从鲜绿的树后懒洋洋地溜了过来,窥望着水门汀网球场上的一对男女;女的穿着桃红色的 tennis suit,卷曲的黑发用一条白丝带束住,风轻轻地飘扬着的发带。男女挥动着网球拍,快乐地健康地笑着。

——不打了,不打了。

女的摇一摇疲倦的手,叹息着。

——再来一 set 好吗,明仔?辰光还早着哩。

——噢,打不来哩,打不来哩,你的倒拍真凶啊!

男的挥着结实的手臂,猎狗一般跳过网来,一面吹着"洋囡囡的舞蹈",女的将网球拍递给男的,鼓着红润的双颊,掏出手帕来,不住的揩着额上的汗珠,萎顿了的海棠花似的笑着。

——昨天淑静来过是吗?

男的一面走着一面踢着径上的沙砾。

——咦?你不是跟她在电话里讲过话吗?哼,二哥哥,你近来对于她似乎很冷淡了,是吗?

超明垂着头,沉默着,耸耸他那宽阔的肩头,从树缝儿溜下来的日光在他那蓬乱的黑发上游戏着,闪烁着。过了好久他才说道:

——明,昨儿晚上她曾对你说了什么话没有?

——哼,没有什么吧,不过你近来好像大变了,你——

——嘎,我仍旧是从前的我,不过她的趣味,她的思想,她的行动;还有她那个多么惹人厌的爷,那般自夸,那般无耻——

皓明突然停住脚,睁着严峻的大眼睛,怀疑地注视着她的哥哥:

——那么去年你为什么跟人家订婚哪?

——你以为是我自己愿意的吗,明?我和淑静的结合无非是为着两个家长他们的"私利"罢了,你晓得。郑老头儿是一个什么东西,名义上是大学校长,其实道德上,人格上——

——不过跟你订婚的是他的女儿,并不是他哪,我真奇怪你对于淑静这样怪可爱的女孩子还有什么不满意!

——她可爱着你哩!二哥!皓明深思地说,风飘扬着她的发带。

超明再耸耸宽阔的肩头,懒懒地说:

——所以我觉得很痛苦啊。我不了解她,她也不了解我,然而她却在"爱"我,有的欣羡我,有的嫉妒我,但是我却觉得像铅块一般沉重的痛苦啊!你也不能了解。你也——

皓明忽然拉住她的哥哥的手,温和地笑道:

——我们还是快点走吧,妈妈等着呢。

妈妈在阳台上,孤寂地站着。阳光辉耀地照着她那灰白的头发,照着遥远天主教堂古旧的屋顶。她淡淡地笑着,向超明兄妹们温和地招着手。超明睁着兽一般的大眼睛,忽然觉得有一种很空虚的、难以形容的、幻灭的悲感。

——爸爸回来了吗?

穿着桃红 tennis suit 的皓明活泼泼地问着。

妈妈摇摇头,仍旧惨笑着,风飘动着她那灰白的头发。

——哥哥呢,妈妈?超明将网球拍递给小仆欧,掏出手巾来不住地揩着额上的汗珠,伸长着狗脖子一般的肥颈。

——忙着呢。妈妈喃喃地说。午后才赶火车上南京去,据说又是什么财政紧急会议。哼,超明,你们还是快一点儿吧,淑静的电话已经催过好几次了,她有点生气哩。

——得,得!妈妈,你等一等,我们马上就来。

超明拉着妹子的手,像兽一般冲进房子里去。皓明吱吱地尖叫着,风飘着卷发上的白丝带;飘着整洁的红衫角。

　　一刻多钟以后,超明哥妹儿两人再在寂寞的阳台上出现了,妈妈仍旧微笑着,伏在阳台的栏杆上凝视着水一样的青空。超明穿着整齐的黑晚服,有点不自然地擦着双手。皓明拖着雪白的长旗袍,摇着青绸的遮阳伞。

　　——嫂嫂去吗,妈妈?

　　皓明不在意地问着。

　　——她也忙着哩,跟一个什么从法国回来的朋友在画着一幅大油画,刚才她喊秋香来对我说,叫我们先走,今儿晚上她或许也会去的。

　　妈妈喃喃地说,寂寞地摇着她的鹅毛扇。

　　——还有爸爸呢? 我想我们还是打个电话问问他——

　　——那么,我们到客厅里去吧,喂,雪程,将这伞子拿到楼下去。

　　小仆欧有礼地点点头,将青绸遮阳伞接了过去。

　　——今儿晚上到底是开个什么会啊?

　　在闷热的自动电梯里,超明问着,伸长着狗脖子般的肥颈。

　　——演戏捐助水灾难民啊,这是淑静说的。

　　皓明小姐一面说,一面照着钱袋里的小镜子在唇上搽着鲜红的"丹琪"。

　　在客厅里超明将电话打到英丰银行,银行那边说李老先生不在这里,接着又打到帝国银行,那边也说李老先生不在这里,接连打了好几处都找不到人,超明终于缩短了狗脖子一般的臃肿的颈儿,瞪着兽的大眼睛,将电话机挂了起来。

　　——爸爸总是忙着,忙着,天天忙着,时时刻刻都忙着!

　　妈妈不耐烦地说,脸上有一种很痛苦的表情。皓明还是坐在沙发里,照着黄金色钱袋的小镜子在眼眶上搽着蓝色的东西。

　　——二哥,你还没打到淑静那边去问问看吧。

　　超明耸耸宽阔的肩头,戴上帽子,装做没听见似的。

　　——那么,我们还是走吧。

　　妈妈喃喃地说,寂寞地摇着她的鹅毛扇。

风景画九

在万国青年会优美的化妆室里,天花板上绿色吊灯光亮地映照着一群丽妆的少女。有的在抽着长烟卷,有的在咬着紫古力,有的还在搽着香粉丹琪,有的在喋喋闲谈着。她们的生活像什锦饭一般混合着:灿烂的虚荣,疯狂的爱欲,热烫烫的黄金。她们各有她们生活的方程式,有的坐在较为清静的角落,像蛤一般沉默着;有的像良乡栗子摊上的破留声机,吱吱地叫着,笑着懒母猫一般的笑。虽则她们都属于资产的有闲阶级,她们各有种种不同的家庭背景,有的只是"小姐"而还不是"名媛",然也有"名媛"而非"小姐"者,从她们说话的口气,以及摆动着臀部的姿势,都看得出来。她们笑着权势的、诣媚的、虚伪的笑,有的照着寄生虫的方程式,度着高等妓女色情味的生活;有的笑着鸽一般驯良的浅笑,心却像蛇一样阴险、恶毒、狡猾;有的是"贵族小姐",拥有父兄煊赫的名誉与巨量的财产,在大都市色情的旋涡中浮着、滚着或是游泳着,找漂亮的男子来消遣,欢喜人家疯狂地爱她、崇拜她、称赞她;有的是"贵族夫人",大腹贾大军阀以及"前"某某省大土匪等直接的泄欲器,她们的青春像花在秋天凋落着似的:抽大烟,香槟酒,轮盘赌,下流咖啡店的跳舞,以及俏少年的拥抱中摧残了她们的一生;有时她们忽然歇斯底里地笑着,有时忽然愁思地沉默着。

——喂,丽丽你这套衣服哪儿做的啊?

一个又瘦又高的少女扯着别一个少女黑色的新晚装,欣羡地说。

——噢,仍旧是 Paul 介绍的那个红鼻子哪。

——嘎,红鼻子!我顶讨厌他,量衣服时总是不规不矩。

——唔,瞎说!

丽丽姑娘撅着鲜红的嘴唇,有点不高兴地说:

——我看顶规矩的还是你那一个"小王"吧!

又瘦又高的少女耸耸肩头,交尾后的懒猫似的笑着:

——别胡扯八道,他是订了婚的,那孩子!

丽丽姑娘有意味地笑笑,回转头向刚刚走进来的少女喊道:

——晚安啊淑静,皓明怎么还不来呢?

淑静点点头,畏缩地笑着,虽则她是属于那种是"小姐"而又是"名媛"的。

——快要来了吧！丽。噢,你做了多么漂亮的新衣服呀!

——红鼻子做的!

又高又瘦的少女轻藐地说,花茎似的斜摇着她那又长又细的头颈。

——哈啰,淑静。

一只吱吱叫着的黄麻雀窜了进来,不住地摇着她那象牙扇子。

——你的未婚夫怎么还不来呢,丽丽,你没见过吗?天晓得他为什么这样怪惹人爱的。

——你是说李超明吗?

丽丽扬扬细长的黑眉,拧拧淑静小姐的小手——然而淑静小姐只是笑了一个珍妮盖娜的惨笑。

李超明

倘若未婚妻没有那个使人呕气的老父亲,不过,没有鸡自然不会有鸡蛋,未婚妻倘若没有父亲,当然也不会有未婚妻啊！至于未婚妻本身?又是这样一个脂粉味的 modern girl,度着奇异的夜生活,每天中午十二点钟才下床,烫烫发,搽搽脂粉,跑到紫古力店去吃早餐;以后便是拖着女朋友去看看克莱拉宝色情的回旋舞,麦唐纳在性交中的温柔的低叫,或是约翰·吉尔伯特的狂吻;有时是跑到南京路的大装饰店看看有什么新流行的 style,弄到夜深才滚回家去;晚上不是扑克牌便是麻雀、牌九,倘若当晚有什么著名的音乐会,她当然也穿得花艳艳的,蹬着巴黎式的新高跟鞋,耸动着臀部,跑到花厢里,很内行似的倾听着某某名流的独唱,或是某某大师的凡娥琳,她的眼睛当然是装着欣赏高等艺术的深思的神情,晓得有许多人在注意她。

在汽车里,李超明这样地分析着他的未婚妻,他觉得很不愉快,再望望旁边寂寞地摇着扇子的母亲,又望望狂抽着俄国式长烟卷的妹子。他只得耸耸肩头,擦擦手。

在苍茫茫的暮霭中,车子是沿着一条宽阔的大街而疾驰着,街上充满着浓重的日本风味,一支一支白色的店旗,上面涂着许多蛇形的黑字,从精巧的小店窗里伸了出来；在清洁的铺道上，常常看得见背着包袱似的日本妇人，笑容可掬地喋语着，还有散了学的小学生，穿着很朴实的学生装，摇着章鱼色的小书包，向日本警察有礼地鞠着躬。

至于汽车夫阿三是一个矮肥的家伙，一脸麻洞，欢喜喝浓烈的酒，欢喜偷摸女婢的乳房，欢喜驶快车；好几次险些闹了大祸，但是不要紧，街上的警察总会认得这是李家的汽车，大事总会化为小事；而小事又化为无事。所以：怪不得麻子阿三，在小酒店里喝了几杯白干以后，总是竖着大拇指，提高苍喉咙，响亮亮地说起"咱们的大老爷"怎么怎么……

八气缸新绿色轿车旋风似的，由大街转入一条较为僻静的横街，街的前面充满着黑密密的人群，褴褛的蓝布衫，苍白的脸孔，污秽粗笨的手，空了的小饭罐，衰弱乏力的脚——散了工的劳动者之群。汽车夫阿三又是出力地按着尖锐的汽笛，提高着喉咙，用破碎的宁波腔咒骂不让路的工人，工人们跳开去，抬起劳顿的，然而阴沉的红眼睛。

汽车夫凶蛮的举动，使李超明很不满意，虽则他是坐在汽车中的一分子，他还觉得路是为"人"而造，并非为"车"而造的，尤其是这些贫困的劳动者，生活像是一条黑色的河流，没有欢乐，没有阳光，没有休息，没有教育，使他的心里常常生起一种深切的同情，他以为工作是人类的责任，一切有闲的寄生阶级都是鄙残的动物——他的未婚妻当然也不是例外。

跳下汽车，听得见窗子里溜出来的柔和的音乐，超明扶着母亲和妹妹向轮廓横划着暮空的大建筑物匆匆走去。赤褐色的大建筑物之前，有一个青翠的大花园。在紧聚着神秘的黑暗的花丛左右前后，隐约看得见一对一对少年男女在低语着、轻笑着。建筑物周围华丽的小窗，因屋内灿烂的灯光的映照，像金刚石一般闪光着、辉耀着。

大客厅里有许多许多"高贵"的宾客，穿着很整齐雅洁的晚服，用慈善家的神情在谈论着政界及商场的琐事，有几个年轻的，却在那儿暗暗"讨论""研究"哪一个名媛顶漂亮。

——看见蜜斯黄吗？那个穿绿的，她那抖得那样厉害的屁股，真会使人家大起冲动啊！

身上挂着"招待员"小绸条子的雄寄生虫怪秘密地说着，吐着金鱼一般的大眼睛。

——不见得吧,老刘,皮肤是那么粗糙糙,我握过她的手,不过,她那蛋形脸,我想××起来一定是很有趣的吧。

在上海名媛演剧助赈——似乎是中国中部的水灾也——在盛会中,两只慈善的雄寄生虫这样地对谈着,李超明觉得有点奇异,焦虑不安地扯着他的硬领,苦笑着。

几个摩登少女向他们这边跑来,亲切地握着扯着皓明小姐的手,有的向李宾侯太太憨憨地问候着,点着有礼的头,脸上刷着尊敬的微笑;有的疑惑地瞥瞥超明,接着又向皓明小姐投下询问的眼线。

——我的二哥。皓明小姐这么介绍着。在世大念书的。哼,月娴,你看见淑静没有?

被喊做月娴的伸着蛇似的臂指指钢琴后那一角,接着又睁着大眼睛去注视窘笑着的超明,望望他的领带,又望望他的皮鞋。

——噢,明,怎么到这时候才来啊!锐感的淑静姑娘把纤细的躯体转了过来,紧握着皓明的手。哼,李太太,你的胃病好了没有?这儿坐吧,今天天气真热哪!

超明看得见妈妈的眼睛有赞许的光辉,而已经向他伸出的是柔软洁白的小手,搽过"高特斯"的指甲又是那么晶莹地闪光着,还有她那柔软软的亲热的喊声:你好啊,密斯脱李!超明觉得未婚妻倒也是一个十分可爱的女孩子。

——啊,啊,我的小女婿,近来功课忙吗?

未婚妻的父亲向超明这样地喊着,扭着臃肿的下颔,嘴上还在狂吮着雪茄,像婴孩在吮乳似的。

大学生李超明有一个美丽的未婚妻,这是谁都晓得的事,然而李超明的未婚妻有一个大教育家的父亲,这也是人人晓得的事。

郑先生是一个带着政治味的教育家,矮矮的身材载着一个扁形的大头,眼睛小得可怜,但是非常尖利,声音是宏亮的,稍为带着一点威胁的派头。他是本埠华侨大学的校长,虽则只是一个校长,却有大的家产、高的名望。"募捐"是他的特技,侵吞公款是他唯一的本领。在年轻的时候,他做过药店的小伙计、剃头师、鞋匠的学徒,后来听见南洋容易赚钱,便跟一个堂哥跑到南洋去,鬼混了好久,仍旧是一个非常贫困的苦工。但是再过几年,他带了一张博士文凭回到中国来,穿着逞硬硬的西装,摇着一支美国式的 stick,说起话来,总是一面吮着雪茄,一面从喉咙里说"当时在美国做博士论的时候",然而睬他的人似乎仍旧不多,于是便大骂有辫子的中国人:不进化,野蛮,怯弱,无智识。虽则是"洋博士",在民国以后,还是跟保皇党接近,干过复辟的玩意儿,也曾拥护袁世凯做皇帝。在这政治的旋涡中,郑博士(真假须待福尔摩斯来侦探)一手创办了华侨大学,带了一群女生到南洋各处去表演爱美的艺术跳舞,由几条赤裸的粉腿与尖耸的乳房所引起的诱惑,热心教育的慈善家大大增加起来。结果是:华侨大学有高耸云霄的、美丽的新校舍,而郑永亨博士也有丰富的金钱可以娶八位姨太太,建造优美高大的住宅。有空的时候还可以带名媛到旅馆去玩玩。

他跟李超明的父亲是"真正"的老朋友,彼此有非常深的秘密的关系,一个是各方面都走得通的政治教育家,一个是上海金融界重要份子之一,为欲合作两方的势力,所以李超明才跟郑淑静订了婚,而报上所传的竟是爱情的结果。

郑永亨博士滔滔不绝的质问,给李超明十分惶惑窘迫,不住地望着壁上的大时钟,盼望名媛们早点开会。到了九点多钟,台子上才有清脆的小铃声,一个黑晚装的摩登女郎跑了出来,一面摇着狮鬃般的卷发,一面从红海棠花似的小嘴里扭出一句一句不连接的开会词。她的骚溜溜的眼睛溜到台下,雄寄生虫们热烈地欢迎,一阵阵拍手声在华丽的客厅里回响着、倾流着。

在无数很有趣的节目中,郑淑静女士曾作一首优美的钢琴独奏,弹的是一支很普遍的"夜曲",充满着北欧严肃的沉郁。她端正地坐在钢琴前,两只柔软的小手在雪白的音键上活泼泼地流着、轻按着。有时她掷一掷黑金的头发,倾听着自己手下倾溢出来的幽思的音调,她的脸上有一种娴淑的表情。郑博士逞着从燕尾服领中伸出来的瘦颈,用手轻击着音调的拍子,向周围的听众斜斜地扭着得意的小眼睛。

超明望望他的妹子,又望望寂寞地挥着鹅毛扇的娘,再望着按琴的未婚妻,心中的忧郁被柔和的音乐完全洗清,他想,未婚妻确实是一个怪可爱的女孩子,她有多么美丽的黑金的头发,纤细的手指,发亮的指甲,柔情的微笑,灵慧的眼睛,高等的教育,音乐的天才,社交的技能——倘若她的生活不是那么使人觉得灰心与厌恶,倘若她不是一条寄生虫啊!

上海名媛演剧助赈大会有丰富的筵席款待高贵的来宾,有香槟,有鸡尾,有年轻女招待,有性的诱惑。

上海名媛演剧助赈大会有跳舞,有狐步,有华尔特茨,有勃吕斯,有探戈,有紧接的拥抱,有柔情的轻笑,有发焰红唇,有贪欲的大眼,有紧贴着的臀部,有硬刺刺的乳头,有强烈的脂粉味,有寄生虫式的交尾。

在陕西,在甘肃,在河南,在湖南,在湖北,在安徽,在江苏,在浙江,在福建,有无数水灾的难民,啃着树皮,嚼着污秽的草,枯干了的骷髅饿着、饿着。

上海名媛演剧助赈大会,有慈善家,教育家,政治家,社会改造家——罪恶的寄生虫……

上海的名媛有柔发,有迷人的浅笑,有磁性的红唇,有尖硬的乳头,有高耸的臀部——生产都会的白浊,高等的色情荡妇!

然而在都市的别一角落,在黑暗的小巷口,在三弦忧怨的哀音中,一个一个油光的头,一个一个无血色的、苍白的脸孔,一对一对疲倦的,然而强笑着的眼睛!

——先生?去吗?先生?去吗?阿去吗?去勿哪?

没有虚伪,没有"文明人"的礼仪,没有寄生虫式装作的温柔,只是低低的、吵嘎的、呜咽着的声音——性欲的劳动者,近代文明的母亲。

风景画十

　　世界大学是一间非常优秀的大学,有四五十年悠长光荣的历史,然而在不知不觉间,她已成为帝国主义殖民地文化侵略的总机关。学校是美国人开办的,有丰富的金钱,有华丽的校舍,有广大的游戏场,有安静的课堂,有舒适的宿舍,有设备周到的科学馆——学生在那儿研究"人"并不是上帝直接创造的——然而也有庄严的小礼拜堂,在那儿有古旧的风琴声,有年纪轻轻的女孩子,可以听到外国教师扭着鼻音的"上海话",滔滔地讲着"人是上帝创造的"!

　　这间大学还有一个奇异的特征:不收女生——对于这一点,学校的当局曾发表重要言论如下:我们反对大学采取男女同学的制度,因为这种制度常常会发生许多丑恶的事件,并且使学生不能专心读书;在美国,虽则大多数的学校都采取这种制度,然而最高之学府如哈佛大学,却仍旧没改变其原本不收女生的制度。至于现在中国各大学,虽则多招女生,然而其目的无非欲引诱一般求学青年走入"堕落"之路,而将教育事业弄成为一种卑污的商业。

　　许多不愿意"堕落"的青年,从菲律宾,从安南,从檀香山,从四川,从广东广西,从福建,从辽宁,从黑龙江,从山西,从甘肃,从陕西,跑了许多辛苦的路途,冒了许多大险,牺牲了无数父兄被压榨了的、剩余的血汗,同时也浪费了四五年宝贵的光阴,在教室与礼拜堂间,接受了"爱你的敌人"与"以基督教救国"的课程,挣得了一张文凭,便猪群似的一连贯地挤出了大学的铁门。

　　虽则学校里没有肉感的女生,男生们并未深深地患着性的饥荒症,他们自有他们的春天,自有猩红色的青春与浪漫,有的是姨太太的消遣品——虽则姨太太本身,是一种消遣品——对于这一点,学校当然并未加以严厉的禁止,既然是"卫生"的,总比"野鸡"好得多了。此外,世界大学也常常有某某女中学高级学生的光临,名义上虽则不是到图书馆来"参考",便是到科学馆来"实验",然而来的人总是穿得怪风骚骚的,把搽过"高特斯"的、光亮的小指甲放在红唇咬了又咬。有时也在什么大节日,例如耶稣圣诞节啦,新年节啦,或是什么募捐救济灾民的游艺会啦,女中学总会跑来跟大学合作,于是脂粉的诱惑,臀部的摆动,柔情的鬓影,高耸的乳房,柔情的小手,发焰的眼睛,便在陶醉的华尔特茨中倾流起来了。

世界大学的学生虽未深深地患着性的饥饿症,然而几位外国教授却像秃毛的癞蛤蟆一般,大失恋而特失恋。校长先生是为着失恋才跑到中国来办学校的,经过二三十年辛苦的奋斗,把学校弄成华东最高的学府。

至于那些名震东亚的大学教授,男的便是老处男,女的便是老处女,似乎都是恋爱失败才逃到中国来的。有时你看见他,或是她,在夜深的时候,独步于黑暗的树林间,扯着头发哀哀地叹息着;有时,在课室里,你看得见他,或是她,受了什么刺激似的,借着课题谈起许多奇异的学理。比如说,世界大学有一个非常著名的历史教授,他虽则是一个中年的男子,可是秃着头,怪可怜地眨着老鼠一般细小的眼睛。他有一种记忆的天才,中外的历史都弄得非常烂熟,世界大事的年表、名人的琐事,他都能毫不加思索地告诉你。然而他是失过恋的,所以虽则他是一个多么聪明的人,人性的变态心理还时时流露着。比方在谈论法国革命的时候,他会突然告诉你拿破仑跟约瑟芬的关系。他说,虽则拿破仑是一个非常惊人的天才,对于妻子约瑟芬有深切的爱情,然而约瑟芬则从未爱过拿破仑。对于这一点,他似乎有着无限的感慨。有时,在课室里跟学生们谈论世界政治领袖,他会突然告诉你美国林肯总统有一个多么好的妻子,好似林肯一生的事业都是妻子造成似的。有时,在谈论中国的外交官,他说,顾维钧虽则有奇异的演说的才能,然而他也有一个好妻子,她有重要的政治背境;还有陈友仁,这个中国唯一的外交天才,靠着汉口市民大会的拥护,获得民国以来外交官中最高的荣誉。虽则我们应该记得他们的 Note 写得非常好,然而我们不应该忘记他有一个年轻而美丽的妻子啊。还有慈禧太后,还有吴三桂,还有……

此外大学里这一大堆女教授,板着皱纹的老脸孔,怪可怜地扭着不丰富的臀部。在春天,穿着红艳艳的短衫,逗着萎缩了的,自动电话拨号机似的乳房。倘若她是教你英文的,她总坚持每个学生每星期须缴英文论一篇,而请学生到她的住宅里去拿卷子。有时她故意不改卷子,等到你(当然你应该是漂亮的)去找她,然后在你的旁边,怪多情的一字一字地改着,请你喝喝甜蜜的浓咖啡,有时还带你到影剧院看看约翰吉尔勃特性变式的狂吻,听听黄金味的"爵士";有时在公园里或是在路上,她的眼睛总会忽然被砂粒飞了进去,于是便请你挨近她的脸孔,替她吹吹眼睛。

每天下午四点钟的钟声一响,世界大学的校门即刻有潮水似的人群倾流了出来,一条一条高的矮的、瘦的、肥的、木乃伊式的学生,脸上露着有闲阶级特有的微笑,向周围的马路上睁着搜求的卑贱的眼睛。

要出来的时候,虽则是这么一大群的人,然而一出大门,即刻分成无数的小队,每队有每队的目的。比如说,有的是上馆子去解决肚皮问题的,有的是要赶车子到上海市内去的,其中有的是要买东西,有的是要去学习跳舞,有的是要去看影戏。还有一种,既非上馆子的,亦不是打算到上海去的,五六成群地闲荡着,注视着路上每个女人的脸孔;然而这种猎艳群亦有各种不同派别,有雄赳赳的运动员派,也有雌儿气的书呆派。除此以外,犹有本地派、广东派、福州派、厦门派、湖南派、四川派等。各派有各派猎艳的策略,各派有各派的目的物,然而总不外乎"女人"。有时这些猎艳派为着某某"蜜斯"冲突起来,闹得满校风雨,醋气蔽天,而这些学生鬼竞争得最厉害的是一个"蜜斯上海"。

蜜斯上海是世界大学附近的一个女学生,既不漂亮,也不至于难看,扁软软的一个脸孔,上面长着一大簇卷曲的草儿,碰见男子,总是怪清高地低溜着活泼泼的眼睛。她每天从学校里来的时候,总在四点钟敲过以后,有时她抄近路回家,有时故意绕了一大圈子才转回来。所以这些猎艳的军队应该用最适宜的战略去包围她;有的是模仿着法国的拿破仑,进兵进得很快,由近路跑过去;有的是模仿着拿破仑二次征服意大利的战略,不惧辛苦跋涉,决由远路袭击;还有一种更厉害的,早点赶着车子到她的校门口去等,陪着她乘无轨电车回转来。

在星期六或是星期日,世界大学的猎艳群总是满布于从前挂着"禁止狗与中国人"的公园里,有的携着军用望远镜,有的背着摄影箱,埋伏于密密的树丛里,或是坦然追逐着常常回头过来笑的女学生。

公园旁有一间法国咖啡店,从白色窗幔里流出来的总是怪迷人的、清脆的、女性的轻笑声。咖啡店的老板是一个矮肥的希腊人,常常从短颈里绞出不十分流利的英语,猫似的脸孔总是抱着温和的假笑,他有一个女儿,年轻的摇晃着一头黄金的头发,蓝色的眼睛在富于表情的纤眉下发焰地溜着、转着,笑着希腊人健康的、怪可爱的微笑。于是一群一群大学生跑了进来,出去的时候,心里总是怪痒痒的,好像在是舍不得将橡皮糖的渣滓吐出来似的。

李超明

现在李超明在世界大学里已经是那种昂着鼻头的四年级生了。他所念的是工业化学,盼望可以从化学实验室许多红红绿绿的小瓶子中,找到一个振救中国的方程式;然而,不幸得很,四年中所读的、所研究的、所实验的,只是一些空空洞洞的学理,虽则你学会制造雪花膏、肥皂,以及别的装饰品。但是对于整个中国究竟有什么利益啊,超明每次想到这一点,总觉得总有一种难以形容的懊悔,一种幻灭的、空虚的悲哀,一种对于中国大学教育的怀疑。

有时,在课余温暖的黄昏,同学到房间里来找他,跟他谈论毕业后各人的出路。许多人都是这样羡慕地说:

——啊!老李总是不要紧的,那么有钱的家庭,可以不必多虑。要是高兴的话,再跑到外国去弄一个"独特儿",不高兴便坐在家里,或是跟那位怪迷人的蜜斯郑弄一个新家庭,至于职业,哪更不成话,最低限度也有一个银行经理……

对于这种话,超明总是从藤椅里抬起温和的脸,摇着兽一般健壮的短颈,接着是一阵漠然不在意的苦笑。

* * * * *

是一个安静温暖的黄昏,晚霞的残影还在青翠的草埔上游戏着,超明从图书馆里走了出来,伸张着坚实的双臂,作一个愉快的深呼吸。一个同学跑了过来,笑着告诉他道:

——超明,有一个年轻的 Lady 找你,怪漂亮的!

——真的?那一个在哪里?

超明睁着黑炭一般锐利的眼睛,向四周望来望去。报告消息的人做一个鬼脸,遥遥地指着校医处那边,口里不断地嚼着他的橡皮糖。

超明回转身,像跑马场的马一般,向校医处那般疾驰过去。

——哈啰,蜜斯脱李,你们这里真难找人啊!

年轻的女客从新"纳喜"车中探出一个微笑着的、美丽的头。

——嘿,哈啰,蜜斯郑,我以为是明仔,想不到你会来啊。

超明颓丧地说着,顿顿未婚妻柔软的小手。

——现在你忙吗,蜜斯脱李,我有几句话跟你谈谈。

——哼,没有什么事情,我们到交谊室里去坐坐吧。

超明给她开了汽车门,接住了她那雅致的青绸伞。

——车子停在这里不要紧吗,蜜斯脱李?

声音是怪柔和清脆的,回响着橄榄味的、天真的初恋。

——嘿,不要紧,不要紧,想不到你也开汽车啊。

超明喃喃地说着,扶着纤弱的她向交谊室走去。

世界大学的交谊室是上海著名的、宏丽的大建筑物,处处充溢着黄金帝国最尖端的艺术味,从华丽的石阶到光线柔和的壁灯,都潜伏着资本主义极端享乐的、陶醉的意识。

未婚妻一面摇着金红色的手袋,一面谈着上海高级社会中的琐事。超明有礼地倾听着,装做很高兴的样子。

——哼,蜜斯脱李,今天我有很重要的消息要告诉你。

坐在皮沙发上,双脚轻轻踏着北京地毯,淑静姑娘这么说着。

——是的,你尽管说好了。超明抬起头来望着她的眼睛。

——今天本来是皓明自己要来的,后来因为身体不大好,才喊我来。这是很重要的消息,因为我是跟你订了婚的——

——姆姆,我晓得。

超明转开眼睛,不耐烦地说着。

——所以,所以我也算是你们李家的人了,你们的荣耀,当然也是我的荣耀,你们的耻辱,当然我也——

——到底是什么事情呀。

超明黑炭般的眼睛怀疑地眨着。

淑静女士海棠花似的红唇翻了又翻,终于说道:

——你的嫂嫂走了,走得很难看,跟着那个鬼相的画家。

——噢!

超明呼了一口慰藉的叹息,无意味地笑着。

——现在你们弄得乱纷纷,大哥哥因为忧伤过度,神经有点错乱,而李太太也再闹起剧烈的头痛,李老先生听说已经到香港去了,我想,蜜斯脱李,你还是回去一趟好吗?

超明耸耸肩,忧思地呆望着窗外薄暮的天空。

——我们这几天考书呢,并且,就是回去也没有什么好处,现在对于这一点,你是晓得的:我们这一家快要破裂了!

超明硬硬地说着,挥着拳头,然而声调里已经有点呜咽了。

——当然,我明白。不过,你总该回去一趟才对啊,至于考书,你们是毕业班,无论如何,总会及格的。李太太常常对我讲,李家现在只望着蜜斯脱李你一人,李老先生年纪大了,而大哥哥似乎也不见得十分守规矩,剩下来只有你一人,年轻,有道德,有学问,连我有时候也觉得很自傲哩?

淑静姑娘溜溜发焰的聪明的眼睛笑着。

——谢谢你,谢谢你。

超明不安地摇着兽一般的短颈。

——回去一趟吧,我求你!

淑静拉着他的手,殷勤地说着,小心注意着,超明脸上的面色——超明觉得自己的手抖着。

——好吧,回去一趟也好。

他喃喃地说,心里觉得有一种初次被女性的温柔征服的悲哀,一种低微的屈服。

——你是一个好孩子啊,蜜斯脱李。

淑静姑娘尖尖地叫着,摇着超明的手,海棠花似的柔情地笑着。接着便从金黄的手袋里掏出粉扑、"丹琪"、"高特斯"来,像戏子一般搽着、敷着、抹着,超明再接住她那雅致青绸伞,扶着她走下交谊室的石阶,向走过的同学们不安地点着头。

在汽车旁,淑静姑娘飞燕似的跳上了新"纳喜",向着坐在旁边的超明温柔地笑笑,随即便把车子开起来了。

车子像是被追的狐狸一般疾驰着,在许多红绿灯的灯网里游泳着,浮着,沉着,淑静姑娘用戴着手套的小手转动着车机,很勇敢追过了前面好几部的车子,有时竟然使超明担心地急着擦双手,而楞着大眼睛。

到了门口,园丁开了大铁门让车子开进去。在花园的柏油路上,遥遥听得见一支怀娥琳的哀泣声,调子好像是"莫斯科的记忆"(Sowvenir de Moscow)。超明晓得这是哥哥的从前顶欢喜的调子,已经好久好久没听见他拉这调子了。

——淑静,你说得很对,我是应该回来了啊!

这是超明自订婚后第一次用名字喊她,声调里在不自觉中带着深切的柔情。开着车子的她,在星光迷蒙中,轻笑着:

——是的,是的,你应该回来了啊,超明哥!

超明不安地擦着手,红着脸孔,装做倾听怀娥琳的神气。

车子在大理石的石阶前停住,一个仆欧从里面敏捷地跑了出来,给超明和淑静开了汽车门,有礼地低语道:

——老爷已经回来了,在客厅里。

超明将青绸伞丢给仆欧,拉着淑静的手急急地走了进去。在灯光灿烂的客厅里,父亲板着忧思的脸,母亲用手巾束住头额,妹妹在低泣着;嫂嫂是真的"走"了,而哥哥是躲在屋顶上拉着"莫斯科的记忆"。

风景画十一

在天通庵车站附近一个小弄堂口开烟纸店的陈卫国,是一个戴着瓜皮帽的小商人,不论天气是冷是热,是雨是晴,他身上总是一件油腻的黑布长衫,走起路来有点驼着背,脸孔总是笑嘻嘻的,像个京戏班里的小丑。

陈师母是个伶俐的妇人,戴着一副旧式的眼镜儿,可惜是瞎了左眼,否则也不至于成为一间这么小小的烟纸店的老板娘。她穿着裙,老是穿着裙;为着要给人家晓得她是受过教育的,并不只是一个普通的、平凡的老板娘。她说他的爷爷是个秀才,因患痨病而夭折,否则一定中状元,于是,不幸得很,未来的状元女儿终于摆着很不满意的嘴,坐在香烟堆和糖果瓶的中间了。

她看不起丈夫,因为丈夫是一个太老实的汉子,而且又没中过秀才,只会一面咳嗽着,一面拨着算盘的珠子。有一时期她觉得幻灭,怪悲惨的幻灭,发现了丈夫是一个不值得她敬爱的男子,既不懂《大学》《论语》是什么东西,又不懂得怎样谋生,这简直把她气昏了,天天找事情跟丈夫拌嘴。搬到宝山路来以后,出主意在弄堂口开烟纸店的也是她,因为她看出附近这一带会热闹起来的。果然,在一年中,华商公共汽车通行后,车站竟然是在烟纸店前。

不论在雨天还是晴天,一年中她都是坐在烟纸店的铁栏后,望着灰暗的或是春色的天空,单调的泥泞的圆石路,一辆一辆淞沪线灰色的小火车轰隆轰隆喷着黑烟流开过去,一部一部黄色的公共汽车在店前停住,学生、少女、店伙一个一个溜了下来,一个一个黄种人单调的脸孔,她觉得寂寞极了。

丈夫是一个不大好谈天的人,对于他,只好发命令喊他去批货,清账讨账,闲话儿跟他讲起来,完全没有兴味。儿子阿宝天天在小学校里念书,剩下来只有一个过房女儿阿环,拖着一条像绳子一般的发辫,那么小的年纪,看见男人进来买东西就会笑,她不欢喜这样一个小妖精。这样寂寞复寂寞,终于有一天她看见一个少年寡妇抱着一只小狮子狗来买邮票,她发现了人家怎样消遣寂寞的日子的。于是她也去买一条小狗,两颗珠子一般的小眼睛,满身柔软卷曲的白毛,把它抱在胸前,它总会是挨着人家殷勤地摩擦着。老板娘爱它,比爱自己的儿子还要厉害,晚上睡的时候总是睡在一起,走路的时候总是抱着它或牵着它。

有时丈夫到外面去讨账,老板娘娘便抱着她的小白溜到隔壁裁缝店里去坐坐。裁缝沈师傅是一个红鼻子的扬州人,一个新近死了妻子的中年人,似乎也是度着寂寞的日子,一看见烟纸店的老板娘娘,总是睁着笑眯眯的小眼睛,跑过来拍拍小白的肚子,拍拍小白的嘴,一对男性锐感的眼睛老是望着老板娘发呆。他是一个好男人,虽则秃着头,红着鼻子,性情却怪温柔,怪能体贴妇人的心,有时沈师傅按捺不住,动手动脚起来,老板娘娘每每忆起自己是秀才的女儿,红了脸孔,即刻撒脚跑开了。

李超明

网球场上有轻快的笑声;雪白的衬衫,黄的球拍,黑的头发,桃红的发带,在夏天黄昏的微风中飘荡着、摇曳着。富于弹性的圆球,有时高,有时低,有时正,有时斜,不住地转着、跳着,在草埔上添着黑树影的晚阳,又是懒懒地,非常懒懒地叹息着。

球场上的男子,挥着结实圆润的手臂,姿势优美地抽着球,压着,反击着;女的喘呼呼地赶来赶去,敏捷地拦着,接着,反抽着,她的卷发在红发带下飘着、扬着,在薄暮阳光下灿烂地闪光、辉耀着。

球场的周围是鲜青青的草埔,花儿艳丽地开着,放射着迷人的、浓烈的香味;小黄蜂儿懒懒地飞来飞去,哼着睡意的营营声。球场边上有一排整净的白藤椅,一只小藤桌,上面放着透明的玻璃杯、小糖匣和一些汽水瓶。

一个仆欧忽然从树荫里跑了出来,逗着恭敬严肃的胸膛:

——郑小姐来了,少爷。

声音又是那么尖利利的。

球场上的男子回过头来,掏出腰边的毛巾揩揩额上颈上的汗珠,皱皱眉,接着又耸耸肩头,向对面的女郎说道:

——哼,明,我们还是多打一 set 再说吧。

女郎摇摇头,把球拍秃的一声丢在旁边草地上,装做十分疲惫似的答道。

——嘿,打不来,打不来,右手已经打不动了哩。

男的睁着黑炭一般的大眼睛,兽似的跳过网去,扯着红短衫的妹子,催迫她再打一 set,女的否定地扬扬眉,一口气坐在球场旁的藤椅上,将柠檬汽水倒在透明的玻璃杯中。

　　树荫里有高跟鞋橐橐的急响声，一个丽妆的女郎飞也似的溜了出来，裸着丰腻的双臂，她那绿色的衫角在晚风中轻轻地飘荡着，挂在脸上的是珍妮盖娜式的微笑。

　　——哈啰，静！我们刚要去迎接你，怎么你倒来了。

　　皓明小娘从藤椅上站了起来，愉快地握着淑静的手。淑静用发焰的眼睛瞥瞥超明，望望网球场的周围。

　　——这么温和的天气，打打网球真是好玩意儿。

　　——你也来一下好吗，淑静，我这里还有鞋子。你穿穿看，我们两人合攻他一个！

　　皓明放下玻璃杯，活泼泼地说。

　　——打不来哩，打不来哩。

　　淑静这么说着，又瞥瞥超明。

　　——瞎说；谁不晓得郑淑静是连得两年女青的网球锦标啊！

　　于是网球场上有新的笑声，弹性的圆球又在青色的空中跳来跳去，男的又是抽着、压着，红短衫的追着、拦着，绿短衫的跳着、反抽着，镇静地咬着红海棠花似的嘴唇。

　　刚才那个仆欧忽然又从树荫里跑了出来，又是高高的胸膛：

　　——少爷，大老爷回来了，要对你讲话。

　　超明耸耸肩，放下网球拍，向皓明与淑静做着一个不高兴的鬼脸。

　　客厅里有浓郁熏人的雪茄味，爷坐在钢琴边的沙发上沉思着，脸上干枯的皱纹深深地刻划着一种融合暴躁、焦虑与忧愁的表情。超明蹑着脚轻轻走进去，掏出毛巾来揩揩额上的汗水。老人转过头来，空虚地觑着他好久以后才说道：

　　——你——你算是毕业了哪。

　　声调衰弱沙哑，几乎辨别不出到底是询问的口气呢，抑是感慨的口气。超明点点头，无意识地笑着，用敏捷的脚步走近旋动着的电扇。

　　——你以后呢？超仔，你以后怎么打算呢？你晓得，你老人家的年纪是大了，而你的哥哥，自从那妖精女人走了以后，垂头丧气，一点心情也没有，什么事情都不愿意干，洋行银行都不肯去，人又是那么疯癫癫的，就是去也干不出什么好的来。现在我们的生意又大又复杂,而亲信的人又是那么少,哼,还有一点,我们这个家现在闹得真不像样子,妈妈总是不管事,明仔年纪轻,一味玩,我想,你早已发觉到了吧,现在你总算是从大学里毕业了,郑家的亲事——

——但是,爸爸,我的年纪还轻哩!

儿子跳了起来,着急地叫着,他没预料到事情会来得这么快,爷的话真像迅雷似的震动了他那纤微神经,他迷惑地望望窗外薄暮的青空,望望网球场上的妹妹,又望望郑家那个未婚妻,双手开始不安地擦着。

爷还是躺在大沙发里,没精打采地再燃亮了嘴边的雪茄,喷了好几口,从淡青色的烟圈后窥望着儿子焦虑的脸孔。

一个仆欧走了进来,报告他们晚餐的时间到了,老人笨拙地站起身,向仆欧摇着衰弱的手,接着又是一阵很剧烈的咳嗽——那时儿子的心想着:爷的年纪实在是大了。

晚餐十分丰富可口的,在透明的玻璃杯与灿烂的银盘间,女性桃色的音波瀑布似的倾流着,像蛇似的盘住了青年空虚的心;然而哥哥总是沉默着,沉默得怪可怕,很谨慎地吃着他的晚餐,眼睛呆呆地望着桌上的花瓶。

——哥哥,听说今天晚上有个很好的音乐会,是吗?

超明很恳切地问着,似乎想将哥哥从忧思里唤醒起来。

——哼,什么?哥哥耳聋似的抬起头来,眼睛里有一种无精采的、哀愁的表情。音乐会吗?大概又是那些老节目吧,弄不出什么好的来……哥哥又是那么无兴趣地答着。

——噢,听说今天晚上有一个什么"斯基"的,从前是俄国皇家音乐队的艺员,要参加表演哩。淑静很活泼地接了下去,望望超明的哥哥,接着又望望超明。

哥哥再抬起头,勉强地笑着,喃喃道:

——蜜斯郑,你晓得他表演什么节目吗?

——噢,小提琴独奏,调子好像是 Souvenir de Moscow①。

哥哥的身体抖了一下,垂下忧思的头,喃喃道:

---

① 莫斯科郊外的夜晚。

——好的调子,但是,但是今儿晚上我的头有点痛。

虽则晚餐那么丰富可口,虽则灯光那么灿烂明亮,虽则食具是那么整洁富丽,然而还有一种很不愉快的黑影,一种不自然的欢笑,因为餐桌上有两个位子冷冷地空着。哥哥的旁边空着一个嫂嫂的位子,给餐桌上减少了丁香花味的微笑,于是超明想起那个"引诱"嫂嫂私奔的画家,一个那么天真、那么漂亮的男子,虽则人家说他是"引诱",然而他总算是嫂嫂七八年的旧恋人啊,他们俩同是画家,两条艺术洗礼的灵魂,有相同的兴趣,相同的嗜好,而哥哥却是一个一个美国留学生,崇拜着物质的资本主义,除了拉小提琴以外……

爷的旁边也空着一个位子,空得怪冷清清的,使超明深深地觉到了一种幻灭的、难堪的痛苦。那是妈妈的位子,是的,是妈妈寂寞的位子,现在她似乎不愿意再寂寞下去了。她有她的新的消遣,新的游戏,新的欢笑,越来越少留在家里。她已经会抽烟,会叉麻雀,会打扑克,会推牌九,会笑着嘉宾式的诱惑的笑,会再搽鲜红的胭脂,会涂丹琪,会烫波形的卷发,会用高特斯擦亮指甲,想到这里,超明全身起了一个冷战……

而且爷是,是那么老了,只须看看他那急促的咳嗽,他那颤抖着、衰弱的手,他那满刻着皱纹的、瘦削的脸孔,一天到晚还在管理着资本达数千万的大商业,还在跟宁波路上那些大腹贾争着独裁的宝座,哼,怪难解的事。红短衫的妹子又是那么年轻,那么天真,那么孩子气,常常是在许多卑贱的、金钱狂的、色情狂的男子的包围中,所留意的只是这个月的新帽子、下个月的新旗袍,人生还没有给她看看最丑恶的场面……

晚餐后,哥哥又是悄悄地溜到楼上去,垂着乱乱蓬的头,像一条偷咬着鱼的猫似的——嫂嫂在的时候,他似乎并没有这样爱嫂嫂啊。爷戴上他的玳瑁眼镜,翻阅着晚报的金融栏,仔仔细细地读着许多奇异的、难解的数目,例如角坯啦,贴水啦,衣牌啦,银拆啦,或是什么伦敦近期啦,大条远期啦,也有升的,也有长的,也有什么电汇"勿动"的。妹子皓明扯着未婚妻淑静到花园里去散步,怪亲蜜蜜地搀着手臂,她们的低语声在夏夜的微风中飘荡着;谈论的题目好像是什么避暑的地方,一个是吱吱地坚持着北戴河,又一个是蛮蛮地坚持着青岛。超明笑了一个无可奈何的苦笑。他又想起晚餐前爷对他说的话,要他到浮滑卑贱的商场上,要他跟一个怪可爱的名媛结婚,没有真实的爱情,只是替爷在宁波路上增加一点声势……

悄悄地坐在客厅安静的角落里,超明燃了一支香烟,眼睛痴望着小窗外蔚蓝的天空,心里的思潮瀑布似的倾泻着、急窜着。他忆起黄金一般的中学时代,当年的欢乐,当年的幻梦,当年的友伴,当年的痴恋——啊,多么美丽的、迷人的、纯洁的初恋啊,在水仙花的香味中,青春的霉菌不断地繁殖着。

在初级中学的第三年,本来很勤谨的超明,忽然觉得算术给他头痛,历史变成沉闷、冗长的记录;他开始欢喜穿着十分整洁的衣服,常常从课堂板凳上呆望窗外美丽的天空,心中总有不安的期待在发酵着,酝酿着。

每天午后四点钟,下课钟一响,第一个冲出课室的就是他,但是他并没有跑回家去,也没上游戏场上去。他的脸上有一种紧张焦躁的表情,同时又融合一种怕给人家发现秘密的畏惧。他跑了许多许多的路,兜了多少大圈子,心总咙咙急跳着,眼睛不断地望来望去,希望可以看到一个小小的人——一个小小的女子。

她那怪娇小玲珑的躯体,她那摇着黄书包的小手,她那黑溜溜的眼珠子,天真的微笑,她那在晚霞中飞扬着的短发,她那温柔的低语,她那咬着指头的羞涩腼腆的仪态——人生还有咖啡渣色的悲哀吗?

在礼拜日,教堂的古钟在安逸的空中放出清脆严肃的音波,在一群一群年青女生中,有很偶然的、含意的暗笑,有充溢着柔情的电流的眼波;在微雨的春天薄暮,撑着绿油伞,并着肩在冷静的柏油路上慢慢地走着,有时谈谈很有趣的事,有时倾听着遥远的深巷中忧郁的风琴声,有时……

然而有一天,有一天她悄悄地走了,留下来的只是一张很短很短的条子,一个一个凄怨的、柔弱的字,在淡青的信笺上,李清照的词似的哀诉着。以后,虽则猩红色的春天再到繁华的大都会中来了,李超明已经变成一个埋首窗下的勤学生,辛辛苦苦地读着康德的哲学与史特林堡的戏剧,他也是在这期间中,忽然有了一种人家所不了解的人生观。

门外有剧烈的咳嗽声,接着客厅里有伛偻着的爷的影子,儿子从圈手椅里转过头来,皱皱眉,觉得有几句话应该对爷讲讲。他猛然站起身,擦擦手,向爷那边走过去。

——哼,爸爸,我,我有几句话要对你讲。

——尽管讲吧。

爷温和地说,脱下鼻梁上的玳瑁眼镜。

——哼,爸爸,我,我在大学本来是研究工业化学,所以我对于工业方面比较上有兴趣。儿子趑趑趄趄地说着,注意到爷那在改变中的脸色。我,我早就打算到工场去实习,希望可以得到一些实际的经验——

——但是,你,超仔,你,你……

老年的爷愕然喊着,而从沙发里站了起来。

爷再戴上了他那玳瑁眼镜,疑惑不解地,然而紧张地直视着儿子那有点不安的脸孔,一面则抬起左手不断地摸着臃肿的下巴:

——那么你,你不愿意进银行?

——嗯,爸爸,老实说我对于银行洋行这一类的职业,不但是没有兴趣,同时又没有充分的学识,况且——

——到厂里去也好,不错,也好,也好,我们姓李的对于实业这方面很少发展。哼,超仔,你是一个聪明的家伙,前天淑静的爷也曾对我说过,中国的纱厂非振兴一下不可,你既然是欢喜干的话,或许我喊老郑将你荐到爱华那边去,他们正在到处招股,我很想做个大股东,你一进去,有自家人在那边,到底安稳一点,并且最低的地位也有监督或是——

——但是,爸。

儿子截着说,不安地笑着。

——爸,你又误会了,我的意思并不是想去坐在漂亮的办公室,抽抽烟支,谈谈闲话,卡片上印着工厂里的大头衔。不,我不愿意过着这种,这种很像寄生虫式的生活!我要去做一个机师,我要了解人生……

——啊,超仔,你疯了,你疯了!

老人跳出大沙发,用拳头痛捶着自己那瘦削的脸容,空虚的眼睛里露着畏惧。

——不,爸爸,前天钟医生还说我的神经是十分健全的。

儿子耸耸肩,脸上燥热,他想不到自己竟然会有这样的勇气。

——我已经找到一个地位,在佐藤纱厂里,后天上工——

——啊,这是日本纱厂啊,你怎么做了这样无意识的事,我奇怪。爷呼了一口悠长而失望的叹息,他似乎想再说出许多话来,但是门外已经有了高跟鞋的橐橐声,带进来一种水仙花的、浓烈的气息。

——喂,爸爸,今年我们到哪儿去避暑好呢?

皓明吱吱地问着,摇晃着黑金的头发。爷板着阴沉的脸孔静坐着,响都不响。于是皓明小姐的黑珠子便溜到超明的身上。

——二哥哥,你以为北戴河好呢,还是青岛好呢?

超明耸耸肩,望着窗外群星繁耀的夜空:

——还是到夏威夷去吧,我想。话声里显然带有嘲笑的。

——噢,夏威夷!那还要等二哥哥跟这位蜜斯郑的蜜月吧。

淑静赶快转开头,笑了一个珍妮盖娜式的微笑。

那天晚上,爷和儿子都失了眠。老年的爷,对于执拗寡言的儿子,早就有一点担心,然而却想不到会执拗到这样的地步。

风景画十二

四姐今天上工的时候,隐隐觉得头痛。在路上,她望一望那太阳还没爬出来的、夏晨的青空,从来没注意到大自然的美丽的她,终于也注意到了。

一走进厂门,便是凝滞、沉重的空气,隐隐地觉得头痛的她,更觉得难熬了。她讨厌那灰砖石的房子,那些被煤烟熏黑了的墙壁,那些堆积着的一包一包的货物,和账房先生那笑嘻嘻的脸:"啊,早呀,四姐姐。"接着那对近视眼便骨落骨落地溜了又溜。

所叫做工厂者,其实只是一座二上二下的三层石库门,三层前楼是工人工作的地方,分做装瓶打包两部,后楼则是老板娘的居室,窗口飘着桃红色的窗帘;二层前楼是放原料麦粉的地方,后楼装着汽管,楼下灶披间则装着大汽锅。

今天觉得隐隐头痛的,不只是每天三毫小洋的女工四姐,还有那管理汽锅汽管的老头儿,他的头痛,是发觉汽管有点异样,而自己又缺少机器的学识和经验。汽管的发声,显然与平日不同,老是带着漏气的嘶嘶声。老头儿虽晓得是漏气,但是却不晓得要怎样对付才好。

在三楼打包部的四姐,今天早就觉得异样,她想坐下来休息一下,但是害怕看到工头那对尖利的、阴沉沉的眼睛。她想起在烈日中拖着人力车的男人,紫膛膛的脸上全是汗水,虽则是在烧着一般的太阳光,还得拼命地跑着跑着;还有家里那些小孩子,饿青了的小脸孔,一双一双只有皮包骨的小手,嘴巴里轻轻地喊着:"饿呀,肚皮饿呀……"

然而觉得异样的,不只是四姐、那些女工们,连那个凶暴的工头,都觉得楼下起了变化似的张着紧张的脸孔。她们闻到了一种奇异的气味,而二楼原料间里,则有一阵一阵热气,此外又有汽管那威吓人的、不断的嘶嘶声,好像是人临死以前,喉咙里的痰似的。嘶嘶,嘶嘶,而终于……

砰!!

汽锅爆烈了!在四姐的脑海里,一刹那间闪现的只是她要活,她要活下去。然而太迟了,她不再看见在烈日下拖着人力车的男人,她不再听到孩子们哀叫的小声音,一切是黑暗,无限的黑暗……

李超明

佐藤纱厂的出品在东亚是很有名的,销路普遍于太平洋沿岸各埠。厂主佐藤先生是一个典型的日本商人,耐劳刻苦,蛇一般狡猾,狼一般阴险。他常微笑着,像春天的鸽子似的;操着很流利的上海土白,话中略带着宁波腔,对于这一点,你应该明白他是宁波路上重要人物之一。

今天是星期一,佐藤先生起来得特别早,七点钟以前便到总务室。年轻的女书记百合子将各分厂前星期的报告送了上来,接着便是撅着红海棠花似的小嘴。

佐藤先生戴了黄眼镜,翻翻各分厂送来的文件,注意到站在桌边的女书记,便用一种亲密的口调说道:

——噢,这样难看的脸,什么事呢,百合子?

百合子的脸是一个东京妇人的脸,端庄娴淑,眉是又长又弯的,鼻子是一条平坦的直线,然而黑溜溜的大眼睛里潜伏着一种靓艳的诱惑。她没说什么,海棠花似的嘴唇仍旧高高地撅着。矮肥的佐藤先生拧拧她那纤白的小手,会意地笑着:

——哼,又是为着昨晚上的事吗?抱歉得很,但是我有一个很厉害的妻子哩。你晓得,我们那位佐藤夫人——

——佐藤夫人!也不见得怎么贞节的女人,无论如何——

门外有清脆的电铃声,女书记扬扬眉走了出去,高跟鞋急急地敲着光亮的地板。数分钟后,她再走了进来,很有礼貌地鞠着躬,她报告道:

——新技师,佐藤先生。容许我带他进来吗?

佐藤先生在黄眼镜后皱皱眉,接着便点点头。

新技师李超明走了进来,有点窘迫地擦着手,佐藤先生在黄眼镜后笑了一个很客气的微笑,他那洋薯似的大头摇了一下,随即挥挥手,请客人在桌旁的椅子里坐下。

——哼,李先生,听说你是出身世大?

——是的,佐藤先生,今年刚刚毕业。

谈话是这样开始的,在五分钟后,佐藤先生便在客人的脑中已经留下一个很深刻的印象:一个精明严厉的管理者。女书记坐在壁角里,时时回过头来,瞥瞥年轻的超明,接着又瞥瞥主人的脸色,她想着:这个中国技师,一个很朴实的青年,没有多大经验,又是出身于世大的,哼……

十五分钟后,一个东洋欧仆,赤着足拖着木屐,很有礼地领着超明到第二工场去。走了许多弯弯曲曲的泥泞的路,终于走进一间布满着尘埃的旧工房,里面有许多蓝布衫褴褛的工人,弯着腰,怪忙碌地工作着。摇纱机美丽地转动着,唱着很有节奏的调子;鞘带高高低低地飞扬着,在精巧光亮的轮齿下,蛇似的跳着、流着、舞着。

劳动者们抬起苍黄无血色的脸,眨着疲劳的红眼睛来欢迎他们的新技师,在纱机转动的喧声与工人的咳嗽声中,新技师温和地笑着。

晚夏的工场里有一种浓重的臭味,空气异常闷热窒塞,在黑沉沉的机器旁,新技师李超明那污秽衬衫里的胸部,喘呼呼地起伏着,他掏出腰边的黄毛巾不住地揩着额上和颈上的汗水。

现在是中饭的时间,暂时歇了工的,工人散在大饭厅的各处,从各人带来的小饭匣或是小饭篮中倒出饭来,一口一口地吞着。赤膊的男的,咒骂着发疟疾的天气;女的有的板着青的脸孔,沉思地嚼着粗糙的米粒;有的放荡地笑着,跟旁边的男工们卖弄着风情,摇头扭手地谈着很猥亵的话。

超明跟一位同事在一块儿吃饭,那位同事也是年轻的机师,瘦瘦的身材,戴着一个深度的黑眼镜,人倒是一个怪亲和的人,很肯帮助人家。他说他的眼睛是在厂里被电光弄坏的,说时耸耸肩,厌恶地吞着很难入口的黄色的米粒,一颗一颗的汗珠从他那凸高的额上涌了出来。

——老李,我晓得你打篮球很出名的,对吗?

——噢,懂得玩玩而已,算什么出名。哼,老杨,你在这里工作很久了吧?

超明很不愿意谈起自己的身世——

——也不过三年多。你看上海哪一位篮球前锋最好?

——很难说哩。比较上我还佩服小史奎亚。

——噢,那个"海贼队"的吗?你别笑!我虽则是一个很普通的机师,可是最热心篮球的,他们说我是球迷,或许是吧。我看过你打一次。

——真的吗?噢,那是学校的比赛啊!

李超明嘘了一口气,颓然丢下筷子,向难入口的菜饭板着怪难看的脸;同伴瞥他一眼,带着互相安慰似的口调说:

——吃不惯吗？这还是机师的饭哩，你不妨去看看那些工人的，没到口就可以呕出来！哼，老李，我晓得你的真名字，你们那种家庭，我奇怪你为什么还来当这种机师……

超明皱皱眉，用黑炭一般的大眼睛注视着黑眼镜的同伴：

——那么请你守秘密吧，老杨，我不愿意给人家晓得。

超明撞撞同伴的手拐，低声地说着，接着又朝周围望望。

——你真是个怪人。再等一两个月，我的妹妹一回来，你到我家里来吃饭，她至少饭是烧得来的。

——啊，你原来还有一个妹妹，她现在在哪儿？

——南京会文毕业的，现在在杭州教书。她欢喜阅历人生，欢喜和怪人来往，我想她会欢喜见见你。

——什么名字？

——哼，淑静，这是我替她取的名字。

——什么？淑静？嗯，我想她该是很好的女孩子吧。

超明有点局促地说，兴奋地燃了一支香烟，喷了几口，掉开头出神地望着窗外青色的天空。

一个多月以后，一个吹着微醺的秋风的早晨，老杨轻轻对超明说：

——哼，老李，等一等你到我的家里来吃中饭吧。

——怎么，令妹已经回来了吗？

超明从摇纱机后掉过头来，张着黑炭一般的大眼睛。他的同伴点点头，在深度的黑眼镜后笑了一个暗淡的微笑。

中饭的钟声一响，机器房即刻有喧阗骚动的声音，疲倦的劳动者从工房各处聚合起来，向门口倾流着。超明跟着他的友人匆匆走过广大的工场，初秋的熏风温和地吹拂着他的短发。他望望青色的天空，望望灿烂的白云，又望望附近大建筑物被阳光映亮的屋顶，心中有一种轻松的快感。

走过一条污秽的窄巷，友人在一间古旧的小屋前站住脚。从敞开的、挂着镂空细花的白帘的窗口望进去，看得见壁上几幅颜色沉郁的中国古画，古画下是一架鹅黄色的小风琴。

敲敲门，里面即刻有女性轻快的脚步声，从门缝里探出一个健康的脸，剪短的乌发披散地遮掩着两只聪明的小耳朵。她笑了起来,开了门。

——这位是李先生。这就是妹妹淑静。

在客厅里,老杨这样介绍着,从黑眼镜后瞥瞥方桌上的碗盘,接着便向妹妹喊道:

——饭烧好了没有?我们饿着哩。

中饭丰富可口,淑静姑娘瞟动着活泼的大眼睛,从容地笑着,随便地谈天说地,没有一般女性的羞涩扭怩。她没有摩登女郎的妖媚,没有惹人厌的虚荣,没有无意识的嘲笑。超明和杨氏兄妹三人兴奋地谈论着产业的合理化,教育的破产,教授的无耻,青年的出路,三民主义,个人英雄主义……

上工呜咽的汽笛再呜呜地响了,汽笛声的尾音在秋午寂寞空蒙的空中摇曳了好久,两个男人,赶忙再戴了帽子,向工厂匆匆走去。在超明的心中,泛溢着一种比来时更轻松的快感。

刚刚走进机器工房,便有一个事务室里的杂差跑来找超明,告诉他说有一位姓李的电话已经来催过好几次,留下了一个电话号码。超明不看那电话号码也晓得是家里的电话,向同伴做做不愉快的鬼脸,随即以敏捷的脚步跟着杂差跑出去。拨动了电话机,心中倏然有一种怅闷恺热的,然而不安的感觉,听筒握在手里竟然会微微地抖着。

——哈啰,李公馆是吗?我超明,哼,你是皓明吗?是是,家里有什么事呢?什么?秘密的?噢,皓明,现在我忙着呢,喂,什么,喂,关于妈妈的事?!噢,我马上就来,好的,好的……

放下听筒,心怦怦地急跳着,在事务室里匆匆写了一张告假的条子,大步冲出厂门,一口气跳上喊好了的"云飞",没半个钟头便到家了。一走进客厅,妹妹皓明在啜泣着,哥哥深思地咬着烟支。

是的,妈妈走了,妈妈已经回到苏州原籍,爷已经接受她所提出的离婚——爷的新夫人从明天起便是李公馆的主妇了。那苏州的妈妈并不是超明真正的母亲,她所生的只有皓明一人而已,然而想起一二十年的抚养恩爱,也不禁惘然神伤。

风景画十三

一九三一，九一八深夜，日本帝国主义的军队猛然在中国的东北燃起了屠杀的烽火，历史锐利的轮齿又一次在残暴地压着工农大众。一阵阵的铁骑在猖獗地蹂躏着繁盛的辽宁，在马蹄下翻飞着的，是无辜的民众的头颅和鲜血，倏忽间，太平洋沿岸便堆叠着大风暴前，黑沉沉的云块。

而在上海劳勃生路口，在十月尖利的寒风中，成群的大众把铁一般的臂膀环绕着大自鸣钟的钟台，紧张的脸孔，铁的拳头，白色的传单，兴奋的口号，煽动的演说，火似的燃烧着群众的心。

绿色无轨电车停了下来。开车的，卖票的，搭车的，都从车里挤出下来，走进怒吼着的群众的队伍；被派来弹压的警察，窘然微笑着，出神地倾听着演说，他们的心像胶似的与黑沉沉的群众融合在一起。路上的行人，杂货店的小伙计，路旁小摊的摊贩，都跑了近来。睁着好奇的大眼睛，渐渐地，渐渐地，他们的脸孔兴奋起来，手在不知不觉间捏紧起来，捏成铁一般的拳头，心里是交流着被压迫民族的愤慨的同情，打倒日本帝国主义……

群众出发游行了，狂热的口号声，雄壮的歌声，繁杂的脚步声，暴雷似的，震撼了殖民地繁华的市街，使街旁店铺小伙计、近视眼的账房先生、彷徨的人力车夫……都充满着感动的热泪。游行的群众的前哨忽然骚动起来，因为前面有许多工部局的外捕，日捕、印捕紧握着枪管朝着怒吼的大众。

冲，冲，冲，群众异常愤慨地喊着，嚷着。

李超明，领导着厂里的工人参加游行，兽似的冲了过去，一个外国巡捕用短棍猛敲着他的头，他忽然觉得眼前都是黑暗，不自觉地倒了下来，然而怒吼的群众仍旧在冲着，冲着……

枪声，一个人溅着鲜血倒下去了，又是一个，又是一个……

李超明

李超明在劳勃生路抗日的示威游行中，被巡警在头上狠狠地敲了一下，即刻失掉了知觉，到醒转来的时候，身已在病院了。他把还能流动的眼睛向周围望了一下,只看见一位白制服的女看护,在窗口轻轻地洗着什么东西,此外只是空空洞洞的四壁,没有攒动的人头,没有喊着"冲,冲,冲"的喧嚣的人声,也没有装做很凶猛的巡捕。

他是记得如醉如狂地冲了过去,头部被人家敲了一下,倒下地来,失掉了知觉。他一想起当时向前冲的勇敢,那被群众热情所鼓动的勇气,唇边便绽起了个有点得意的微笑。银行家的儿子也参加市民游行哪,他自己感觉有趣地想着。他猛然想起了做小孩子时,偶然从乳妈那欢喜说话的嘴里,听到自己真正的妈妈是一个什么女革命党。至于女革命党的后来呢,有人说已经牺牲掉,有人说是沦落在南洋,即是与她有一度关系的超明的爷,也完全没有把握。躺在病榻上的儿子,想起了或许是女革命家的娘,心里十分高兴。

女看护看见他醒转来,便跑过来。女看护叫他李先生,晓得他是李府里的人。在超明被人家抬进工部局救护车的时候,有一位曾当过李府保镖的包打听,认出了他,即刻打电话通知李府,于是还是李府里的人的李超明,便在一间上流医院的头等病房里了。

以后,在一个晚秋的黄昏。

医院里水仙花一般清幽恬静,夕阳的余晖从玻璃窗外溜了进来,在白壁上画着又长又斜的黑影。病人半坐起身,抬起已经恢复原状的头,惘然凝睇着窗外大都会萧索的景色。

走廊外有一阵女性轻快的脚步声,一个女看护悄悄地走了进来,春天女神一般地微笑着:

——蜜斯特李,医生说今天可以出院了。

病人掉过头来,惘然的黑眼睛中开始流动着欣喜的光辉。

——外面有两位女客要看你,一位李小姐,一位郑小姐。

病人全身抖了一下,他想不到远在香港的她们却突然回来了。

——是我的妹妹,劳你带她们进来吧。

半响以后,走廊外又有女性橐橐的高跟鞋声,两位靓妆的摩登女郎像旋风一般搅乱了病室里安静的空气。

——二哥哥!

皓明飞也似的跳到床边,张着双手紧紧地搂住病人的头,眼睛里还含着闪烁烁的泪珠。

未婚妻郑淑静悄悄地站在一边,小手中握着一束白的玫瑰花,她的脸上仍旧是堆着珍妮盖娜式的微笑。

——二哥哥,你怎么会闹到这种地步,爸爸是在北平,家里那女人也不通知我们,幸亏有上海的朋友写信到香港去,才赶着来。家里越在闹越不像个样子,大哥哥老是不回家,爸爸老是在外埠,而家里那女人却有那么多的堂兄堂弟……

病人猛然掉开头,对于从香港赶回来的妹妹,对于那个不像样的家,又有了一种留恋的热情。

——超明哥,我想,你还是回家休养休养吧。

未婚妻初次张开樱桃似的嘴,清脆的声调里流露着无限的温和。

——你快点穿衣服,二哥哥,我们在下面等你。

皓明小姐从金红色的手袋里掏出小手帕来,揩揩脸上的泪珠,扯着淑静一同走出去,好像没注意到病人脸上难过的颜色。病人耸耸肩,跳下床来,沉思地穿着衣服。

门外忽然又有一阵轻轻的敲门声,一个没有脂粉的小脸孔伸了进来。

——杨淑静!

病人惊喜地叫了起来,张着双手。

门外的女子活泼泼地跳了进来,又大又黑的眼珠在超明的身上溜了又溜;她穿着灰色爱国布的旗袍,头发散漫地遮掩着两只聪明的小耳朵。她也笑着,露着有趣的酒窝儿:

——你身体完全好了吗,李先生?

超明点点头,一面慌忙地穿着外衫,一面则觉得心里有许多话要对她讲。穿好了外衫,又是慌忙忙地扯着淑静的手一同走出房门,女的有点惶惑地笑着,又黑又大的眼珠在男人脸上还是溜了又溜。

——哼,淑静,你的哥哥呢?

堆积在心里的无限心思,终于找到。

淑静全身突然抖了一下,难过地掉开头。

——他在劳勃生路开会那一天,便……

超明猛然停住脚,用几乎是要跳出来的大眼睛,怀疑然而十分哀痛地打量着旁边那个掉开头去的少女;在一刹那间,老杨那个戴着黑眼镜的、瘦削的白色的脸孔,又在眼前一掠而过,好像是一个黑影似的。

　　——一颗子弹打穿他的脑袋。

　　女的又喃喃地说了一句,好像是独白一般。

　　于是,在超明的眼前,那友人已消逝的脸孔,再以一种奇异的姿态出现了,一颗子弹打在脑袋上,一个又深又黑的窟窿,窟窿口倾泻着鲜红红的血,在鲜血中沐浴着的,是那对黑眼镜、那瘦削的脸孔的轮廓。当日群众的热情又在他的心里像火焰一般燃烧起来了,那火焰向上爬,爬上了他的脸孔,满脸孔是燥热。同时,那些握着枪的巡捕与密探的丑态,也在他眼前出现了,那种残酷的冷笑,那种怨毒的眼睛,那种非人类的横暴,都在向他挑战,他的全身血管都紧缩了起来,他的神经细胞已经紧张到再也不能紧张下去的地步了。他的眼睛冒火,有一种力量在怂恿着他去破坏,去复仇,去弄掉一切丑恶无人道的。他的眼睛骨落骨落地望来望去,他的嘴唇抽搐,他要找着可以破坏的东西。他那流动的眼线,落在一个乌乌的东西的上面,再往下望,一对同样活动着的眼珠子,于是他忽然忆起站在旁边的,还有一个少女。他极力将自己从过度兴奋的状态中镇静下来,抬起一只手揩一揩前额,好像要揩汗水似的。半晌以后,他用还是不大自然的声调说道:

　　——你,你以后呢?

　　他记起了友人曾对他说过,他们的父母早已逝世,在家乡的田地早为大房所侵占,于是兄妹两人,年纪轻轻地便度着漂泊的生活;在这充满着敌意和怨恨的世界中,他们俩孤苦伶仃,一个哥哥,一个妹妹;而现在哥哥死掉了,剩下来的只是一个弱龄的妹妹。

　　——我? 活下去!

　　女的已经完全没有刚才那种掉开头的感伤,已经恢复她本来那种坚决活泼的个性,她抬起一只手搭着男人的肩上,安慰似的轻轻地拍了一下。

　　男子那兴奋的神经终于再平静下来了:

　　——是的,我们得活下去。我们得奋斗!

　　在出病院的石阶上,皓明小姐蝴蝶似的飞了过来:

——二哥哥,你怎么又耽搁了半天!

超明到这时候才记得自己曾答应妹子一同回去,楞住了脚。皓明追踪着哥哥的眼光,将眼线落在一个穿着灰色爱国布的少女的身上,她那笑着的脸上,倏然掠过焦虑的黑影。

——哼!这位是杨小姐……

超明有点慌忙地解释着,他对于从遥远香港赶来的妹妹,一时说不出话来。他擦擦手,不安地望望街尾燃烧着的落日,望望路旁那些给北风蹂躏过的法国梧桐,在梧桐枯枝斑驳的黑影下,停着一部绿色的新汽车,汽车上悄悄地坐着花一般的未婚妻,笑着似乎是讥诮的苦笑。在汽车的旁边,本来是停着几部人力车,因为看见街头有巡警挥着木棍赶来,大家都争先恐后地抢着逃,好像是落水狗似的。他那堆积在喉咙口而说不出的话,终于说出来了。

——明仔,我不回去。

——这是什么意思?

皓明有点生气地质问着,用眼珠子在打量着那个穿着灰色爱国布的少女。

超明叹了一口气,握握妹妹的小手:

——你不能了解,你不能了解啊……

随后,用手臂搂着那穿着灰色爱国布的少女,迈着坚决稳定的步调,一同向人声喧阗的街心走去——在红红绿绿的 Neon Light 的闪烁中,在咖啡店柔和的音乐中,群众不断地流着流着……

风景画十四

九一八血腥的风卷扫了扬子江口大都会的核心,卷扫了生产劳动者的贫民窟,卷扫次殖民地奴隶们的心。学生们罢课、请愿,商人在抵制日货,各处商店都飘扬"提倡国货"的旗帜。

铁路工阿二是一个魁梧的江北汉子,住在天通庵车站后的小平房里。平房又窄又暗,屋顶用亚铅板钉成,落起雨来叮当叮当地响着。房子的周围是污秽的水沟,污水从大路那边流了过来,因为没有出路,都积在那里蒸发;在夏天,沟水是灰蓝色的,上面浮着一层油腻的东西,日光一晒,比厕所还要臭。在没有月亮的晚上,拖着两条疲劳的粗黑的脚回来,一不小心便把脚踏在污秽的泥沟里,那么,走进房子的时候又想洗脚又想换裤,对于一个因为过分劳动而十分疲惫的人,是多么难堪的事啊。

阿二嫂在火车站边摆着一个豆腐浆的摊子,兼卖油条、大饼、黑馒头,天天是半夜里起来烧豆腐汤赶早市的,所以一早就睡着了。

阿二在黑暗的房间里摸到了火柴,把火油灯点亮了。这是在冬天的晚上,天气异常的冷,房子里又没有火炉,刀一般的冷风从土墙的破洞外窜了进来,沙沙地呼啸着。阿二脱了沉重的鞋子,望一望床上熟睡的老婆和儿子,又望望周围黑暗的充满尘垢和蛛网的壁角,觉得满身没有好气。在平日,做了苦工的他,身体疲倦得像棉花一样软,早该一躺在床上便呼呼地睡去了。但是他今天觉得非常的兴奋,兴奋到几乎完全忘记了自己的疲倦,他燃了一支香烟,很想找一个人来谈谈话,有几次他想喊醒床上的老婆,但是一想到她那整日的劳苦,便又停住了。

他今天听见了一个消息,是老黄告诉他的,老黄在机器房做事,看得来报纸,他说东洋兵又在东三省杀人了,又在放火烧房子,又在强奸女人。于是阿二想起天天在街上看到的东洋兵,矮矮的身材,横蛮的脸孔,黑制服,白绑腿,而他们在东北是在杀男人、杀女人、杀孩子的!那天晚上,阿二在床上张着眼睛躺了一个多钟头才睡去。

第二天揉着眼睛起来,天已大亮了,阿二又是穿上那件发着恶臭的厚布短衫,照例又是跑到车站边老婆那儿去吃他的早饭。冬天的早晨的车站,冷落得像墓场一般,只有几个黄包车夫和铁路工把屁股搁在小贩摊子边吃点心,都是那么沉郁的、灰色的脸。有几个是认得阿二哥的,招呼了一下,接着又是垂着头去想他们的事。老婆给他一碗豆腐浆、一条油条、一个大饼,阿二喝了一碗豆腐浆,按捺不住将东洋鬼子的事说了出来,那些流落异乡的劳动者,都很兴奋地抬起头来。

——操他妈妈,阿拉东洋鬼子一定不拉!

一个年青的黄包车夫喊了起来,愤慨地紧捏着铁一般拳头。

列车餐室二

一九三二年一月二十三日,一个初春晴朗的午后,殖民地大都会中还充满着日本人在北四川路暴行的惊涛的余波。小丽贞和我,在淞沪线的天通庵车站,被灰蛇似的小火车倾吐了出来。许许多多褴褛的黄包车夫,睁着瘦削没精采的眼睛,曳着十二分疲倦的躯体,在车站附近闲荡着。沿着车站边的煤屑路走过去,遥遥看得见一群黑制服的东洋兵在巡哨着,臂上吊着光亮的步枪,时时从灰色钢盔下扭出浮滑的、狰狞的恶笑。一走近大日本帝国海军陆战队本部,便听得见一阵阵兽似的喊杀声,从赤色短墙内倾流了出来,有几个年轻的兵士,在飘扬的旗影下很起劲地练习着肉搏。

小丽贞皱皱眉,伸手扭紧她那半旧的冬大衣,猫似的沉默着。她望望那些笑容可掬的日本妇人,那些示威着的铁甲车,以及那些站在路旁赶"热闹"的中国人,一阵愤慨的黑影像闪电似的掠过她那娇小的脸孔。

工部局的西捕、华捕、印捕、密探,泛溢于春寒料峭的十字街头,板着异常严肃的脸孔,目光闪闪地注意着街上的每个行客,竭力想保持工部局总办"治安无虞"的威信。丽贞耸耸肩,告诉我这是日本居留民又在开会了。

小丽贞是一个很可爱的女孩子,一个典型的南方少女,微黑的皮肤,活泼的笑,石膏像似的健康的躯体。她那黑溜溜的大眼睛,常常有一种憧憬,一种惆怅的、薄雾似的憧憬——会使你忆起蓝色的海,南国的落日,以及天涯的浮云。我晓得她是一个孤儿,有一个悲哀的、贫困的童年;中学还没毕业便进一间"上流人"的医院学习看护,今年春天才跑到上海来,在吴淞一间医学院里念书,盼望可以做一个女医生。我是在朋友葛君家里碰见她的,当时的印象是:一个有生命的石膏像。不久以后,我们便成为很要好的朋友。

这一天下午,我陪着她从吴淞乘火车到天通庵,由公园靶子场再跳上了一路电车。电车里是栗子壳、痰、鼻涕、被遗弃了的车票,以及油墨味的号外。车窗外的街道,充满着浓重的东洋味,处处都有精巧的小商店,张开着欢迎的嘴巴,在黄昏初上的街灯里,诱惑着富裕的顾客。

在横浜桥附近,电车的速度突然减少,由车窗里望出去,看得见一群一群黑沉沉的日本侨民泛滥于十字街头。保护他们的是荷枪实弹的日本兵,工部局的西捕、华捕、印捕。中国商店都关了门。我们以为他们再要暴动了,但是后来电车仍旧平平安安地开了过去。小丽贞苦笑着。

车子轰隆轰隆地疾驰着,终于像鱼似的爬上灰色的白渡桥了。我怅然望着有生命的石膏像的眼睛,混血儿的浅笑,小学生紧捏着拳头,以及苏州河畔褴褛的人群——在铁索与船桅织成的网中,大都会的夕阳辉耀地画着赤色的风景线。

* * * * *

第一封信:殖民地的奴隶

××兄:现在能够写这封信给你,我觉得是异常幸运的,昨夜的炮火一定使你异常不安吧,我想。今儿早晨,街上充满吴淞失守的消息,使我替那些在校的同学们十分的焦虑。我真是个幸运儿,昨日午后因为菲的好意,没回吴淞去,做梦也想不到昨儿晚上便会发生战事,你晓得,菲的家里是在北四川路大德里附近,因为是越界筑路的区域,况且巡捕捐与地租是月月须付的。然而,当日本兵野蛮的喊杀声与机关枪声冲破了午夜的寂静时,无论谁的脸孔都像柠檬一样苍黄了。

啊,昨儿晚上真是悲痛的一夜,起初我们还以为是十九路军间的冲突,许多男人都满不在意地抽着烟支,很安逸地谈论着"重要"的国事。但是一跑到临街的窗子去窥望,事实告诉我们殖民地与商场重新分配的战争快要开始了。一队一队的日本兵,握着有刺刀的步枪,匆忙忙地跑了过去,一辆一辆黑沉沉的铁甲车,像兽似的咆哮着,空中充满着子弹尖锐的呼啸声,时而又有手榴弹闪亮的爆炸,使窗上的玻璃片,不住地震动着。

菲一家的人都躲到楼下来,没有人敢在楼上睡觉,因为已有一颗子弹打碎了三楼的玻璃窗。我们十来个人,有战栗着的老妇,有吵糖吃的孩子,没有钮好裤钮的男子,都像兔群一般蜷伏在咸鱼味浓重的栈房里。说话是压着嗓子的,电灯也不敢点,谁的脸孔都写着日本兵会突然冲进来的恐怖。黑暗,臭味,污秽,菲的嫂嫂喂孩子的乳,咳嗽,男人们烟支的青烟——屋外是机关枪,手榴弹,步枪,铁甲车车轮沉重地压着柏油路,黑的夜空,霏霏的雨,憧憬的街灯,商店前飘扬的帘影。

——今天风势还好,竟然还会发生战事。

菲的舅父喃喃地说着,低压着嗓子的声调里,显然有点愤慨的情绪。他是一个"老"商人,很懂得战争对于商务的影响,同时在闸北方面又拥有广大的地产。然而,没人回答他的话。在剧烈的枪声中,谁的神经细胞都已战栗得十分麻木了。

清晨,窗口露出了铅块一般灰色的天空,街上只有零碎的步枪声,菲的舅父逞起了矮肥的躯体,压着嗓子摇起电话来,吴淞是失守了,接电话的人这样说。菲用苍白的脸孔望着我,我擦擦手,苦笑着。

街上渐渐热闹起来,闸北的难民像潮水似的倾流了过来,黑制服的日本兵握着枪管爬来爬去,严厉地检查着年轻的女难民,英丰银行放两部插着英国旗的汽车来接我们,在蓬路附近,我们看见一个中国青年淋血的尸体,菲和我都掩住了脸孔。

虽则我们的车子安然开入公共租界,然而我觉得悲哀——殖民地奴隶的命运与悲哀。

小丽贞　一月二十九日晨

第二封信:彷徨

××兄:伏在一间下流旅店昏暗微弱的灯光下,我写这封信给你,心中充溢着旧恨、新愁与愤慨。我想哭,但是哭不出来,命运对于弱小的我实在太残酷了,我的房间又窄又窒息,弥漫着一种异常难堪的臭味,而虱子又到处活跃着。现在,这里暂时安静了,没有麻雀声,没有三弦声,没有妓女装作的笑声,然而我还是不能够睡去。我的神经没有片刻的安静,所以我便爬起来写这封信给你,希望可以解解闷。

今儿早上,我从菲的亲戚的家里跑了出来,想去找住在西摩路的宝瑛(你不是说她有西班牙味的吗?)。她独自租了一个亭子间,跟我很熟,盼望可以在她那里混几天。菲那边我实在不愿意再住下去,虽则菲的叔父是个富豪,是个宁波路上很有势力的人,是慈善的,是慷慨的,然而逃难的穷亲戚又似乎是太多了——我早已听到了女主妇在向菲的嫂嫂诉苦。所以,今儿早上,我从菲的亲戚家里出来,便决定不再回去了。菲是个好的女孩子,觉得对于我很过意不去似的,但是,她可有什么法子呢?

从拥挤的公共汽车里跳了出来,吐了一口慰藉的气息。路旁建筑物的轮廓,鲜明地横划着美丽的青空,店窗的装饰是柔和的,烟支广告牌,图画的新鲜的、混血儿的笑是愉快的,于是我,一步一步地踏着柔和的阳光,心里想:啊,春天来了!路旁一家华丽的洋房,流出优美的留声机声,调子是好熟的 Angola Mia,使我渐渐地忘记了前线的炮火和屠杀,和我自己悲惨的命运……

带着一颗愉快的心,我轻轻敲了宝瑛的房门。然而,出来开门的却是一个头发蓬乱的中年男子,活泼的眼睛,直线形的脸。西班牙味的宝瑛,从里面带喊带叫地冲了出来,孩子一般紧捏着我的小手,孩子一般紧抱着我,眼睛里汪汪地噙着快乐的泪珠儿。她以为我还在火线上的吴淞哩。

那个中年男子,据她亲热的介绍,是一位新从法国回来的画家,操着一口四川腔的国语,对于前线的战争及恐怖,持着一种"上流人"的,冷淡而高傲的态度——好一个冷血的动物。他用镇静的态度搬出毕加索、累诺亚、马尔克、马提斯,色的节奏、力的线形……

我望着他那蓬乱的长发,望望浅笑着的宝瑛,接着又注意到周围白石壁上已增加了许多异国情调的油画,宝瑛的书桌上增加了一座爱神的石膏像,石膏像旁边放着小桌灯,灯罩是异常挑拨人的深绿色,而从前是单人睡的小铁床,现在已换上了舒适的大铁床了……

从瑛那快乐的小家庭出来,心像墓场一样空虚。

像失业的劳动者一般,我在静安寺路、南京路、浙江路、福州路、外滩,消磨了整个和暖的午后。许多商店高贴着"罢市抵御",继续若无其事地贸易着,许多电影戏院仍旧充满着"不怕死"的高等华人,有产阶级的儿子继续吃着良乡栗子,在跑马厅,高等西女继续安闲地骑着南美的骏马,金黄的短发在春风中高傲着荡飘着。

我走着,走着,一直走到冷静的黄昏,街尾蒙着苍茫茫的暮霭。摩天楼投在柏油路上的黑影渐渐模糊起来,可是红红绿绿的"年红光",却又在辉煌地眨着诱惑人的眼睛了。我疲倦、力乏,两条脚好像是铅块一般沉重,终于在四马路下流旅馆里租了一个小房间。这里充满许多可怜的赌棍、酒汉、难民,以及性的女劳动者。

第三封信:在伤兵院

××兄:昨天在南京路碰见菲,她告诉我说你们的房子已经烧光了。我真替你伤心啊。你们现在究竟是住在哪里,为什么不给我一个地址,你这好顽皮的孩子!我今天跑到报馆去找你,经过多少麻烦的手续,才得到茶房冷冷的一声:林先生出去了。到什么地方去呢?他说不晓得。于是我只好垂头丧气地走出来了。你是不是上前线去访新闻?唉,你该当心一点吧,这场未完的凶变,已经从我夺去了许多朋友了。

我现在是在伤兵医院里当看护,这职务是由淑珠介绍的,她也在这里服务(你还记得老黄吗?那个前年在香港被汽车轧死?淑珠便是他的爱人)。我们这里当看护的人真多,好像是蚂蚁似的,有的是名媛,有的是女学生,有的是小姐。虽则什么事情都干不来,然而到这里来服务的人,总是有一副好心肠的,我们的病院是在上海的西郊外。周围还算幽静。院长是一个中年的美国留学生,穿着异常整齐的西装,说起话来总是先说"当我在外国的时候"怎么怎么。昨天下午,淑珠带我去找他,他头也没抬,只是将嘴角的黑雪茄拔了下来,哼了一声:

——我们这里的女看护,已经比病人还要多了。

他的话声里,显然有点儿愤慨,似乎这里的女看护都是不中用的东西。后来经过了淑珠的解释,说我是当过正式看护的,完全不是那种只会用丝手帕儿掩住鼻孔的名媛和小姐。于是院长独克脱王才第一次抬起头来看我,用温和一点的声调问问我的履历,而终于伸出手表示欢迎了。

珠真是个好的女孩子,你得认识认识她。她,像我一样,也在走着黑色的命运的路。她的父亲从前是驻华的一个德国领事,跟她的母亲正式结婚过,然而一九一四年爆发的大战,逼得他不得不秘密离华。那时候,珠还是一个小孩子,父亲在他的记忆里只有一个模糊的印象——一个长着胡子的德国绅士。

一九一四年欧洲资本主义的恶战,牺牲了多少天真的青年,毁坏了多少幸福的家庭,饥饿与瘟疫,像旋风一般卷扫了欧美的大陆。珠的一生幸福,也是被战争所毁灭了的。远在德国的父亲音信杳然,生死莫明;而母亲又是因耻辱与过度的劳动,而变成衰弱的肺病者,终于像灶洞里的灰烬一般死去了。我,听着她那悲惨的自述,觉得自己是比她幸福多了。我很盼望你能够认识她,她是个多么聪明、多么乖觉的女孩子啊,性情是像绵羊一样柔顺的。

我们这里的工作真多,一天要做十个钟头以上的苦工。那些跑来尽"义务"的小姐,只会在病房口装装架子,看见什么臭的、烂的,便用丝手帕儿掩住小鼻头;下午四点钟一到,即刻有许多绅士派头的男人,开着派克、纳喜、赫得逊、林肯,或是雪佛兰来迎接她们,而车子总是朝着影戏院、紫古力店、舞场、跑马厅、旅馆开去的。我们的工作虽则是多,身体每每疲劳得像浸在水中的木棉似的;然而,当车子载来一批一批呻吟的伤兵时,我们的神经即刻又兴奋起来。我们不知疲倦地、快乐地工作着,像劳动者一般度着有意义的日子。

第四封信:阿妈,阿妈

××兄:今儿晚上,我们病院里死了一个年轻的伤兵,一个十四五岁的喇叭手。这孩子死得好惨,竟然会使几位看护们红了她们的眼眶。在伤兵院,死是很平凡的事,可是这孩子的死,不晓得什么缘故,谁的心里都觉得有点怛然,有点难于抵抗的惆怅。

他是个典型的广东青年,黝黑的皮肤,结实的四肢。我们跑近去的时候,他总是有点害羞地笑着,睁着稚气的大眼睛。他来的时候,伤势似乎并不重,还会用广东腔的国语跟我们说笑。他说这次的抗日是中国近年来最光荣的民族斗争,也是中国军队在北伐以后第一次受到老百姓热烈的爱护。伏在战壕里,望着那些被敌人烧坏的房子,一堆一堆地冒着青灰色的烟,想起整千整万的同胞,在饥寒交迫的十字街头度着流浪者悲惨的生活,真想跳起身,跑出去跟那些帝国主义的野兽肉搏一下,他这样愤慨地说着,挥舞着他那未受伤的手臂。

他的右臂中了一颗子弹,流了不少的血。起初似乎没什么广大危险。但是,自从前天听到了华军总退却消息以后,起初是一阵激烈的咒骂和愤慨的叫喊,接着便是冰冷冷的缄默。他东西不大吃,话也很少说,人越来越瘦,脸孔越来越苍白,眼睛里是无限的空虚——空虚得使看到的人都觉得难过。

这广东孩子跟珠很要好,因为珠是懂得广东话的。从珠的口里,我听到这孩子可怜的身世,父亲是一个小农夫,而哥哥则于前年被土匪"绑"走,自从被绑以后,杳无音信,好像是一块沉落在大海中的石头似的。他家里现在只剩一个老年的母亲,一个不大安分守已的嫂嫂,而故乡又老是在土匪的蹂躏中,这些年来很想积些钱寄回去,可是军队已欠饷五月……

今天黄昏时辰,珠跑到房间里来对我说:那孩子的脉搏跳得极慢,恐怕是很危险了。珠说的时候,眼睛已经有点潮湿,我捏捏她的手,安慰她几句,跑过去看看那孩子。孩子静悄悄地躺着,半闭着眼睛,脸孔已经像死一般苍黄,人已瘦得只剩一把骨,完全不是初进院来的那个健康的喇叭手了。我问他要不要喝点开水,他只是轻轻地摇一摇头,样子似乎是异常疲倦。按按他的脉,赶快跑去找院长,一个助手告诉我说院长很忙,正在手术房里查验一位中"达姆达姆"弹的妇人。那么我只得去找别位医生,奇怪得很,找了半天,竟然一位也找不到。后来在走廊上,偶然看见一位"义务"看护穿得像春天的蝴蝶似的,搀着一个洋行的买办走出去,我才忽然记得今天是星期六,舞场、影戏院、回力球场,都有使人陶醉的种种娱乐。

走回病房里,看见珠悄然坐在那孩子的旁边,好像是一个亲爱的姊姊。在周围,还是那群可怜的伤兵,老的,年轻的,有家眷的,孑然独身的,肿的大腿,烂的臀部,裹满药布沙头,没有鼻头的脸孔,空空洞洞的眼睛,这一切都是往日看惯了的,不晓得什么缘故,现在忽然使我觉得难过,我不敢看着人生这最丑恶而最可怜的一幕。这些受伤的可怜虫,倘若就是能够逃离开死的圈套,十有八九还是残废的,残废的兵士,军队不肯收容,他只能够领到两块钱的遣散费。

窗外是美丽而温暖的黄昏,建筑物的轮廓异常鲜明,没有轰隆轰隆的炮声,没有轧轧的飞机声,大都会是裹在苍茫茫的暮霭里——在这暮霭里,有多少欢乐,多少烦恼,多少慈爱,多少怨恨,多少猩红色的青春,多少不能磨灭的记忆啊!

在黄昏窗前的小床上,生命像河水一般悄悄地流了过去,死神振着轻快的双翼,带走了这个已经尝遍人间的悲惨的孩子,好像是一场夏夜不愉快的噩梦。孩子没血色的薄唇轻轻地蠕动了一下,喊了两声低微而沙嘎的"阿妈,阿妈",以后便是永远的寂静了。

第五封信：骚动

××兄：今天是三月五日了。日子过得真快，倏忽间，血的两周月快要到了，昨天有几位社交花和名媛，捧着香味浓郁的玫瑰花，跑到医院来"慰问"伤兵，于是药水味的病房，忽然充满了巴黎式的高跟鞋、柔软光滑的绸袍、钻石戒指、鲜红的嘴唇、蓝的眼眶，以及耸动着的臀部。病房里有一个瞎了左眼的伤兵，突然坐直起来，用愤怒粗嘎的声音咒骂她们是妖精，是婊子，同时又有几个伤兵，拍着手附和起来，弄得全病院陷入于空前的紊乱。高贵的名媛们，红着脸孔，一个一个溜了出去，讨了一场不愉快的没趣。

今天上午，有几个伤兵院的代表在这里开伤兵救济会。开会的时候，我和珠两人跑去旁听。他们对于我们很客气，并没有表示拒绝的意思，那些伤兵，有几个是认得，也有几个别处伤兵院派来的代表，倒也都亲热温蔼，我却看不出有什么奸掠屠伤的劣根性。他们议决向十九路军长官要求：（一）发清五个月的欠饷，（二）分给华侨三百万的捐款，（三）抚恤伤兵及阵亡兵士家属，（四）发给伤兵遣散费。

今天午后，我和珠两人在房间里休息着，忽然听见病房那边发生了一阵喧嚣的骚动。我们赶快跑了过去，在病房门口看见一群武装警察，押着一群开会的伤兵出去。

我跑到院长室去找院长，质问他为什么喊警察来逮捕伤兵，院长耸耸肩，头也没抬起来，眼睛眨也不眨地注视着手中一本电影杂志，似乎已经恢复了那绅士式的镇静。我默然望着他那绅士的微笑，他的雪茄的青烟，以及桌前那座断臂的石膏像。我没再说什么，但是我已经决心要离开这里。

——这是残忍的……

在卧房里，珠喃喃地说着，眼睛里含着莹莹的泪珠。

* * * * *

这是一个温暖的黄昏，报馆里弥漫着一种安静的空气。明朗的夕阳光，从窗外溜了进来，照着壁上古旧的铜时钟。同事们一个一个悄悄地溜了出去，印刷房里的机器声也停了，因为晚报已出了。我则因为还有一篇稿子得写，一时难于下笔,望着人家一个一个溜了出去,心中好焦急;可是人越急,文章却越写越坏。我终于放下手中的稿纸,站起身来想抽一支烟,桌上电话铃却忽然大响起来,拿起了听筒,听得出对方是女子清脆的声音:

——喂,是小林吧,你现在忙着?是的,我是丽贞,我现在已经离开伤兵医院了,在静安寺租了一个亭子间。你晚上有空吗?什么,哼,那么,来一趟好吗?我有许多话要对你说。什么,八点钟吗?好的,好的,你不来我是要恨你的!晚报吗?我还没看到,你们这家报馆最会撒谎,我不看!我的新住址是……

在浙江路一家饭馆子吃了夜饭,挟着当日的晚报跳上了一路电车,心像那些藤圈一般不断地摇荡着。三大百货公司辉煌的灯火,妓女苍白的脸,印度巡捕疲倦的眼睛,外国女店员的喋语,油墨味的晚报,歪歪地戴着帽子的卖票员,像梦一般流了过去。

在静安寺路下电车,冰冷的夜风逆面吹拂着。绞盘烟与福特车的广告,像法国少女一般眨着诱惑的小眼睛。爵士乐从舞场里倾流了出来,带了柔软的肉体和鸡尾酒的美梦。天上有月、有星,夜是美丽的。

在昏暗的街衢徘徊了好久才找到丽贞姑娘的小窝,楼梯上没灯,是一面摸着一面爬上去的。丽贞打开她的门,一线摇曳的烛火,从房间里溜了出来,映亮了污秽而微湿的四壁。房间里没有椅,没有桌,没有床,怪空虚的。地板上铺着草席子,席子边燃着一截蜡烛头。啊,这就是丽贞姑娘的小窝啊。

我在蜡烛边发现了一张小字条,上面涂满草率的铅笔字:上海新普育堂第六四六七二号。保送:市公局。姓名:王光发。岁数:念八。籍贯:广东。职业:家族无。缘由:垂死伤兵。廿一年三月廿五日下午五时病殁。

——他前天被捕时,病已快好了哩。

丽贞站在窗边喃喃地说。我们沉默了好久,想着我们这个奇异的祖国。摇曳的烛火终于像火花一般熄了。她还是石膏像一般屹立于小窗口,惘然凝视着美丽的繁星的夜空。

第三号

风景画十五

这是五月的早晨,五月美丽的早晨,我们四五个青年,沿着沪西的劳勃生路疾走着,兽一般的疾走着。一人的手里一包传单,我们的传单——白纸上密密地满印着黑铅字,一个字一滴血,一滴鲜红红的血,记载日本纱厂枪杀中国劳动者的暴行。我们都很兴奋,大清早一跳下床便去抢着领传单,脸也没洗,早饭也没吃,抢到了传单便冲出校门去——向次殖民地大都会的核心冲去,要将日本厂主残暴的屠杀的消息传遍全上海,传给每个男人、每个女人、每个孩子。工部局武装的警察充满了沪西的劳动区域,白种的,印度种的,中国种的,日本种的,都睁着狼一般的眼睛在注视着我们,注视着我们愠怒的脸孔,注视着我们紧捏着的小拳头,这是一九二五年五月卅日,工部局的警察们终于再用中国劳动者和学生的鲜血来写被压迫民族的革命史。传单,口号,游行,血腥的风疯狂地卷扫了大都会的核心——罢工!罢市!罢课!蓝布衫的劳动者、商店伙计、学生,第一次像铁一般团结了起来。游行,示威!在南京路,西捕突然开枪射击逃避的群众;外舰陆战队开始动员登陆,用白闪闪的刀屠杀中国无辜的、徒手的大众。于是——

六月十日的北京,在暴风雨中,在拳头与怒吼中,200000人的国民大会,200000人示威的队伍;六月十一日的汉口,英国军屠杀中国的码头工;六月二十一日香港,中国劳动者空前的大罢工。

这是六月,南国美丽的六月,温柔的阳光,深蓝的海,到处充满着生的憧憬、生的欲望。然而在十字街口,商店关了门,学校停了课,工厂停了工;标语,传单,热烈的口号,铁一般的拳头,人群像是黑色的洪流,人们忆起了一八四零年,忆起了林则徐,忆起了民众集团的力量;于是——

英军的排枪,机关枪,英法葡舰队的巨炮,

一百四十多个华人的血和肉的翻飞。

一九二五年六月廿三日,广州沙基。

验尸,查验"五卅""六一"的殉难者!查验"五卅""六一"的受伤者!全上海的外科医生以良心与名誉为保证,证明华人死伤者,枪弹不从背后打进的!

我们的医生,我们的中国医生,张锡伦博士——中华民国的国民,在大学时他是一个著名足球健将,在上海医界、教育界、商界,谁都晓得他是爱国男儿。于是他,张锡伦博士,终于用良心与名誉作保证,大胆证明枪弹或许有从胸前打进的可能性!

血的一周月,六月三十,在北京。十五万人的全世界被压迫民族国民大会。

历史的车轮在转着,转着……

阿　琼

张锡伦医生死于一九二五年的冬天,死于殖民地的上海——"五卅"血腥的风还在卷扫着大都会的核心。从一九零五年到一九二五年,他不断地在外国医院里服务,而曾以"勤劳忠信"获得白种人的欢心,活像是一条驯良的喇叭狗。

熊一般的躯体,微黑的皮肤,长方形的脸,唇上留着两簇小须,嘴角一根粗雪茄,右手摇着英国绅士派的史特克,浅灰色的笑,猎狗一般宏亮的话声。一个勤谨的医生,一个慈善的绅士,一个热心的爱国男儿——虽则他终于以良心为保证,证明"五卅"华人的死伤者,子弹或许有从胸前打进的可能性。

张医生死的时候,床边站着两个红眼睛的妻子、五个男孩、一个女孩阿琼。医院里的同事,一个一个蹑着脚悄悄地走了进来,严肃地脱了帽子,接着又悄悄地走了出去。房间里燃着香木,一圈一圈寂寞的青烟,轻轻地飘到透明的玻璃窗外去。窗外是都会冬天的早晨,柔和的阳光,赤红色的枫叶。

那天下午,孩子们停了课,看着父亲装进黑色的小棺材里;母亲们在哭着,哭得异常悲惨。父亲僵僵地躺在床上,石膏像似的。苍白瘦削的脸,突出的颊骨和牙床还有那对完全没神采的眼睛,半开半合着,眼睛里似乎是蕴藏着一种使人毛发倒竖的恐怖,一种悲惨的绝望。

阿琼姑娘不敢看父亲被人家装进黑洞洞的棺木里,独自个溜到楼上去,蜗牛一般蜷伏在卧房的小窗口上。那时是冬天温暖的黄昏,温暖得像春天一般,花园里的树枝,在微风中沙沙地响着,使房子的周围更充满了凄凉的气息。花园前的柏油路口,停着一长列的汽车,像龟群一般接连在一起。时而有一两声新的呜咽的汽笛,一部新的车子,接着是一个黑衣服的绅士,一副忧愁的黑脸孔,匆匆踏着堆满落叶的小径走了进来。

这些绅士们,有几个是阿琼所认得的,似乎都是父亲的好朋友,从前来的时候,他们总是笑着谈着,摇着蛇一般的史特克,喷着芬香的雪茄烟;现在他们个个都变成那么严肃,严肃得像铜像一般。在这些铜像的行列中,有一个是留着上须的英国人,在工部局里占着很重要的位置,他是父亲生前最好的朋友,孩子们都喊他做爱律生先生。据母亲说,那具可怕的黑棺木便是他送的。但是阿琼不欢喜他,她总觉得这个人有点鬼鬼祟祟,那么阴沉的脸孔,狐一般的笑,说起话来总是扬着他那细长的眉毛。

三天后,他们接到了在厦门的叔父的电报,对于运棺返乡的事表示赞同;于是哥哥们、母亲们,又在忙着运棺的事了。在离开故居的时候,阿琼姑娘的心里漾着一种轻微的惆怅,一种酸溜溜的迷惘;青色的小洋房,明亮的玻璃窗,凄凉的花园,堆着落叶的小径,都使她留恋起来了。

船是定午前九点钟开的,七点钟便从家里出发。父亲的棺木上堆满着青翠的花圈。母亲们、哥哥弟弟们都坐着马车,默然怅望着大都会灰色的早晨。马车的后面是一长列黑色的汽车,里面坐着黑衣的绅士,都是板着很严肃的脸孔,路的两旁充满着黑密密的赶闲看热闹的人们。时时有一两个红头巾的印度警察,骑着高大的洋马,用木棍赶开不守秩序的人们。

在南京路先施公司附近,阿琼偶然看见一个小孩子在挥着紧捏的小拳头;于是她又注意到看热闹的人们的眼睛有的是带着愠怒的,她真怕会出了什么岔子来。

丧仪的队伍终于平平安安地到了江滨的码头,哥哥们敏捷地跳下马车,指挥码头工将棺木抬到大船上去。船长穿着雪白的制服,也在船上挥着手。阿琼她们下了马车,许多外国绅士都跑过来跟母亲们握手,脸上都装着怪悲哀的神气。大家上了大船以后,码头上那些黑汽车的行列也陆续散开了,母亲们红着眼睛站在甲板上,不住拿手帕揩泪,冷风在刮着她们的头发。阿琼抱着小弟弟,怅然望着浑浊的江水在冲击着码头灰色的柱石。

不久以后,码头上又是充满着无数褴褛的劳动者,起重机又在加啦加啦地搬运一包一包沉重的货物,阳光像海绵一般浸在灰色的薄暗里,而岸上大建筑物的屋顶也终于渐渐光亮起来了。

在船舱里,又臭又闷,窗子只是一个污秽的小圆洞,然而因为小弟弟伤风,连这个小圆窗也关了起来,使舱里的空气更沉闷难堪。轮船拖延到十点多钟才开,大家都吐了一口气。小阿琼觉得很疲倦,因为昨天晚上失了眠,将小弟弟交给母亲以后,她便躺在床上睡觉了。醒起来已经是夜,房间里点着昏黄小电灯,从小窗口望出去,只看得见一片茫茫的大海。阿琼翻一翻身,听见了隔壁房间里有四弟的哭声,大概又是从床上跌下来或是怎么。

"别哭,别哭,阿明,"这是小母亲有点沙哑的声音,"跌了一倒算是什么,别忘记爸爸,爸爸是一个英雄,一个很大的英雄……"

小阿琼皱皱眉,想起了早晨南京路上一个小孩子紧捏着的拳头,路人们愠怒的眼睛,还有学校里同学们在背后议论她的,这都使她很窘迫。她不晓得平日很受人家尊敬的父亲怎么会突然被人家藐视起来,"五卅""六一"的惨案在她的脑子里只留着一个很模糊的印象:学校停了课,有人被西捕开枪打死。她不晓得这两桩惨案跟父亲究竟有什么关系,有一次她想去问问父亲,但是一看见父亲那么严肃的脸孔,便又缩住已经在嘴边的话。母亲走了进来,很慈和地说:

"啊,你这小妮子,怎么一睡便睡了这样长久,人家连晚饭都已经吃过了。"母亲一面说着,一面在皮箱里捞抓,大概是在找着孩子的尿布,阿琼听见了"晚饭"两个字,忽然觉得肚子里很饿,于是便问母亲有吃的东西没有。母亲从网篮里拿出一盒饼干来:

"这又是爱律生先生送的,他的人真好!"

"哪一个爱律生先生?是那个留着小须的英国人吗?"

母亲点点头,走了出去。阿琼咬了一块饼干,又想起了父亲和那个英国人。

风景画十六

厦门是一个奇异的商埠。从鱼腥的码头到污秽的窄街,从堂皇的基督教堂到贩卖着人肉的寮仔后,这个被压榨的、次殖民地的社会是繁复地、畸形地发展着。随着不荣耀的鸦片战争以及一八四二年八月廿九日在英舰Cornwallis号上签字的辱国条约,厦门、上海、宁波、广州和福州终于被大勃列颠帝国主义的铁蹄踏成自由贸易的商埠。于是经济侵略、鸦片、武装的基督教,便在华人的血脉里像虎列拉病菌一般繁殖着,而厦门也就在洋行买办与牧师的手中不健康地繁荣起来了。

厦门是美丽的,同时也是污秽的。蛇一般弯曲的、泥泞的圆石路,紧挤着的单调的小平房,飘扬着的店帘。窒息昏暗的庙宇,布满苍蝇的零食摊;泛滥于小街上的是皮肤焦黑的船夫,矮肥的鱼贩,黄制服的学生,油滑的小店伙,挺着肚皮走路的台湾浪人,褴褛的江北难民,摇着黑辫子的少女。在岸边,在充满着鱼腥与干货味的码头旁,无数耸立的帆船桅像森林一般遮盖着青色的天空,帆船旁边又是许多大肚的轮船,不断地在倾吐着一卷一卷浓黑的烟,在微风中散布着煤屑的臭味。

阿 琼

轮船到厦门是在一个夏天的早晨。阿琼姑娘抱着小弟弟站在甲板上,睁着好奇的大眼睛凝视着花一般的鼓浪屿和厦门。在晨阳柔和的影子下,海水是那么的蓝,蓝得像西班牙少女的瞳子似的。

许多父亲的亲戚朋友,跑到大船上来迎接他们,大家总是露着伤心的、同情的、慰藉的微笑,母亲们又是红着眼睛,不断地在用手帕揩泪。叔父是瘦瘦的一个人,弯着腰,戴着深度的眼镜,常常有尖利的咳嗽。阿琼姑娘想不出健康的父亲竟然会有一个这样柔弱的弟弟。

厦门的街上充满着热带奇异的景色,赤膊的劳动者,污秽狭隘的圆石路,鱼腥味的阴暗的干货店,还有装饰单纯的洋货铺子,橱窗里放着草帽、白帆布鞋、游泳衣、浅色的薄衣料。时而有一两部轿子跑了过来,轿夫们满脸满身都是汗水,赤裸的脚辛辛苦苦践踏着热烫烫的圆石路;坐在轿上的是白种的商人、白种的牧师、白种的教育家、白种的医生,闲适地喷着芬香的黑雪茄。

叔父的家是在一条热闹的街上。前面是兼卖杂货的西药房,玻璃橱排满着白色的蓝色的小药瓶、自来水笔、蒙着尘埃的旧信封、小孩的玩具、月经带;店后是住宅,一座灰色的旧洋房,洋房前有个小庭子,铺着长方形的石块,周围放着几盆白色的玫瑰花。

婶母从里面呜呜咽咽地跑了出来,一个矮肥的中年妇人,乱蓬蓬的头发,忙得像只蜜蜂儿似的,说起话来总是一连贯的"哎唷""哎唷"。叔父的孩子真多,多得像耗子一般,简直记不清哪一个名字是哪一个。孩子没有一个是健康的。瘦瘦的身材,苍黄的脸孔,都显出很柔弱的样子。在天气这样热的夏天,叔父总是有剧烈而尖利的咳嗽,而婶母还是哎唷哎唷地摇着大肚子。

第三天,叔父雇了两条大帆船,运载着父亲的棺木到祖父的故乡去。跟她们一同去的是一个牧师,还有几个父亲生前的老友。父亲的故乡是在安海附近的一个小村落,村人一半是皮肤漆黑的渔夫,一半是农夫,对于叔父和母亲们,都是异常地尊敬。

父亲的棺木在一个灰暗的薄暮举行下土礼,墓场上落着霏霏的南国的细雨——雨落在青草儿上,落在赤褐色的土上,落在父亲寂寞的墓上,落在人人悲哀的脸上和心上。当老年的牧师,高举着微颤的手,朗声地念着"土归土……"的时候,谁都哀哀地哭了,阿琼姑娘觉得喉咙里好像有个石块儿似的。葬了父亲的第二天,她们留下母亲、叔父和二哥三人在那儿监工造墓,其余的都回到叔父那个充满着耗子和"哎唷哎唷"的家里。

一个温暖的晚上,大家坐在客厅里听叔叔的女儿弹琴。叔父的女儿是一条柔弱的小猫,瘦瘦的身材,苍白的脸孔,没有血色的嘴唇,鼻头有一点弯曲,初次给阿琼的印象并不是十分好。可是当她坐在钢琴前,纤指像暴风雨一般击着音键的时候,天呵!她有多么优美的灵魂呵!披散的乌发,弯曲的小脚,憧憬的眼睛,火焰一般热情的歌调,就是在这个时候,小阿琼决心将来回沪以后,一定要学习钢琴。也就是在这个充满着嘹亮的琴声的美丽的夜,他们接到二哥介宋溺死的噩讯,大家都瞪着惊愕的大眼睛,没有一个人会相信。传讯人赌了许多严重的誓,终于确确实实地证明了介宋怎样在江中游泳失慎溺死,三个钟头以后才救起来,但是人早已断了气,并且头也早被江底的石头撞得半碎。听了这个消息,母亲即刻昏倒,婶母急得像月经到来一般,哎唷哎唷的喊声比秒针的响声还要多。小阿琼简直哭不出声来,她用双手紧紧地掩住了脸孔,她奇怪的是二哥好好一个人怎么会突然死掉,怎么会像爷一般钉在棺木里,葬在凄凉寂寞的墓地下。

第二天早晨,母亲、大哥和阿琼三人一同搭了安海轮船,船到七点钟才开,到安海已经午后一时余了;匆忙忙地雇了轿子,赶到了祖父的故乡。村落比平日安静一点,村人用着很同情的眼睛望着她们。三人跳下轿来,一进门母亲便是放声的哭,引得阿琼也哭了起来。二哥的尸首放在客堂,用一条青灰色的薄被单盖着,旁边放着一具棺木,大概是专在等她们来便要收殓的。

阿琼姑娘一跑进去,便闻到一种比鱼腥更浓烈更难堪的臭味,二哥是躺在一块木板上,木板下全是淡黄色的血水。母亲揭开那条盖着尸首的薄被单,阿琼吓得哭叫了起来,她从来没见过一个这样可怕的脸孔。鼻头、嘴、面额,都涨得极大,充满着一钩一钩的伤痕,而眼睛里又是那种比什么都更可怕的表情。

一个老年的牧师将她扶了出来,用手温和地抚着她那乌黑的头发,给她安静地坐在屋前的石阶上。这又是一个黄昏,一个多么凄凉的黄昏啊!从左边望过去,是一个金黄色的沙滩,沙滩上放渔网和破船,破船顶有铁板的烟囱,正在喷着一缕一缕的青烟;再过去一点便是茫茫的江水,二哥就是在那儿溺死的,从右边望过去,是一片种着鸦片花的农田,农田中间有一条赤泥土的小路,这条路可以走到父亲的墓场。风,薄暮的风,从农田那边吹了过来,带来了一种孩子柔弱的歌声。

阿琼姑娘托着腮儿沉思着,想起了父亲,想起南京路上一个小学生的拳头,想起了那留着上须的英国人,想起了二哥,想起那些唱歌的穷孩子们的命运,她终于觉得什么都在黑暗中了。

从安海回来的时候,大家都垂着头,心里的忧伤比初死了父亲还要沉重。小阿琼记得有一次她跟二哥吵了架,那时二哥学校里刚刚有"几何"的月考,阿琼因为一时的气,将二哥的圆规偷偷地藏了起来,第二天早晨二哥找不到圆规,急得像锅上的蚂蚁一般,喊母亲强迫她将圆规交出来,她只是赖,甚至发了誓,到死也不肯将圆规还给二哥,到了最后,二哥和母亲都没有办法,只好拿钱去买新的。对于这件事,阿琼现在想了起来,真是惭愧,奇怪自己当时怎么竟然是一个这样坏的女孩子。

这趟回沪的旅程,比前趟来厦门寂寞多了,母亲们一想起父亲和二哥,总是流泪,尤其是二哥那么年轻的孩子,聪明、活泼,做母亲的人哪一个不会心痛神伤。

船到上海的时候落着大雨,雇了索价奇昂的汽车回到冷落的故居,心里漾着一种轻微的悲感,在花园里,春天给树儿们长了青翠的新叶,然而小径上、草埔上,还是堆满着残冬枯黄的落叶,残冬悲哀的记忆。

他们到上海的第二天,那个留着小须的英国人又来了,他说工部局华童公学答应免费收容这些男孩们。在他快要走的时候,他又说工部局永远不会忘记张锡伦医生生前友谊的援助,这使小阿琼渐渐明了为什么父亲晚年的名誉会那样坏。阿琼厌恶这个留着小须的狡猾的英国人,并不是因为他没帮助她的教育费,却是因为他曾使父亲变成一个忘记祖国和正义的人。

风景画十七

这是一九二七年的春天,大都会里还是泛滥着残冬的严寒,我们沿着闸北一条黑暗的小街疾走着。昨天的大罢工都使我们异常兴奋,虽则有两个劳动者不幸被李宝章的大刀队所残杀,但是这个消息不但没有使我们畏惧,反而巩固了我们反帝和打倒军阀的信心。

这是一九二七年二月二十日的早晨,我们冒着刮扬尘埃的寒风要到××街去参加一个重要的集会。在十字街口,灰色的兵士,机关枪,闪着寒光的枪刺,会似乎是开不成的。一个同志向我们打暗号,于是我们远远地跟着他走,终于走进了公共租界。在那天晚上我们得到了报告:闸北又牺牲了十来个同志,拘在防守司令部和英法捕房的,也有五六十个。

第三天我们终于在杨树浦开成了市民大会,参加罢工的劳动者已在四十万以上。白崇禧统领的革命军已经到松江,大家都伸长着脖子在等;有军事学识的都在计划将劳动者武装起来,这种工作最困难,因为到处都有北洋军阀的侦探混在劳动者的中间,但是勤谨劳苦可以克服一切,于是——

一九二七年三月廿一日,我们的总工会终于下令工人武装队总动员。在北车站,在天通庵,中国劳动者的军队向北洋军阀投下第一颗猛烈炸弹,用鲜红红的血写了东亚革命史最光荣的一页。

阿　琼

革命军威吓的旋风疯狂地卷扫了上海的核心。英国兵、美国兵、法国兵、日本兵全部离舰上陆;机关枪手榴弹,铁盔闪耀的刀刺,一纵队又是一纵队,用沙包和电网在防守着租界的边境。闸北劳动者武装的暴动,火车站附近的激战,联珠一般的步枪声,华界冒天的大火,都使小阿琼这一家的人非常害怕。孩子们,母亲们,都躲在家里,把花园的大铁门接连关了几天。从玻璃窗口窥望着花园前的街道,只看得见初春的寒风在刮着灰色的尘埃,或是时而有一两部军用车载着美国水兵,轰隆轰隆地开了过去。

过了几天以后,时间渐渐像水一般平静下来。革命军将领白崇禧已经向列强驻沪各领事表示绝对没有以武力收回租界的企图,于是学校也陆续开学;在和平女神的双翼下,上海终于再繁荣起来了。

许多人跑到华界去看革命军。灰色的制服,日光晒黑的皮肤,健康的温和的笑,都是些孩子们,南国的孩子们。小阿琼已跟着哥哥去过一趟。从北车站趴到天通庵,经过了宝兴路、宝通路、青云路一带,到处是北军退却前烧毁的房屋,崩倒的土墙与寂寞的电灯杆,一大群一大群失了家的难民,苍白瘦削的脸孔,褴褛的衣服,颓丧绝望的眼睛——这些悲惨的景象,在阿琼姑娘的心灵上留着很深很深的印象。

一九二九年的冬天,阿琼她们因为经济上的困难,将父亲留下的花园和洋房卖掉,另外在闸北"天通坊"租了一幢房子。母亲说"天通坊"那边住着一个父亲的老友。在离开故居的时候,谁的心里都有一种难以形容的隐痛,一种凄楚的迷惘,母亲们又是红了半天眼睛。

搬场汽车挺着长方形的大肚子,摇摇荡荡地走了好久,经过了北四川路,经过了日本海军陆战队本部,经过了淞沪线的铁轨,终于走进污秽泥泞的华界了。车子在一个阴暗的弄堂口停住,弄堂里是一排一排灰色的房子,母亲说这就是她们新的家。

那天午后,父亲生前的挚友李伯伯,带着他的家眷来望望他们。李伯伯的儿子李琳是一个很活泼的青年,笑着亚铅一般的微笑。阿琼姑娘记得四年前曾在厦门会过他一次,当时的印象:一个有趣的男孩子。想不到在这水一般泛流的几年中,李琳已经变成一个这么大的青年了。在李琳,阿琼健康的妩媚的笑,热情锐感的眼睛,摇晃着的短发,这一切都给他一种奇异的诱惑。于是,恋爱像春天的梦……

她们搬进"天通坊"的第二天午后,阿琼从家里溜了出来,沿着肮脏的圆石路,向南走去。隔着"天通坊"不远的地方,又有一排低点的灰色洋房。弄堂口铁门上有"天吉坊"三个铜字,看样子似乎跟"天通坊"是同一个主人的。"天吉坊"的旁边有一片荒芜的旷场,堆满着种种污秽的垃圾,几个赤裸的江北孩子在那儿辛辛苦苦地扒着东西吃。

旷场的另外一边是俄罗斯教堂,里面点着辉煌的烛火,唱着优美的圣诗,神父留着很长很长的胡须,身上是雪白的礼服,头上戴着一顶奇特的方帽子;

信徒们都是白俄,很虔诚地站着,有的在燃着香,有的不住地画着十字。在教堂的门外,站着两三个同种的白俄,蓬乱的头,油腻肮脏的脸孔,身上穿得异常褴褛,忧思地望着赤砖石的教堂,很谦卑地等着,等着可以向那些富裕的教徒们求乞。

　　阿琼再向南走下去,走到一条窄的横路,街上也是铺着破碎的圆石。沿着横街走下去,房子越来越坏,破的屋顶,落了石灰的墙壁,小子弹洞,到处遗留着北洋军阀溃灭的残迹。褴褛的江北人越来越多,男的,女的,老的,幼的,一样是饥饿的脸孔——这些被水灾和匪祸赶出故乡的流浪者,在俄罗斯教堂里有优美壮烈的歌声,像伏尔加河一般滔滔流着,然而在教堂的门外,在炎阳下,在寒风中,在雨雪中,站着同种的贫困的白俄。

风景画十八

一九三二,一九三二,伟大的一九三二。

一百万失业者,六百万灾民,十六省的大水灾,空前的大屠杀,六十余间倒闭的工厂,沈阳辽阳锦州的地图变色——啊,血腥的、罪恶的、破产的、死灭的一九三一,农村经济破产,兵匪双重的骚扰——于是,一九三一,小城镇的金融脉搏像死河一般停滞着。然而——

大都会银行资本家笑着:中国银行盈余＄1500000,上海银行＄80000,交通银行＄800000——挺着大肚子,喷着黑雪茄,大都会银行资本家笑着。

一九三一的大年夜,是一个美丽迷人的夜。戏院塞满着黑密密的人群;约翰吉尔勃的热情,格烈达嘉宝的神秘,珍妮盖诺的天真,威尔罗吉士的幽默,观众们像鲇鱼一般张着口,灵魂终于受了金元帝国主义的洗礼。舞场里同样充满着黄种、白种、黑种、混血种的人群,骚动挑拨的爵士音乐,红红绿绿闪烁着Neon-light,电力发动机似的妖媚的眼睛,火焰一般摇晃着的黑发,裸露柔滑的手背,馒头一般摆动着的屁股,虚伪的殷勤的笑;于是一群一群爱国的学生、商店职员、阔少、肥肿的资本家,都在色情的旋涡中漂流着——谁都忘记上海街上还有二十万的失业者,还有多少同胞在日军铁蹄下度着异常悲惨的日子……

这是一个很冷很冷的夜,我们冒着一九三一年大除夕的寒风,拖着异常疲乏的脚在北四川路上闲踱着。宽阔光滑的柏油路上充满着新型的汽车、电车、公共汽车、人力车,以及像蚂蚁一般的人潮。在十字街口,忘记了还有祖国的、黑脸的印度巡捕在管理着红绿灯;红的灯一亮,汽车、电车、公共汽车、脚踏车、人力车、行人,都在赤色的光波中骤然站住脚,大都会交通的脉搏像死一般停滞着。舞场里、咖啡店里倾流着柔和的异国音乐,使这条夜街更充满着诱惑、神秘和享乐。我们用贪婪的眼睛凝视着百货店明亮的玻璃店窗,里面整齐地排着冬天温暖的衣料和冬天的必需品,但是我们终于在许多完全国货的商店里发现了许许多多东洋货品,大家都苦笑了起来。走过一家音乐公司的门前,里面有一个留声机正在逗直着喉咙唱着英国的古调"天佑吾皇",同时又看见街上一个秃着头的白种肥商人,坐在疾驰的新汽车里喷黑雪茄。大家的脚步都不自然地快了起来。

我们走了又走,终于走到了冷静的外滩,站在和平女神的翼下,怅望着混浊的江水,周围的人很多,都是些蓝布衫的劳动者,失业、饥饿、寒冻,都写在人人苍白沉郁的脸上;异乡的沦落,儿女的重负,贫病的连环,说不尽的痛苦厄运……

江上灰色外国战舰传出十二下响亮的钟声,于是——

一九三二!一九三二!伟大的开始!新的历史的画卷的展开!

李 琳

一九三二年一月廿七日的黄昏,李琳跑到海关码头去送一个朋友回乡,朋友还是在劝他将家搬到较为安全的地带。李琳没说什么,只是拍拍友人的肩头,心里还是坚持着上海不会发生战事的主见。在回家的电车上买了一份油墨味的号外,翻来翻去,找不到什么精确的消息。在北四川路上,从车窗内望出去,看得见兽一般的灰色的铁甲车,载着一阵一阵武装的日本水兵,在柏油路上横冲直撞。人行道上还是塞满着赶闲看热闹的人群,百货商店新年大减价的旗帜还在飘扬着,坐在一九三二赫德逊里的摩登女郎还是妩媚地浅笑着。李琳燃了一支香烟,沉思地想着重光的哀的美敦画,"一·一七"热泪与怒吼的市民大会,日本浪民的暴动,黄浦江上云集的外国战舰……

在靶子场跳下了电车,匆匆走过了日本海军陆战队本部和天通庵火车站,终于再走进了圆石路的华界。回到"天通坊"的家里,一家的人都围在壁炉边谈话,一看见李琳进来,大家都抬起头来望着他,好像在等候他报告什么重要消息似的。李琳脱了帽子,脱了大衣,找不到什么消息可以报告,终于说道:

"他们在画军事地图,那些东洋鬼子。"

大家似乎有点失望;母亲继续织她的绒线衫,妹子阿香继续看她的晚报,弟弟阿明又在炉边玩他的小火车,空气宁静得像春天的早晨一般。母亲最担心的是那个两岁的婴孩阿珍,最近因染了白喉,还在虹口鸭绿路工部局华人隔离医院里,本来早就可以复原,最近因为在医院里又染了猩红热,仍旧留在医院里疗治。起初体温涨到一百零三、零四,胸前胸后充满着一颗一颗猩红色的疹子,接着那些猩红疹子混合起来,嘴边有一个白圈子,面颊又是涨得那么红,喉咙又是好像闭塞溃烂一般,李琳去看过她一次,以后实在没有勇气再去了。母亲说倘若战事一旦发生,隔离医院里的小孩子不晓得要怎么办,一说起来总是扑簌簌地流泪着,埋怨工部局隔离医院不好,怎么一个发喉痧的孩子会染了猩红热。李琳不欢喜看见这种扑簌簌地流泪,这种妇人的柔弱性。他记得在他的童年中,母亲是一个怎样勤谨果决的女性。

父亲从外面走了进来,皱着眉咳嗽着。他说青云路宝兴路那边中国军队也有一点军事布置,不过兵士都是些广东孩子,歪歪地戴着斗笠,就是要拼命打,恐怕也打不过那些戴着铁盔的矮肥的东洋兵吧。大家在温暖的壁炉边谈了一会,终于决定暂不搬家,等到天明看看情势再说。小家庭里又是弥漫着宁静和平的空气。

晚饭后,阿香开了留声机在唱着"匈牙利舞曲",张家妈妈和女儿阿琼仓仓皇皇地跑了过来,连阿琼桃花一般的脸孔现在也有一点苍白了。张家妈妈说今儿晚上的风声很不好,据一个在无线电台服务的朋友的报告,本埠美国领事已发急电给华盛顿国府,日本水兵似乎迟早就要蛮干一下,弄堂里已经有三四家搬走了,阿琼她们也想到施高塔路朋友家里去避一下,因为那边似乎不是火线。听到了这样一个雷响似的消息,连很镇静的父亲也有一点儿惶恐起来。

张家太太和阿琼走了以后,大家又急急地商议了一番,亲眷家里既不愿去,朋友的家里似乎也没有空位,于是终于决定由父亲和李琳两人去找旅馆,女的在家里收拾行李。从温暖的家里走进寒冷的冬末的夜街,宝山路和车站像死一般寂寞,在车站附近也有几个蓝色的中国兵,脸上似乎也没有焦躁的神情。淞沪线的小火车仍旧在开着,吹着短短的尖脆的汽笛,喷着灰色的小烟流,在寒风中散播着浓重的烟屑味。在靶子场跳上了一路电车,望着两旁的商店,北四川路仍旧像往日那般繁荣热闹。他们俩在横浜桥跳下了电车,沿着人行道走到俭德公寓,决定在那里租了两个房间,账房先生是一个穿着中山装的中年人,脸孔像烟鬼一样苍黄。他是个广东人,说话时装做一种消息灵通的腔调,他说闸北那边是火线,危险极了,东洋兵又是那么野蛮的,奸杀劫掠都干得来。最后他又保证他们说俭德公寓是绝对安稳的,因为这里是大英地界,后门虽则是接近华界,那边在战略上不能成为火线。听了账房先生滔滔的大论,他们俩终于满意地付了五元定洋。照父亲的意思,他们到俭德公寓来,无非是要避一避难,闸北方面或许会发生战事,但是大概最久两三天就可以解决的。

乘电车回到家里,帮着女人们收拾一点较为贵重的东西。到十点多钟,李琳才再跑去雇汽车。弄堂口的汽车行晓得他有要紧的事情,故意要敲他竹杠,索价大洋两元,还算是看邻居的情面,李琳紧捏的拳头,望着玻璃窗内账房先生油滑的脸孔,很想敲他一下。李琳从租界雇了两部车子回来的时候,已经快要十一点钟了。

车子沿着黑暗的宝山路开去,经过了白俄的教堂,弯进了横浜路,在淞沪铁路与横浜路交界的地方,七八个中国兵士在守着一个新置的铁网,兵士们开了铁网的门,让汽车开了过去。汽车在黑暗中缓缓地走着,因为路很坏,经过了宝乐安路,终于走进了宽阔的北四川路了。

北四川路的夜是一个香艳的荡妇,异国情调的、柔和的音乐时时从下流舞场和咖啡店里倾流了出来,夹杂着年轻女人们清脆的诱惑的笑声。柏油路的街上现在已经冷静多了,只有一小队一小队的日本水兵,几个工部局的警察和一些饥寒交迫的黄包车夫们。到了旅馆,身体虽则是异常疲倦,但是睡不去,因为街上还有骚扰的电车声。车声消歇了以后,又是对街日本舞场的爵士音乐。

第二天早晨,李琳醒起来的时候,天已经大亮了,推开窗子望得见铅块一般灰暗的天空,街上还是充满着潮水一般的车声和人声,昨夜闸北方面似乎没什么变动。父亲早已在洗脸,他说今天还要到保险公司里去一趟,吃了一碗喊来的肉面以后便走了。李琳跑到楼下去看报纸,报上竟然没有什么闸北激战的记载,想到昨夜那么仓仓皇皇地出走,觉得有一点儿好笑。

回到房间里,母亲和阿香两人正在匆匆地吃着面,准备回到闸北家里去一趟。李琳发现自己心理上的矛盾,一面在希望闸北别生战事,一面则希望中国军队抵抗一下。陪着母亲、阿香、阿明三人乘着开往靶子场的一路电车,睁着大眼睛注视着两旁街上的景色,商店还是开着,步道上还是来来往往的人群,虽则时而有一两部载着日本水兵的铁甲车疾驰而过,可是对于殖民地的奴隶们都是司空见惯了,一点也不惊愕,一点也不稀奇,偶尔或会在心上激起一种深沉的愤懑,然而也不过是愤懑而已。

经过了飘扬着太阳旗的日本海军陆战队本部,里面也没有什么动静,在天通庵车站附近,依然还是那几个微笑着的蓝色中国兵,依然排满着种种零食摊子、豆腐浆、汤圆、馄饨、牛肉面、黑馒头、油条、大饼、饭、糖果；摊前摊后还是围满着那些褴褛的人力车夫、劳动者和流落异乡的失学的青年们。转过弯，望见"天通庵"灰色的房子还巍然站在冬晨的宝山路上，大家都呼了一口慰藉的气息。那个矮肥的门房，还是摇着和尚一般的秃头，在和娘姨们说着很猥亵的笑话，一看见他们便笑嘻嘻道：

"啊，早啊，李太太，早啊，李少爷，回来了吗？这里平静得很……"

弄堂里还有几个胡家的小孩子在玩着，好像对于街上紧急的风云完全不晓得似的，自从阿秀姐死了以后，胡家更不成为胡家了，孩子们一个一个苍黄的脸孔，有的咳嗽着，有的流着鼻涕，李琳问他们道："胡先生呢？"一个女孩子像蟋蟀一般抢着答道："爸爸出去了，爸爸出去买鸡蛋和油条。"李琳奇异地注视着这个红绒线衫的女孩子，忽然发现她的眼睛和小鼻头真像阿秀姐，于是他抬起头望着那个积满尘垢和蛛网的客厅，想起了阿秀姐还活着的日子，客厅是多么整齐清洁啊！还有那些幽怨的、凄绝的、壮烈的琴调，曾在一个青年的心灵上留下多少深刻的印象啊！这些琴调现在还留在他的耳朵里，一切的欢笑都好像是昨天的事，只是昨天的事，他晓得她是一个怎样完全的、少女的典型啊！劳动，不断地劳动，像母亲一般照顾着几个淘气的弟妹，像妻子一般照顾着脾气很坏的父亲，她的眼睛里永远是一种憧憬，一种对于未来的憧憬。

家里很安全，大家都在笑着，母亲和阿香在厨房里洗着昨天剩下来的菜，准备中饭。娘姨是昨天便辞退的，她自己也很害怕。米下了锅，灶洞里的黑炭渐渐红起脸来，于是一卷一卷的青烟浮出古旧的烟囱——平安的家庭的日子似乎在继续着。

那一天午后，他们再回到旅馆里去，因为外面的风声又紧起来。走过弄堂口那间杂货店的门前，李琳看见那个戴眼镜的老板娘还是抱着她的小狗，镇静地坐着；看见他们走过来，便站起来打一个招呼。李琳的母亲问她搬不搬，她摇摇头，还在说这里不要紧，口气里显然有一点嘲笑他们"庸人自扰"的气味。然而现在是民国，秀才女儿的话听起来已经不大响，所以李琳他们还是匆匆地离开了华界。这时是午后一点多钟，街上还很平静，母亲、阿香、阿明三人乘电车回旅馆，李琳独自一人跑到施高塔路去望望阿琼她们。照着阿琼开给他的地址找去，找了一刻多钟，他终于站在一座赤砖石的洋房前，一按门铃，随即有一个娘姨出来开门,有点怀疑地望着他,好像他是日本密探似的。在李琳说明要找谁的时候,一个摇晃着乌发的少女从里面喘呼呼地跑了出来,睁着热情的锐感的眼睛:

"我一听见门铃声便晓得是这位李少爷!"阿琼戏谑地说着。

进了客厅,张家太太的一家人都在那里。此外还有一个矮肥的妇人眯着小眼睛,大概就是洋房的女主妇,她说:

"呵,你们看看这位小阿琼,连男朋友的门铃声都听得出哩!"

全客厅的人哄然笑了起来,弄得小阿琼的脸孔比冬天的晚霞还要红,红得使李琳也觉得很不好意思。女主妇姓杨,阿琼她们喊她做杨太太,丈夫在工部局卫生处办事,是阿琼父亲生前的挚友。杨太太是一个痛快的妇人,谈话总是大刀阔斧地乱砍,心里有什么话便说什么话,所以在五六分钟后,李琳也开始欢喜她了。

围在温暖的火炉旁打扑克,大家谈着笑着,渐渐把东洋兵和重光最后的通牒忘掉了。李琳从杨家走出来的时候,已经是四点多钟,在门口,阿琼姑娘给他握一握她那温暖的、美丽的小手,笑着茉莉花一般的浅笑。

跑到街上,李琳才感觉得空气已经紧张到极点。搬场汽车、卡车、汽车、马车、人力车、小车,都装满着货物和人,在北四川路上像春潮一般倾流着。还有一大群没力量雇车子的贫民们,扶老抱幼,背着包袱,挑着棉被和食具,在拥挤的人行道上仓皇皇地走着。电车像是一条蚯蚓,辛辛苦苦地爬着,车夫不断踏着警铃,咒骂者。车子走了一刻多钟才到横浜桥,李琳跑下了电车,看见商店有一部分已经关了门,显出异常凄惨荒凉的景象,街上的人虽则是那么多,可是都是恐惧畏缩的脸孔,苍白的脸孔,茫然不知所向的脸孔——殖民地的奴隶们开始在体味着自己悲惨的命运了。

旅馆房间里有一个客人,一个父亲的朋友。客人说这里越界筑路区很危险,劝他们搬到租界里去。父亲因为有种种的关系,正在踌躇不决。李琳跑了进去,手里挥着一张油墨味的号外,号外上说难关已过;于是大家的胆子都壮了起来,决定暂住在俭德公寓里。

夜,白昼的恐慌在夜神湖色的长裙下消灭了,红红绿绿的 Neon Light 仍旧在闪烁着妩媚的眼睛,咖啡店里还是有女性清脆的轻笑声,下等舞场还是充满着热情的爵士音流,绿色的电车继续像蛇一般跳跃着。啊,一九三二的"一·二八",繁荣的神秘的诱惑的挑拨的色情化的北四川路的最后一夜!黑蓝的天空,没有星,没有月,没有云——只有疯狂的、骚动的、畸形的、异国的色情文化。

晚饭后,房间里点着明亮的电灯,父亲在喷着雪茄,他说人寿水火保险公司的股东们早晨在开紧急会议,以对付难关。母亲在继续织她那绒线衫。阿香半躺在床上看着一本旧的《良友》,阿明则在床边辛辛苦苦地一字一字地读着那张《时报号外》,他不懂的地方真多,老是要大哥哥李琳解释给他听。李琳手里拿着一本《中国评论周报》,越想看越看不下去,他望望周围人们的脸孔,觉得全不像是逃难的样子。他最先跑去睡觉,因为白昼的奔波,一躺下身便睡去了。躺了两个多钟头,不晓得从什么地方忽然发出了联珠一般的密密的机关枪声,全客舍的人都惊动了起来,电灯不敢点,大家都是在暗中摸索的。幸亏窗外的街灯还亮着,房间里才不至于完全漆黑一团。父亲、母亲、阿香、阿明都起来了,大家睁着眼睛相觑,动都不敢动。李琳揉了一会眼睛,看看阿香的夜光手表,现在只是十一点十分。在噗噗噗噗噗噗噗噗的机关枪声中,还夹着步枪声,手榴弹爆发声,声音好像很近似的。

茶房缩手缩脚轻轻地走了进来,压低着嗓子喊他们快点躲到膳厅那边去,这边房间靠着马路很危险,已经有一颗流弹击碎三楼的玻璃窗片。李琳他们一听见有流弹,毛孔全竖,而阿香则连手脚都抖了起来。在膳厅里已经有许多客人堆积着,几只椅子早被人占据去,于是李琳他们只得像蛙一般蹲伏在走廊上,许多素不相识的陌生人都压着嗓子谈话起来。他们大半是吴淞、江湾、真茹一带的学生,也有几个带着家眷的小商人和小职员。他们谈话的口气似乎还很乐观,他们以为只是一场小战。还有一个学生说一定是十九路军在打,因为他们是擅长于掷手榴弹的。大家仔细一听,果然有许多手榴弹沉重的响亮的爆发声。李琳不大相信他们的话,借口小便,溜到房间里去,伏在临街玻璃窗窥望。夜空像是一片铅块,落着霏霏的小雨,在街灯低弱的灯光下,一部一部灰色的铁甲车载着持枪的日本水兵在疾驰着,车轮沉重地压着光滑的柏油路,每次走过的时候,玻璃窗片都在格格地抖着,街上异常凄清,商店的旗还在微雨中飘扬,在柏油路上画着不定的黑影,而两旁的房屋又在铅色的夜空中镂刻着模糊的轮廓,使人想起了中古时代颓落衰废的古城。李琳正在痴望着的时候,忽然注意到一群三四十个黑制服的日本水兵,半弯着身,潜伏在阴影里疾驰着,手中都是装好刀刺的来福枪,在茫茫的夜阴中,白晃晃的刀刺奇异地闪耀着。李琳心里明白:

中国军队已经开始在抵抗日本帝国主义的侵略。

在膳厅里,人们还是像蛙一般蹲着坐着,一个一个苍白的没血色的脸孔,一个一个恐惧焦虑的心,每次铁甲车在街上走过的时候,沉重的车轮好像是碾过每个人的心似的,每次手榴弹响亮的爆发,都使每人紧张的神经抖了一下。膳厅里黑暗窒息。可是还有人在抽烟,使混浊的空气变成更为难堪。渐渐地,渐渐地,人们的四肢麻木起来,弯曲的腰也在酸着,阿明忽然喊着肚子饿,要东西吃,他似乎还不懂得枪声的意义。

在三点多钟的时候,附近忽然有连续不断的嗡嗡声,这种嗡嗡声比什么都更可怕,那么连绵不断地刺激着每人紧张到极点的神经,震颤了每个人空虚的恐惧的心。有人跑到小窗上去窥探,回来报告说是日本水上飞机。大家听了这个消息更觉得不安,他们是不是要炸毁闸北,他们是不是要炸毁北四川路,一听见那嗡嗡声飞近来,大家的呼吸、脉搏、心都停了。到了这个时候,李琳他们才懊悔不肯听友人们的劝告,但是懊悔已经是懊悔,还有什么办法呢?

有一个矮肥的商人,跑去压着嗓子摇电话,摇了半天才回来报告说:吴淞失守了。许多人的心都跳到喉咙口,那么东洋兵真的在打了,几个还会说笑的学生,现在脸孔都变了色。一个中国公学的女职员在流泪,她说学校里还有些女学生,而她自己一点东西也没带出来。抽烟的人继续抽烟,美丽的青色的烟在黑暗中一圈一圈地消失着。叹息声,用手帕掩住口的咳嗽声,移动着的脚,苍白的脸孔,震颤的神经,而在窗外的是铁甲车沉重的车轮声,微湿而光滑的柏油路,霏霏的细雨,茫茫的阴暗的夜……

鱼肚色的黎明终于,终于爬上了窗外铅块一般的天空,枪声渐稀了,寒风带来了冬晨的冷意。雨是停了,冷静的街上渐渐充满了人声。鼓起勇气跑到靠街窗边去窥望,看得见一大群一大群贫苦的难民从白保罗路那边倾流了出来,都是些蓝布衫的,没有力量雇车子的穷人,抱着孩子,牵着老妇,背着包袱,男人们有的还挑着一担棉被和一些破锅烂炉,望着他们那种仓皇的绝望的脸孔,谁的血都会凝结了起来。街上充满着一小队一小队的东洋兵,射击式地握着来福枪,有时还很粗暴地检查着那些难民。许多客人摇电话去喊汽车,汽车行都不肯放汽车到这里来,因为东洋兵已经有扣车的暴行,于是大家的背上都好像浇了一瓢冷水似的。

　　李琳和父亲母亲商量了一下,决定冒险喊黄包车逃到西藏路友人那边去。在楼上偷偷地喊好了黄包车,接着便把两个皮箱搬到楼下去喊账房先生开铁门,账房先生踌躇了半晌,一面狂抽着烟支,一面喃喃地说外面危险,开不得门;李琳给他争论了半晌,几乎要吵架起来,铁门终于开了。一走出门,慌慌忙忙地把人和行李装在人力车上,旁边恰巧有一小队日本水兵走过,大家的心又是跳到喉咙口,呼吸和脉搏像触电一般骤然停住。东洋兵只是用大眼睛望望他们,幸亏没有过来骚扰。车夫在潮水一般的人群中疾跑着,在奥迪安戏院附近的人行道上,李琳看见一个中国青年浴血的尸体,头部已经被刺刀砍了好几个淋血的大洞。沿街的商店都关了门,这种萧索的景象是从来没有过的。车子终于经过了四川路桥,大家沉重的心都呼了一口慰藉的气息。租界青色的天空,租界的阳光,租界居民好奇的大眼睛……

　　车子朝西弯进宁波路,接着又沿河南路向南跑去,在搬场汽车、卡车、汽车、马车、人力车、小车,以及难民的洪流中走了半点多钟,终于到了西藏路的远东饭店。敲开了友人的房门,大家都好像隔了一个世纪没见面似的。父亲的友人周君在旅馆里开了两个房间,一个给他的母亲和两个妹妹,一间是他和三四个小孩子,房间很小,早已很拥挤了,同时友人的母亲又在生病;李琳他们实在不好意思再吵扰他们,但是各旅馆皆已客满,也只好厚着脸皮暂住下去。李琳跑到楼下去买一份"时报",一看见"大胜"那两个赤色的大字,整夜的恐怖和疲倦都忘记了,于是他开始用很兴奋的心情去读油墨味的报纸。日海军盐泽司令午后十一时二十分的新通牒,十九路军英勇的反抗,日海军进攻闸北的惨败,每个铅印的字都深深地打动了李琳的心坎。

　　街上的人真多,三三五五成群很兴奋地谈论着十九路军、东洋赤佬,李琳实觉到中国老百姓都还有一颗爱国心。八十九年来殖民地奴隶们的耻辱终于被十九路军用鲜红的血潮洗光了,被压迫的民族或许能够就在这场英勇的斗争里摆脱了黑色的悲惨的命运。

　　李琳回到旅馆里,再向账房先生询问有没有房间,问是随便问的,想不到账房竟然回答一声:"有有,五楼的。"接着便喊一个白制服的茶房带他去看看房间。房间还大,有一间浴室,镜橱电话都有,从窗口望得见大世界耸立的建筑物,房租每天五元半,虽则很贵,但是在这个年头儿,找得到房间还算是幸运哩。李琳即刻付了五元定洋,匆匆跑下楼去将这个消息告诉了悲思着的母亲,听见有房间当然是快活的事,但是那样贵的房租,实际上他们能够住几天啊。

父亲已经跑出去找亲戚朋友商量办法,午后才颓然垂着头回来,大家望着他的脸孔便明白一切了。他说朋友亲戚们没有一个是诚意的,而银行又都关了门,存款无法支取。至于保险公司那更是不必说,门上早已高高地贴着"日军犯境,罢市御侮"的白字条,经理不晓得躲到什么地方去了,连影子都没有。李琳独自一人跑到水门汀的阳台上去散步,怅然望着北面弥漫着黑烟与火焰的闸北,日本飞机队已经在轰炸北火车站和商务印书馆了。闸北那边一定还有许多来不及逃的,或是没处逃的贫民,在这种飞机队和大炮猛烈轰炸之下,恐怕早已血肉横飞了吧。于是李琳又想起"天通坊"那家姓胡的,那么多的孩子不晓得怎样逃得脱。然而远东饭店里还很热闹,许多豪商模样的宁波人,还在"叫局""叉麻雀",若无其事地谈笑着,堂差们一来,笑声话声更响亮了。

回到了房间里,李琳忽然忆起罢市的事,赶忙跑到街上去买一点罐头和日用的必需品,十元五元的钞票没人要,同时银元的兑价又是暴缩,望着奸商们那些笑眯眯的脸孔,李琳真想用整把的铜板掷在他们的头上。

第二天早晨,从温暖的被窝里爬了起来,望着青的天空,明亮的阳光,和飘扬着的窗帘,李琳觉得一生从来没这样幸福过似的笑着。母亲悲思地皱着眉,她说她忘记还有一个孩子阿珍在虹口鸭绿路工部局华人隔离医院。她一说,大家都感觉不安起来,奇怪昨天从北四川路逃出来的时候,怎么会把那个小妹妹完全忘掉。虹口那边是日本侨民的住宅区,最难跑进去,照报纸的记载,那边对于华人是最危险的地带。吃了早饭,李琳在电话簿里找到了那间隔离医院的电话号码,于是便摇电话过去,摇了三次都摇不通,母亲终于滴下泪来了。

十点多钟的时候,有一个亲眷跑来望望他们,不过也是"望望"而已,还替他们说了许多伤心的话,连同情也不完全是真意的。中饭后,李琳再摇电话到医院里去,奇怪得很,这趟竟然摇通了,那边的看护说孩子的病的确已经好了,快点来带回去,说话的口气好像异常惊惶的口气,接着看护又说医院那边很危险,工部局对于病人已经没有安全的保障。于是李琳便问她到医院去的路线是怎样走的,她像瀑布一般急急地背了许多陌生的路名,终于将电话挂断了。在那些路名中,李琳只记得一个嘉兴路或是什么,父亲说既然那边是走得通的,我们到街上去问人家吧。于是父亲、母亲、李琳三人便跑到街上去,踏着午后温暖的阳光,在外滩乘了开往杨树浦的电车,向一个下差的警察询问到鸭绿路去的路线,警察睁着奇异的大眼睛望着他们,似乎很奇怪他们为什么要到这种地方去,给他说明了是工部局的隔离医院,"工部局"的警察终于也扮着一个很同情的脸孔,而用招待员似的口气指示他们从某某处下车,靠着一条河浜走,经过了一条大木桥,再转过弯便是了。

他们听从警察的话,在一个不大热闹的地方下了车,两旁都是栈房一般的赤砖石的建筑物,玻璃窗上都积着一层浓厚的尘埃。走了四五十步,走到了一条小河边,河水混浊得像是泥水一般,河上都是些粪船,北风一吹起来,使人觉得异常难过。靠河浜的路又长又污秽又臭又难走,阳光又是那么暖洋洋的,使穿着冬大衣的他们,走得满身是汗。路的另外一边是些颓落的小平房,屋前坐着许多褴褴褛褛的劳动者,都睁着奇异的大眼睛望着他们。走了好久,走得母亲的脚喊痛,才走到那个大木桥边。木桥上聚着三四十个蓝布衫的工人和闲汉,好像是在看着什么东西似的。一跑上桥,李琳看得见桥头那边站着四个日本便衣队,每人手中都是一把手枪,都是板着很凶暴的脸孔。在他们后面不远的地方站着一个日本水兵,仍旧是灰铁盔、黑制服、白绑脚,眼睛永远在注视着木桥上的中国人。李琳问旁边一个工人在看什么,那工人说那些东洋人在午后四点钟要冲过来,所以大家都在看着,问了几个别的,他们都这样说,那么这条路是绝对走不通的了。母亲已经吓得脸孔发青,父亲也颓然地摇着头,三个人看来看去,终于又是沿着又长又污秽又臭的石路走回去。

拖着沉重的心回到了远东饭店,一推开房门,便看见一个摇晃着乌发的少女,一对热情的锐感的眼睛,赶快跑进去握着她的小手,两人彼此看了半晌,一句话也说不出来。午后两个张家太太也来过,因为还有别的事情先走了,但是小阿琼却决心要看到李琳才肯走。阿琼今天穿着绿色的旗袍,卷曲的短发有点散乱地披在大理石般的额上,话声似乎特别温和,特别甜蜜。阿琼说她们也是廿九号早晨才走的。廿八号晚上真难过,在甜眠中突然听见了枪声,大家都吓得一跳,后来由杨太太出主意,喊所有的人们都到地窖底去躲一躲。地窖底又低又窒息,墙根上生满着青苔,到处是蛛丝和尘垢,同时又有一种难堪的霉腐的臭味。窗子是没有的,只有一个大圆洞,冷风带着细雨从洞外溜了进来,给人家生起一种不愉快的感觉。有人跑到楼上的窗口边去窥望,除了几个日本海军的步哨以外,什么都看不见。然而机关枪声、来福枪声、手榴弹爆发声,都好像是很近似的。她们在地窖底度了一个悲惨的夜。天一亮,枪声稀了起来,杨先生打电话给工部局卫生处,不久以后,他们便放车子来了。马路上的人真多,多得像蚂蚁一般,写在人人脸孔上的都是死的恐怖。因为她们是乘着工部局的汽车,所以沿路的东洋兵并没有为难她们。

那天晚上,阿琼在他们这边坐了很久,晚饭后由李琳送她回家。在电车上,李琳凝视着她那摇晃的乌发,她大理石般洁白的前额,她那热情的锐感的眼睛,像小孩子一般谛静着她那柔和的声调:

"我要去做一个女看护,我要找一点事情做……"

风景画十九

这是一个落着雨的冬天的晚上,霏霏的、霏霏的细雨,天空像是黑色的铅块,弄堂口是一条微湿的柏油路,在朦胧的街灯下奇异地闪着光。街上十分冷静,只有一两个鬼一般的人影,慢慢地溜了过去。现在已经是宵禁的时间,没有工部局的派司是走不得租界的路的。所以,在微湿的柏油路上只是霏霏的细雨、街灯、灰暗的天空、在冷风中飘扬着的店旗、鬼一般的人影。"一·二八"的夜也是这样一个凄凉的夜,日本帝国主义为要巩固满洲新殖民地的地位和独占长江流域的市场,以及直接镇压中国大众反日反帝的革命怒潮,开始以飞机、大炮、战舰和海陆军来屠杀上海的中国的大众,毁坏了多少劳动者的家。就是在这样一个落着雨的冬天的晚上,我们被武装的日本浪人赶了出来,赶到微湿的柏油路上。一个弟弟因为哭了一声,白晃晃的小刀切开了他的脑袋,母亲用手掩住了脸孔,父亲紧捏着拳头,但是,但是我们终于还是漂流到租界的街上来,漂流到四马路的一条弄堂里,没有床,没有壁,没有饭,没有一个家。躺在破席上,冷风,饥饿,寒冻,眼睛没有法子合拢来。弄堂里充满着臭虫、浓重的尿味。痰、鼻涕、垃圾,而弄堂里又是梦一般的雨夜,阴暗的天空、微湿的柏油路、在冷风中飘扬着的店旗、街灯、鬼一般的人影——于是我想起一九三二,"一·二八"。机关枪,手榴弹,来福枪,铁甲车,水上飞机,日本浪人的小刀,弟弟淋血的脑袋,母亲苍白的脸孔,父亲紧捏着的铁拳头。

李　琳

二月初的一个晚上,李琳跑到沪西去找老朋友国鸿。国鸿现在和几个同学在赫德路合租了一个亭子间。亭子间又窄又窒息,从污秽的玻璃窗口望出去,只看得一片灰色的水门汀的高墙。他们是在战事发生以后,才由真茹那边兜了一大圈子逃出来的。他们的衣服啦,箱子啦,书籍啦,被盖啦,都丢在沪北的F大学里。现在他们什么都没有。一个空空洞洞的亭子间,窗边一根垂着泪的小蜡烛,地板上铺着几张报纸,国鸿和他的同学老刘、老杨三个人坐在报纸上抽烟支,一卷青色的连绵不断的烟流,使亭子间里的空气变成异常混浊。

李琳注意到他的老友已经有点改变,披着一件冬大衣,乱蓬蓬的头,在摇曳的烛火下,国鸿似乎比从前瘦了不少。他的同学老刘是一个四川人,皮肤黑得像非洲的土人一般,戴着一个深度的眼镜,说话起来很响亮;还有一个同学老杨是广东人,穿着又窄又短的中山装,说着广东腔的破碎的上海话,有时李琳完全听不懂在说什么。老刘说他们现在是没有学校、漂泊异乡的流浪者,因为学校已经被日本飞机炸毁了。大家谈起今天早上在租界空中大示威的飞机队,兴奋地谈了半天,终于四个人都默然喷着七八个铜板一包的下等香烟。老杨很兴奋,他说明天一定去要参加义勇军,国鸿、老刘也说要去。这使李琳觉得很惭愧,就是他要去,义勇军也不肯收容他,因为他那学校里平日没有军事训练。

在分手的时候,李琳紧握着国鸿的手,盼望他能够保重自己,国鸿很镇定地笑着,陪着李琳走到阴暗的弄堂口。李琳跳上一路电车,还看见国鸿像铜像一般站在阴影中,眼睛奇异地闪烁着。李琳不认得那个站在弄堂口的是谁,不是中学时代那个憨笑着的网球选手,也不是在舞场里搂着舞女的摩登青年,他现在已经改变了,肉体上心灵上都改变,"一·二八"的炮火似乎已经给他造成了一个新的、勇敢的人格。

在电车里,望着闸北赤色的天空,弥漫着火焰和黑烟,想着中国劳苦大众的平房和草棚在被烧着,李琳奇怪自己为什么还不去参加义勇军,就是不能作战,做个宣传员也好。接着他又想起父亲的失业,生活费的恐慌,应该找一个临时的职业来救济一下才对,于是自私心又渐渐地克服了爱国心。他晓得他是自私,但是不晓得自己怎么会这样自私。

推开旅馆的房门,里面有婴孩的哭声,小妹阿珍已由母亲、阿琼、阿香三人去抢回来了。父亲正在计划着明天搬到法界去的事,他已经在法界租了一个亭子间和一个大房。

第二天早晨,他们搬进了法租界的新居。房子是在热闹的辣斐德路上,弄堂比闸北"天通坊"清洁一点,但是还算是污秽,他们租的是三楼的大房和亭子间,大房里有一种浓重的霉腐味,好像很久没人住过似的,墙上的白质有的已经剥落了。窗子朝北,北风常常在窗外呼啸着,使人们更觉得寒冻。亭子间有抽水马桶,地板上铺着水门汀,简直像是个冰箱,没人愿意睡在那里,所以实际上他们只是租了一个大房。

二房东是一个矮肥的商人,样子真像是北方的军阀,在开着一间小袜厂,妻子是一个瘦溜溜的苏州人,粉白的脸孔,青藤一般的话声,常常躺在床上抽大烟。夜里是二房东的白昼,总有几个客人跑来叉麻雀,来说笑,常常使李琳他们失眠。父亲近日因为失了业,又是一肚子脾气,而小妹妹阿珍重病初痊,应该多吃点滋养料,于是他们的生活费更起恐慌了。李琳不高兴坐在家里,常常冒着寒风在街上乱跑,他已经找了许多朋友,请他们替他找个职业,但是在这个黑年头儿,找个职业真不是容易的事情。

有时,他在八仙桥附近彷徨,望着一大群一大群贫困的难民从大世界那边倾流了过来,都是些褴褴褛褛的劳动者,男的女的老的幼的;眼睛看也不敢看安南警察的脸孔,害怕会再被赶走。安南警察似乎还记得自己是亡国奴,已没像平日那般凶暴了。接着李琳又抬头去望望在空中飞翔着的日本飞机——这些炸毁闸北劳动区,屠杀上海中国劳苦大众的刽子手,用连绵不断的恐怖的嗡嗡声震颤了每个都会居民紧张的神经,于是李琳想起了自己的责任:参加义勇军!

李琳每次想起他的责任,结局还是被自私心,被小资产阶级的意识克服着、支配着。他觉得异常痛苦。在日军第三任司令植田中将到沪那一天,他接到了一个朋友的信,告诉他说邮政总局里有个空位,问他肯不肯去。李琳即刻去找那个朋友,他要工作,一定要有工作,没有工作他一定疯了。邮政总局里的工作很紧复,每天早晨九点钟到午后五点钟,然而李琳却很满意,无论如何,觉得自己是在工作,总是愉快的事。从事务室的窗口,他望得见死一般的北四川路,冷静的灰色的北四川路,除了日军的步哨以外,只有几个白种人在走着。早晨,中午,黄昏,都是这样子。

二月二十日晨,植田中将下总攻击令,坦克车,二百五十磅的重炸弹,达姆达姆弹,马拖过山炮队,舰队五寸径口大炮,以及世界一等强国的海、陆、空军,全部动员开始屠洗上海,一星期来英美法诸列强的调停完全无效。

那天李琳接到了阿琼的信,告诉他说她已经入海格路伤兵医院做看护,盼望他会来望她一下。那天黄昏,从邮政局里走出来,李琳沿着四川路疾走着,在路上忽然碰到一个战后从未会面的同学,两个人跑到浙江路一间小馆子里去吃晚饭,谈了许多话,在分手的时候已经是七点多钟。忽忽跳上了一路电车,担心着阿琼是否还在伤兵医院里。到医院门口的时候,已经八点半了,问了一个白衫的女看护,她说阿琼早已回去了。于是他颓然再走回静安寺,福特车和绞盘牌香烟的广告还是迷人地闪烁着红红绿绿的眼睛。在回家的途上,大炮又是轰隆轰隆地响着——次殖民地的大都会在毁灭着……

一九三二年三月一日午后四时,十九路军总退却。三十余日的血战,一万余蓝衣弟兄们的死尸,浴血的闸北,浴血的江湾,浴血的真茹,浴血的吴淞,浴血的南翔,浴血的嘉定,浴血的罗店,浴血的浏河,浴血的大场,浴血的庙行,而终于悲惨的总退却。轰隆轰隆的炮声停了,敌军一纵队一纵队地撤退了。商店,银行,影戏院,舞场,咖啡店,都再开张了,次殖民地的大都会又是在和平女神的翼下,地产商笑着,金融资本家笑着,洋行买办笑着。南京路上的照相馆挂着新的民族英雄,英雄也在笑着,啊,英雄,伟大的新英雄!一九三二年型的新汽车,里面是春装的阔少,袒胸露臂的摩登女郎,抽着雪茄的富豪,都带笑到战区去凭吊。青的天,白的云,绿的郊野,都会的春天笑着——而全上海都在和平女神的翼下笑着。

那天李琳在邮政局里待了一天,完全不晓得自己在想着什么,许多同事都是这个样子,苦恼得连抽烟的兴致都没有了。第二天下午,阿琼打电话过来,说她今天晚上在医院里值夜班,希望他过去坐坐,听她的口气,她好像也是很苦闷似的,他一口便答应了。

李琳从静安寺跳下一路电车,夜像水一样寒冷。外国舞场里流出柔和的音乐,使人家的心里漾着梦一般的春的情热。走进伤兵医院的大铁门,一阵浓重的药味穿入他的鼻管,他问了一个事务员似的中年人,那人告诉他张小姐是在二楼东西的病室。爬上了水门汀的石阶,他看见一长列病室,每间病室有四个伤兵,病室里点着昏黄的灯光。

李琳终于在一间病室里找到了阿琼,穿着白衫,戴着白帽子,垂着头坐在一个伤兵的旁边,好像在写着什么东西似的。李琳蹑着脚,轻轻地走了进去,完全没有惊动她,每张铁床都是白垫灰毯,伤兵们都悄悄地躺着,有的眼睛开的,有的合着。

阿琼是在替一个伤兵写信,那个伤兵的头部全包了起来,只留着两只耳朵,一颗鼻头,一个嘴,李琳走近去的时候,看见他的鼻头在抽动着,一听见他那呜呜咽咽的声调,李琳才晓得他是在啜泣。阿琼写好了信,再念一遍给伤兵听,李琳听了一半便红了眼眶,那个伤兵简直哭出了声。后来阿琼偷偷告诉李琳,那个伤兵的眼睛是永远无望的了。母亲是在遥远的潮州,父亲早已死掉,将来出院呢,军队一定不要他,失业的都会一定也不要他。一个伤兵听见了李琳和阿琼的谈话,忽然坐了起来,大眼睛向李琳望了又望,终于用发抖的声调问道:

"听说我们退了二十里,真的吗?"

"我们的军队退守第二道防线,还在打……"李琳觉得异常窘迫,很踧踖地回答着。伤兵注意到他的踧踖,叹了一口很长很长的气,又躺了下去。刚才啜泣着的那个伤兵,忽然再喊起张小姐来,用很着急的声调吩咐阿琼在信末加了两句话:

"年来没寄钱回家,实因五个月没发饷。"

伤兵说了以后,又像孩子一般哭了起来。

风景画二十

窗外是明亮的天空,云像雪堆一般浮着。街上充满着褴褛的报贩,一面喊着午后的号外,一面踏着人行道上柔和的阳光。报馆里闷得像个咸鱼栈房,谁也没兴致做事情,大家都在想着前天悲惨的总退却。电话铃响了又响,响了又响,外面充满着日司令白川阵亡的谣传,然而报馆方面却还没得到准确的消息。主笔先生皱着眉,记者们瞪着眼睛相觑,沉默地抽着烟支,而工房那边门上又是常常有一个苍白的脸孔探了出来,好像是要打听消息似的。《大美晚报》送来了,大家都抢着看,除了王赓旅长被捕外,什么消息都没有。有人摇电话来报告日领事馆下半旗,于是几个记者出动了,回来的时候摇着头,还是默然抽着烟支。七点钟左右的时候,街上忽然有联珠一般的枪声,街上倾流着黑沉沉的人潮,许多商店都挂起中国旗来。我们匆匆地跑出报馆,探望枪声的起处。一个陌生的路人用发抖的声调告诉我们:

"中国兵冲到麦根路了,白川死了……真茹……"

许多孩子、学生、商店伙计,一面跑着,一面疯狂似的放着鞭炮。街上的人们都是疯的,一个一个兴奋的激动的脸孔,一对一对闪烁着的狂喜的眼睛,像大河决堤一般冲着,倾流着。群众都在喊着,都在怒吼着,像是一群野狮。在三马路,一家电料公司的留声机响亮地唱着"中国国歌",激昂愤慨的音流充满每人的肺尖,填满了每人忧郁的心。

这是一九三二年三月四日,次殖民地都会的租界上,演着没组织的"巴黎公社"式的悲喜剧——虽则只是一个梦,然而梦都是"现实"的母亲。

李 琳

这是一个三月美丽的早晨,李琳和爹、阿香三个人,手持着工部局的通行证,踏上了闸北灰暗的石路。跨过淞沪线的铁轨,昔日繁荣的宝山路现在只是瓦砾灰尘,三人的心上压着一个沉重的铅块。"天通坊"已全部夷为平地,只剩着一片焦黑的断垣残壁,至于附近劳动者的平棚,现在已成为一堆焦土。"天通坊"的弄堂是堆满着断砖残瓦,简直没有路可以走。李琳他们的房子全部倒下，只剩着灶间的四面空墙，除了笨重的煤气炉以外，灶间里的东西都失掉了。后庭里还有几个太阳啤酒的空瓶，那座房子一定是日本浪人进来放火的。木橱、箱子、书籍、木床，都烧光了。一只大铁箱只剩一层空壳，桌面只有灰烬一把，别的东西连碎屑都没有了，望着烧毁了的家，望着那些灰烬与断砖，谁的心不会漾起刀割一般的疼痛，几年来父亲以奋斗的血汗造成的小家庭，现在竟然是在日本帝国主义的炮火下毁灭了。

在无数瓦砾堆中，李琳偶然发现了一个女孩子的尸体，红绒线衫上染满着乌黑色的血，在胸前有一个深的洞，这是刺刀的刀痕，小手和小脚都扭曲着，显出死时无限的痛苦。李琳注视那个小脸孔一下，记忆像电一般掠过了他的心。那颗平直小鼻头和半开着的小眼睛，终于使李琳突然想起这是胡家的孩子，阿秀姐的妹妹，那个曾像蟋蟀一般抢着回话的女孩子。李琳觉得一阵混合着愤懑的恐怖爬上了他的脊骨，双手又自然地掩住了脸孔。父亲和阿香将他拖开，拖进了暮霭茫茫的租界。

上海又在金融资本家和买办的手下繁荣起来了，日常单调的生活继续下去。李琳继续进他的大学，像许多别的青年一般，感觉到人生的空虚。他终于在一个五月的黄昏，在先施公司拥挤的门口，忽然碰见了与老同学国鸿一同投义勇军的老刘，还是那么一个非洲的小黑炭，握手之下，心中生了无限的感慨。他俩跑上了浙江路一间小馆子，大家都觉得有许多话要说。李琳向老刘问起国鸿，老刘的脸孔忽然变了色，踌躇了半晌才说国鸿已经在吴淞阵亡。李琳简直不能相信自己的耳朵，想起从前中学时代的友谊，一切的欢笑都仿佛是在昨日一般，而现在人家说他死了。李琳永远不能忘记前几月最后一次分手的时候，国鸿像铜像一般站在赫德路一个弄堂口的阴影中，眼睛奇异地闪烁着。

"老李，你还记得舞女丽珠吗？"老刘忽然面像牡牛一般说起话来。

"唔，丽珠，你是说那个国鸿爱过的舞女吗？她怎么啦？自从'一·二八'以后，我从来没见过她。"

"她，她现在在当妓女。"

"嘿，什么话，老刘？丽珠当妓女，没有这种事吧！"

"谁骗你！前天我在'大世界'碰见她，是她自个儿告诉我的。她听见国鸿死掉，也掉泪呢。"

"她为什么操这种营生啊？我真不相信有这么一回事！"

老刘默然喝着一杯一杯的酒，没说什么。

"那么，她的男人呢？"

"还是痨病啦。但是，无论如何，你不能够说她是欢喜干这种营生的。闸北的房子烧掉了，什么都烧光了，一个抽大烟的母亲，一个痨病第二期的丈夫，两个啼啼哭哭的小孩子，生活真是一条黑色的直线……"

李琳怅然望着老刘那对戴着深度眼镜的眼睛，望着窗外蔚蓝的天空，望着建筑物鲜明的轮廓，望着红红绿绿的 Neon-Light，望着"六零六"和"九一四"的大广告，望着百货店美丽的橱窗，望着一九三二年新型的美国汽车。他觉得一切都是黑暗，一切都是绝望，渐渐陷入于极端的悲观。

但是老刘并不觉得悲观，这次浴血的沪战，给他对于中国民众有一种新的认识；士兵英勇的抵抗和民众热诚的援助，已经充分地显示着铁一般反帝的精神和民族斗争的意识。李琳像孩子一般倾听老刘滔滔的言论，他终于觉得一个人在社会上并不是单单为着"自己"而存在，他终于了解是什么"真理"改造了许多友人们的人格。

他笑着。

阿 琼

在沪战期间，阿琼姑娘因为有帮助伤兵扰乱治安的嫌疑，给人家抓去关在土牢里——在土牢里所受的痛苦和磨难，是一个普通女孩子所忍受不住的。她给人家关了两个月，好像就是两年似的，人不但是瘦了，而且也变了。所以当警官告诉她坐监的日子满了的时候，她那瘦黄的小脸上一点表情也没有。

警官打开牢狱的铁门，碘酒一般地笑着。阿琼姑娘摇晃着蓬乱的黑发，悄悄地走了出来，春天的燕子似的。她想笑，但是笑不出来，心里是一阵阵酸溜溜的迷惘。矮肥的警官，半弯着腰，很有礼地点着头，说：

"打个电话给张太太吧，张小姐！"

"谢谢你，不必吧。"阿琼扬一扬又细又长的黑眉。

屋外是都会六月的天空，美丽的蔚蓝的天空，街树上还留着残阳最后的影子。行人、车子、建筑物，都充满着浓烈的生的气息。商店里有魅惑的浅色的装饰,咖啡店里有柔和的音乐,影戏院的阔嘴在倾吐着一群一群嬉笑的人们;没有枪声,没有炮声,没有伤兵悲惨的呻吟声,没有翻飞着的染血的头颅——在和平女神的翼下,上海是再繁荣起来了,于是金融资本家笑着,地产商笑着,买办笑着,日本人笑着,法国人笑着,英国人笑着,美国人笑着……

阿琼姑娘茫然地走着,走着,心里是异常地空虚,一条路又是一条路,一个脸孔又是一个脸孔,好像一个童年模糊的梦。到了辣斐德路的家,都会已是在朦胧的夜色中了,一群俄国孩子围在弄堂口玩着,叫着,中间有一个红衬衫的女孩在骑着小脚踏车,很骄傲地摇着她那金黄的短发。弄堂里是一排一排整洁的、赤砖石的洋房,洋房里是柔和的灯光,轻飘着的窗帘。女性清脆的笑声,嘹亮的钢琴声——有一个调子很熟,好像是裴多汶的《月光曲》,那种北欧沉郁幽静的音流,使阿琼姑娘很不自然地噙着泪珠儿。

家,甜蜜的家,娘、哥哥、弟弟,像被磁石吸着一般围拢来,连老年的黄妈也在掉着快活的眼泪。在客厅的一角,还是那张黑楠木的钢琴,钢琴上放着父亲晚年的相片,相片上蒙着一层微微的灰尘。

银色故事

劫库记
侵吞存款者

銀色故事

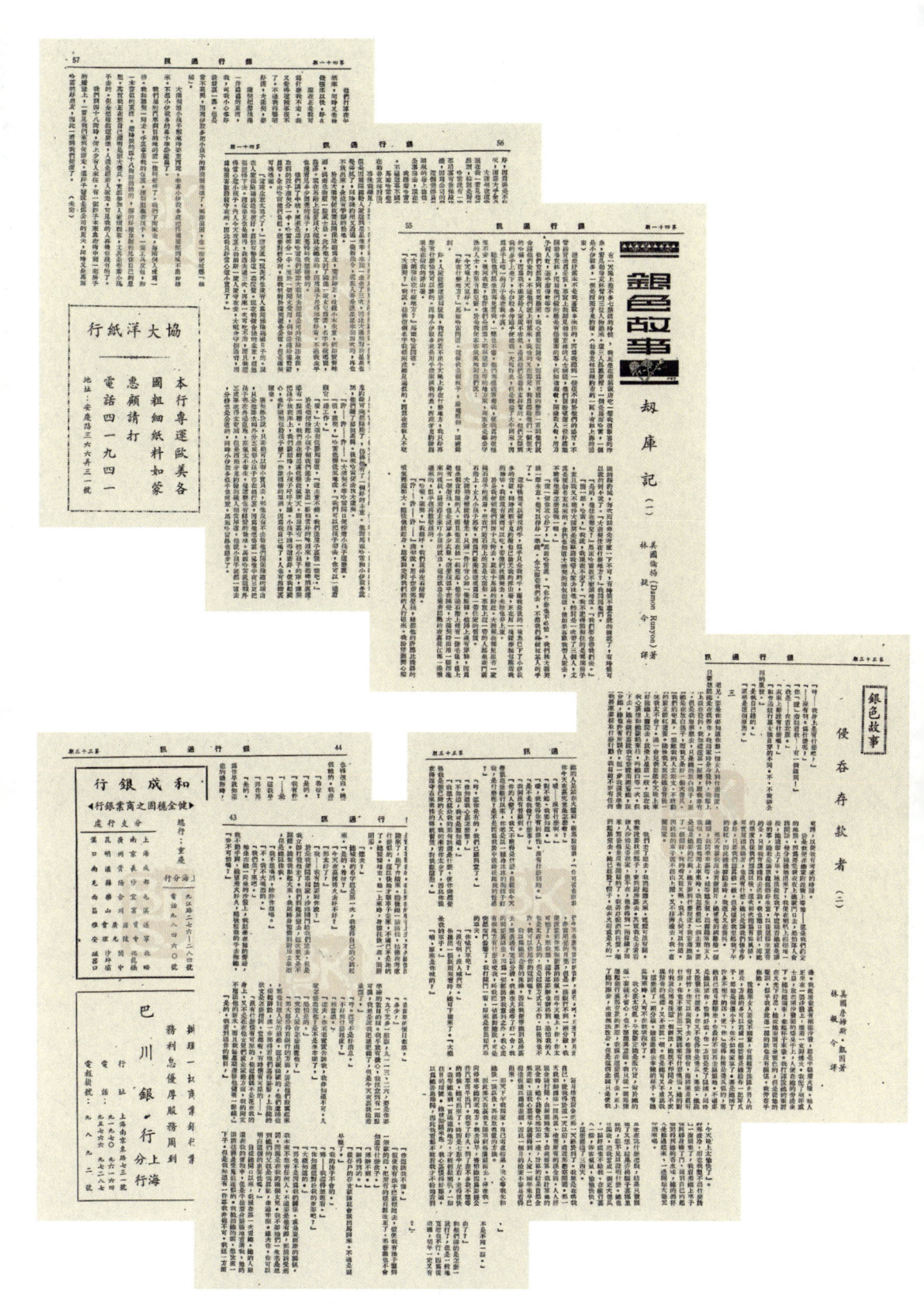

刼庫記（一）

美國倫揚 (Damon Runyon) 著
今 譯

銀色故事

俊吞存款者（二）

美國原培斯・甌因莎 著
林 今 譯

協大洋紙行

本行專運歐美各國粗細紙料如蒙
惠顧請打
電話四一九四一
地址：安慶路三六八卅一號

和成銀行

◀健全國稅商業之銀行▶

總行：重慶
分行處
上海 成都 名山 浜遠 寧橋
南京 長沙 宜賓 貴陽 桂林
廣州 漢口 桂林 花谿 梧州
漢口 五通橋 六甲 沙市
南充 榆林 曲靖 雅安 鑛關
西昌 白市驛

[分行]
九江路二七六至二八○號
電話 九八一六○號

巴川銀行上海分行

辦理一切商業銀行業
務利息優厚服務周到
行址：上海南京東路七五一號
電話：九五八九二
電報掛號：九五八九二八七

劫库记

劫库记

(美)伦扬(Damon Runyou) 著

有一天晚上差不多七点钟的时候,我正坐在明第饭店吃一盘我很欢喜的炸鱼,看见勃鲁克林帮的三位人物进来。这三人都戴便帽:一个是马面哈雷,一个是小伊杀多,一个是西班牙鬼约翰。(勃鲁克林为纽约市的一区,有如上海早年的浦东)

这些好汉本不是我喜欢多来往的,因为我听到一些很不利于他们的谣言,不管谣言是真是假,事实上我听见勃鲁克林的人士讲过,他们很盼望这三位好汉离开勃鲁克林,因为他们做的总是有伤体面的事,例如抢劫啦,开枪杀人啦,用刀子刺人啦,丢手榴弹啦,等等。

他们竟然跑到百老汇来,我心里着实惊奇,因为百老汇的警察一看到他们就会赶他们走的。不过他们既上明第来,我恰巧又在那儿,我自然给他们一个很大的哈啰。因为我不愿意给人家说不客气,甚至他们是勃鲁克林帮的。他们立即到我的桌子上坐下,小伊杀多伸过手便抢我一大块炸鱼,但是我抢了大半回来,因为桌子上唯一的刀子是在我手里。

随后他们都坐在那儿看我,一声也不响。他们那模样看着我,使我真的很忸怩不安。后来我想,也许他们是因为上明第这么上等的地方来,周围全是奉公守法的人士,未免有点儿窘。于是我便客客气气地对他们说:

"今天晚上天气好。"

"好在什么地方?"马面哈雷问道。这家伙是个瘦子,脸庞瘦削,眼睛锐利。

好,人家既然这么回驳我,我真的看不出今天晚上好在什么地方,我只好再想有什么愉快可以谈的。同时小伊杀多老是用手指来抓我的鱼,西班牙鬼约翰则老是在偷我的洋山芋。

"大蒲契住在什么地方?"马面哈雷问道。

"大蒲契?"我说,仿佛这个名字我从来没听见过似的。因为在这杀人不眨眼的纽约城,每次回话非先考虑一下不可,有时候不应当说的倒说了,有时候可以说的倒不说了。"大蒲契住在什么地方?"我问问他们。

"是的,他住在哪儿?"马面哈雷很不耐烦地说,"我们要你带我们去。"

"慢一点,哈雷,"我说,我现在不安了,"我不记得蒲契住的是哪间房子,并且我又不晓得大蒲契是否欢迎我带人家去找他,特别是一次带了三个人,尤其是从勃鲁克林来的。你们也知道大蒲契的脾气很坏,他如果不喜欢我带人家去,不晓得他要怎么骂我一顿。"

"这一切你放心好了,"马面哈雷说,"你什么也不必怕。我们找大蒲契谈一笔生意。他可以挣好一笔钱。你立即带我们去,不然我们得硬拉某人的手了。"

这时候他可以硬拉的手,似乎只是我的手,而我最后的一块鱼已下了小伊杀多的食道,同时西班牙鬼约翰也已抢光我的洋山芋,正在用一块裸麦面包蘸着我的咖啡。我既没有东西可以吃,带他们找蒲契去,未始也非上策。

于是我便领他们到四十九街去,就在十马路的附近。大蒲契在那儿租有一家褐石房子的底层。坐在门前石阶上的正是大蒲契。事实上这一带的人都坐在门前石阶上,女人小孩子都有,因为门前乘凉很成为这一带住家的习惯。

大蒲契身体脱得精光,只剩一件汗背心和一条短裤。他脚上没有穿鞋,因为他是个贪舒服的人。而且他正在抽一根雪茄,他旁边石阶上铺有一条毛毯,毯上躺有一个婴孩,也是没穿多少衣服。这婴孩似乎在睡觉,大蒲契时而用一张折拢来的报纸,扇着赶走来叮小孩的蚊虫,这些蚊虫是乘着闷热的夜里从江那一边飞过来的,似乎很喜欢婴孩的。

"哈啰,蒲契。"我招呼,我们就停在石阶前。

"许——许——许——"蒲契说,用手指着那婴孩,虽然他的许声比机器的喷气声还要大。随后他站起身,蹑着脚走到我们站的人行道来。我盼望蒲契心境好,因为要是不好的话,他对谁都是简慢的。他人身高六尺左右,身宽也有好几尺,两只大手全是毛,面孔长得凶相。

大蒲契在这杀人不眨眼的纽约城,其实是鼎鼎有名的好汉,少去惹他最好。现在我一看见他似乎认得这勃鲁克林帮的,心里如释重负。他对他们很友谊地点点头,特别是对马面哈雷。哈雷立即就对他提起一笔最奇怪的生意。

哈雷说有一家很大的煤公司，在四十八街一间老房子里有一间公事房。这公事房里有只保险箱，里边放有煤公司职员的薪金两万元。马面哈雷知道那里边有钱，因为公司的发俸员是他的好朋友，这笔款子是今天下午很迟才放进去的。

这个发俸员似乎是勾通了马面哈雷他们，叫他们今天下午于他从银行里支款回来的途上抢他。但是他们于讲定的地点失掉了联络，发俸员只好把薪金带到那公事房去，现在就放在那儿，肥肥的两大包。

我听着哈雷讲的时候，私下暗忖这发俸员太不老实，哪里有约好人家来抢的。不过这事不关我，我于是也不插嘴。

马面哈雷他们想从保险箱取出这笔款子，但是对于开保险箱全是外行。他们在勃鲁克林讨论这紧急问题时，哈雷突然想起大蒲契从前是专开保险箱为生的。

事后我听见人家说，大蒲契从前是密西西比河东岸开保险箱的第一位能手，但是因为开箱给人家送到星星坐牢，牢间一坐坐了三次。因此大蒲契对于星星也觉得腻了，同时纽约州又通过一条新法令，说犯人要是进星星牢间四次的，再也不放出来，全没有争辩的余地。

于是大蒲契便放弃以开保险箱为生，弃邪归正，改做小本生意，例如卖卖啤酒，偶而也偷贩一点威士忌。此外他又讨了邻近一家女儿为妻，名字叫做玛丽·莫菲。现在石阶上这婴孩大概就是她生的，因为孩子长得相当好看。不过我生平也没看见多少漂亮的孩子，漂亮得叫我想结婚的。

他们讲了半响，原来是马面哈雷他们要请大蒲契去开煤公司的保险箱取款，取到的款子蒲契分一半，哈雷等分一半。至于一切开支费用，例如送钱给那发薪员等，全由哈雷他们负担。这么对折分利，照我想对于蒲契很是公道，但是蒲契可摇摇头。

"这种生意太老式了，"蒲契说，"现在再也没有人靠开保险箱过日子的。现在人家保险箱制造得很好，都装有警铃这一套设备。现在我做合法的生意，还勉强混得下去。诸位弟兄也是晓得，我进去过三次，再来一次可吃不消，而且我还得当心这小孩子。内人今天夜里上勃朗斯一家人家守夜去，大概会守个通宵，因为她很喜欢节前守夜的。因此我只好当心这小宝贝了。"

"喂,蒲契,"马面哈雷说,"这是只很容易开的箱子。它是老式的,你用根牙签也开得开。上边没装警铃线,因为近年来煤公司,对于这方面没花过一文钱。今天夜里箱子里有两万块钱,是我的朋友发俸员,故意从银行里出来得迟,赶不上发俸,特别是他和我们失去联络以后,他更是故意拖。这生意再容易不过的了,一个要捡一万元钱,哪里还有比这个更方便的啊?"

我看得出蒲契对于这一万元钱,正在严肃考虑,因为像现在这种日子,谁肯轻易放弃一万元钱,特别是做啤酒生意的,吃这一行的真是太苦了。但是到末了他还是摇摇头这么说道:

"不行,"他说道,"我去不成,因为我非照顾这小孩子不可。内人对于这一点特别严厉,这小宝贝我一分钟也不敢离开。玛丽回家来一发现我没在看孩子,她一定痛骂我一顿。有钱好挣我未始不想挣挣,但是小宝贝在我是最要紧的。"

随后他转身回到石阶上去,仿佛他再也不争嘴了。他坐下去时,刚刚赶得上赶走一只蚊虫,不让它把小孩子的一支腿抬走。谁也看得出大蒲契很钟爱他这孩子,虽然我个人可是一角钱买一打孩子也不要,不管是男孩女孩。

马面哈雷等三人很是失望,他们谈他们的,全不理会我。一向沉默的西班牙鬼约翰可突然开腔了,仿佛他有了一个好的主意。他对马面哈雷和小伊杀多说话,他们听了都挺高兴。后来哈雷便去找大蒲契。

"许——许——许——"大蒲契不等哈雷开口便指着小孩子这么说。

"喂,蒲契,"哈雷低声低气地说,"我们可以把孩子带去,你可以一边看顾他一边工作。"

"嗳,"大蒲契低声回答道,"这主意不错。我们进屋子里谈一谈吧。"

于是他便捡起小孩子领我们进去,取出一点相当好的啤酒来,虽然啤酒里还渗有一点酒精。我们坐在厨房里低声低气聊天。厨房里有一张小孩子的床,蒲契把孩子放在床上,我们谈话时,小孩子呼呼大睡。小孩子睡得这么好,使我起疑心,也许蒲契也给孩子喂了一些渗酒精的啤酒,因为我自己喝了,人也有点糊里糊涂。

蒲契终于说,只要他可以带小宝贝去,那他没有不去替他们开保险箱的理由,只是他要求额外分五成替小孩子存在银行里,因为他老婆万一骂他半夜三更把孩子带在外边乱跑,空气太不卫生,他这么也有转变的余地。马面哈雷说这额外五成要求得太苛刻,但是西班牙鬼约翰做人相当厚道。他说小孩子既然一道去,分钱也是公道的,同时小伊杀多似乎也同意。马面哈雷终也让步了。

他们打算在午夜以后才出发,现在时间充足,大蒲契又取出一些渗酒精的啤酒来,同时又去找开保险箱的工具。他说这套工具自从他在小宝贝出生时取出来做张床以后,好久已没再看到了。

现在正是我可以溜之大吉的时候,但是不晓得为什么,直到现在我还不晓得为什么我不走。我从来不想亲自参加开保险箱,特别是带着小孩去开的,而且我又觉得这种事很不光荣。事后我想来想去,大概是那渗酒精的啤酒把我弄糊涂了。不过我得声明,那天清早一点钟左右,我发现自己竟然和这些勃鲁克林帮的好汉、大蒲契、婴孩等等,同乘着一部出租汽车,当时颇为惊奇。

蒲契把婴孩卷在一条毛毯里;婴孩竟是呼呼大睡。蒲契带有一小皮包工具和一件扁扁的东西,看起来好像是一本大书。我们离开屋子时,他递一件包裹给我,叫我小心拿好。他又递一个小一点的包裹给小伊杀多,后者接了过来往手枪袋袋里一塞。但是伊杀多一上汽车坐下时,突有羊叫似的哇哇一声。蒲契听了非常不高兴,因为伊杀多把小孩子的洋囡囡坐坏了,那洋囡囡,你一按便喊声"妈妈"。

大蒲契怕小孩子醒来时要东西玩,幸喜小伊杀多没把洋囡囡压到喊不出"妈妈"来。不然小伊杀多的鼻子准给敲扁了。

我们雇的汽车到目的地的前一条街便停了。我们下街来走,每两个人成为一排。我和蒲契一同走,手里拿着我的包裹,蒲契则抱着孩子,一只工具皮包和一本书似的东西。这时候的四十八街静悄悄的。静的好像你听得见你自己的思想。其实我正在想自己显明是个大傻瓜,竟然参加人家这种事,尤其是带着小孩子去的。但是想虽然这么想,人还是跟着人家走,可见我的人再傻也没有的了。

我们到四十八街时,街上少有人来往。有一个胖子本来靠在街中间一间房子的墙壁上,一看见我们来到便溜走。这胖子据说是煤公司的更夫,同时又是马面哈雷的好朋友,因此一看到我们便溜了。

我们离开大蒲契屋子时,决定派马面哈雷和西班牙鬼约翰,站在煤公司门前把风,小伊杀多则随同大蒲契进去开库。关于我应当在什么地方,他们全没提起,大概不管我的了,我总是个局外人。不过大蒲契既然将包裹交给我拿,那么他的意思大概是要我和他在一起。

煤公司的公事房,在一间屋子的底层,进去,一点困难都没有。因为守门的更夫,早已把前门开好,这位守门的待我们真太殷勤周到了。他献殷勤,无微不至,后来甚至溜回来,让马面哈雷和西班牙鬼约翰把他紧紧捆住,塞条帕子在他口里,把他摔在隔壁一块旷场上。这么一来,免得将来人家盘问,有什么勾通的把柄。

煤公司的公事房,是朝街的。马面哈雷想打开的保险柜,就靠在后边的墙上,正面也是对着朝街的窗口。保险柜的上边,点着只小电灯,灯光非常昏暗,但是街上有人走过,随时都可以看到钱库。这库看起来既不高又不大,我看到大蒲契,一见便裂着嘴巴笑,可见它不困难,正如马面哈雷所说的。

大蒲契、小婴孩、小伊杀多和我等一踏进公事房,大蒲契立即踱到保险柜边去,打开他带来那一本大书,那本大书原来是只屏风,外边油漆得就像是只保险柜的正面。大蒲契把这屏风放在真正保险柜的前边,中间留有相当的空地以便工作。这屏风的用意,是叫街上的行人,不至于看到大蒲契在开库,因为开库非保持秘密不可。

大蒲契在假保险柜前边的地板上铺好一条毛毯,小孩子就放在毛毯上。随后他便从小皮包里掏出他的工具,动手开库。小伊杀多和我,则躲在房间的暗角里,因为屏风后没有我们站的余地。

从我们站的地方,我们看得到大蒲契的工作。我虽然生平从未见过专家的开库,以后也不想再看,但是我看得出大蒲契在这一方面,的确是位道地的艺术家。

他先是从保险库的联锁旁边钻个洞,工作得又快,又静悄悄。就在这当儿,小孩子可突然在毛毯上坐了起来,大声一叫。这自然是最恼人的事情,我私下很想给他当头一棍,叫他不要出声,因为我当时非常惊慌。但是大蒲契可满不在乎,他放下工具,捡起小孩子,低声哄道:"喂、喂、喂,小宝贝。爸爸在这儿。"

这些话在这种场合,我听起来真没意思,小孩子听了也不发生效果。小孩一直叫下去,他的叫声大概相当响亮,因为我看见马面哈雷和西班牙鬼约翰从窗口外很焦急地探望进来。大蒲契抱起孩子晃上晃下,嘴巴里低声低气乱哄一阵,他身为第一流开库专家,竟然屈身做这种事,实在有伤体面。到末了,大蒲契低声对我说,叫我把那包裹递给他。

那包裹一打开,里边原来是只喂乳的乳瓶,里边装满乳水。此外又有一只蒸锅,大蒲契低声喊我去找个水龙头装满水。我提着那蒸锅在黑暗中撞来撞去,身上的皮,给撞破了好几处,才找到只水龙头,装满一蒸锅的水,提着蒸锅回去递给大蒲契。大蒲契蹲在地下,一手抱着小孩,一手从包裹里取出一听干电,用个打火机点了起来烧水,乳瓶则浸在蒸锅里。

大蒲契老是用根手指去试探水的温度,过一会儿他便提起橡皮乳头来吮一吮,就像普通娘儿们给婴孩喂乳时所做的。乳水显然是够温度了,因为他把乳瓶交给小孩子。小孩子双手捧住便吮,十分认真。这么一来,小孩子就得停止啼叫,而大蒲契可以继续开库去了。小孩子坐在毛毯上吮乳,那模样比谁都聪明有智慧。

保险库出乎意料地难开,不然便是大蒲契的工具太不行,太旧而生锈,只好用去装小孩子的床。大蒲契的钻子,打断了两三根,弄得一身大汗,库还是没法子打开。事后大蒲契曾对我解释说,不用炸药开库,他在国内可以算是先进,但是这么开法,你得对于保险库相当熟识,钻子一打进去,刚刚就打在锁的止动发条上。现在这个库虽然是旧式的,在他似乎还是新的,不然便是他疏于练习了。

小孩子吃完乳后,又是哼叫起来,大蒲契只好给他一件工具当做玩具玩。后来大蒲契又需要这件工具,伸手一拿,小孩子便大叫,大蒲契只好等机会去偷,这么一等,时间又是延搁。

到末,大蒲契放弃用钻子开库。他低声对我们说,他要用一点炸药把锁炸松。这我们也不反对,因为我们在那里等,听着小孩子克拉克拉地叫,实在也是听腻了。我私下暗忖,最好是回家睡觉。

大蒲契又在小皮包里摸,要找一小瓶炸药,以便把库上的锁炸松一点。起先找来找去,找不到那瓶子,终于发现那瓶炸药是小孩子拿着在玩,小孩子正用嘴巴在咬那瓶塞。大蒲契费了九牛二虎之力，才从小孩子手里骗过那瓶炸药来。

大蒲契把炸药倒在库上联锁边他所钻开的一个窟窿上，随后他又装上一条火线。在要点着火线以前，他捡起小孩子递给小伊杀多，吩咐我们到后边的房间里去等。小孩子似乎不喜欢小伊杀多，这我也不怪小孩子的。小孩子一给小伊杀多抱在手上便叫起来，但是突然间又不叫了，虽然我没法子证明，大概是小伊杀多用手掩住他的嘴巴。

大蒲契立即到后边房间来找我们，把小孩子接过去，小孩子便又出声。幸亏小孩子不会说话，不把小伊杀多怎么对付他的，告诉他爸爸。

"我放一点点炸药进去，"大蒲契说，"顶多只有手指叠响声那么响。"

但是一会儿，前边公事房突然轰的一声大炸，把全幢房子都震动了，逗得小孩子大声笑起来。他大概以为是国庆日，或是什么。

"或许是我的炸药放得太多一点了。"大蒲契说，说完便赶到前边公事房去，小伊杀多和我赶在后边，小孩子则还是在大笑，这么痛快地笑也是少有的。保险库的门，现已弛松地挎在一边，全房间都有了毁坏的模样，但是大蒲契只是伸出手往库里一抓，抓住两大捆的钞票，往他衬衫里一塞。

我们踏上街时，马面哈雷和西班牙鬼约翰都非常慌张地跑过来。哈雷对大蒲契说：

"干什么啦，"他说，"难道要把全城都闹醒不成？"

"哼，"蒲契说，"也许是炸药太强了，不过现在好像并没有人来，你和西班牙鬼约翰往八马路走，我们则往七马路走，只要你静悄悄地走，就像普通行人一般，人家不会疑心的。"

但是小伊杀多大概和小孩子在一起，已经觉得腻了，因此他说他要跟哈雷他们一同走，于是我们这边只剩下大蒲契、小孩子和我三人。我们分手走后，突然有两个警士从他们那边的拐角上冲出来。警士大概是听到那大炸声，赶来调查的。

当时马面哈雷等只要听大浦契的话，安安静静地走路，警士大概会完全忽略他们，因为谁也不会猜到邻近有人会用炸药开库的。但是马面哈雷眼睛一看到警察，立即拔枪射击，西班牙鬼也就跟着做。

那两个警察，一个中枪，便倒在地下，但是四面八方可都有警察赶来，一边吹警笛，一边开枪，情形相当热闹，特别是有一部分警士不去追赶哈雷，却在邻近搜探，发现哈雷的朋友那当守门的，给人捆得紧紧的。守门的说，有匪徒把他公司的保险库炸开了。

这一切发生时，我们则往另外一方向朝七马路走。大蒲契手里抱着小孩子，小孩子则大声啼叫。小孩子大概是喜欢听那刚才好玩的大炸声，现在吵着要再听一遍。不管是怎么，小孩子拼着命啼叫，打破他本人啼叫的记录。大蒲契对我这么说：

"我不跑，因为警察一看见我在跑，他们便开枪，说不定会打中小孩子，而且一跑起来，他吃的乳会震得吐出来。内人时常警告我，叫我于小孩子吃饱乳的时候，千万不要震动他。"

"哼，蒲契，"我说，"我既没吃乳，又不怕什么震动，要是你不在意的话，我到拐弯的地方想拔开脚跑一段。"

当时我们走到拐弯上，前面迎头走来两三个警察，中间且有一个肥胖的警官。警察中的一个，喘呼呼地透不过气来，仿佛是刚刚赛跑回来似的。他在对警官说，这条街上有人炸开保险库，逃走时开枪打中两位警士。

朝着他们走的是大蒲契，手里抱着小孩子，衬衫里藏有两万元钱，过去又是犯案累累的。

我实在替大蒲契很不好过，同时又为自己觉得不好过。我对自己说，这次事情完结以后，我一生只得与传教士做朋友。我记得当时也想起自己比蒲契幸运一点，不必终生坐星星牢狱，至于小孩子，不晓得法院要判他什么罪。小孩子还是在乱啼乱叫，大蒲契哄着说："喂、喂、喂，爸爸的小宝贝。"随后我听见一个警察对警官说：

"我们还是把这些家伙逮住吧。也许和这案子有关的。"

胖警官朝大蒲契踱来时，我看得出我们都完了。但是警官并没有伸手来抓蒲契，只是指着小孩子很同情地问道："牙齿？"

"不是，"大蒲契说，"不是牙齿，肠疝。我刚刚把这位大夫从床上喊醒，一同上药铺配药去。"

这话我自然十分惊奇，因为我不是大夫，而小孩子要是有肠疝，那真活该。

我一边在盼望他们不至于查问我的学位时,胖警官又说道:

"真麻烦,我知道的。我家里也有三个小的。但是,"他说,"照我看还是像生牙齿,不像肠疝。"

后来蒲契和我走开时,我听见那胖警官很讽刺地申斥那警察道:

"好,有人抱着小孩去炸保险库的!你将来一定做名大侦探!"

后来我听人家说,马面哈雷等顺利地逃回勃鲁克林,只是稍为受伤,同时他们所打伤的警察,也不十分严重。此后我好几天没看见大蒲契,要是由我自己做主的话,我几年都不想见他。只是有一天晚上,他倒找上我来了,好像为了什么兴高采烈似的。

"喂,"大蒲契对我说,"你也知道,我从来不说警察有什么智识本领的,但是那天夜上我们所碰到的那位警官,可是太聪明。他猜得不错,小孩子啼叫的原因,真是发牙,因为昨天果真长牙齿了。"

侵吞存款者

一

  我第一次的碰见她，是她有一天夜里上我家里来。她先打电话来问我，可否见见我，因为有公事要商量。我不知道她要谈什么公事，大概是银行里的什么事。当时我正在安尼达街小支行代理主任的职务。我们这银行在格兰戴尔区本有三家支行，而这一家又是顶小的——其实这支行在全行里组织最简单。我在落杉矶总行里的职务是副行长，奉派到这家支行来查账，不是查它办得不好，而是它办得太好了。这支行储蓄存款和商业存款的比例，比其他各分行高出一倍，于是老头子觉得得派个人来调查一下子，看看他们是不是发明了一种银行界的新技巧。

  这技巧我不久便发现了。原来是她的丈夫，名字叫做勃兰特，是这家支行的总出纳兼储蓄组的领组。他自命为那些来存款的工人们的救主，老是催迫他们储蓄，弄得工人们至少有一半在蓄款买房子，人人在银行里都有大户头。这对于银行固然有利，对于工人们本身亦有好处。只是我不喜欢勃兰特的为人，又不喜欢他做生意的方法。有一天我邀请他吃中饭，他因事忙，没有来。我只好等到那天银行关门后，约他上一家药铺去，趁着他喝牛乳的时候，问问他每星期怎么吸受那么多存款，他是否发明了一种新的办法，可以供给全行的采用。但是我们一上来便格格不相入，因为他以为我想指摘他，弄得我花了半个钟头的工夫，才使他心平气静下来。他是个怪人，人非常神经质，连同他说话都有困难。同时他又有推销圣诗者那神圣神气，这使你明白为什么他将拉存户这生意当为传教的工作。他的人大抵是三十左右，只是样子看起来还要老一点。他的人长得又高又瘦，头又开始在秃，只是走起路来驼背，脸色又是灰的，不像是身体健康的人。他喝了牛乳，吃了搭同牛乳送来的两块饼干后，他又从袋袋里拿出一个信封取出一颗药片，放在水里溶化，喝了下去。

  但是就在他弄明白我并不想指摘他后，他还是吞吞吐吐。他老是说储蓄存款办起来靠私人的努力，柜窗上的行员得使每位存户感觉到他对于存款增加，心里关切。有一次他说，你要使存户觉得你关切存户存款的增加，你本人得实在有这一种的感想。他这么说时，眼睛里闪着神圣的光彩，人有一刹那的小兴奋,过一会儿便没有了。我这么记录下来,他的人似乎并没有什么,其实却不然。一家大公司自然不喜欢人家全凭人情做生意。银行可以制度化,私人可不成,因为雇员一走,生意便全给拉走了。但是这也不是使我不满的唯一原因。他的人我根本不喜欢,为什么不喜欢我也不知道,其实我连知道都不想知道。

所以一两星期后他的太太打电话来,问我当天夜里可否在家里接见她,我当时的态度可不是太欢迎。

第一,她不上银行来看我,反而上我住的地方来,这事有点蹊跷;第二,她的拜访不见得有好消息;第三,要是她坐得太长久的话,一定弄得我赶不上去看拳赛,而这拳赛我想看又相当久了。

不过我当时又没法子回掉,还是答应见见她。我那菲律宾佣人沙姆要出去,我只好亲自预备好一个威士忌苏打的托盘。我心里暗忖,要是她也像他那么神圣,一看到这酒盘便吓得早点溜了。

她可是一点也不吓。她比他年轻得多,大抵是二十五岁左右,蓝眼睛,棕色头发,身段好到你眼睛舍不得离开。她的人是中等身段,但是四肢配合得那么好,显得人娇小玲珑。我不知道她的脸是否真的好看,就说她脸长得不好看,她的看人另有风度,引人入胜。她的牙齿又大又白,嘴唇稍为厚一点点。这么一来,她的人显得有闷闷不开心的模样,不过她的一条眉毛有一地方向上一弯,因此她有话要说时,她的脸全不动,只有眉弯扭一扭,但是这一扭的力量,比大部分女人所能讲的,有力量多了。

这一切倒使我愣了一下,完全出我意料之外。我接了她的外衣,跟着她走进起居室去。她坐在火炉前,捡起一根烟支在她手指甲上敲,向各方面张张看看。她眼睛落在酒盘上时,她已经点起烟卷来。她只是点点头,让烟卷的烟弯上一只眼睛来。"好的,我来一杯。"

我笑起来,倒一杯给她。我们所说的就是这么一句,但是这比我们谈一个钟头话还使我们接近一点。她问我几句关于我私人的话,问我是不是就是从前南加州大学足球队的前卫,因为我的姓名和那人恰巧相同。我对她说我就是那人,于是她便猜猜我的年龄。她猜的只差一岁,她猜三十二,而我可是三十三岁。她说她十二岁时看到我有一次截住敌人的递球,扑进敌队的球门。

那么她正是我所猜想的二十五岁了。她啜她的酒。我在火炉里加一块木头。对于拳赛我已经不太起劲了。

她喝完酒把杯子放下来，我要去给她再配一杯，她可作手势阻住我，说："哼。"

"啊，又要提讨厌的公事了。"

"恐怕有不好的消息要告诉你。"

"是什么呢？"

"查尔斯病了。"

"他的人是显得不健康。"

"他非动手术不可。"

"不晓得他害的是什么病！——要是我可以问的话？"

"说当然是可以说的，只是说起来烦死人。他害的是十二指肠溃疡，他又是那么不当心自己，至少他把他的胃糟蹋了。那么紧张工作，连中饭都不肯吃，做了许许多多他不应当做的事，弄到现在没法子收拾了。要是他早就小心当心自己，病也不至于这么严重。但是他只是拖，现在要是不赶紧想法子，那，那一定非常严重。我不如都给你说了吧。我今天得到他检查身体的报告。报告上说，要是他不立刻开刀，他一个月内就要死去。他，他肠子快穿了。"

"还有呢？"

"这部分倒不大好说。"

"……要多少钱？"

"噢，不是钱的问题。这早就办妥了。他保过险，那种什么病都包医的健康保险。问题是查尔斯本人。"

"我不大懂得你的意思。"

"我给他说了又说，他总觉得不必住院治病。我要是把医生的报告书拿给他看，说不定他也会肯的，只是这么一来，他的人要吓坏了。可是他的人那么一心一意工作，专心得有如发狂，绝对不肯离开银行。他觉得这些存户，这些工人们，要是没他催迫他们储蓄，迫着他们按期交款买房子，他们的一生便要毁了。这你听起来真傻，我也是。但是他，他可不肯离开。"

"你要我给他说去吗？"

"是的。不过还有别的。照我想,要是查尔斯知道他的工作有人仍旧照他的老样子做下去,而他的位子还空着等他,等他出院复职,那么他的就医,不必大闹大吵一顿。这就是我绕圈子说了半天的。您肯不肯让我代查尔斯的工作?"

"……哼——工作可是相当复杂的工作。"

"哦,那也没有什么。至少在我不算是复杂的。一切手续我都懂,就像他那么在行。我不只是曾跟着他催迫存户们节约储蓄,人头熟识。而且我也在银行里做过事,我就在这家银行里认识他。况且,我做起来一定替您做得好。只要您不反对我们把它当为家里事,传来传去。"

我考虑了几分钟,至少我是想考虑一下子。我心里暗忖,计算种种可以反对的原因,可是想不出什么重要的。其实要是勃兰特果真入医院,她进行代替,那在我再好也没有的了。因为我不必改组内部,暂时调升一位职员,弄得大家一场空欢喜,因为升也是暂时升的。不过我还不如说实话吧。我正在考虑上述这一切时,我同时又在考虑她。她可以到行里来帮忙几个星期,那在我也不是不愉快的。这女人我一看了就喜欢,而且我觉得她似乎很容易入手。

"那,那我想是没有问题的。"

"那您是答应的了。"

"是的——当然啦。"

"我听了心里好安慰。我最恨向人家求差使。"

"再来杯酒怎么样?"

"不要了,谢谢您。好吧,只要一点点。"

我给她再配了一杯酒,我们又谈谈她的丈夫。我讲她丈夫的工作,引起了总行的注意,她听了似乎心里高兴。但是我的话突然冲口而出:"你又是怎么样子一个人呢?"

"嘿——我以为给你说过了的。"

"是的,但是我想多知道一点。"

"哦,我不是什么了不起的人物,抱歉得很。我来想想看。我生于细泽西州的普林斯顿,名字一时没有定,因为亲戚间争论不一致。后来他们以为我的头发会转红色,便给我取了希拉这名字,因为它有爱尔兰音。后来——十岁时,被带到加利福尼亚来。我父亲应洛杉矶加州大学历史系的聘请。"

"还没有请教令尊的大名呢。"

"享利·罗林逊——"

"哦,是的,他的名字我听见过。"

"在你是什么博士,在我只是享克①。还有呢,让我想想看。中学毕业典礼时代表毕业同学致辞,人家给我上大学,但是我不肯去。自己出来找事做,就在我们这家小银行里。是应征报纸上的广告的。说我是十八岁,其实只有十六,在行里工作了三年,每年加一块钱薪水。后来查尔斯对我发生兴趣,我便嫁给他。"

"你可否解释'这'一点吗?"

"事情总有凑巧发生的,不可是吗?"

"好的好的,这也不干我的事,别提了。"

"你的意思是说,我们俩不相配?"

"有一点。"

"那好像是好久好久以前的事了,我不是说过我当时是十九岁吗?在那个年龄你很容易受到一种主义的影响。就叫它做理想主义吧?"

"……你现在还受影响吗?"

我不知道自己要说这,而我的声音显得有点发抖。她喝完酒站了起来。

"还有呢,让我想想看。我这小传记中还有什么别的呢?我有两个孩子,一个五岁,一个三岁,都是女的,长得都好看。还有——我在尤雷底斯女子歌咏团里唱低音……都讲完了,现在我得走了。"

"你车子停在什么地方?"

"我不开车子,我搭公共汽车来的。"

"那么,——我可以开车送你回去吗?"

"那我感激极了……还有一点,要是查尔斯知道我来找您,他一定会杀死我。我的意思是,关于他的事。我出来借口说要看电影去。明天您可别心不在焉地漏了出来。"

---

① 亨克为亨利的昵称,乡下农民的意思。

"这是你我间的秘密。"

"这听起来好像是鬼鬼祟祟,但是他的人好怪。"

我家住在好莱坞的法兰克林街,她是住在格兰戴尔区的山道上。开车的距离是二十分钟左右,但是当我们到她家门口时,我并没有停车,只是开过去。"我刚刚想起来,现在距离电影散场还早得多呢。"

"是的,可不是吗?"

我们开车上山。在这以前,我们谈笑风生,现在大家可忸怩起来,没有多少话说。当我车子又开进格兰戴尔时,亚历山大戏院正在散场。我把车子停在她家附近一个转弯上,让她下车。她和我握手。"多谢。"

"只要你给他说好了,他的职位便是你的。"

"……我好像是犯大罪似的,只是……"

"只是怎么?"

"我今天晚上很愉快。"

二

　　我是给她说妥了,她丈夫可不是那么容易。他死都不肯上医院去治病,只是吃吃药丸。关于这,她打电话给我三四次,而每次的电话谈话,似乎越来越长久。但是有一天他就在公事房的窗口跌倒了,逼得我租私人的救护车送他回家,而他到这时候也没有多少话说。人家把他送入医院,而第二天她就来代他。一切的经过正如她所对我说的。她的工作很顺手,而存户们也像从前那般踊跃存款。

　　他住医院的第一天夜里,我带一篮子水果去慰问,不过与其说是我私人的慰问,倒不如说我是代表银行。我去时她人也在那儿,我走时,我当然也提议以车子送她回家。于是我便送她回家。原来她已经喊女佣人住在家里陪小孩,因此我们只好开车兜兜风。第二天夜里,我开车送她上医院去,我的人在外边等,事后我们又一同去兜风。医院照了爱克思光后,便给他开刀。到了那时候,我和她一同乘车兜风已成为习惯了。我发现医院附近,有一家电影院专映新闻片的,因此她进院去望他病时,我便进戏院看体育新闻片,过后我们又一同去兜风一下子。

　　我不对她进攻,而她也不对我说我的人不像旁的男人,这一种的发展完全没有。我们谈谈她的小孩,我们看的书籍,有时她回忆我踢足球的时代,讲她曾看见我在足球场上的表演。但是大部分时间我们只是默然相对。后来她说医生不肯让她丈夫出院,非等到病完全好才可以出来,这消息我听起来心中高兴。他就是呆到圣诞节才出院,我一点也不恼。

　　我不是早就对你说过,安尼达街这家支行,是我们银行组织最小的,只是街角上一间小房子,旁边一条小巷子,对街一间药铺。支行雇用的人员一共六位,一位是主任,一位总出纳,两位出纳员,一位女记账的,一位行警。原来的主任已经调走,现由我暂时代理。希拉代理她丈夫的总出纳。两位出纳,一个叫做施涅宁,一个叫做赫尔姆。记账的是邱琦小姐,行警的名字是阿特勒。邱小姐很逢迎我,至少我有这一种的感觉。行中职员本来轮流吃中饭,而她老是坚持我以一个钟头时间去吃中饭,我不必赶回来。由她去代理人家站柜窗,她说的总是这么一套。但是我总以为有苦大家一同苦,也像旁人以半个钟头为中饭时间。柜窗没人应付我便去代理,因此有时我离开自己的写字台有一两钟头之久。

有一天希拉出去,行员们稍为早点回来,因此我也出去吃中饭。行员们都在街口一家小咖啡店吃中饭,因此我也上那里吃去。我进去时,她单独坐在一只桌子上。我本来会坐到她桌子上去,只是她头也没有抬,我只好拣隔开她一两桌子远的座位坐下。她抽着烟卷望着窗外,过一会儿她把烟卷儿浸湿,走到我的身边来。

"你今天有点类似怠工吧,勃兰特太太?"

"我是在听听人家谈话。"

"哦——你听的是转弯上那两个人吗?"

"你不认得那胖子吗?"

"不,不认得。"

"他就是班尼·凯撒,格兰戴尔最重要的家具商。你总见过他的广告吧。"

"他不是正要盖一幢什么大厦吗?我们岂不是替他代销证券还是什么?"

"他不肯卖证券。房子是他的房子,大门上凿有他的姓名,他盖起来要全靠他一人的力量。但是他的力量不十分够。房子现在盖了一层,他得付一笔款子给包工的。他需要十万元钱。假定有个聪明的女孩子,替你拉了这笔生意,你给她加点薪水的吧。"

"这生意'她'怎么拉得到呢?"

"性感!你以为我没有吗?"

"我并没有说你没有。"

"你还是不说的好。"

"那么这是解决的了。"

"还有呢?"

"他这第一层楼的款,什么时候应当付?"

"明天。"

"哦,那我们没有多少时间可以工作了。"

"这事你由'我'做去,'我'一定替你做成功。"

"好的,这笔借款如果成功,给你加薪二元。"

"二元半。"

"好的好的——二元半。"

"那我要迟到了。我讲银行方面。"

"你的柜窗由我代理。"

于是我便回银行去,代理她的柜窗。大约二点钟时,有个卡车夫进来,找赫尔姆兑了一张支票,事后又来找我,存十元钱。我接了他的存支款簿,上了账,把十元钱搁在一边,以便她回来时,放在现金箱里。"现金箱"者,是银行里放一切现款的箱子,人走开时便把箱子锁了起来,现款的数目则每个月检查一次。但是我一把档案里的卡片找出来时,却发现存户卡片上结款的余额,比那存支款簿少了一百五十元。

照银行里的规矩,出了什么岔子可不能够叫存户觉察到。你脸上得笑嘻嘻,假装做什么都没有毛病。这从主顾的立场也是对的,因为存款簿上告诉他有多少钱,我们怎么耍把戏与他无关。话虽然这么说,我脸上虽然这么笑,可是嘴唇有点发冷。我再捡起他的存支款簿来,假装还有什么手续尚未办妥,糊里糊涂地滴了一大滴墨水下去。"啊哟,这太好了。可不是吗?"

"你倒是画了图了。"

"我给你说,我现在手头忙一点——你可否将这簿子留在我这里?下次你到行里来时,我给你预备好一本新簿子。"

"随便你怎么办都行,老板。"

"这簿子本来也破烂了。"

"是的,有点儿油腻。"

到这时候,我已经开好一张收条,当着他的脸前把存款数额抄了下来递给他。他一走开我便把簿子放在一边。我这么做已经耽误了一点时间,又有三个人排好队要存款。起先两本簿子与卡片没有出入,但是第三本簿子又比卡片上的余额少两百元。我刚才滴墨水的把戏他虽然目睹,但是他这簿子我非扣下来不可。我在那簿子上上账,又是一大滴墨水。

"喂,你得换根新笔了。"

"应该换的新出纳。老实告诉你,我对于这事有点生手,临时代理勃兰特夫人,而且我又得赶。只要你可以把这簿子交给我,那么——"

"那没有关系。"

我写了收条,签了名。他一走开,我也就将那簿子放在一边。这时候柜窗前没有人,我可以稍为喘口气,对对那两本簿子和卡片上的账目。我们的账上有廿五元、五十元等等数次的支出,但是存支款簿中全没有记录。这可非记在簿子上不可。存户要提款的时候,他非把簿子带来不可,因为这簿子是他和银行定的契约,他要支多少款,我们非先把那数额写下来不可。

我开始觉得有点胃痛,我想起勃兰特的吞吞吐吐,解释他的工作全讲人情。我想起他的拒绝上医院,要是在旁的行员,上医院治病正是求之不得。我又想起希拉第一次来看我那晚上,她讲勃兰特怎么认真工作,要求我让她代理他的职务。

我心里在盘算这一切的时候,手是在翻那些卡片。我第一次检查那些卡片时,头一定有点糊涂。但是我第二次仔细一看,发现两张卡片上每一次支出的款项,都有淡铅笔的记号。我骤然想起,这铅笔记号也许就是他的密码。他要干这种玩意儿,非有密码不可。有时候存户忘记带簿子来、问问他有多少存款,勃兰特可要说得出来。我把所有的卡片翻一翻,有淡铅笔记号的,至少有一半以上,而所有的记号,都是支出,完全没有存入。我本想把这些支出的总额用加算机加一加。但是不行,我就怕邱小姐又来讨好,要替我服务。我只好慢慢地翻那些卡片,一张一张地用脑计算。我的计算是否准确,我可不晓得。我本来擅长心算,上戏台表演都没有什么困难,只是我的人太兴奋,因此没有把握。对付这一天的事倒没有多少关系,我不会算得太差。我翻完卡片后,那些淡铅笔号总加起来一共是八千五百元以上。

那天下午三时左右银行快要关门的时候,希拉领着那胖子班尼·凯撒进来。几个月来,我们找了多少熟人向他说,愿意替他代销证券,但是都是失败。现在希拉可把他领着来了,由此可见女人的魔力。他生平未借过一元钱。他不但不喜欢借钱,而且觉得怪不好意思,连看都不敢看我。她叫他从容自在的方法,是不跟他争辩,只是拍拍他的手。他那样子忍气吞声,看起来的确可怜。过一会儿她给我一个暗号,叫大家走开。于是我便走回去,把保险库一关,叫其余的行员赶快出去。随后我们办他的事,由我打电话给总行。得了总行的同意，而他也于四点半钟时走了。她相当兴奋地伸出只手给我，我也接了过来。她开始在地板上扭来扭去，一边捏响手指，一边唱歌，一边跳舞。突然间她停下来，双手往身外张，好像要从身上拂开什么似的。

"哼——我身上是有什么吧？"

"……没有啊。为什么呢？"

"你'瞪'着眼看我——有一个钟头！"

"我是——在看衣服。"

"衣服上难道说有什么吗？"

"和普通银行里女职员穿的不同。不，不像办公用的服装。"

"我自己缝的。"

"原来是这个原因。"

三

老兄,要是你要知道你想一个女人到什么程度,只要想起她是在玩弄你,我回家时全身发抖,我即上楼睡在床上还在发抖。我知道这事一团糟,而我非有行动不可。但是我想来想去,只是她的放白鸽子,至少我以为她是在放白鸽子,而我又是好一个大傻瓜。我一想起我们的兜风,一想起我的人太斯文,不敢动手脚,我的脸立即红烫烫。随后我又想起她在背后一定笑我,笑我太不会了。过一会儿我想起今天晚上来。我已约好送她上医院去,就像上星期一般。现在我怎么办,我心里想和她断绝来往,叫她白等一次,但是又做不下去。她在银行里说我怎么瞪着眼看她,现在我不去会她,她也许有所误会。这一步我还没准备好。不论我将来要采取什么行动,我目前不要有任何束缚,以便我有考虑的时间。

于是我便在她家附近街上等她——这是我们约定的地点,因为要是我夜夜上她家门口去,恐怕邻人会讲闲话。几分钟后她出来了,我便在喇叭上轻轻地一按,她随即上了车。她没提起我下午瞪着眼看她或是讲过的事,她老是讲凯撒这笔好生意,以后这种生意有的是,只要我肯让她出去活动。我也随口敷衍,而她的态度自从我们认识以后,这次初次稍为有点风骚,其实所谓风骚者,也没有什么,她只是讲我们俩合作多好,只要我们认真做一做。但是这使我想起我下午的脸红,因此她进医院去时,我这人又在发抖。

那天夜里我没去看新闻片,她望他的病整整一个钟头,我闷坐车里等,越等越生气,出医院来的女人我恨,而当她爬上车来时,我忽然想起一个主意。要是这是她耍的把戏,她肯耍到什么程度?我看着她点了一根烟枝,我的嘴又干又热,我不久便可以知道。因此我的车子既不往山上开,又不往海边去,我一直开回家。

我们走了进去,我燃起炉火来,电灯可没有开。我推说要找酒瓶子,走到厨房里去。其实我是去看看佣人沙姆是否在家。他不在,他非得到一两点钟才回来,那么他是没有问题的了。我弄好配酒的托盘,端到起居室去。她已经脱了帽子,坐在火前或是火的一边。我起居室里有两张沙发,都是半朝着火炉。她人正坐在一张沙发上，摆着一只脚烤火。我配了两杯威士忌，放在两沙发间的矮桌子上，人便在她的旁边坐下。她抬起头来，拿起杯子来啜。我打浑说她的眼睛在火光下好黑，她说她眼睛可是蓝色的，但是从她的声调，似乎我多说这一种的话也没有关系，我伸只手抱她。

说起来女人要是不愿意，有种种方法阻止男人的进攻，方法多得可以写成一部书。要是她给你一记耳光子，那她是个傻小子，你不如回家算了。要是她讲了许多不相干的话，使"你"觉得好像是傻瓜似的，那她自己还有点糊涂，你最好不要再去麻烦她。不过要是她阻挡你，恰到好处。你一方面是受了阻挡，同时又说发生什么事，你又不觉得你是傻瓜。那么，她胸有成竹，你可以周旋下去，等着机会，而将来果真有什么，你也不至于第二天醒转来有什么懊恼。她的对付我就是用最后这一个办法，她既不挣开身，又不表现惊奇的模样，又不胡说一顿。但是她可又不成就我，这么过了一两分钟。她靠近前去拿她的杯子，等她靠回来时，人可不在我怀抱中了。

我心里太慌乱，早就断定她是烂污货，对于她的这一套既不留心，也不想想其意义。我只从一刹那间想起银行里那存款的亏空，我现在这么混下去，正上了她的圈套，永远无法脱身。但是这个念头只是使我的嘴唇更干更烫。

我又伸只手抱她，拉她就我，她没有动作，什么都没有。我的面颊往她的一靠，开始搜寻她的嘴。对于这她也没有什么动作，只是她的嘴总是不容易找到。我的手放在她面颊上，故意让手滑到她的脖子上，解开她衣服上最上面的纽扣。她拉开我的手，扣上她的纽扣，又是靠近前去拿酒，于是她一坐回来时，她又是不在我的怀抱中。

她这次啜酒啜得长久，我只是坐在那儿看着她，她酒杯一放下去时，我趁她还没靠回去以前便抢着先抱她。同时我的另外一只手往外一张，拉起她的袍子，一直到她吊袜带和腰带连在一起的地方。当时她什么行动我不知道，因为我所发现的出于意料之外，她的腿是那么美丽，那么软，那么暖，我的喉咙突然给件什么塞住，一刹那间人全糊涂了。等到我人清醒时，她的人是站在火炉前，板着脸看我。"你可否告诉我，你今天夜里究竟是怎么啦？"

"嗳——没有什么啊。"

"对不起，我要知道。"

"嗳,我觉得你有刺激性,没有什么别的。"

"是不是我做了什么事?"

"我倒没有觉察到。"

"你的人变了,我又不晓得是什么。自从我今天带凯撒进银行以来,你老是以一种冷冰冰的丑样子盯我,是什么呢? 是不是因为我于中饭时提起我的性感?"

"哼,这你是有的,我们已经同意了。"

"你知道我心里怎么想?"

"不知道,我可是想知道。"

"我想大概是我的那句话还是什么,使你突然觉悟我是个已婚的女人,我的来看你太少了,因此你现在得遵守古来男性的传统习惯,对我献殷勤。"

"无论如何,我是在努力。"

她伸手要去拿酒,可又改变心思,点起一根烟卷儿。她在那站一会儿,眼睛望着火,吐出香烟。随后:

"……我并没说这是办不得的,我的家庭生活最近一年来毕竟不是完满的,你丈夫上麻药醒过来时,你坐在旁边听他喊的名字,不是你而是另外一个女人,这不是愉快的。我的夜夜跟你出去兜风,大概就是为此。可以说是呼吸一点愉快的空气,其实比这还要有意义,有点浪漫的色彩。要是我说这在我没有多少意义,那我是在撒谎。特别是月光下的片刻,那太有意义了。后来今天我拉到凯撒这笔生意,我的人非常兴奋,倒不是因为我替银行拉了一笔生意。这我完全不关心——也不是因为加薪二元半——这我更不关心——,而是因为这是我们初次合作成功的事。我们今天夜里有谈话的资料,还有,哼,月亮下的片刻,非常明亮的月亮,但是一进银行不到一两分钟,我便注意到你那眼睛里的神气。而今天晚上,你,你太可怕了。照我想,这件事要办也办得到,恐怕我的人也是太近人情的,但是这个方式可不行。以后再也不许,我可以借用你的电话吗?"

我以为她实在要的洗澡,因此我便带她到卧房里去,那里边有电话分机,我坐在火边等了好一会,我的头糊里糊涂,因为一切都出于我意料之外,我心底有个地方有什么在咬我,叫我把一切都对她说,可是突然间门铃响了。我打开门一看,原来是位出租汽车的车夫。

"你喊汽车吧?"

"没有啊,没人喊汽车。"

他摸出一张纸头来看时,她可下楼来了。"大概是我的车子。"

"哦,原来是你喊的?"

"是的,多谢你,今天晚上太愉快了"。

她的人像死人的脚那么冷,而在我想不出什么话对她说以前,她的人已一溜烟走了。我看着她上车子,看着车子开走,然后回转身关了门,回到自己的起居室。我在沙发上时还闻得到她的香水味,她的酒杯还半满着。我喉咙里又是难过起来,一边开始大声咒骂我自己,一边倒一杯酒来喝。

我本想知道她究竟是在玩什么把戏,结果只发现我爱她爱得疯了,我想了又想,结果弄得脑子里糊里糊涂,因为她所做所说的,都不足以证明什么。她也许是讲真的,也许是在骗我,把我当成一个更大傻瓜,一切随便由她摆布,一点好处也不给我。在银行里时,她待我就像她旁人一样,客客气气,愉愉快快。我不再送她上医院去,这么经过了三四天。

每月检查现金的那一天终于到了。我总是在哄我自己,说我得于这一天以前,处置那亏空问题。那一天我和赫尔姆一同出巡,检查所有的现金箱。人人将现金箱打开,由赫尔姆先算,由我复算。我计算她的现金时,她不动声色地站在一边,计算的结果自然全无差额,这我心里老早就猜得到。人家一两年来早已捏造假账以弥补差额,因此一个月的检查不容易看得出来。

那天下午我回家,自己考虑结果,决心等我先和她谈一谈以后,再采取处置的方法。

因此那天夜里我又开车到格兰戴尔去,停在我一向停车等她的老地方。我去得早,害怕她因为要赶公共汽车而早出门。我等了好久,到了差不多我不想等的时候,她可出来了,时间是七点半左右,走得很快。我等她走到一百码远的地方,才轻轻掀喇叭,一如往日的暗号。她拔开腿来跑,我心里慌得好难过,以为她要跑离开,因此我看都不敢看。我才不给她看到我的表情。但是在我弄清楚以前,车门已经拉开、拉关,她的人就在旁边的座位上,一只手捏着我手,半低语道:

"你来我真高兴,真高兴。"

在上医院去的道上我们不大说话。我去看新闻片,片上做的是什么我看不出。我心里老是在盘算我所要对她说的话,至少是我所想对她说的话。但是我每一次开口,心里总是转到她的家庭生活,急于想知道勃兰特是否真的有另外一个女人,或是这一类的事。这就是说我本人要她,这又是说我要迫我自己相信,她对于亏空的事全不知道。她的对于我是玩真的,她是实在喜欢我的。我回到我的车子上去,不久她便出院来了,跑下台阶来。随后她一站站住,仿佛在考虑什么似的,这以后她才朝车子走来,不过已不是跑的了。她慢慢地走,她一上来时,身体往后一靠,眼睛闭着。

"达夫?"

她喊我的名字这是第一次,我觉得自己的心跳起来。"是的,希拉?"

"今天夜里烤烤火去好不好?"

"那太好了?"

"我——我有话要对你说?"

于是我便开车回家,沙姆开门给我们进去,但是我立即打发他走了。我们到起居室去,这次我又是不开灯。她帮我点起火来,我则转身预备到厨房去拿酒,但是她阻住我。

"我不想喝酒,除非你想喝。"

"不,我不大喝酒的。"

"我们坐下来吧。"

她坐在她一向坐的沙发上,我则坐在她的旁边。我不动手脚,她望着火好久,随后拉我的手去抱她。"我不可怕吗?"

"不。"

"这儿我要。"

我开始吻她,但是她伸起手来,用手指遮我的嘴唇,随即又推开我的脸。她把头靠在我肩上,眼睛闭了起来。我们半天不响后,她才说:"达夫,我有件事非告诉你不可。"

"什么事?"

"讲起来惨得很,又和银行有关的,要是你不愿意我以这个方式对你说,你只要说一声我便回家不说了。"

"……好的,说吧。"

"查尔斯的账目亏空。"

"多少?"

"九千元多一点点,九一一三、二六,要是你要准确的数目的话。我早就有疑心,我注意到有一两点可疑,我老是说我记账记错了,但是今天夜里我迫着承认了。"

"哼。这可不是好消息。"

"不好到什么程度?"

"相当坏。"

"达夫,你老老实实告诉我,我非知道不可,人家怎么处置他?是不是坐牢间了?"

"恐怕是的。"

"究竟人家会怎么处置他?"

"那大部分得看银行的方面,要是他们严厉起来,那他别想人家的慈悲,这是硬碰硬的。他们逮捕他,提起诉讼,进一步那得看他们逼得紧不紧,上法院的状文是怎么措词。当然啦,有时情有可原的——"

"没有什么情有可原的,他这钱既不是花在我的身上,又不是花在他女儿们或是家庭方面,我的开支不超出他的薪水,而且我每星期还替他储蓄一点钱。"

"是的,我看到过你的账目。"

"他花在另外一个女人身上。"

"原来是这样子。"

"要是侵吞的款补回去,是不是不同一点。"

"那就大大不同。"

"那么人家是不是就让他自由了?"

"这又是全靠银行方面,他和他们讲的是怎么一个条件,他们或者以补款为条件就行了。但是一般地讲,他们是不会宽恕的。他们要宽恕也不行,因为从他们的立场,今年一个行员从宽处理,明年一定又有一个行员想侵吞公款。"

"要是他们全不知道的话呢?"

"你这话我不懂。"

"假使我有法子把款补回去,假使我有法子筹到一笔款的话,把所有的账目都改正了,那么谁也不会知道有什么岔子。"

"那办不到。"

"办得到的。"

"从存户的存支款簿就会露出马脚来。不过是迟早罢了。"

"我的法子不会的。"

"那——我还得想想看。"

"你知道这对于我的重要吧?"

"大概知道的。"

"那也不是因为我的关系,或是查尔斯的关系。我本来不想害任何人,不过要是他有罪,那活该受刑罚。问题是在我的两个女儿。我不要她们一生老是想到她们的父亲是个罪犯,坐过牢间。达夫你,你可以明白这个的重要性吗?"

自从她开口以来,我现在第一次看她。她的人虽还在我的怀抱中,但是半扭着身紧张地看着我,她的眼睛仿佛是受鬼追逐似的。我拍拍她的头,想考虑一下子。但是我知道有一件事我非做不可。我这一方面也得坦白。她已经坦白地对我说了,而至少我暂时相信她的。我非说给她听不可。

"希拉?"

"是的。"

"我有件事得告诉你。"

"……是什么,达夫?"

"这我早就知道了。至少有一星期。"

"那你那天盯着我就是为着这吗?"

"是的。那天夜里的那么做,也是为着这。我以为你早就知道的。我以为你第一次上这里来要求代理他的职务时,你便知道了的。我以为你想骗我、利用我。于是我想知道我就是给你利用了,你肯做到什么地步。哼——现在'这'讲清楚了。"

现在她坐了起来,严厉地看着我。

"达夫,这我是不知道的。"

"我现在知道你是不知情的,我知道了。"

"我只知道她——他那来往的女人。有时候我奇怪他什么地方弄到钱来。但是这,我可全不知道。一直到两三天前,我开始发现存支簿的差额。"

"是的,我也是从这发现的。"

"你的想诱奸我也是为这吧?"

"是的。不过我做来不很自然。我骗不了你。我想说的是,我并不是存心那样待你。我的需要你是在各方面,但是我是玩真的,你明白我所要讲的吧?"

她点点头,而突然间我们拥抱起来,我吻她,她吻我,她的嘴唇又暖又软,而我喉咙里又有了那种不好过的感觉,仿佛我要哭还是什么。我们坐在那儿好久,没说什么话,只是彼此拥抱着。一直到我们是在她回家的半途上,我们才想起那亏空应当怎么办。她又是求我,免得她的女儿们一生蒙羞。我说是说我还得考虑考虑。而我心里知道,她凡有什么要求我总会答应的。

四

"你从哪里筹到这笔款子?"

"只有一个地方有可能性,"

"是什么地方呢?"

"我父亲。"

"他有那么多的钱吗?"

"我不知道……他那房子是他的,在西林那边,抵押起来,可以有点款子。此外他又有一点积蓄,我也不晓得是多少。只是最近几年来,他的独生女儿没有花过他老人家一元钱,我猜想他筹得出来的。"

"他会有哪一种感想呢?"

"他一定恨,他的肯借给我,不会因为查尔斯。他对于查尔斯没有好感,这我可以告诉你,而且也不是因为我。当时我想嫁给查尔斯时,他很不高兴。后来我果真嫁给他,他老人家,哼,我们不说好了。他为他的两位孙女也许肯。噢,真是一团糟。太可怕了。"

第二天夜里我们坐在车子里看风景,车子是停在一个高台上,俯瞰海洋。时间大概是八点半,因为她在医院里只坐了一会儿。她坐着看海滨的浪花,忽然间提议索性上她父亲那儿去。我开车去时,她没多少话说。我把车子停在屋子附近,她走了进去,一去去了好久。她出来时大约有十一点钟了,她上了车子才哭起来,而我又没法子想。她哭得安定一点后,我问道:

"哼,运气怎么样了?"

"哦,他肯是肯的,只是好不痛快。"

"要是他发恼的话,你也不能多怪他。"

"他并不发恼。他只是坐在那儿摇头,他的肯筹款给我倒是不成问题的;但是,达夫,他老人家付款买这房子,一共付了十五年,去年刚刚付完。他喜欢的话,他大可以到加拿大去避暑,妈妈也可以一同去。现在这一切都完了,他得重新付起,说起来只是因为这件事。他可一句话都没有说。"

"你母亲怎么说?"

"我没告诉她,我想他会对她说的,我可说不出口。我等到她上床。我因此耽搁了这么长久。十五年每年每月节约付款,现在都完了,只因为查尔斯迷上了一个不值一文钱的笨货。"

我那天夜里睡得不很好,我老是在想那老历史教授,他的房子,希拉,躺在病院里的勃兰特,肚子里还有一个管子,在这以前我很少想起他。我不喜欢他,而他既与希拉闹翻了,那我又何必多去想他。现在我可想起他来,想知道他迷上了的笨货是谁,而他的爱她是否就像我的爱希拉。后来我想起我的爱她,是否会到了为她而侵吞公款的程度。这念头使我在床上坐了起来,凝视着窗外的暗夜。我可以说我不会的,我从来没从人家偷过什么,我将来也不会。然而现在这案子我可混在里边了。我发现那差额已有一星期,但是我对总行一句也没有提,而且还要帮忙她遮掩一切。

这时候我心里想起勃兰特的一点,我再也不骗我自己了,我在床上艰苦地考虑了一下。虽然我不喜欢,但是我知道我非做不可。第二天夜里,我的车子不朝海边开,又是往家开,而不久我们又在火炉前了。这次我又配了一杯酒,因为至少我本人心已安。我抱着她好久才开口:"希拉?"

"是的?"

"我已经想定了。"

"达夫,你不是要送他坐牢吧?"

"不是,但是我已经决定,只有一个人可以敲他一下。"

"你指的是谁?"

"我。"

"我不明白。"

"好的,昨天夜里我送你见你父亲,他相当不好过。那房子他付款十五年,而现在都完了,他可一点好处也没有得到。为什么要他付款?我也有一幢房子,而且我也有我的好处。"

"'你'有什么好处呢?"

"你。"

"你在瞎讲什么?"

"我的意思是,我非筹出那九千元钱不可。"

"那不行。"

"算了,我们别再欺骗自己了。好的,就算勃兰特偷了存款,花在一个女人身上,他待你不好,他的女儿是你父亲的外孙,因此你父亲非筹款不可。这真太好了。但是可有一点:勃兰特是完了。他的人就在牢间的门口,他所受的手术又是最困难的手术,他的处境真如地狱。但是我呢——我在和他太太闹恋爱。他什么都完了,只剩有一个太太,而我现在又要把她弄走。好,这讲起来不太好听,但是这是我的感觉。至少我应当帮忙筹筹款。因此这款子我来办,你不必再麻烦你那老人家完了。"

"我不能够让你这么做。"

"为什么不?"

"要是你付款的话,那我的人就卖给你了。"

她站起来,开始在房间里踱来踱去。"你自己简直就说出来了。你说你抢人家的一个老婆,为心安起见,那人偷的款子你要代填。这在他再好也没有了,因为他本来老婆也不想要了。但是我的处境怎么样?我现在能对你说什么话呢?要是我让你付了那款子,我还有什么话对你说?那款子我没法子还你。就是十年的工夫,我还是没法子还你这九千元钱,我变成你的——人了。"

我看她走来走去,两手东摸摸家具,西摸摸家具,眼睛看都不看我。而我突然间有了一种蛮狂的热情,血就在我头上跳。我走过去,拉她过来,面对着我。

"听,觉得一个女人值得九千元钱的男人并不多,那又怎么样?你不要人家买你吗?"

我一把抱住她,嘴唇往她的冲上去。"那么困难吗?"

她张开嘴,弄得我们的牙齿格格作响,差不多不能够透气:"那太好了,太好了。"

随即她重重地吻我。"那么方才你对我说的,都是假的?"

"假的,都是假的,哦,给人家买太好了,我觉得好像是个脸上披纱,穿土耳其裙的女奴——我再喜欢也没有的了。"

"现在——我们把钱补回去。"

"好的,一同做。"

"我们明天就动手。"

"说来好怪,我的人完全受你控制。我是你的奴婢,我觉得非常安全,一生再也不会出什么岔子。"

"说得对,在你是无期徒刑。"

"达夫,我爱上人了。"

"我也是。"

五

要是你以为偷银行的钱困难，那你猜得不错。但是要补钱回去，那更困难。那家伙撒的滥污也许我还没有讲得十分明白。第一点，银行闹亏空总是在储蓄部，因为储蓄存款用不到什么结账书。活期的商业存款则每个月都得有结账通知书。储蓄存款户则没有，账目都记在存支款簿上，而这簿子就是等于结账通知书。他们从未见到银行的卡片，因此这种作弊要闹了好久才有人发现，而发现又多是偶然的发现。就以这个案子来讲吧，勃兰特想不到会进医院的。

勃兰特以私人教情那一套作为舞弊的掩幕，因此每个储蓄存户都直接找他。他这么做当然会引起主管者的疑心，但是他既拉来那么多户头，又不好意思去责备他。他这么一来，储蓄部的文卷由他一管，存户直接找他，一切的布置都办妥了，再进一步的就像普通人家的舞弊。他先选那些不会出毛病的户头，自己填了一张支款单，大约是五十元左右，伪造存户的签字——他这签字也不必什么特别工夫，因为那支款单只交他自己保管，不必经过他人的鉴识。随后他放五十元钱在腰包里，而那假的支款单就可以平衡现款的数额。我们的卡片总得平衡，因此他在卡片上也记上支出的项目，只是在这些假支出的后边，他都加上淡铅笔的记号，那么万一存户来询问时，存款余额的确切数字他回答得出。

现在你要补款回去，你有什么法子使得每天的现金额平衡，卡片上账目平衡，存支款簿上的账目平衡，同时又要弄得一点痕迹都没有，将来稽核来查账，完全看不出来。这倒难住我了，弄得我脚冷相当久时间。据我的主张，不如干脆报告总行，由希拉出面填报——她也不必说款子从什么地方弄来的——让银行把勃兰特开除了。要是亏空的款都付清，银行方面大致不至于怎么严办他。但是希拉可反对我的主张。她怕银行会送他坐牢间。这么一来，钱是白白地还了，女儿们一生蒙羞，那岂不是都白做了吗？对于这我没有多少话说。我推想银行不会严办他，但是我可没有把握。

想出主意来的还是希拉。有一天夜里我们在外边兜风，大概就在我告诉她由我填款的一两天后。她说:"卡片,现金,和派司簿,是吗?"

"就是这三关。"

"卡片和现金倒容易的。"

"别胡吹。"

"款子的放回去,就照从前他支出来的办法。只是这次捏造不是支款单,而是存款单。这么一来,现金平衡,过账平衡,卡片平衡。"

"派司簿可不平衡。听,只要有一本簿子——只要一本——会泄露秘密的话,那我们便完了。我们唯一的侥幸,就靠人家的不疑心,从来没有人质问。而且,除非每本派司簿我们都对过账,我们动都不敢动。我们自以为懂得他的密码,他那些淡的铅笔疤,但是我们一点把握也没有,也许他有的并没有记号。除非我们可以做得手脚完全干净,这我摸都不摸。他的进牢间是一件事,我们三个人一同坐牢,弄得我丢了饭碗还白赔了九千元钱,那我才不干。"

"那么第二步是派司簿。"

"就在派司簿。"

"一本派司簿要是填满账或是有什么错误,我们怎么办?"

"我们发一本新的,可不是吗?"

"里边进多少账?"

"大抵只有一条项目罢,发给他那一天的结存额。"

"那么好,这一条进账可不会露马脚。它和卡片对起来没有错误,除此以外,并没有旁的数字可以对一对多年来的提存。这么讲,每步都是完全的。我们银行对于旧的派司簿怎么处理呢?我讲普通银行的规矩。"

"哼——我们到底是怎么办啊?"

"我们把簿子放在一个榨洞机上,榨穿每一页,表示作废还给原来的存户。"

"那么,这东西是在人家的手里,稽核随时都可以召它回来查账。哼,这真是大帮忙。"

"但是要是存户不要的话呢?"

"你要讲的是什么?"

"要是存户不要的话,我们把它毁了。银行保留它有什么用处呢?而且簿子是存户的,不是我们的,但是存户又不要它。"

"这种旧簿子我们果真一向是毁的吗?"

"我撕破过成千的了……而这正是我们所要做的,从现在到下一次检查我们现金箱时为止,我们要把所有存户的簿子收回来,我们先把总数对一对,看一共是差多少,随后我们便发一本不会泄露什么的新派司簿。"

"存户要是质问为什么发新簿子呢?"

"他送旧簿子来时,并没有注意到簿子上的缝线太松,快要散开了,或者我不小心将口红染上了。或者我出主意给他,说为他的好运气,他应当有一本新簿子。这么一来,他有一本新簿子,上边只有一项账目,他的结存额。第二步是我又说'这本你不要罢?',我说的口气一定要使得那旧簿子似乎是有传染病菌。随后我就当他面前撕烂那簿子,往字纸篓一丢,好像这是我日常做的事。"

"要是他非要不可呢?"

"那我就把他放在榨洞机,榨完了洞才给他。但是我榨的洞恰巧就榨在总结数的上面,因此无人可以研究上边的数字,不管是他本人、稽核,还是任何什么人。我的榨洞,你知道每本簿子要榨五六次,结果他的簿子,就像是瑞士的乳酪,上边满满是洞。"

"你正在一定的地方榨洞时,他本人可就在柜台的那一边看着你,想知道你玩的是什么把戏。"

"哦不——顶多只要一二秒钟,我早已经练习好了。我一下子便可以做好……只是他不会要那簿子的,相信我,我知道怎么对付法。"

她话当中稍为带一点点恳求的口气,我非考虑不可。我考虑了一个时间,开始觉得她讲得也有她的道理,只要一切都顺手,但是我又想起另外一个困难。

"这种假造的账一共有多少?"

"四十七。"

"那你有什么方法叫人家都缴进来呢?"

"哼,结利息的日子到了,我大概可以用打字机打好小字条,通知存户来结息,上边的签字注明由我经手,那他们一来,会直接找我的。只要有一元多钱的利息要结,人人都会把簿子缴进来的。呈于打字机,打出的小字条,一切都是光明正大的,可不是吗?"

"是的,这种字条是最无害,最公开,最照规矩的。但是我想的是这一点,你发字条出去,一两天内所有的簿子都缴进来,你又不能够长期扣留这些簿子。"

"我一定得把这些簿子还给他们,或是发新的给他们,否则人家要起疑心了。"

"这就是讲,亏空的款子都得立即补还,这么一来,你的现金额突然大大激增。过账时这奇特的现象一定引起银行中人人的注意。"

"这我也想到了,那些字条我不是一道发出去,我每天送出四五张。就是簿子成批缴进来,我也可以把新簿子先发出去,卡片和我的现金箱方面则慢一点整理。每天只补三四百元,这数目也不见得多。"

"不,这不行,我们这么做的时候,完全没有保障,我们的部位完全暴露,一点点掩护都没有。我的意思是说,你在一步一步逐渐改造账目时,你的现金额和派司簿不平衡。要是忽然间有事,例如我被迫临时检查现金,或是总行召我回去一两天,或是你有了什么不能够来工作,那马脚就露出来了。你也许侥幸办得妥,但是,一切都得在下次检查现款以前办理好,那么只有二十一天了。而且你的现金额每天经常增加三四百元,人家会觉得奇怪。我的意思是说,银行当局会觉得奇怪。"

"那我有话说,我可以说我催着他们来存款,就像查尔斯那样子,照我想没有什么危险。只要钱补回去。"

于是我们果真这么做了,她把字条预备好,每次写三四张出去,最初几天的补款由我自己户头调款支付。后来我只好去抵押我的房子,我找联邦银行的人设法,用了一星期才借到。借到后我在外边另开一个户头,免得给行里的人知道。我借到了八千元钱,要是你以为这不算是怎么一回事,那你是没经验过押房子的痛苦。

第一本派司簿交进来时,她人出去吃中饭,幸喜是我在站柜窗。我把簿子接过来,发一张收据,但是邱小姐就在我三四步外打加算机,她听见我对存户说的话,而在我不知不觉中已经赶到我的身边。

"这我来替您做,班主任,我只要一分钟便办得好,他不必把簿子留在这里。"

"哼——还是由勃兰特太太办理罢。"

"哦,那,很好。"

她扭转身愤然而去,而我感觉到我手心的冷汗。那天夜里我警告希拉:"那姓邱的会坏事的。"

"怎么啦?"

"她那该死的献殷勤。今天她插进来,要替我结那簿子的账,我只好赶她走。"

"她由我来对付。"

"天啊,可别让她起疑心。"

"我不会的,你放心。"

从那时候起我们经常办理这种事,每天有三四本簿子缴进来,她则叫存户们隔天来取,当天夜里她做好新的卡片,告诉我她需要多少钱。我把她所需要的现款给了她。第二天,她将现款塞在她的现金箱里。随后又预备好新的簿子,等存户来取。我们这么做,一天一天迫近目标。两人都在祈求上天,希望全部款子付清前不会出什么岔子。我们平均每天放四百元钱进现金箱,有一两天稍为多一点。

我们开始做这工作后一星期左右,有一天夜里全行开跳舞聚餐大会。到会大约有一千人,地点就在落杉矶一家旅馆的大厅,盛极一时。他们办得一点也不小气,老头子不喜欢这么做,他就喜欢这一种家庭性质的大团聚,由他先讲几句话后跳舞会便开始了,他的人就站在一边看看,看看人家玩。我想你是听见过费格生的,他是这银行的发起人,你的眼睛一看到他,便知道他是位大亨。他的人长得并不高,但是笔挺坚实,此外又留一簇白须,使得他好像是个军人。

我们行员当然都得去。我和办事处的职员们坐在一张桌子上。邱小姐、赫尔姆、施涅宁、施涅宁的太太,还有希拉。我故意不和希拉坐在一起,我怕和她坐在一起。饭后跳舞开始时,我走过去和老头子握握手。他一向待我好,就像他的待任何什么人。他态度自然客气,小人物便不会有这一种的派头。他和我寒喧后说道:"你在格兰戴尔还预备呆多少久?你的任务快完了吧?"

我好像是浇了一盆冷水。要是他现在突然调我回总行,那填补亏空的事一定糟糕了,这样子半是亏空半是补了款,人家发现起来那才怪。

"嗳!行长,要是可能的话,我想呆到这个月月底。"

"……要那么久吗?"

"哼!我找到一点我觉得是值得彻底研究的。事实上我正在想于报告外另写一篇文章。我想把那文章投到《美国银行月刊》,只要行长再给我一些时间——"

"那你再呆下去好了。"

"我在那边待下去,对于本行大概没有什么坏处。"

"我只盼行员们多写文章。"

"这可以稍为增加我们的声望。"

"——还可以使他们动动脑筋想一想!"

我信口扯河,糊里糊涂说下去。写文章是我临时想起的,你猜得出来我有什么感觉。我觉得自己下作,正因为他待我好,我更不好受。我们站着谈几分钟。他说他明天就要到檀香山去,一个月内回来。回来时要拜读我的大作。随后他指一指舞池那边:"那穿蓝的女孩子是谁?"

"勃兰特太太。"

"哦是她,我想跟她谈谈。"

我们躲闪拥挤的舞伴,走到希拉和赫尔姆跳舞的地方。他们俩停了下来,我便介绍老头子给他们认得。老头子问勃兰特手术以后怎么样,随即抢着希拉跳舞去了。后来舞会散时,我在外边等着送她回家,我人的心境可不好。

"你怎么啦,达夫?"

"只是不好意思正眼看着老头子。"

"你是不是心慌?"

"只是有点太紧张了。"

"要是你心慌想退出的话,我也不会埋怨你,一点都不会。"

"我想说的只是盼望早一天可以弄掉那混账,早一天把他踢出银行和我们的生活,我才会快乐。"

"只要二星期。"

"他怎么样？"

"他星期六出院。"

"那很好。"

"他一时还不回家来。大夫一定要他上箭头湖去休养一个时期，大概要三四星期。那儿他有朋友。"

"哼，你对他说了什么没有？"

"什么都没有说。"

"什么都没有？"

"一字都没有提。"

"你是说过他生脓疮的吧？"

"是的。"

"前天我看到一个医学杂志，讲生脓疮的原因。你知道是什么原因呢？"

"不知道。"

"忧虑。"

"那又怎么样？"

"要是他知道亏空的事没问题了，这可以帮助他的养病复原。一个人躺在医院，日夜担心这亏空，那不是太好的。对于他的健康总是不好的。"

"要我对他说什么呢？"

"嗳，我也不知道，就说你给他弄妥好了。"

"要是我告诉他我已经弄妥，谁也不会晓得。那他就知道我行中有人帮忙。他一定吓坏了。而我又不知他要怎么办。他或许给人家一说，那我们的秘密便全泄露了。而且要是他问从什么筹到款子，就说是你？"

"你非说出来吗？"

"不，我什么也不必说，而且我也不说。这事情你越少参加越好。要是他忧虑的话，现在总应当习惯了。这小子就让他多吃一点苦头好了。他已经害了我，——还有你。"

"这都由你决定好了。"

"有花样他是知道的，可不知道是什么花样。我等着看他的脸。有一天我会对他说我要走了，我要到——你说过我要到哪里去啊？"

"……我说的是雷诺（注：离婚手续最简便地方），"

"你现在还说雷诺吗？"

"我什么事一决定，不大改变的。"

"你要改还可以改。"

"闭住嘴。"

"我不要你改。"

"我也是。"

六

　　我们继续补亏空的款子,而我的人越来越是坐卧不安。我老是耽心会出什么事。例如或者老头子临走前留个手谕,召我回总行服务。或是希拉生病,她的工作得喊人代替;或者存户,收到结息通知书时,觉得奇怪,到处打听去。

　　有一天她请求我从银行里送她回家。这时候我的人非常神经质,白天不敢和她一同出去。而夜晚的会她!必须在人家看不见的地方。但是这一天她说有一个女孩生病,她叫我用车送她。因为她或者得上药铺配药,而且家里没有旁人,只有一个不关紧要的女婢。这时候勃兰特已经到湖口休养去,家里只有她一人。

　　因此我便去了。这是我第一次上她的家,屋子里布置得很好,气氛就像她的本人。而女孩们真可爱极了,大的叫做安娜,小的叫做查其维。生病的是小的,因感冒而卧床,但是态度勇敢镇定,要是在另外一个场合,我看到这小女孩怎么指挥希拉,希拉的怎么侍候她,有求必应,那我一定觉得有趣极了。但是我坐都坐不久。我一晓得不必由我开车去配药,立即赶回家去,拿些纸起来乱写,以便凑成一篇文章,敷衍老头子。文章的题目叫做"建立坚固的储蓄部"。

　　我们终于到了每月检查现金的前一天。那天除了正常收入外,她另外放六百元钱到她的现金箱去。这是相当大的额外数目,不过那天是星期三,附近的工厂都在发薪,存款特多,似可掩饰过去。所有的派司簿都已经缴出过。最后三本很费希拉的一番压力,因为她得于前一天夜里赶到他们家里去催,就像以前的勃兰特。她在他们每人家里坐了几分钟,终于拿到了他们的簿子。随后我把她载回家,一共总检查一次。接着我便把所需要的现款给她。她一切似乎都顺手。

　　但是我老是想知道她是否完全顺手,是否一切经过都像我们所盼望的,我看不到她眼睛的表情,而我又不能和她说句话。她那柜窗外,成日有四五人排成一队,忙得她没出去吃中饭。她喊人家送三明治和牛乳进来。每星期三总行总是加派两个出纳来帮忙,每一次有个出纳帮帮她站一回柜窗时,我总是一手心是汗,把我在做什么都弄糊涂了。我可以对你说,这一天真是度日如年。

下午二点半钟左右，生意可清淡下来，到三点差五分时，一个客人都没有。到三点正时行警阿特勒便锁上大门，随后我们便办理结束的手续。总行派来的两位出纳最先办完。因为他们只须平衡一天的存款，而到三点半时，他们便把单据交上来请我算一算，随后便走了。我坐在写字台上，瞪着眼看那个单据，极力压制自己，免得起来瞎跑给人家注意到我的心事层层。

四点差一刻时，有人轻轻敲玻璃门，我也没抬头看。常常有到迟的存户想进来，你的眼睛一给他看到，你便完了。我继续看我的文件，但是我听见阿特勒打开门，而进来的不是别人，竟是似笑非笑的勃兰特，一手拿着一个小皮包，全身都给阳光晒得黑黑的。行里立即一阵招呼，大家握手，只有希拉没和他握手，只是问问他身体可好，预备什么时候再上班。他说他昨天夜里刚回来，随时都可以上班。我呢，也只好和他握握手，于是便咬着牙根干了，只是我并没有问他什么时候上班。

接着他说他是来拿一点他自己的东西，而当他往衣柜走去时，他和希拉说话，希拉答话是答话的，头可没有抬。其余的行员也纷纷回到各人的写字台。

"他现在果真养好了，可不是吗？"

"和离开时大大不同。"

"体重至少加二十磅。"

"医院是给他弄好了。"

七

　　他不久便折出来，双手关着小皮包，又是一阵寒暄后他人便走了。行员们各自计算其现金。单据缴了上来，随后又将各人的现金箱放入库。赫尔姆把放文书档案的轮车推进库便走了，施涅宁又回去将保险库上的定时锁锁上。

　　邱小姐就在这个时候又来开始噜苏献殷勤，我从来没见过这么倒胃口的女人。她长得又矮又肥又笨，信口开河，滔滔不绝。她这副腔调就好像是个饮食专家，在一家百货商店的楼底证明一只电炉的用途。她讲的可是一种新式的加算机，要我们银行去购买。我说这加算机似乎不错，只是我得考虑一下子。她于是又把那加算机的好处再说一遍，说得正高兴时，忽然一声低叫，用手指着地板。

　　地板上竟是一件世界上最可怕的东西，是只加里福尼亚常有的地下蜘蛛，有毒蛛塔兰丢拉那么大小，同时又是同样的危险。它只有三寸长，向我笨头笨脚地爬来，虽然走得笨越来越挨近我。我提起脚来要踹，她可又叫起来说要是我踹死它，她会死去。这么一闹，剩下来的行员们都围拢来——施涅宁、希拉，和阿特勒。施涅宁提议用张纸头，把它丢到门外去，而希拉也说好，只要赶快做。阿特勒从我桌子上拿了一张纸，卷成一个漏斗，随即又用一根笔把那东西推到纸卷里边去。接着他把纸头一合拢来，我们便都跑出去，看他把蜘蛛丢在水沟里。恰巧有个警察跑来，借纸漏斗再去捉蜘蛛，说要带回家给老婆看，可以用家里的摄影机摄成照片。

　　我们回到银行去，施涅宁和我们一同关保险库后，施涅宁已走了。接着邱小姐也走了。行警阿特勒走前又巡视了一番。此后只剩我和希拉。她在衣柜边照着镜子戴帽子，我走进去找她。

　　"怎么样？"

　　"都做好了。"

　　"你钱放回去了吧？"

　　"最后一文钱也放进去了。"

　　"卡片都没有问题了吧？"

"一毫一厘都对好了。"

这正是我一月来所祈求的,但是现在一成功了,不到一秒钟的五分之一时间,我可又因为勃兰特而发恼。

"他用车送你回去吧?"

"他可没有提起。"

"那么请你上我车子等一等,我有一二件事得找你谈谈。车子就在对街。"

她走了,阿特勒换上平民服装,和我一同把大门锁好。我立即赶到车上去。我车子不往她家开,一直往我家里开,但是我等到家才开口。

"你为什么不告诉我他回来了?"

"这你有兴趣吗?"

"当然有。"

"好的你既然问我,我昨天晚上离开你时,并不知道他已经回了家。我进门时才知道他在家里等。今天我忙得连和你或随便什么人说话的时间都没有。"

"我以为他要在湖上休养一个月。"

"我也是这么想。"

"那么他回来干什么?"

"我也完全不知道。大概是来打听人家要怎么对付他。你也许记得明天是你检查我现金箱的日子,这他知道。他的中辍休养也许就是为这个。"

"大概是他现在身体好一点,昨天夜里就约在家里会你吧?可不是等着你和说晚安,就占有你吧?"

"昨天夜里我可是和孩子们一同睡的,要是讲的是指那个的话。"

我不知道我是否相信她这一套。你知道我爱她爱得疯了,她花了这么许多钱,给我这么许多麻烦,然而更使我爱她。她和他在同屋子里过一夜,一点也没告诉我,我一想起来便全身刺痛烦躁。自从我和她来往以来,第一次有这种的感觉。从前他人住在医院里,后来又上湖滨休养去,因此直到现今为止,他的人似乎不是实在的。但是他的人现在可是实实在在的了,我就是到了家,走了进去后还是恼得像是一条大熊。佣人沙姆生了火炉,她坐下,我可坐不下去。我老是在房间里兜圈子,她则抽着烟看我。

"好的,这小子非告诉他不可。"

"会告诉他的。"

"得把'一切'都告诉他。"

"达夫,我告诉他的,告诉他一切。我所要说的,比你所知道的还要多——只要等到我准备好。"

"现在怎么不能够告诉他?"

"我还对付不了。"

"这是什么话——拖延?"

"你坐一坐好不好?"

"好的,我坐。"

"这里——在我旁边。"

我移到她身边去,她握住我的手,看着我的眼睛:"达夫,你忘记了什么吧?"

"我可不晓得忘记了什么。"

"我想你是忘了的……你忘记今天是我们完成那事的日子。说起来我应该多谢你,幸喜有你的帮忙,否则我们夜夜睁着眼看天花板,老是担心我父亲是不是给我弄得破产了,我的孩子一生是不是毁了——还不要说我本人的。你帮我的忙是这么危险,一有差池连你都毁了。你现在这职业正有光明的前途,可不要因为我而毁了。但是我们没有做错什么。一切的经过非常好。你比任何人正派,什么坏的念头都没有。现在这事情完成了。没有一张卡片,一个截点,或是账上少一文钱——现在我可以安睡了,达夫。今天对于我有意义的只是这一点。"

"好的——那么你要离开他了。"

"自然,只是——"

"今天夜里你就离开他。你搬到这里来住,你把小孩们都搬来,而要是你要的话,我可以暂时搬出去。我们现在就去搬,而——"

"我们可不能干这种事。"

"我在对你说——"

"我在对'你'说!我现在就过去搬,你可曾考虑到我们夫妇要大闹大吵一顿,说不定要吵到早上一二点钟,或是甚至到天亮?这种吵闹要从天吵到地,从他会说我待他太坏,一直到孩子归谁保养等等。我现在才不跟他吵。要等到我布置好了,我要对他说的话都准备好了,等到我把孩子们都好好地放在我父亲那边,那我只须用痛苦的半个钟头对付他。这么准备好以后我随时都可以对付他。目前他要是提心吊胆,担心他要遭遇什么处罚,吓得要死——这我才不管。让他多受一点好了。一切都弄好后,要是你还要我的话,我就上雷诺离婚去,我们生活也就可以继续下去了……你难道说不明白我要对你说的吗。达夫,你所担心的其实不会发生。嗳——说起来他没那模样看我已有一年多了。达夫,今天晚上我人要开心。只要和你在一起就是了。"

我自觉惭愧,伸手抱她,而当她像小孩子似地,慰藉地叹口气时,我喉咙里又有那种不好过的感觉。她闭着眼睛。

"希拉?"

"是的。"

"我们来庆祝。"

"好的。"

于是我们便庆祝了。她打电话给她的女婢,说要迟点回家。我们到下半城一家餐馆吃饭,事后又到落日街一家夜总会去。我们既不谈勃兰特,不谈亏空,也不谈我们的私事,只是谈我们的共同生活。我们待到一点钟才走。一直到车子快近她家时,我才再想起勃兰特,我又是全身刺痛烦躁。要是她觉察到什么话,她可没有说。她吻我晚安,我便开车回家。

我车子绕进车道,停好了车,关了车间的门,人又绕到前边由前门入屋。我往前门走去时,忽然听见有人在喊我的名字。有个人从树底下的长凳上站起来,走了过来。原来是赫尔姆。

"班主任,这么半夜三更来打扰你,实在很对不起,只是我有话得对你说。"

"那么请进来吧。"

我领他进去时,他的人似乎是坐卧不安。我请他喝杯酒,他说他什么都不需要。他坐下来点一根烟卷,好像是不知道要从什么地方说起。

"你,你见到希拉的吧?"

"……怎么啦?"

"我看见你的车子载她走。"

"是的——我和她有一点事。我们一同吃夜饭。我——方才才离开她。"

"你见到勃兰特没有？"

"没有。太迟了，我没进去。"

"她提到他没有？"

"大概提的吧。偶然随便提到……怎么啦？"

"你看他离开银行没有？我讲的是今天的话。"

"他比你先走了。"

"你看到他第二次离开没有？"

"……他只进去一趟吧。"

他老是看着我，抽着烟看我。他年纪轻，大约有二十四五岁，进行只有一两年。他和我谈话后，刚才的神经质逐渐消失了。

"……他进去两趟。"

"他只进来一趟。他敲敲玻璃门，阿特勒让他进来。他站着谈一回话后，便进去找他的衣柜拿东西，随后他走了。走的时候你的人也在那儿。除了总行派来那两位出纳外，谁都还没有理完公事。他比你先走一定有十五分钟。"

"对的。我比他后走。我理完公事，把现金箱放在一边，人便走了。我上对门药铺喝一杯麦芽牛乳，我正在那儿喝的时候，他又进去了。"

"他进去不了。我们已经锁上门，而且——"

"他用锁匙开的。"

"……这是在什么时候啊？"

"四点敲过没有好久。一两分钟后我看见你们因为那蜘蛛都跑出来，看着那蜘蛛丢到阴沟里去。"

"真的？"

"我可没看见他出来。"

"你为什么不告诉我？"

"我看不到你。我到处找你。"

"你可看见我和希拉开车一同走的。"

"是的，当时我还没有想起。把蜘蛛讨得去的两个警察，也上药铺来买软饮。我帮他把蜘蛛装在一只冰淇淋纸杯上，上边还打了些洞。因此我的眼睛并没有老是望着银行。后来我才想起来，我看到你们一个一个离行，只没有看见勃兰特,我老是叫我自己忘记这件事。大概是因为接触钱太多,神经受了影响,但是后来——"

"后来又怎么啦?"

"今天夜里我与施涅宁夫妇一同去看电影。"

"施涅宁见到他,离开行没有?"

"这事我没对施涅宁提起。我也不知道他看到没有。影片上有些墨西哥材料,看完戏后我们上施家去。大家争论起来,我叫老施打电话问勃兰特,因为勃兰特曾在墨西哥待过。那时候大约有十二点钟。"

"后来呢?"

"女婢来接电话。勃兰特不在家。"

我们相对而看,彼此都知道刚开过刀不久的人,十二点钟还不回家,未免太迟了。

"走吧。"

"你要找希拉去?"

"我们上银行去。"

夜间巡逻的刑警准时而到,我们恰巧赶到他午夜二时的巡逻。我们对他说行里边或者还躲有人,他很生气,好像是我们侮辱他。虽然如此,他还打开门让我们进去到处找。我们上楼上那档案室,每只档案箱后我都张张看。我们又下地窖,每只煤气炉的后边我都看看。我们找遍所有的窗口和柜台底下。我甚至看看我的台子底下。什么地方都找遍了。巡警在勤劳钟上打了一个二时巡班的记号后,我们又在街上了。赫尔姆歉然摸着自己的下巴。

"哼,大概是一场虚惊吧。"

"是这个模样。"

"对不起。"

"那也没有关系。本来一切都得报告的。"

"找希拉去也没有用吧。"

"恐怕现在太迟了。"

他的意思是我们得找希拉去,不过他要我自己做去。从他的行动姿势,我看得他还是一片疑心,只有那夜警当我们俩是一对傻子。我们上了车,我送他回家。他在车上又迷迷糊糊地提起希拉,但是我决心装做听不见。他下了车后我开车回家,只是一等到他看不见时,立刻转车去找希拉。

她屋子里有一支灯光,而我的脚一踏上门廊,便有人把纱门拉开了。她衣服还穿得好好的,仿佛她就在等我似的。我跟着她走进起居室,话声讲得非常低,防备人家听见。但是我可不浪费时间于爱情和接吻。

"勃兰特呢?"

"……他在保险库里。"

她轻悄悄地说,说后人落在一只椅子上,看也没有看我。但是我从前一切的疑心,怀疑她串通她丈夫来骗我,现在又占有我,弄得我连看看她身体都会发抖。我嘴唇舔了一两次,才讲得出话来。"怪的是你并没告诉我。"

"我不知道啊。"

"你推说不知道是什么意思啊?要是你现在知道的话,方才怎么会不知道?你是不是想对我说,他方才走出来几分钟,借了我的电话通知你了,要是他在那种地方,非等到今天早上八点半才可以开锁,那他简直就是进了坟墓。"

"你骂够了没有?"

"我还在问你为什么不告诉我。"

"我进这屋子时找不到他,因此我上外边找他去。也许至少是找他的车子。我跑到他往常在外边停车的地方。车子可不在那儿。回家来时我得经过银行。当我走过时,红光闪了一闪,只闪了一次。"

我不晓得诸位可知道保险库的用法。库里边有两个灯开关。一个开关管头顶上的灯,是普通人家找保险箱时开的。还有一个是红灯,白天库门上总是开着这红灯。这是危险的信号,行员们要进去时,总先看看这灯是否点着。保险库关起来时这红灯便灭掉。我今天下午和施涅宁一同关库时,我亲手关了红灯。夜里银行里边的窗帷都卷了起来,因此警察、看夜人或是任何经过的路人,都看得见银行的内部。红灯要是点着的话,外边看得见。不过我可不相信她看见什么红灯。我根本不相信她曾上银行那边去过。

"原来是红灯闪光吗?怪的是我十分钟前离开时可没有看到。"

"我说它只是闪了一次。这一闪大概只是信号。大概是他肩膀偶然碰到开关。要是他打信号求救的话,红灯会老是闪下去,可不是吗?"

"他怎么跑到那地方去了。"

"我不知道。"

"我想你是知道的。"

"我不知道,不过唯一的机会大概是他趁着大家看蜘蛛时一溜溜进去了。"

"那蜘蛛可是你故意放在那儿的。"

"也许是他放的。"

"他在库里边干什么?"

"我不知道。"

"说吧,说吧,别这么东推西推。"

她站起来,开始踱来踱去。"达夫,我很明白你,以为我对于这一切是知道的。以为我比我所说出来的,知道得还要多。以为查尔斯和我有什么阴谋。我不知道我有什么可以说的。我知道我有许多话可以说,只要我不是——"

她停了下来,突然间变成一条活生生的老虎,双拳猛敲着墙。

"——给人家买了过去!毛病就出在这里!我本应当忍受种种痛苦磨折,不该接受你给我的钱!当时我为什么要接受?我当时为什么不叫你——"

"你为什么不肯做我求你做的事?我早就提议今天回家来马上解决,单刀直入——把一切都告诉他,对他说你要和他断绝关系,那么一切岂不是就完了吗?"

"因为我要快乐啊,上帝!"

"不是!因为,上帝啊,你知道他并不在家!因为你知道他的人在库里边,害怕给我知道!"

"这不是真的!你怎么会说出这种话来?"

"你可知道我心里怎么想吗?照我想,你天天骗了我的钱,我给你的钱,你一文也没有放进你的现金箱去。你和他第二步的阴谋是借口有人来抢库,把亏空推在假强盗的身上。他现在库里就是化装做强盗。要是赫尔姆没注意到,勃兰特第二趟又进银行,那你这阴谋便太顺利了。你知道我虽填了款,我可不敢声张。要是他戴着假面具冲出库,一溜烟走了,谁也不会疑心是他,要是赫尔姆没发现的话。现在他可完了,好的,勃兰特太太,那库房要到今天八点半才可以和外边通话,那有弊也有利。他不敢通消息给你,而你也不能够通消息给他。他昨天下午那套小把戏耍得太好了，让他再演一次好了，结果他一定大大惊奇，你也是。他出库时有人开会欢迎，说不定欢迎代表中也有你。"

我讲话时她一直看着我，灯光照在她眼睛上，闪闪发火光。她的身材本来有点像猫，现在眼睛一发火，简直就像是林莽出来的野兽。但是突然间这野女人崩溃了，倒在我前面的沙发上，抽搐地怪哭起来。于是我又懊悔说了这些话，弄得我死紧捏着拳头，使得我自己不跟着哭起来。

过一会儿，电话铃响了。从她对电话所说的：对方是她父亲，打电话找她已有一个下午和一个晚上那么久。她听了好久，而当她把电话挂断时，她人往后一靠，眼睛闭了起来。"他拿钱到库里边去补亏空。"

"……他钱什么地方来的啊？"

"他今天早晨弄到的。那是昨天早晨了，从我父亲那边。"

"哼，你父亲有那么多的现款吗？"

"那天夜里我对他说了以后，他便准备好了。后来我对他说我不需要了，他把款子放在他的保险箱里——以防万一。查尔斯昨天去找他，说非要不可——因为今天是人家检查我现金箱的日子。爸爸陪他上西林银行，取出款给了他。爸爸不敢打电话到银行找我。他老是打电话上家里来，女婢走时留个字条给我，等我回家看到时，时间已经太晚，因此我没打电话回去……现在我可得付没告诉他的代价了。我的意思是，没告诉查尔斯。不肯告诉他，让他忧愁。"

"你也许记得我是主张告诉他的。"

这以后我们俩默然好久。我的心思就像铁笼中的松鼠东跳西窜，极力在想他人在保险库里干什么。她所想的大概也是这，因为她不久便说道："达夫？"

"是的？"

"要是他果真把款子放回去呢？"

"那那——我们糟糕了。"

"实实在在会发生的，究竟是怎么样啊？"

"要是我发现他的人在库里边，至少我得先扣他的人，等我查完库存的现金。检查的结果，现金比账上多出九千元钱来。好的。那么怎样呢？"

"你的意思是，全部都要泄露了？"

"我们造账这一套,只要人家没有疑心,大致可以混过去。但是一碰到这一种意外,人家认真查账,一查便查出来了。"

"……我带给你的只有悲惨痛苦,达夫。"

"是我,我自己讨得来的。"

"我明白你为什么那么恨。"

"方才有些话我不是存心讲的。"

"达夫。"

"是的?"

"要是你肯冒险的话,还有一个机会。"

"是什么呢?"

"查尔斯。"

"我不明白。"

"我什么都没有告诉他,毕竟也许也是一种好处。我代他职时,他不知道我做的是什么——我是把他的假账继续记下去呢,或是我改正他的账目,使得现金显得有亏空。照我想,他补款回去以前账目总得先查一查。你知道他是记账的第一把好手,而一切账簿在库里边。你明白我所要说的吗,达夫?"

"还不十分清楚。"

"你按兵不动,由他先动。"

"我可不肯和他混在一起。"

"我也想扭断他的脖子。只是你也不必迫出事来,你只须自自然然,让我先和他聚几秒钟。这么一来,我们便可以知道他究竟干的是什么——也许什么问题都没有。要是他发现亏空的款子已经补回去了,他再补款子进去,那他太傻了。"

"问题是你可曾真的把亏空的款子补回去了?"

"难道说你还不知道吗?"

我伸手拥抱她,一时也就忘记了面对着我们的危险。我人走时还觉得和她接近。

八

那天夜里我第二次回家。这次我灭灯上楼,脱了衣服便上床睡觉。我想睡,但是睡不着,我心里老是想东想西。特别是早上八点半开库房时,我应当怎么办。希拉叫我来得自然,但是我怎么能够自然呢?要是我猜到他人在库房里,那么赫尔姆一定也猜到了。赫尔姆会注意我们的一举一动,就是他对于我没疑心的话,也会这么办,何况他已经起了疑心,因为他已经看到我和希拉出去得那么夜深才回家。这一切我都想过了,结果想出一个办法。我打算于开库时,公开出声对他谈话,表示我还不是逼得太紧,等着看他怎么说,要是他人果真是在库房里的话。这么决定后,我又想睡去。但是这次使我心不安,不是开库房,而是希拉本人。我再三研究我们俩经过的一切,我们说过的话,我的漫骂她,她的怎么应付等等。天刚刚要亮时,我在床上坐起来,我也不晓得是根据什么,我明明知道她对于我并不是完全坦白,她一定还有什么没告诉我。

我拿下电话,打一个号码。你入行不必久,便会知道行中警卫长的号码。我打电话给戴耶,过一两分钟后,他来接了,说一声很响的"哈啰?"。

"戴耶?"

"是的,是谁啊?"

"吵醒你,对不起,我是班达夫。"

"干吗啦?"

"我需要人家的帮忙。"

"好好,究竟是什么事啊?"

"我想,我们库房里有个人,就在格兰戴尔区安尼达街支行里。他在库房干什么,我不知道。不过我开库时要你人到一到,同时还带两位弟兄来。"

在这以前,他还是睡意正浓的人,本来在巡捕房里当过包打听的,现在可突然清醒了。"你这你想有人在库房里是什么意思啊?那家伙是谁?"

"我见你时再跟你说,你可以于七点钟时来会我吗?也许七点对你太早了些吧?"

"随便什么时间都行,班主任。"

"那么七点钟时你上我家来,同时还把兄弟带来。见面时我再把经过的情形告诉你,再告诉你应当怎么做。"

他把地址记了下来,而我也就回床去了。

我回到床上去,躺在那儿想,想我的要戴耶来帮忙,究竟为的是什么。过一会儿我便想出来了。我要戴耶在附近,以便保护银行和我本人,万一希拉撒谎的话。同时又不要他太近,免得妨碍希拉和勃兰特有几秒钟的密谈。要是勃兰特果真要胡干的话,有戴耶和他的开枪弟兄可以对付。不过要是勃兰特出来时装糊涂,装做他是被人家误锁在保险库里的话,希拉还可以使那造账的事混得过去,那么我也留下这么一条路。我考虑了一会,觉得这件事布置得还算周到。

六点钟左右时我起床,洗洗澡,刮刮胡子,穿好衣服。我喊起佣人,吩咐他煮热咖啡和咸肉蛋。我又吩咐他别走开,万一客人们还没吃早饭,可以对付一下。随后我走到起居室去,开始踱来踱去。天气冷,我点热了火炉,我的头老是在打转。

准七点钟,门铃响了,戴耶带来他的两位弟兄。戴耶是个瘦瘦的高个子,脸庞瘦削,两眼如手锥,我猜他的年纪是五十左右。他的两位帮手,年纪和我差不多,总在三十以上,大肩膀,厚脖子,红脸孔——他们的模样,一看就知道是那种本来干警察的,现在改任行警。他们一个叫做霍立根,一个叫做刘一士。他们都说没用早饭,于是我们便都进饭厅去,而沙姆一下子便把早点端出来了。

我匆匆忙忙告诉戴耶,讲勃兰特二月前怎么上医院动手术,昨天怎么突然回来拿他的东西,赫尔姆看见他第二次进银行,没看见他出来。后来夜深时,希拉到处找他,说是好像看到红灯亮过一下子。我必须告诉他这么多的话,以便将来万一有什么,可以保护我自己。因为只有天知道,会有什么变化,而甚至对于希拉这方面,我也不放心。我没提起存款的短少,或是什么关于希拉父亲的,我只是把必须对他说的,简单地说一说。

"现在据我的推想,勃兰特是我们关库以前怎的进了库去,也许只是随便看看,偶然给我们锁在里边。不过呢,我也没有把握。也许他是要捣什么鬼,不过这是很不像的。因此我要请诸位,在外边等,眼睛看得到里边的一举一动。要是没有事,我通知你们一声,你们便可以回家,万一有事的话,你们人也在。一个人在库房里待一个晚上,自然第二天早上也许不大舒服。我们也许得喊救护车,我也通知你们办就是了。"

我的人稍为好过一点点,说出来似乎没有什么岔处。而戴耶只管狼吞虎咽他的吐司和煎蛋,他吃完吐司煎蛋后,在他的咖啡里加糖和乳酪,搅一搅,点起一根烟。

"哼——这是你所猜想的。"

"我大概猜得不太远了。"

"我所能说的,只是你的性格太信任人了。"

"你怎么想呢?"

"这家伙是个正式的行员吧?"

"他是总出纳。"

"那他'不会'给人家误锁在库房里。医生替人家开肚皮,你听见过医生把自己缝在肚皮里吗?你锁库时一切都照手续吧?"

"大概是的。"

"你昨天也是照手续的吧?"

"我记得是的。"

"你先看看库房里边?"

"那自然啦。"

"你什么也没看见?"

"当然没有。"

"那么他是故意躲在里边的。"

其余两位弟兄都点点头。他们那么模样看着我,仿佛我这人太不聪明了。

戴耶又说下去道:"一个人想躲在库房里是可能的,我从前想过好几次,想出怎么躲法子。干我这一行的,想的事情才多。只要等放文件的推车推了进去,人只须溜进,弯下身躲起来,不声不响。那么你就是走进去巡视,也看不见他。除非是偶然的,永远看不到。"

我胃里边又是觉得好怪,我必须吃一块我本来不想吃的小面包。

"自然这也有人的成分在里边。这个人过去的成绩,没有什么叫人家起疑心的。事实上我到这家行来,为的就是这个。我奉派到这里来研究他在储蓄部所用的方法。他的成绩太好了,我正在计划,写一篇文章。"

"照你想,他什么时候溜到库房去的?"

"哼,我们当时发现一只蜘蛛,一只大的。"

"那种全身生毛的毒蜘蛛?"

"是的。我们大家围拢来看,争论蜘蛛怎么会跑到这地方来。照我想,他也站在那里看,后来我们都出法,把它丢在街上。他大概就在这时候进库房去。他也许只是看看去,也许是开开他的保险箱,这我不知道。后来我们关库的时候,他人关在里边。"

"这你不觉得奇怪吗?"

"倒不特别怪。"

"要是你想叫银行中的人集中一个地点,都朝着一个方向看,以便你溜进保险库的话,那蜘蛛是最好的调虎离山计了,难道你想出更妙的妙计?除非是找一条响尾蛇来。"

"我觉得这有一点点太想入非非了。"

"他是刚刚下山来的,那就不见得。你说他是从箭头湖回来,这种蜘蛛便是那边来的,这一带我从来没见过一只。他第一次进来时,只须把那蜘蛛一放,等着你们大家发现,他便可以一溜溜进去。"

"那他太冒险了。"

"没有危险。就假定他给你发现了。他也可以推说是来看蜘蛛的。他带着锁匙进来看看你们在闹什么,他以为也许是出了什么事……班主任,我告诉你吧,他不是偶然给人家锁在里边的,这是不会有的事。"

"……那你的意思,预备怎么样?"

"我提议由我和这两位弟兄,拿枪守着你去开库门,他一出来我便抓住他,盘问他在里边干什么,要是从他身上搜出现款,那我们便知道他进去做什么的。我的对付他,就像我们对付任何躲在库房里的人,我可一点不冒险。"

"这在我不行。"

"为什么?"

我于一刹那间想不出理由来。我所知道的，只要是他给人家一搜，要是他并没有把他丈人的款子放回现金箱里去，他身上一搜出来源不明的九千元钱，那人家一调查我便完了。不过要是你脑筋非动得快不可，你也办得到，我假装做他应当知道为什么这不行的原因。

"哎哟——这会影响工作效率的。"

"你这效率是什么意思啊？"

"我可不能够叫外边那些人们，我的意思是说，其余的行员们，看到我无缘无故，只为一点点小事情，便把他们的高级职员当为土匪，这不行。"

"这我完全不能同意。"

"那你须想想要是你是在我这地位的话。"

"他们是在银行里做事，可不是吗？"

"他们可不是刑事犯。"

"不管谁替银行做事，自从他入银行时间起，到他出来为止，他自动地受了嫌疑。这不关什么私人的问题。银行职员只是一种替人家管钱的人，我们不能假定他们的好坏，行员都得有人担保，便是这个原因。就是因此时常有人在检查他们的行动——他们自己也知道，要人家这么做。要是他有脑筋的话，就是他看见我们的枪，就是他的确规规矩矩，是给人家误锁在里边的，那'他'自己也心里明白，不过要是他不规矩的话，那你可得给其余的行员应有的保护。"

"我倒不是这么看法的。"

"那由你自己决定，不过我得声明在先，由我这两位弟兄作证，我在事先警告过你的，我这话你都听见了吧，班主任？"

"……你所说的我听见了。"

我的胃越来越不好过，但是我还是把我的命令给了他们，他们在外边守着，我不叫他们进来，他们不必进来，他们在外边等他。

* * * * *

我们开车到银行去，我的车子打头，他们则乘着戴耶的车子在后边跟。我车子开过银行时，按一按喇叭，我镜子里看到戴耶向我招招手。他们都是总行的弟兄，对于这支行不熟识，要求我先领他们看看地势去。过了安尼达街的两条横街后,我车子转弯停下。他们也将车子停在我的前边,戴耶往外张张。

"好的,我弄清楚了。"

我车子又开出去,又绕一个弯,把车子停在望得到银行的地点。一两分钟后赫尔姆到了,他打开门进去,每天早晨总是他最先进行。过了五分钟,施湟宁把车子开到了,停在药铺的门口,随后是希拉步行而来,在施湟宁的车前停住脚,站着和他谈话。

银行的门窗下来了。这你明白,是开行的第一步,和保险库无关的。最先进行的人,先将行内巡视一番,预防夜间有强盗先躲在里边等。据说从前有强盗从屋顶挖洞爬进去,持枪等人家开库。

最先进去的人,先是巡视一番,要是什么毛病都没有,他才走到前门,把门窗下了。对街上总有一个行员约准时间在等,下门窗便是打给他的暗号,不过,这还不行。他还得等那位最先进去的行员,亲自踱了出来,过了街,亲自告诉他行中安全无事。因为说不定行中果有强盗持枪在等。那强盗说不定还懂得下门窗这门槛,迫着那行员赶快下门窗。要是门窗下了,行员还不走出来,那么在对街等的同事知道有毛病,便赶快告警去。

门窗下了以后,赫尔姆走了出来,于是施湟宁也下了车,我下车走过去,施湟宁和赫尔姆先进来,希拉则停下脚等我一同走。

"你要怎么办呢,达夫?"

"我给他个机会。"

"只要他没做什么傻事情。"

"你找他,你找他问个究竟。我总尽量放宽,我总是拖,等着听他怎么讲,告诉他我得先查库,才可以让他走。你就趁这个机会告诉他,问个究竟,告诉我。"

"旁的人们知道吗?"

"不知道,只有赫尔姆有点猜到了。"

"你祷告过吗?"

"我知道怎么祷告都已经祷告了。"

阿特勒来了,我们便走进去了。我望一望钟,八点二十分,赫尔姆和施湟宁已经披上清洁衣,在打扫各人的柜台,希拉也走去打扫她的。阿特勒走到衣柜间,换上他的制服,我往我的台子一坐,打开台子拿出些文件来,我昨天下午装睡在看的,也是这些文件,想起来仿佛是好久好久以前的事。而现在我又装着在看了。可别问我是什么文件,我到现在还不知道哩。

我的电话响了,是邱琦小姐打来的。她说她身体不舒服,可否今天告假一天?我说可以,一点关系也没有。她说她也不愿意偷懒一天,只是再不休息的话,她要真的病了。我说当然啦,她应当当心她的身体。她说她盼望我别忘记那加算机,花钱买它太值得了,只须用一年便可以把本钱捞回来。我说我记在心上。她又说起她怎么不舒服,我说最要紧的是保养身体,她挂断了。我望望钟,八点二十五分。

赫尔姆走了过来,用他的布揩一揩我的桌子。他身体靠下来的时候说:"药铺门口有个人,街上又有两个生人,他们的模样我不喜欢。"

我张张看,戴耶在那儿看报纸。

"唔,我知道的。是我喊他们来的。"

"好。"

"赫尔姆,你说了什么没有?对旁的行员们?"

"没有,主任,没有说。"

"还是不说的好。"

"我们现在还在猜,何必多说。"

"你讲得对,我帮助开库去。"

"好的,主任。"

"先把外边的门开了。"

"我现在就去开。"

钟上的八点半终于到了,保险库上的时间锁的答一声开了。阿特勒从衣柜间走来,扣着他制服上的武装带,施湟宁和赫尔姆说一声,一同开库去。

时间锁就是开了以后,要开库还得有两个人一齐下手。一人转开一个机关,我打开我桌子的第二抽屉,取出里边的一支手枪,扳下保险扣,把枪塞在我衣服的袋袋里,然后折了进去。

"我来开,施湟宁。"

"哦,没有关系,班主任。赫尔姆和我搭档得太好了,我们甚至可以合音乐的拍子。"

"这次由我来试一试看。"

"好的——你来开,我吹哨。"

他对着希拉露齿而笑,吹起哨来。他盼望我忘记开关配合的号数,弄得只好求助于他,他可以笑笑主任的饭桶。赫尔姆看一看我,我点点头,他转他的面板,我转我的,门给我一扭而开了。

起初,在慌乱的一刹那间,我以为里边一个人也没有。我扭开灯,什么也看不见。但是随后我的眼睛看到放保险箱的柜子的钢板,闪闪发光。随即我又看见卡车都扭开,卡车都是四尺高的钢骨车,里边放档案,车上装有橡皮轮子,装满的时候相当笨重。本来这种车子都是横放的,现在可堆积在一起,离开我不到三步远,我伸手去抓枪,张开嘴巴想喊,但是就在这时候,一部车撞在我身上。

车子撞在我的肚子上,他的人一定是蹲在车子的里面,好像是个要起步跑的跑手,身体紧挨着车子,眼睛看着时间钟,守着等我们要进去的那一秒钟。我往后退,还在想拔出手枪来。卡车像开大炮一般,一压压在身上。一只小轮子碾过我的腿,随后我看得见它一压压在我身上。

车子撞到我头时,我一定是一时晕倒了,因为我再弄清楚时,我满耳朵都是人的尖叫声,随后我又看到阿特勒和施湟宁靠在墙边,双手都抬得高高的。

但是我看到的,这还不是主要的。主要的是那个疯子,站在库前乱舞一根手枪,喊着这是抢库。人人的手都得抬起来,谁动一动就要打死他。要是他盼望他这么做法,谁也不认得他,那他全失败了。他服装和昨天的不相同,他那手提包里一定是装着现在这一套衣服。他现在身穿一件厚呢衬衫,显得他的人有三倍大,下身是一件粗短裤,一对粗鞋,一条黑绸帕子遮住他脸的下半截,头戴一顶呢帽,戴得低低的——此外又加上这可怕的喊声。

* * * * * *

喊的是他,而尖叫的是希拉,她的人仿佛就在我身后,叫他不要玩这一套。我看不见赫尔姆,卡车压在我身上,我什么也看不清楚,因为我头上已撞伤了一大块。勃兰特就站在上边。

随后，就在他头后边墙上，有碎片掉了下来。我没听见什么枪声，但是他一定听到，因为戴耶就从玻璃窗外的街上开枪进来。勃兰特扭转身朝着街上，我看见阿特勒一手抓住他身上的手枪皮套。我拔起两腿，用力把卡车一推，往勃兰特身上直推，车子没中他，一压压到墙上去，压在阿特勒的身边。勃兰特扭转身开火。阿特勒开枪。我开枪。勃兰特又开一枪，随即他身一跳，把他另一只手拿着的手提包往银行后边的玻璃窗一摔。银行本来是在一条街角上，两边有玻璃窗，后边也半装着玻璃窗，窗外是停车的空地，他把手提包往那窗子一摔，玻璃窗的砰一声裂开，裂开的洞就好比是门，他一溜走了。

我跳起身来，跟着跳出洞去。我听得见戴耶和他的两位弟兄就在我后边街上，一边开枪一边挨近来。他们始终没有进行，自从希拉第一次哀叫，他们便开始从玻璃窗外开枪。

我赶到时，他正在拾起他的手提包，他用枪对着我。我往地上一倒，倒下来开枪，他还枪，戴耶和他的两位弟兄也开枪。他跑五步左右，跳上一部车子，车子是蓝色的轿车，车门早已开好，他一上去时车子已在开着走了。车子往前直冲，冲过停车的空地，开到克罗夫街上去。我提起枪来瞄车胎，有两个小孩子拿着课本绕过弯来，他们停下来，眨着眼睛看，我因此没开枪，车子已不见了。

我回身又从玻璃窗的破洞踏进去，希拉、赫尔姆、施湟宁等弯下身围着阿特勒，阿特勒躺在库房的一边，他耳朵后有血在滴出来。他们脸上的表情告诉了我，阿特勒死了。

九

我找电话打,电话机装在银行的前堂,就在我自己的桌子上。但是,我往前走时,腿上觉得好怪。戴耶已先走到,他是从前门进来,比我先到电话机的旁边。

"我要用一用,戴耶。"

他不理我,看都不看我,只是拿起听筒,便在扭号码。他心里,一定以为坏事,全在我不肯听他的话,现在,他给我颜色看。我心里虽也是这么想,我可不接受他这一套。我一手,抓住他的衣领,把他硬提起来。

"难道你没听见我的话吗?"

他脸青的站在一边,鼻孔张开,两只灰色的小眼睛扳得紧紧的。我打断他的接好后号码,打给总行的。总行接通时,我找法莱塞鲁讲话。他的衔头虽然也是副行长,但是他是老头子的帮手,老头子现在到火奴鲁鲁去,总行由他代理,他的书记说他不在,随后她又叫我等一等,他刚刚进来,她把我接给他。

"鲁?"

"哪一位啊?"

"班达夫,在格兰戴尔。"

"什么事啊,达夫?"

"我们出事了,你最好来一趟,带点钱来。人家会来挤兑。"

"出了哪种事?"

"抢。行警给打死。大概我们给抢光了!"

"好的——要多少钱?"

"先带二万元钱来对付一下。不够的话,你来以后再往总行要,赶快来。"

"就来。"

我打电话时,警笛齐鸣,赶到一大批警察。行外边有一部救护车在开进来,有五百左右闲人在围着看,而看的人越来越多。我挂断电话时,一滴血从我鼻子上滴到台上的吸墨纸上,血越滴越多,竟涓涓成流。我伸手摸头,我的头发全部又黏又湿,等到我看看手时,手指上全是血。我想我怎么会流起血来,一想才想起那卡车曾压在我头上。

"戴耶?"

"……有,主任。"

"法副行长现在途上,他带款子来对付人家的提款。你和你的两位弟兄,就在这里维持秩序,听法副行长的指挥。关于阿特勒,交给警察就是。"

"他们在抬他出去。"

我抬头一看,果然有两位警士,帮着救护车人员,抬着他出去。霍立根替他们开门,刘一士和五六个警察已经站在外边叫闲人不要挤拢来。阿特勒被放在救护车上,赫尔姆要走出去,我喊住他。

"你到库房查查看。"

"我们查过了。施湟宁和我。"

"他抢去了什么?"

"他都抢光了,现钞四万四千元。这不止哩!他还抢保险箱,小的他不动,那种有珠宝证券的,他都开了,用一根凿子敲开,他知道,那些箱子有值钱的东西。"

"法副行长现在途中,带款来对付挤兑,这件事一办妥当,你把被抢的保险箱做张表,请保险箱的主人来行一趟,电话如果打不通,打电报。"

"我现在就开始做。"

救护人员又走进来,往我走来。我挥手叫他们走,于是他们便载着阿特勒走了。希拉走到我身边来。

"凯撒先生要和你讲话。"

凯撒就在她的后边——我发现亏空那天下午,向行里借十万元钱盖房子的凯撒。我刚刚张开嘴要告诉他,说我们对于一切存户的提存都照付,请他排在存户行列里。他却用手指指窗口,银行两边的玻璃窗上,满满是子弹洞和裂洞,而后边勃兰特跳出去的玻璃窗,又有一个大洞。"班先生,我所要说的只是,我那边正在盖房子,有玻璃匠,有不少玻璃存货。如果你需要的话,我喊他们来修理一下,这些破洞不太好看。"

"那好极了,凯撒先生。"

"我现在就去喊。"

"还有……谢谢。"

我伸出左手，那只没给血沾污的手，他接住了。我的神经一定是受了相当的打击，因为在这时候，仿佛爱他超过于世间上随便什么人。像这一种时候，一句仁爱的话是最有效力的。

法莱塞鲁到时，玻璃匠已在取去打破的玻璃。他带来一箱子现金，四个出纳员，一名警卫，他那部车子只能载这么多的人。他走了过来，我赶快告诉他，他所应当知道的。他提着现金箱走到人行道上去，把现金箱高抬在头上，演讲说：

"一切提款都照付。五分钟内柜窗就要开，存户们请排成队伍，出纳员会来认你们，不是存户不准进来。"

当时施涅宁曾跟他出去，现在施涅宁开始从人群中挑出存户，由警士们和新来的警卫喊他们挨次序排队。法莱塞又回到行里来，而他带来的出纳便把打翻的卡车扶正，其余的车子也一一推出来。赫尔姆同时也去做种种准备，以便付款。戴耶现在进来了，法莱塞走到他那边，用大拇指指指我。

"把他弄出去。"

现在我才知道我的人一定是十分难看，一身是血，坐在银行的堂前。戴耶跑了过来，又喊一部救护车，希拉拿出她的帕子，开始揩我脸上的血，一下子全帕子都是血，她又从我袋袋里取出我自己的帕子来揩。法莱塞每次眼睛落在我身上便赶快转开头，我心里暗忖，那么她揩的结果比以前更糟糕。

* * * * *

法莱塞鲁打开大门，四十五个存户鱼贯而入。"储蓄存户在这一边，请各位预备好各人的派司簿。"

他把存户分成四队，向四个柜窗取款。除了起初等一等以后，打头的人便将款取到了。有四五个人一边数着钞票，一边走出去。排队的存户间有两三个人，一看见我们果真付现，也便自动地溜走。有一个数钞票的停下脚来，又在队伍的尾巴上排队，预备把款子再存进来。

挤兑遂告结束。

* * * * *

我的头昏乱起来,而我的肚子又在痛,以后我只知道有一部救护车的警笛,接着是个穿白制服的大夫站在我的跟前,他旁边还立有两位勤务。"你想你走得动吧,还是需要人家的帮忙。"

"哦,我走得动。"

"你还是靠在我身上吧。"

我靠在他身上,而我的人一定相当难看,因为希拉掉开头哭起来。这是今天出事后她第一次的哭,再也熬不住,她的肩膀抽搐不停。大夫于是对一个勤务做做手势。

"我们还是把她一同带走吧。"

"还是带走的好。"

他们把我们一人放在一张舁床上,大夫则坐在我们中间,背朝着车头,车子开时,他治我的伤,他老是在洗,而我感觉得到消毒药的辣痛。但是我想的可不是这。自从一出行后,希拉完全崩溃,她那呜咽声听起来怪可怕,大夫们一边稍为安慰她,一边在治我,这趟车子真够受。

十

医院还是那一家医院,他们先抬她出去,用车子把她推走了,然后抬我出去。他们推我进一个升降机,上去以后又推我到一间房间,随后又有两位大夫进来看我。一个年纪大一点,不像是实习的学生。

"哼,班先生,你这头伤得厉害"

"缝起来就行了。"

"我现在给你上麻醉药。"

"别上麻醉药,我有事要办。"

"那么你一生脸上都留下一个伤疤?"

"伤疤?你讲的是什么啊?"

"我不是正在告诉你,你头伤得厉害。现在要是——"

"好的——做吧,别多讲。"

他走出去,一个勤务进来替我脱衣服,但是我阻止他,喊他先打电话到我的家。他接通沙姆时,我喊沙姆立即送套衣服,一件干净的衬衫,一条新烫好的领带,以及一切干净的到医院来。随后我的人从脏衣服底下挣扎出来,他们替我换上医院的衬衫,接着一个看护进来给我皮下注射,事后便把我抬到手术间。一位大夫拿一支面具套在我脸上,叫我自自然然呼吸,此后我就糊涂了。

我清醒时人又在原来的病房里,有个看护坐在一边,我的头则全给绷布包住。他们没给我上依撒,是用一种新的麻醉药,因此五分钟后我脑筋又是清楚的了,虽然人相当不好过。我要份报看。她膝上就放有一份在看,于是她便递给我。报纸是晚报的早版,抢案就登在第一页,满满都是。上边有勃兰特的照片,阿特勒的照片,我的照片——是我足球时代的旧照片。报上说勃兰特的行踪还全无线索,但是据初步的估计,他一共抢了九万元钱,其中四万四千元是银行库存的现款,还有四万六千元是从私人保险箱里抢去的。报上的记载把我当为英雄。说我明知道他躲在库里边,虽然我还带有警卫,我还坚持自己最先进库,因此头部受重伤。我开枪不久后,阿特勒饮弹而亡。阿特勒还有一妻一子,拟于明日举行葬礼。

报纸上也形容勃兰特乘的是哪一种轿车,还有车照。车子开走时,戴耶曾把车号记了下来,这车号和勃兰特所领的车照相合。报纸大讲特讲那车子于勃兰特跳上去时已在开着这一点,这证明他有帮犯。报上不大提希拉,只说她神经崩溃,被送入医院。关于亏空方面,并无只字提起。看护站起来给我喂冰。

"哼,做英雄的感觉怎么样?"

"好极了。"

"你在那边倒是拼了一次命。"

"是的。"

沙姆不久便把我的衣服送来,我吩咐他留在身边听差使。随后有两位侦探进来盘问。我总是抱定少说为妙的主张,但是我还是得告诉他们关于赫尔姆的,希拉怎么看见红灯一闪,还有我怎么不接受戴耶劝告,以及后来一切的经过。他们盘问得相当紧,而我则是尽力规避。过一会儿他们走了。

沙姆出去买了一份晚报的晚版。现在照片登得更大,勃兰特的照片还是三栏,但是我和阿特勒的照片已经缩小一点,同时报上又附插有希拉的照片。报纸说警察已经在医院里和她谈过话,她说她不晓得为什么她丈夫要犯这个罪,他的行踪她也完全不知道。报纸上末了说:"据传当局对于勃兰特夫人此后仍将继续盘问。"

我一看到这一点,立即跳下床来。看护也跳起来拦我,但是我知道我必须避一避,躲在警察找不到的地方,等到事情发展到某一程度,我也才知道怎么行动。

"做什么啦,班先生?"

"我回家。"

"这不行!你得待到——"

"我说我要回家。要是你想看着我脱衣服的话,我倒也没有什么关系。不过你要是是个好女孩子的话,你现在就应当溜到外边门廊上去。"

我穿衣服时他们都进来拦我,看护啦,实习医师啦,看护长啦,都上来拦。但是我喊沙姆把血污的衣服塞在他带来的小皮箱里,于是五分钟后我们便溜了。我在楼下写字台上开一张支票付账,向那管事的女人打听勃兰特夫人。

"哦,她会好起来的,当然啦,这对于她是个可怕的打击。"

"她人还在吗?"

"哼,他们在盘问她,这你知道的。"

"谁?"

"警察……要是你问我的话,她会被扣留的。"

"你的意思是——逮捕吧?"

"显然她对于这案子是知情的。"

"哦,原来是这个样子。"

"不要说是我告诉你的。"

"我自然不会说的。"

沙姆现在喊来一部汽车,我们爬了上去。我喊车夫开到格兰戴尔去,开到安尼达街我原来停我车子的地点。我们换上我自己的车子,而我叫沙姆开着兜圈子兜风。他拣上山的马路开,我们大概是开到三费南多那一带,究竟是什么地方我不注意。

开过银行的时候,我看见玻璃都已配好了,有个金匠在里边烫金字。我看不见银行里有谁。薄暮时我们又开回洛杉矶市区,我买了一份报。报上不登我的照片,阿特勒的照片也取消了,而勃兰特的照片也变成小一点。希拉的照片可是占了四栏的地位,旁边还附有她父亲罗林逊教授的照片。大标题横跨全页,说这案子是"掩护亏空的抢案"。我看都不看。要是罗教授说穿了的话,那我们的事情完了。

沙姆随后开车送我回家,给我弄了一点东西吃。我进起居室躺一躺,等着警察上门来,又不晓得要对他们说什么。

八点钟左右时门铃响了,我自己开去,但是不是警察,而是法莱塞鲁。他走进来,而我就喊沙姆给他配杯酒,他那样子很需要酒。我又躺在沙发上,用手抱头。头虽然不痛,我也不怎么不好过,但是我准备好以防万一。我有话不愿意答时,可以推说头痛。他喝了些酒便开口了。

"晚报你看了吧?"

"只看看标题。"

"这家伙亏空。"

"好像是的。"

"她也在内。"

"谁？"

"老婆。那富有性感的尤物，叫做希拉的，她替他窜改账目。银行里半个钟头以前刚刚关门。我刚刚从银行里来。哎哟；那娘儿耍的好花样。储蓄部吸受存款的方法，你上那儿研究做报告的——只是一种障眼的掩护。班涅德，你变成了笑柄。现在你真的有材料可以给'美国银行家'投稿去了。"

"我怀疑她是否在内。"

"我知道她在内的。"

"要是她在内的话，她何必让他上她父亲那儿取款来补亏空呢？据我想这未免太牵强一点。"

"好的——我用了整个下午才推算出来，而我盘问她父亲时得非常认真。他对于勃兰特恨透了。好的，就从他们的立场来讲，她和勃兰特的立场来讲。他们于账目上有短少，于是想出一个假的抢库来掩护亏空，于是谁也不会知道账目上会有什么短少。第一步是窜改账目，关于这一点，我得承认她做的工夫太好了。她不留一点痕迹，要是她父亲不说出数目来的话，我们真的无从知道究竟亏空多少。好的，她必须把账目弄好，而且得赶着做，得在你下一次检查现金以前做好。这是最困难的部分，他们得争取时间，而她竟然做成功了。好的，第二步是他带只蜘蛛进去，而他就乘机溜到库部躲起来。但是关于第二天早上要发生的，他们可没有把握，可不是吗？他的用条帕子遮面，也许抢了库人家还不认得他，那么事后她可以打电话给她爸爸，叫他不要声张，以后再解释。查尔斯的人怪不舒服，而当警察一上他家里去，他果然在家。他卧床休养，等手术以后的复原，还有这个那个——但是家里搜不出什么款子，你没法子证明他和劫案有关。

"但是看啊；他们计算也许他的化装劫库不成功。也许他给人家逮住，那怎么办呢？款子可是都在，可不是吗？他可以找五位大夫证明他发疯，说他久病成疯，神经一时错乱。运气好的话，说不定只判个缓刑。这么一来，只剩她父亲一人成问题。那她可以关照他别说出来，这么发展他们已不会吃什么亏。可是岔子就出现在赫尔姆身上。他们所计划的都起了变化——他人是逃掉了,可是人人都认得他,而且阿特勒还打死了,因此人家的要抓他,为命案又为劫案,而她也因为同样的原因被扣留。"

"她被扣吗?"

"她当然被扣留,她自己还不知道——她人在医院里,手上打了一针安眠针,叫她忘掉她那可怕的经验,但是现在她房门口就有个警察守着,明天她醒转来时,也许不像今天这么富有性感了。"

我闭着眼睛躺在那里,不晓得我要怎么做,但是这时候我的头已经麻木不仁,什么感觉都没有。过一会儿我听见自己在对他说:"鲁?"

"是的?"

"亏空的事我知道。"

"……你是说你有这个疑心吧?"

"我知道——"

"你是说你有疑心吧?"

他差不多是嚷了起来。我睁开眼时,他的人站在我跟前,眼睛差不多要夺眶而出,脸孔全部扭曲发青。鲁本来人长得漂亮,又大又宽,褐色的眼睛,全身皮肤有一种玩高尔夫球者的黄褐色。但是现在他可像个野人。

"要是你明知道而没报的话,我们的保险完了! 你还说不明白吗,班涅德?我们的保险完了!"

这是我第一次想到保险这方面,他一开始嚷,我便想起了保险书上那细字体。我们的行员不是单独找保人的。我们替他们全体保了信任险,保险书上说:"被担保者,苟发现其任何雇员,公款短少,侵吞公款,监守自盗,或是盗用公款者,必须于廿四小时内报告保险公司或其上级职员,否则本契约归于无效。而保险公司对于一切公款短少,侵吞公款,监守自盗,或盗用公款,皆不负责。"我感觉到我的嘴唇发冷,手心出汗,但是我还是说下去?

"你诬告一个女人犯我明明知道没有犯的罪,不管保险不保险,我告诉你——"

"你的话不算数,我不如告诉你吧!"

他抓起帽子来就跑。"还有一点:要是你知道这也是为着你自己的好处的话,你这话千万别告诉旁人! 要是一泄露的话,我们的职员信用保险和失窃险都完了——保险公司不肯赔一文钱,我们白白损失九万元钱——啊,天啊,九万元钱!九万元钱啊!"

他走了,我看一看表。九点钟。我打电话给一家卖花店,叫他们明天阿特勒出殡时送只花圈去。随后我上楼睡去,躺在床上眼睁睁地看天花板,脑子里想着明天早上我得对付的。

十一

这以后三天的事，请你别问我。说起来是我一生最痛苦的时期，我先是得上审判厅去，找一位高丹齐先生谈话。这高先生是助理地方检察官，奉派主办这个案子。他听我讲，做做扎记，随后我糟了。

第一步我被陪审官们传见，他们听我的口供。我曾请求免出庭，因为这批陪审官准会把你撕得体无完肤，但是我的请求不准。在这种场合，法官既不在场，而你又没有自己的律师可以抗议人家苛刻至极的盘问。结果只是你一个人，地方检察官，一个速写员，和陪审官们。他们把我一问问了两个钟头。我叫苦，我流汗，极力想避开说明我为什么替希拉垫款。但是半晌以后，终于给他们盘问出来了，我承认曾要求她和勃兰特离婚来嫁给我，而这一点正是他们所要知道的。我人还没有到家，便有法莱塞的一张长电在等我，告诉我说保险公司已来通知，声明对于款子被窃一案不负责任，同时法莱塞又通知我的职务已经解除。他很想开除我，但是这得等老头子从火奴鲁鲁回来后再向董事会提出来。

但是最糟糕的是报纸。报上本来也相当热闹，老是在第一页上登照片，对于勃兰特的行踪作种种推测，有人密报他已逃往墨西哥，有的说他在阿里桑那州首府费匿克斯，有的说是在戴尔蒙德，因为出抢案那天夜里有个管车场的，说曾有这样子一个人在那地方停车。

但是报纸一得到我的口供，更是闹得天翻地覆。报上的报道又加上爱情这个主题，而他们的讲我，简直是在杀害我。报上的标题是"三角恋爱大劫案"，报馆又派人上罗林逊教授那儿给希拉的女孩们拍照，给罗教授拍照，同时又至少偷拍了希拉五六次。关于我呢，他们把档案里的一切都翻了出来，甚至有一张我大学足球时代的照片，我身穿一件游泳衣，一只膀子挂有一位女同学。这本是足球队的宣传，现在想起来真是千不该万不该，拍这么一张照片。

说起来气死人，我前一天虽然对陪审官十分让步，受尽了委屈。但是第二天，他们又控告希拉犯窜改公司账目罪、侵吞公款罪，以及以杀人利器帮助抢劫罪。他们只是没控告她犯杀人罪,他们的漏去这一点我不明白。结果我的低头受委屈等于白做。我牺牲自己,把自己钉在十字架上,提出我向联邦银行抵押房子的单据,以证明款子是我代垫的,结果人家仍旧控告她有罪。我的人弄得十分消沉,连上街去都没有心思,除非是有个新闻记者找上门来,我总想法子找他出出气。

我整天坐在家里听短波无线电,听的是警察的广播,希望可以从其中听到他们行将抓到勃兰特。有一个广播说希拉的交保金是七千五百元,已由她父亲付款保释。我要去保也办不到,因为我的钱都给她垫光了。

那一天我开车出去溜溜,免得自己发疯。回来时我车子经过银行门口,我探一探。施涅宁坐我的台子。邱琦小姐坐希拉的柜窗。赫尔姆坐施涅宁的台子,此外又有两位我未见过的新出纳员。

那天晚饭后我开无线电,初次听到这案子显得不紧张起来。广播员虽说勃兰特尚未被捕,但也不再提到我或是希拉。我的人稍为松一口气,但是过一会儿我又是为一件事着急起来。勃兰特在什么地方呢?要是她交保出来了,她是不是在私会他?我已经尽我的力量洗清她,但是她是否完全冤枉的,我可还像从前那么没有把握。一想起她也许在什么地方私会他,从打头便当我是大傻瓜,这一想可不得了,我的人又在起居室里踱个不停,我想把这件事忘掉,把她忘掉一笔勾销,再也不去自讨麻烦,自找苦吃。但是还是想不穿。大约到八点半钟左右,我做了一件不大光荣的事情。我跳上自己的车子,开到她家门口半条街远的地方,盼望可以窥探她的行动。

她屋子里有支灯点着,我坐在那儿等了好久。我所观察到的很感觉到稀奇,有记者上前去按门铃,旋被驱逐出来。有车子开慢车经过,以便车上的胖女人窥探,此外又有人从邻居楼上的窗子往下探望。过一会儿灯灭了。门一打开,希拉出来,走下街来,往我这边走。要是我给她看到的话,我真要羞死了。因此我的人往下一屈,屏息躲在一边,不给人行道上的人看得到。我听得见她脚步声仓促地走近来,仿佛她要赶到什么地方去似的。脚步声一直从我车边走过,停也没停,但是我同时听见车窗口低低一声:"有人盯梢你。"

于是我于一刹那间恍然大悟了,为什么人家没控她杀人罪。要是她被控犯杀人罪,她的人不可以保释。人家一边控告她,一边留下放她出来的路子,以便窥探她的行动,正像我现在所做的一样。警局希望可由她这线索逮捕到勃兰特。

第二天我决心非见见她不可,但是怎么见她倒又难住我了。他们监视她的行动这么严密,我打电话过去一定有人偷听。我想了一会以后,到底下厨房找沙姆。

"你有只篮子的吧?"

"有,先生,有一只买菜用的大篮子。"

"好的,我告诉你怎么做法:你放两条面包在篮子里,穿上你的白衣服,到纸条上这个地址去。你从后边进去,敲敲后门,找勃兰特太太。你一定要找到她本人,讲话时不得有旁人。告诉她我要见她,今天晚上七点钟,请她到城中从前从医院出来时会我的老地方等我。告诉她我在车子里等。"

"是的,先生,七点钟。"

"你都弄清楚了没有?"

"清楚了,先生。"

"她屋子周围都是密探。有人拦住你的话,别说话,最好不让他们知道你是谁。"

"由我对付好了。"

那晚上我花一个钟点逃掉人家的盯梢。我绕一大圈子,开快车,给跟我的人跟不上。我知道人家跟不上,因为我望得见车后没有车子在跟。我到约定地点时是七点过一分钟,但是我车子还没完全停止滚动时,车门推开她跳了下来。于是我车子一直开过去。

"有人跟着。"

"大概没有吧。我已经把他们弄掉了。"

"我可不行。我喊的那部车子,那车夫没上我家里来以前,大概已听了警察的吩咐。他们现在后边二百码远的地方。"

"我倒看不见。"

"就在那儿。"

我车子开下去,心里不喜欢想起我所要说的。倒是她先提了。

"达夫?"

"是的?"

"今天晚上以后,我们或许永远不要再见面。我想还是由我开口吧。你,哼——我记在心头,时常想起,虽然我还有许多旁的事。"

"好的,讲吧。"

"我做了一件很对你不起的事。"

"我并没有这么说。"

"你用不到说,那天早上你受伤乘救护车时,在那一趟可怕车子期间,你的感想我都感觉得到。我很对你不起,我很对我自己也不起。我忘记一件女人永远不会忘记的事情;其实我并没有忘记。只是我——闭着眼睛罢了——"

"哼,那是什么啊?"

"法庭上有人说,一个女人来找男人时,手必须干净(无罪)。有的国家女人出嫁时还得带东西来。有人带在手里,有的背在背上,有的用牛车载来——嫁妆。在这个国家,我们免了嫁妆,但是并没有免去干净的手。我不能够给你干净的手。我来找你,得带来障碍,可怕的障碍。我得叫人出钱来买。"

"倒是我先提议的。"

"达夫,这不行。我要求你付的代价,没有男人付得起。我花了你一笔惊人的巨款,我坏了你的事业,你的声名。因为我的缘故,你在报纸上受尽侮辱苦楚。你漂漂亮亮地支持我,事前事后支持我,尽力协助我——但是我不值得你这么牺牲努力。没有一个女人是值得这么许多的,没有一个女人有权利可以想她是值得这么许多的。那么,很好,你不必再支持我了,你可以算是解放了。而要是我有能力的话,我一定赔偿你的损失。你的事业和名声我没法子赔。至于款子的话,希望上帝作主给我还你。我要说的大概就是这一些。大概这就是我所要说的一切。还可以说的就是再会这句话了。"

她的话我考虑了有五英里至十英里久。现在不是拥抱接吻的时候,她既说了她所要说的,我亦得说出我的意思来。我也不必欺骗我自己,不承认她的话大多是真的。自从我们窜改账目的第一天起就是一团糟,我们的改账目、垫款,从头我就恨,而我们那些聚在一起的晚上,老是在担心第二天必得运用的诡计,因此谈不上什么谈情说爱。我们一聚在一起便是战战兢兢,她回去的时候同来时一样忸怩不安。但是我现在心里所担心的,不是这一点。只要我有把握她跟我是玩真的,我还觉得她是值得这么许多麻烦痛苦,要是她还要我的话,我一定还支持她。我决心单刀直入。

"希拉?"

"是的,达夫。"

"我在救护车里是有那种感觉。"

"这你不必告诉我。"

"原因也许半是因为你方才所说的。这我们不必欺骗自己。那早上是个可怕的早上,而你我从那天起,还经历同样可怕的早上。但是这并不是主要点。"

"……主要的是什么呢?"

"我没有把握,我从头就没有把握,而我现在还是没有把握,不晓得你是否瞒着我另外有人。"

"你在说什么啊?另外有什么人啊?"

"勃兰特。"

"你说查尔斯?你疯了吧?"

"不,我不发疯,好的,现在给你说了。我从头就有点疑心,现在可有十分把握,觉得你始终不十分坦白。你还一些瞒着我和警察;现在由你说吧。勃兰特的侵吞公款你是不是本来就帮他忙?"

"达夫,你怎么会问起这种话来?"

"你知道他的人在什么地方吗?"

"……知道。"

"这就是我所要知道的一切。"

我机械地说了出来,因为说老实话,我本已经决定她是跟我玩真的,这么突然一来,仿佛就是当头一棒。车子开着走时我感觉得到自己呼吸发抖。同时又感觉到她在看着我。随后她开始以一种坚硬的、勉强绞出的声音说话,仿佛她是迫着自己说出来,每个字都费斟酌似的。

"我知道他在什么地方,关于他我还有好一些没告诉你。出事那早上以前,我的没告诉你,因为我不愿意家丑外扬,就在你的面前也不愿意。至于出事以后,我对谁也不说,因为——我要他逃走!"

"噢,原来是这样子!"

"当我发现亏空的时候,我拉你下水的原因我已经对你说了。是因为怕孩子们长大时知道父亲坐牢。我现在的掩护查尔斯,我现在的瞒着你不肯说,因为要是我不这么做,孩子们长大时就要知道她们的父亲因杀人罪而处极刑。这我一定不让它发生!我不管银行损失九万钱或是一百万,我也不管你的事业毁了——我不如老实给你这么说吧——只要我的孩子的一生,不至于有这可怕的污点。"

这终于解释清楚了。随后我又想起一点来。我知道我们又在绕圈子走从前的路子:我又在帮她遮掩一桩不应当的事。这我可再也不干了。她要和我合在一起的话,这次必须干干净净。我感觉到全身板紧起来。"这在我的方面,我可不答应。"

"我并没有要求你答应。"

"原因也不是因为你说我怎么样。我并不是要求你把我看得比孩子更重要一点,也不是要求你把什么看得比孩子更重要一点。"

"你就是要求我,我也不会答应的。"

"原因是这场戏已经拆穿了,你不如早点明白这一点吧:你的孩子并不比人家好一点。"

"对不住,在我她们可是好一点的。"

"她们将来会知道,在她们死去以前会知道,上帝发给她们什么牌,她们就怎么做人,关于这一点,最好你也明白。你现在这么保护他们,别说是毁了你自己的生活,同时又毁了旁人的生活,而且这又不是正当的。好的,你要这么玩法是你自己的事。我可不参加。"

"那么这是永别了。"

"大概是吧。"

"这就是我所要对你说的。"

她现在哭起来,提起我的手轻轻地抖了一下。我的爱她比以前更厉害。我很想停下车来,双手抱住她,重归旧好。但是不行。我知道我要是这么做,一定又像从前那么胡缠不清。因此我车子一直开下去。车子现在已经开到海滩边,我随即掉转车送她回家。我们完了,我感觉得到她预言得一点儿也不错,我们以后再也不见面了。

我们车子走多少远我不晓得:大约是在朝西林附近的途上。她的人已经安静下来,闭着眼靠着车窗,但是突然间坐起来,把无线电开得大声一点。我的无线电最近一向开短波,虽然开得低,听都听不大见,但是开着还是开着。有个警士的声音刚刚发完一条命令,随后又重复一遍:

"四十二号车,四十二号车……立刻开到西林三望街四八二五号……罗林逊教授家里有两个孩子失踪……"

我往快车板上紧紧一踏,但是她可拉住了我。

"停!"

"我就是要送你去啊!"

"停!我说停——请你停行不行!"

我不懂得她的意思,但是我还是刹车,滑在一边停下。她跳了出去。我跳了出去。"你可否告诉我,我们做什么停在这里?那孩子是你的孩子,难道你不明白……?"

但是她的人已是站在路边的边石上,向我们刚才的来路招手。恰巧这时辰有一对车前灯一闪而亮。我本来没看见什么车子,现在可忽然想起,那车子一定是那部尾随着我们的。

她不断地招手,随即又拔开脚迎上去。车子于是开近来了。车里边坐有两位密探。她人还没停住脚便尖叫起来道:"你们听到那道命令吗?"

"什么命令?"

"西林失孩子那命令?"

"小姐,那是命令四十二号车的。"

"你别那么傻里傻气傻笑,听听我行不行?那些孩子是我的女儿。是我丈夫拐走的,这就是说,他预备好要溜了——"

她的话没有讲完的机会。包打听跳出车来,听着她开快车地讲。她说他溜以前,一定会在他本来躲的地方停一停,她要他们跟着我们去,由我们领道,只要他们别多说话,只要赶快。但是警察可有不同的意见。他们知道现在是时间的问题,因此便分乘两部车。一个包打听乘警车打头先走,从希拉那里得了地址。还有一个则上我的车开车子,我和希拉跳上去坐在车后。要是你自以为精于开车,你只须向警察领教一次。我们横冲直撞地开过西林,不到五分钟我们便到好莱坞,直开过去。我们不理什么红灯绿灯,大概全程都是不在八十里以下的速度。

她一直就拉着我的手祷告道:"噢,上帝,只要我们赶得上,只要赶得上!"

十二

我们在格兰戴尔区一家白色的小公寓门口停住车。希拉一跳跳出去,警察和我立刻就赶到她身边。她低声吩咐我们不要作响。随后她走到草场上去,溜到屋子的一边,抬头往上探望。一个窗口上有灯光。随后她又折到后边车库去。车库开着,她伸头一探。接着她又折回来,从前门走进去,一边作手势叫我们不要响。我们跟着她走上二楼。她蹑着脚走到右首第三个门,就在那儿听了一会儿。她蹑着脚折回我们等着的地方。

这时候警察们已将手枪拿出来了。随后她大踏步往那个门走,靴跟一片的的答答声,一走到便敲门。门立即开,有个女人站在门口。她手里拿着一根烟支,帽子大衣都戴好穿好,仿佛准备好要出去似的。我简直不相信自己的眼睛,我得看两次才敢确定那女人是邱琦。

"我的小孩呢?"

"啊,希拉,我怎么会知道——"

希拉一手抓住她,强扭着她到走廊上来。"我说,我的小孩呢?"

"她们没有事。他只是想看看她们,在他——"

她停住嘴,因为有个警察持着枪往门内走。剩下来的警察还在走廊上,就站在希拉和邱琦的旁边,手里拿着枪听。过一两分钟后,那进门去的警察又走出来,招手喊我们进去。希拉和邱琦先进门,我跟在后边,警察最后进来,但是站在望得到全走廊的地点。里边是一间单房间的公寓,一边是凹室当为饭厅,此外则是一间洗浴间。所有的门都敞开,甚至大小便间的门都打开,这是先进来那位警士做的,以防有人躲避。正中央地板上有两只手提箱,扎得紧紧的,先进门的那位警士走过来找邱琦。

"好啦,胖子,讲出来。"

"我还不知道你在讲什么呢。"

"那些小孩呢?"

"我怎么会知道——?"

"你那脸非先敲烂不可吗?"

"……他现在带她们上这里来。"

"什么时候要来?"

"现在就来。他现在应当到了。"

"为什么呢?"

"带着一同走。我们本预备逃的。"

"他用车子的吧?"

"他开他自己的车子。"。

"好——把箱子打开。"

"我没有锁匙。他——"

"我叫你打开。"

她弯下身,开始解开皮箱。警士从后边用根枪刺着她。

"快点,赶快,赶快!"

她把皮带解开后,又从她皮包里取出锁匙来开锁。警察一脚就踢开箱子。他立即惊奇得吹哨起来。那两只手提箱中大一点的一只,有现钞滚了出来,有的是用橡皮筋扎好的一捆一捆,有的还装在封套里,封套上写明数目。这是我们库房里新领来的新钞,动都还没有动过。邱琦开始咒骂希拉。

"都在那儿,现在你可乐了,是吗?你以为我不知道你在捣鬼吗?你以为我没看见你在窜改卡,以便人家一查到亏空便可以送他坐牢吗?好的,他可制胜你了,而且你的老头子还给他骗了——你那假神圣的老头儿,活该!但是你还抓不到他,你那些小鬼还是给你找不到!我要——"

她往门口一冲,但是门口早有警察守着,捽她回来。守门的警察随即对那弯下身摸钞票的警察说:"贾克!"

"是的?"

"他会来取这款子的。你最好打个电话到局子里去,不要冒险,得有人来帮忙。"

"天啊,我从来没看见这么多的钱。"

他走到电话机边,捡起来拨一个号码。就在这个时候,我听见外边有部车子的特别喇叭声,快快地连按三四次。邱琦也听到,张开嘴要叫。但是可没叫出声来,希拉往她身上一扑,一手抓住她喉咙一手掩住她的嘴。希拉扭转头对警察们说：

"赶快，赶快，他的人就在外边。"

警察扑出去，鱼贯下楼，我就紧跟在后边。他们的人一到门口，门前停有一部车子——停在我车子的后边——突来一枪。警察一个躲在门边的一只大缸后，一个躲在一棵树后。但是我可什么也不躲。那部车子已经在动，我就是拼命也得抓到那家伙。我拔起腿拼命跑，跨过公寓前的草地，穿过隔壁两幢房子的两块草地。他没法子溜。他车子想溜走的话，非得经过我不可。五十步外街上停有一部车子，我就在这部车子前蹲下来，就蹲在车前的防撞板上，希望车身可以掩护我。他的车子现在来了，加速发动机要冲过去，但是我跳起身，一手抓住他的车门上的门柄。

以后十秒钟所发生的事我自己也不清楚。车子的速度使我的人向后一掷，我抓在门柄的手抓不住，头一碰碰在车子的踏板上。我当时因为上次受伤，头上还有扎布，这么一来可很不好过。但是我一手又抓住了车后门的门柄，死握住不放。这一切的发生比说的还要快，幸而我的人往后一掷，大概是这一下子救了我。他一定是以为我的人还在前面，因为他就对着前面直开枪，我看得到前门上一个又一个枪洞。我当时起了一种怪念头，以为非计算这些枪洞不可，由此可以知道他什么时候子弹打完。我看到三个窟窿，一个连着一个。但是我又突然醒悟，除了这些窟窿以外，还有旁的枪在开，有些枪是从后边打过来的。这就是说，警察们也赶上来了，我的人正在双方的火线上，我很想扑倒在街上躲一躲，但是结果还是死扭着门柄不放。随后车子的后座上哀叫声突起，我才想起那些孩子们。我大声喊，告诉警察说孩子们在车后，不要开枪。就在这个时候车子慢了下来，往左边斜斜一刺，一刺刺在边石上，车于是停了。

我站起身，打开前门赶快往里一跳，其实我不必跳。他的人缩起来躺在车前座位上，头垂了下来，座位上全是血。有一个警察赶上来打开后门，我所看到的真太可怜了。大的女孩安娜躺在底下呻吟，三岁的小妹妹查萝则坐在座位上喊着：

"爸爸看姊姊，因为姊姊受伤了。"

她爸爸可一声也不响。

奇怪的是那个方才对于邱琦那么粗暴的警察，现在对付孩子们可是那么温柔、慈爱。他老是喊她们做妹妹，一下子便哄得小妹妹安静下来，而那受伤的姐姐也不再喊叫。另外一位警察赶回公寓去打电话，恰巧赶上抓住邱琦提着款子要往外跑。这一位则留在车子边，他刚刚哄得孩子们安静下来，又得对付希拉，此外又加上四处聚拢来的闲人约有五百人。

希拉就像个疯女人，但是那警察可一点不让她挨安娜。他说大夫到以前谁也不准动安娜一下子。安娜必须躺在那车座，希拉尽管怎么闹，他坚决到底。我想他讲的也有道理，因此我用手环抱她，叫她安静下来。过一两分钟后，我感觉到她的身体扳紧，于是我知道她已经控制好自己了。

救护车终于开到了，一部装勃兰特，一部装那女小孩，由希拉陪着。我用我的车子载着小查萝。希拉走时，摸一摸我的手臂。

"又是医院。"

"你又是受了一次惊了。"

"但是这个啊——达夫！"

开刀间工作完毕时已是早上一点钟了，到那时候护士们早已哄小妹妹查萝上床睡觉了。据小妹妹说的，以及警察和我自己推测出来的，安娜的受伤并不是出自警察的开枪。

勃兰特当时把车子停在公寓门口时，孩子们都在车后座上睡觉，一直到她们父亲开起枪才醒来。大的孩子跳起来和父亲说话。她父亲既不回答她，她便站到他左手后边去说话，就站在他一边开车一边开枪的正后边。一定就在这个时候，他向肩后的警察开枪，只是这一枪可打中了他自己的女儿。

手术完毕以后我送希拉回家。我并没有送她到格兰戴尔去。我送她到西林她父亲的家。她事前已经打电话通知他经过的一切，请他等她。她现在憔悴得像个鬼，闭着眼睛靠在车窗上。"关于勃兰特，人家告诉你没有？"

她睁开眼睛来。

"……没有啊。他怎么啦？"

"他不必受刑了。"

"你的意思是——？"

"他死在手术台上。"

她又闭起眼睛来,默然半晌,而当她再开口时,她的声调平淡,全无生气。

"查尔斯的人不错,是个好人。——一直到他碰到了邱琦才变了。我也不晓得她对他有什么魔力。他对于她完全疯了,于是人也变坏了。他们做的,我的意思是讲那天早上劫银行,不是他想出来的,都是她起的主意。"

"但是'为什么'呢?这你告诉我好不好?"

"报复我,报复我父亲,报复世界,报复一切。你注意她对我讲的没有?她迷信我是要毁坏查尔斯。因此如果是确实的话,那她和勃兰特就抱定先下手为强的主意。查尔斯完全受她的控制,而她的人又是坏人。我真的不知道她的神经是否是健全的。"

"怎么也有人找这么丑的做爱人。"

"她的吸引他,这正是其中原因之一。他不是个十分男性的人。对于我,他一向取防御的态度,其实他完全没有这么做的理由。但是她,她那没血气的、忸忸怩怩的为人,可使得他觉得自己是个男性。我的意思是说,她使他兴奋,正因为她是这么下流的东西,她能够给他的,我永远不会给他。"

"现在我才明白了。"

"你想怪不怪?他是我的丈夫,他的死活我不关心——简直完全不关心,我所能想的,只是医院那小东西——"

"大夫怎么说?"

"他们说不知道。全靠她自己的体力和伤势的发展。子弹打穿她的肚皮,一共有十一个窟窿,将来会生腹膜炎,说不定还有旁的复杂——他们对于两三天内的变化都没有把握。而且血流得太多了。"

"人家会输血给她的。"

"开刀时他们给她输过一次血。他们等的就是为这个,他们不敢动手术,得等输血者先到。"

"要是血的问题,我倒有许多。"

她又哭起来,抓住了我的手。"甚至还要你的血,达夫?你还有什么没给我的吗?"

"别提了。"

"达夫?"

"是的?"

"要是我照上帝所发给我的牌玩,这就不会发生的。这就是最可怕的地方。要是我要受责罚——好的,我是该受人家责罚的。只要这责罚不要落在'她'身上啊!"

十三

警察一开释希拉,报界大大帮她的忙,这我得承认。报纸把这案子大加渲染,可是这次把她写成女英雄,至于我这一方面,我没有什么可以诉苦的,只要他们不提起我,我心里一定更高兴。邱琦认罪,被押到铁哈闸壁关一个时期。她甚至承认毒蜘蛛是她带来的。赃款全都调回来,因此罗林逊教授的款子取了回去,保险公司也不必赔款。这么一来,我的夜夜睡不着觉稍为好一点了。

但是希拉和我所忧愁的可不是这一点。我们但心的是医院里那个可怜的孩子,简直可怕极了。大夫们可是知道伤势要怎么发展的。起初两三天似乎十分顺利,只是体温逐渐升高,每次高一点点,她的眼睛越来越亮,面颊越来越红。随后腹膜炎发作了,这一发作可真凶到极点。有两星期她的温度老是钉在一百零四度左右,后来她似乎是过了这个难关,肺炎可又来了。人家给她上氧气三天,过后她的人是那么弱,谁也不相信她还活得下去。最后她开始好起来了。

在这时期中我天天带希拉进去两次,我们就坐在那儿看这张温度表,间而谈谈我们将来的生活。我什么主意也没有。保险公司那一团糟,现在都解决了。但是银行并没有喊我回去,其实我也没有这种盼望。我的姓名在全国报纸的首页上糟蹋了这么久,我不晓得什么地方还可以找到职业。我对于银行懂得一点点,但是在银行界混饭,第一非有好的名誉不可。

有一天夜里我和希拉坐在家里,两个女孩子坐在床上看图画,门一推开,老头子走了进来。这是自从他和希拉跳舞那天夜里起——就是老头子到火奴鲁鲁去的前一天夜里——我们初次的会面。他带来一盒子花,鞠个躬递给希拉。"我顺便来看看女孩子。"

希拉接了花,赶快掉开头遮掩她的情感,随后她按铃喊护士把花放在水里。她介绍他和孩子们认识,他坐在床上逗她们玩,她们也让他看看图画。花装在水瓶里送回来,希拉惊奇得屏住气来,因为花是大菊花。她谢谢他,他说是他家里花园的花。护士走后,孩子们安静下来,希拉走过去坐在老头子的旁边,拿起他的手。"这是你意料不到的吧?"

"哼,其实我还有更好的。"

他往袋里一掏,掏出两个洋囡囡。孩子们喜欢得疯狂了。这么一来,又把谈话打断五分钟左右。但是希拉还是拉着老头子的手说下去:"完全不在意外,我早就在等候你来。"

"噢,原来是这个样子。"

"我看到报上说你回来了。"

"我昨天回来。"

"我知道你会来的。"

老头子看看我,笑一笑。"我那次跳舞一定很成功。我那次'伦巴舞'一定是显出好本事来。"

"我可以说你的本事不错。"

希拉笑了起来,吻吻他的手,站起身往一只椅上一坐。他也找只椅子一坐,看看他的大菊,说道:"哦,你知道你喜欢一个人的话,你送花给她。"

"你知道你喜欢一个人,你知道他会这么做的。"

他坐了一会儿又说道:"你们这一双大傻瓜,我生平从未见过,差不多是顶傻的。"

"我们自己也是这么想。"

"但是可不是一对骗子。我在火奴鲁鲁时,曾在报纸上看到一点,我一回来后,又把全部档案彻底研究一下。要是我的人在这里的话,一定也像法莱塞鲁那么严厉对付你们。他所做的,我一点批评都没有。但是我不在这里,幸喜是在外边。现在我回来了,找不到有什么可以指责你们的。你们这案子破坏一切的章程规矩,一点也不谨慎,但是在道德方面没有错处。而且这件事傻得发痴,但是人人都偶尔有发痴的时候。甚至我也有这一种的冲动,特别是跳'伦巴'的时候。"

他停了下来,用手指尖摸摸眼睛的前边,从手指缝后瞪着眼睛看一会儿。随后他说下去道:

"公事还是公事,现在法莱塞虽然对你还不至于像从前那样恼,但是和气还谈不到。照我想,班涅德你暂时还不要回总行来——至少要避一避这一阵子的风头。不过,我现在打算在火奴鲁鲁开一家支行。不晓得你肯主持这家支行吗"

老兄,猫喜欢吃猪肝吗?

因此,现在我们都在火奴鲁鲁了,一共是大小五口:希拉,我,安娜,查萝,还有亚述。亚述是我们到这里不到一年后新添的,是照老头子命名的。现在她们在沙滩上,我在阳台上写这东西时,望得见她们。我的太太,要是有人问起的话,现穿一件游泳衣,相当美丽。几星期前老头子来过一封信,说法莱塞已经调到东部服务,要是我想回总行的话,随时都可以回去,他会想法子安插。但是我不知道。我喜欢这地方,希拉喜欢这地方,小孩子喜欢这地方,而且这支行的业务也很顺手。还有一点:我也不喜欢希拉有机会和老头子多跳"伦巴"舞了。

(完)

英国文学史教学大纲（草案）

中华人民共和国高等教育部审订

英国文学史教学大纲

（草 案）

综合大学英国语言文学专业四、五年制用

高 等 教 育 出 版 社

英国文学史教学大纲说明

《英国文学史教学大纲》系我部委托复旦大学编写的。该校于 1955 年上半年写出初稿，向各校征求意见，后因改订教学计划，因此在 1955 年下半年重新编订；到 1956 年 2 月北大、南大、中山、复旦各校代表会集上海讨论后，再经过整理，完成了这个工作。

本大纲主要根据莫斯科大学外国文学史教学大纲的英国文学部分，并参考列宁格勒师范学院英语系英国文学史教学大纲。为了结合我国实际，有所增删。

英国文学史是综合大学英语专业第六、七、八三个学期开设的课，第六、七两学期每周授课四小时，第八学期每周二小时，总计授课 174 小时。

这个课程的性质、范围与教学方法：用马克思列宁主义的立场、观点、方法，概括地讲授英美现实主义文学的发展过程，集中在主要的作家及其作品，重点讲解，深入体会。在专业的教学计划中，这一课程既在第六学期开始，学生于政治理论方面已有一定基础，英国史、古代文学亦已于前一学期学过，唯在英语基本能力方面，对于阅读原著必将遇到一些困难。同时，这课程必须与其他并行的英国语言史及后行的选修文学课程配合，要为学生科学研究、学年论文、毕业论文等提供条件，因此在第六学期开始还是比较适当的。

大纲共分十章，前加引论。每章后附有名词对照表，最后有主要参考书目，各章重点及时间简明表，及分章说明。

引 论

1. 学习英国文学史(包括美国文学)的目的。

培养学生爱国主义和国际主义的精神。

列宁论共产主义文化应吸收人类优良文化传统的原则。毛泽东论:"中国应该大量吸收外国的进步文化,作为自己文化食粮的原料。"

英美文学的研究和祖国文学事业的联系。英国文学史在英语专业教学计划中的地位。掌握一定英美文学基本知识为专门化或选修课程作好准备。

2. 英国文学史(包括美国文学)研究的对象。

马克思列宁主义关于文学与社会的论点。英国文学史(包括美国文学)反映了英、美历史发展中的阶级矛盾和斗争。英国文学和英国语言发展的关系。

列宁关于一个民族两种文化的斗争的指示。英国文学史中的现实主义传统和现代英美文学中的社会主义现实主义。英国文学史中所表现的流派斗争和文学类型。

英国文学史的发展阶段:中世纪文学、文艺复兴、资产阶级革命时期文学、启蒙运动时期文学、浪漫主义、批判现实主义、帝国主义时期文学和现代文学。

英国文学和其他民族文学的关系。五四以来英美文学的介绍和影响。中国共产党所领导的进步文学家对反动文人(买办资产阶级代表、第三种人和黑帮两面派)所进行的斗争。

3. 学习方法。

列宁论文学的党性原则。

马克思列宁主义的文学理论。文学和历史社会发展的联系。马列主义经典作家对英美文学的评价的指导意义。毛泽东论文艺批评的两个标准及其统一性。俄罗斯革命民主主义批评家和五四以来我国先进批评家对英美文学的评价。

批判资产阶级文学中的各种反动流派。揭发第二次世界大战以后美国法西斯主义在文学中的侵略和战争叫嚣。批判资产阶级文学史家和批评家对英美文学中现实主义传统的歪曲。

第一章　中世纪文学

1.马克思列宁主义经典作家论原始公社制度与阶级社会的起源。古代凯尔特人的社会制度与文化。罗马统治时期的不列颠。盎格鲁-撒克逊人的入侵与英吉利的统一。盎格鲁-撒克逊人的社会秩序与封建化过程的未完成性。与斯坎的那维亚人的斗争及其对盎格鲁-撒克逊政权发展的意义。

巩固"从氏族制度发展出来的军事民主"（恩格斯）是当时社会的特征：这特征在人民诗歌中的反映。盎格鲁-撒克逊的"歌者"。盎格鲁-撒克逊的人民史诗《贝沃尔夫》。贝沃尔夫的形象——为了大众幸福而斗争的人民英雄。这首史诗的语言与形式。基督教僧侣文学的发展及其阶级本质。《盎格鲁-撒克逊编年史》。

2.诺曼人征服英国。国王对封建主及罗马教会的斗争。城市的成长。《大宪章》。教会在中世纪文化史中的反动作用。

英国与法国的骑士文学——封建社会文学的最高阶段，对国王的武功与政绩的歌颂。人民群众反教会封建压迫的斗争及其在文学中的反映。骑士文学中的民主因素（《丹麦人汉扶洛克》）。

中世纪科学与进步思想的发展（罗吉尔·培根）。

3.城市商业的发展。圈地运动与农民生活的恶化。农民起义及城市中对封建主的斗争。城市文学的发生与其现实主义的性质。十四世纪后半叶英国农民在瓦特·泰勒领导下的起义。约翰·保尔的布道文的社会性质。反对罗马教会的宗教改革运动。

朗格兰的《农夫彼尔斯》中的民主主义，对于上流社会罪恶的大胆控诉，对于一般社会劳动思想的歌颂与保卫。彼尔斯的形象是广大人民反对教会和封建压迫的坚决抗议的反映。这首寓言诗的风格特征。

乔叟（1340—1400）在英国民族文学发展中的地位。乔叟的创作道路以及1381年起义对乔叟创作所起的决定性作用。《坎特伯雷故事集》——英国十四世纪社会的真实画面；表现了封建制度在资产阶级急剧上升中趋于衰落。乔叟企图从各方面深刻揭露当时的人物与习俗；对于社会罪恶，对于教会人物的无耻,对于有产者的贪婪的控诉。这部作品的人文主义与民主主义。乔叟的幽默表现了他的乐观主义,同时也是他暴露现实的手段。乔叟语言的人民性。高尔基称乔叟为英国现实主义的奠基者。

英国与苏格兰的民歌。民间创作对于艺术文学的意义。罗宾汉民歌。罗宾汉是被剥削人的保卫者,是封建主与教皇的敌人;他的勇敢、聪明及对压迫者的积极仇恨心。民歌的艺术特征与其中忠实于爱情的题材。

早期戏剧:神秘剧、奇迹剧、道德剧、插剧。早期戏剧中的人民形象。

名词对照表

歌者	Scop
贝沃尔夫	Beowulf
盎格鲁-撒克逊编年史	Anglo-Saxon Chronicle
大宪章	Magna Carta
丹麦人汉扶洛克	Havelok the Dane
罗吉尔·培根	Roger Bacon
瓦特·泰勒	Wat Tyler
约翰·保尔	John Ball
朗格兰	William Langland
农夫彼尔斯	The Vision of Piers Plowman
乔叟	Geoffrey Chaucer
坎特伯雷故事集	The Canterbury Tales
罗宾汉民歌	Robin Hood Ballads
神秘剧	Mystery Plays
奇迹剧	Miracle Plays
道德剧	Morality Plays
插剧	Interludes

第二章 文艺复兴

1.马克思列宁主义经典作家论资本主义的原始积累时期的阶级矛盾与新兴资产阶级的横蛮掠夺的本质。马克思、恩格斯论工人阶级的先驱者——城市劳动大众——在十五至十六世纪解放运动及先进思想的发展中所起的作用。恩格斯论文艺复兴时代文学中反映着人民所期望的理想社会乌托邦的面貌。十五至十六世纪资产阶级国家与民族政权的形成。民族语言及民族文学的发展。恩格斯论文艺复兴时代为"人类前所未有的一个最伟大的进步的革命"。

2.文艺复兴时代的人文主义及其社会根源。人文主义对封建主义和教会禁欲主义的斗争。这时代人文主义的两条路线：(1)人文主义者是文艺复兴时代的巨人，在他们的作品中反映着人民大众的期望，人民对封建反动势力的斗争及其对增强的金钱势力、对增长的资产阶级剥削的抗议；(2)人文主义者的显著的资产阶级局限性与资产阶级贵族的思想意识息息相通，与人民运动相疏远，或甚至敌对，与贵族取得妥协的倾向。

3.十五至十六世纪英国历史过程的特征。封建贵族的衰落与城市的繁盛。瓦特·泰勒以后的农民运动。英国专制政治的形成。英国的宗教改革。资本主义关系的发展。新兴贵族对丧失土地的农民的血腥立法。

英国的人文主义及其特征。穆尔(1478—1535)的生活和作品，他对统治阶级剥削农民的批判，对统治阶级残酷性的暴露。他的《乌托邦》中的社会结构，《乌托邦》中所显示的人文主义和人民性。穆尔世界观的矛盾性。培根(1561—1626)——"英国唯物主义和最新时代的一般实验科学"的始祖。他的《新亚特兰提斯岛》与《散文集》。

4.伊利沙白统治时期王权的增强。西班牙的失败。资产阶级与英国专制政治间矛盾的增长。英国资产阶级与新贵族对女王的斗争。宫廷贵族文派(黎礼，1554—1606)与资产阶级文派(纳施，1567—1601，与得隆尼，1543?—1600?)的形成和冲突。在十六世纪英诗改革中斯宾塞(1552—1599)所起的作用和他的作品的矛盾性：《仙后》中对女王的颂赞和他对爱尔兰奴役的抗议。

在城市生长中戏剧艺术与剧院的盛况以及七十年代九十年代阶级斗争的尖锐化。

莎士比亚的先驱者。作为英国悲剧创始人的马洛(1564—1593)。他的三部悲剧(《坦波兰》《浮士德博士》《马尔达的犹太人》)对伟大个性的赞美,对无限权力的追求,和他的无神论的特征。他作品中的人文主义的悲剧英雄形象。格林(1558—1592)的剧本《威克斐田野守者》中的人民形象。

5.莎士比亚(1564—1616)——英国文艺复兴时期最伟大的代表作家,全世界杰出的文豪之一。莎士比亚创作中十六至十七世纪历史过程的反映——封建制度崩溃的画面,残酷斗争的描写,在斗争中所显示的历史前进的力量,对新兴资本主义关系的批评,对人民群众所起决定性历史作用的感觉。

莎士比亚的生平与其创作的分期。在十六世纪英国诗歌背景中的莎士比亚十四行诗,体现在他创作的第一、第二阶段的诗人心情,第六十六首十四行诗是英国现实的综合描写,是对当时的强暴及腐化的抗议。

莎士比亚创作第一阶段中所显示的愉快活泼的特征。莎士比亚喜剧是文艺复兴时代英国喜剧的最高成就。莎士比亚喜剧中正面人物问题。人文主义代表者和他们对封建偏见斗争的胜利(《罗密欧与朱丽叶》《无事烦恼》《驯悍记》)。文艺复兴时代活泼能干的女性形象问题(《威尼斯商人》《皆大欢喜》《无事烦恼》《第十二夜》)。对于资产阶级自私自利的暴露(《威尼斯商人》)。历史剧与喜剧中的福尔斯塔夫和他所代表的衰亡的封建社会背景。在历史剧中莎士比亚政见的反映,对封建制度的批评(《亨利四世》),对英国中央集权思想的维护(《亨利五世》),对专横的帝王政权的揭露(《理查三世》)。在《亨利五世》中理想的国王形象反映了莎士比亚对君主政体看法的矛盾性。在历史剧中人民作为有决定性的历史推进力量的问题。

莎士比亚创作的第二阶段——十七世纪初英国历史情况的反映。在这个已成熟的阶段中莎士比亚的主角是人文主义世界观坚定不移的拥护者,在反对暴政和对种族与等级偏见的斗争中他又是牺牲者,但在道义上他战胜了敌人。莎士比亚的主要悲剧作为他那个时代的历史对照,并寻求回答英国未来历史命运的问题。

《汉姆莱脱》。莎士比亚的时代是说明汉姆莱脱性格的必不可少的根据。

汉姆莱脱所目击的四周环境和他的人文主义世界观。他的拖延与装疯以及他内心的活动问题。汉姆莱脱与人民群众问题。剧中所表现的对专制政治的否定态度。悲剧的所以产生和其中所提示的积极意义。莎士比亚在剧中所提出的现实主义方法。马克思列宁主义经典作家及俄国革命民主主义批评家论《汉姆莱脱》。

《奥瑟罗》。莎士比亚所创造的摩尔人的庄严形象和他那易于轻信人的缺陷。剧中所提出的爱情战胜封建思想和冲破种族成见的题材。埃古是资本原始积累时期的一个冒险阴谋家。剧中的种族成见的主题与奥瑟罗的悲剧根由。史坦尼斯拉夫基论《奥瑟罗》中的人物形象。《李尔王》。在剧中莎士比亚对自己时代的揭露，对旧式专制君王的批评。暴君李尔王对民间疾苦的了解与巨大历史过程中产生新人的反映。葛罗斯脱的悲剧平行的作用。科第丽霞的形象。李尔王的弄臣与剧中来自民间的人物形象的意义。杜布罗留勃夫论李尔王。

《麦克佩斯》。剧中对险恶的野心的揭发与这野心所造成的必然的悲剧结果。剧中的鲜明的人物形象与他们内心企图所反映的妖巫和神异的情节。莎士比亚对暴力者的深刻描画与批评。剧情的紧凑结构与剧作的高度的艺术性。《雅典的泰门》中对金钱力量的谴责——马克思关于这一点的经典论述。《科利奥兰纳斯》与《裘力斯·凯撒》中的英雄形象与人民群众问题。

莎士比亚第三阶段的剧作——英国人文主义的一个紧要关头的反映。继续对专制政治的批评(《暴风雨》)。《暴风雨》中的普洛士丕罗的形象是莎士比亚晚年矛盾的反映。在这阶段中富有神话式的想象，对人类未来命运的深刻信念。

莎士比亚和人民戏剧的传统。莎士比亚的人民性问题。伟大的现实主义戏剧家莎士比亚的创作方法的特点。莎士比亚美学中的典型描写的方法。莎士比亚的语言与其丰富性。莎士比亚为发展英语的斗争，反对宫廷贵族作家的人工化的夸饰文体的语言(《爱的徒劳》)。

马克思、恩格斯论莎士比亚是一个伟大的现实主义艺术家。普希金对莎士比亚的评价。别林斯基论生活就是莎士比亚剧中的永恒的主角，论莎士比亚剧中人物的现实性。车尔尼雪夫斯基与杜布罗留勃夫论莎士比亚。莎士比亚在中国。

6.莎士比亚以后戏剧的命运。班·琼生(1573—1637)反映了十七世纪三十年代进步的资产阶级知识分子的精神。他的剧作对专制政治与贵族的批评。他的创作方法的特征：浸染着英国民族传统的古典主义成分，他对金钱力量与清教徒龌龊行为的批评，以及他的现实主义的手法(《伏尔蓬奈》《巴托洛缪市场》)。鲍蒙脱(1584—1616)与弗莱求(1579—1625)的贵族庸俗化的浪漫主义悲喜剧表现了当时英国戏剧的日趋衰落。清教徒与剧场的封闭。

名词对照表

穆尔	Thomas More
乌托邦	Utopia
培根	Francis Bacon
新亚特兰提斯岛	New Atlantis
黎礼	John Lyly
纳施	Thomas Nashe
得隆尼	Thomas Deloney
斯宾塞	Edmund Spenser
仙后	The Faerie Queene
马洛	Christopher Marlowe
坦波兰	Tamburlaine
浮士德博士	Dr. Faustus
马尔达的犹太人	The Jew of Malta
格林	Robert Greene
威克斐田野守者	The Pinner of Wakefield
莎士比亚	William Shakespeare
罗密欧与朱丽叶	Romeo and Juliet
无事烦恼	Much Ado About Nothing
驯悍记	The Taming of the Shrew
威尼斯商人	The Merchant of Venice
皆大欢喜	As You Like It
第十二夜	Twelfth Night
福尔斯塔夫	Falstaff

亨利四世	Henry IV
亨利五世	Henry V
理查三世	Richard Ⅲ
汉姆莱脱	Hamlet
奥瑟罗	Othello
李尔王	King Lear
埃古	Iago
葛罗斯脱	Gloucester
科第丽霞	Cordelia
麦克佩斯	Macbeth
雅典的泰门	Timon of Athens
科利奥兰纳斯	Coriolanus
裘力斯·凯撒	Julius Caesar
暴风雨	The Tempest
普洛士丕罗	Prospero
爱的徒劳	Love's Labour's Lost
班·琼生	Ben Jonson
伏尔蓬奈	Volpone
巴托洛缪市场	Bartholomew Fair
鲍蒙脱	Francis Beaumont
弗莱求	John Fletcher

第三章　资产阶级革命与王政复辟时期文学

1.英国资产阶级革命时期的阶级斗争及其在英国文学中的反映。马克思、恩格斯论清教徒的思想意义。英国革命资产阶级的文艺政策。十七世纪英国革命作家及其与宫廷作家的颓废文学的斗争。

2.弥尔顿(1608—1674)——英国革命时期最伟大的诗人和政论家。他的创作及其矛盾性——他的革命抗议的力量与他的积极理想的局限性。

弥尔顿的早期作品和政论小册。《阿利欧巴杰地加》中对言论自由的保卫。《保护英国人民》中对资产阶级共和国的拥护。他的政论风格的生动性与战斗性。

他的诗篇是借用《圣经》的史诗题材所反映的十七世纪的英国社会现实。《失乐园》中撒旦形象的反抗性。别林斯基论弥尔顿笔下的撒旦,表现了对威权的反抗。弥尔顿世界观中的唯物主义成分。他对古代文化的高度评价。他同文艺复兴时代文学传统的关系。

宗教诗篇《复乐园》和革命思想的脱节。剧诗《力士参孙》中革命思想的新的激扬,继续对专制政权的斗争,对胜利了的反动势力的大胆挑战,对暴力者必然灭亡的预言。

普希金与别林斯基论诗人弥尔顿风格的矛盾性。

十七世纪英国政论中所反映的平均派与掘土派运动。

李尔本的政论对克伦威尔政策的暴露。温斯坦来的乌托邦反映了资产阶级推翻王权后受欺骗的人民群众的情绪。

3.彭扬(1628—1688)的《天路历程》对贵族社会的暴露以及清教徒美学观的局限性。彭扬在英语发展中的作用。

王政复辟时期清教徒作家反对复辟的斗争。英国贵族阶级的道德没落在十七世纪末戏剧中的反映。

名词对照表

弥尔顿	John Milton
阿利欧巴杰地加	Areopagitica
保卫英国人民	A Defense of the English People
失乐园	Paradise Lost
撒旦	Satan
复乐园	Paradise Regained
力士参孙	Samson Agonistes
平均派	The Levellers
掘土派	The Diggers
李尔本	John Lilburne
温斯坦来	Gerard Winstanley
彭扬	John Bunyan
天路历程	The Pilgrim's Progress

第四章　启蒙运动时期文学

1.马克思列宁主义经典作家论资产阶级思想家——启蒙运动者的历史任务是为新的社会经济关系而斗争,论启蒙运动世界观的矛盾性。毛泽东论启蒙运动。俄罗斯革命民主主义批评家对启蒙运动的评价。

2.1688年英国资产阶级与贵族间的妥协。他们对爱尔兰人及苏格兰人的奴役。殖民地的扩张与农民的贫困。马克思、恩格斯论十八世纪英国贵族为资产阶级所排斥,在社会经济矛盾的发展中英国资产阶级成为人民大众的压迫者。英国启蒙运动的保守倾向及局限是英国社会发展特征的结果。

十八世纪后半的英国工业革命是旧的社会与经济关系的崩溃。英国工人阶级的形成和其首次行动。

3.英国十八世纪初期哲学中的唯物主义与唯心主义的矛盾反映了英国启蒙运动发展的矛盾。英国启蒙运动文学中资产阶级民主派与自由派之间的斗争。作为一个流派的十八世纪英国古典主义的特征:它反映了资产阶级与贵族之间的妥协,也反映了资产阶级关系的发展。古典主义文学中的矛盾:一方面在蒲伯(1688—1744)作品中表现了贵族倾向;另一方面在阿狄生(1672—1719)与司蒂尔(1672—1729)作品中代表了资产阶级启蒙运动时期古典主义文学对贵族的批评。阿狄生与司蒂尔的讽刺刊物的地位。

4.斯威夫特(1667—1745)在启蒙运动时期的英国文学中的特殊地位。他的著作反映了人民大众的运动,而这种运动在资产阶级关系的发展中遭受了破坏。斯威夫特的矛盾:他作品中的反资产阶级的倾向以及他对于人民大众世界观中的族长思想的反映成分。爱尔兰解放运动对斯威夫特的创作过程所起的作用。

政论家斯威夫特的政治思想,这些政论揭露了英国两党政治的无原则性,并谴责了统治阶级的军事冒险行动中的利己主义。他对宗教和僧侣的讽刺——《桶的故事》。他为爱尔兰人民所写的强烈的讽刺——《德雷皮尔的书简》与《刍议》。

斯威夫特创作的高峰《格里佛游记》是对十八世纪英国社会的全面讽刺。

它揭露了英国统治阶级的面貌,批评了英国衰老的封建制度与新兴资产阶级的关系。斯威夫特是十八世纪侵略战争及殖民主义的抨击者。作为反专制主义、反资产阶级的一部作品《格里佛游记》的世界意义。

斯威夫特政治观点的发展与格里佛形象的演化。作为讽刺家的斯威夫特的艺术特点:在他这部幻想作品的现实主义基础上反映了作者的矛盾。别林斯基论斯威夫特在小说发展中的地位。高尔基论斯威夫特。苏联文艺科学中对斯威夫特的评价。鲁迅论斯威夫特。

5.笛福(1660—1731)——他参加对封建反动势力支持者的斗争,拥护进一步加强和发展英国的资本主义。笛福从新闻写作转入小说写作的创作道路反映了他的政治见解的演变。他创作初期的反贵族的言论(《真正的英国人》与《刑架的赞歌》)。笛福小说的特征。《鲁滨孙漂流记》在他的小说创作中的地位。

马克思论鲁滨孙是资产阶级的幻想。这部小说的矛盾性:对劳动的肯定以及对征服自然的热情是这部小说的主要积极意义,但另一方面是对资产阶级的企业精神以及侵略冒险主义的颂扬。笛福的新的艺术方法反映了他的世界观:小说中的现实主义的因素与自然主义的描写方法。笛福小说结构中冒险主义因素的意义。笛福在语言方面的革新。笛福的小说是英国散文发展的一个重要阶段。

6.启蒙运动在十八世纪四十年代成熟,反映了工业革命前夕英国社会的阶级矛盾。英国感伤主义的创始人理查孙(1689—1761)由资产阶级世界观的立场批评英国贵族阶级。理查孙积极理想的局限性与狭隘性。在反对理查孙小说的资产阶级与清教徒局限性的斗争中,英国启蒙派小说家的批评方向成长起来。

7.菲尔丁(1707—1754)的创作道路:他的早期作品继续了斯威夫特的讽刺传统;他的讽刺戏剧中对英国政治制度的批评;他同理查孙在艺术原则上的争论。菲尔丁世界观的唯物主义基础,对辩证法自发的倾向。他论资本主义的非正义性和他的民主主义的倾向。菲尔丁的局限性。他的小说创作是他对文学的主要贡献:

《约瑟·安德鲁斯传》这部小说写作的动机是讽刺理查孙的作品《帕米

拉》。菲尔丁对当时社会各方面生活现实的描画，对上层人物的贪婪和虚伪的讽刺，对劳动人民的优良品质的颂扬。乡村牧师亚当斯的形象。

《大伟人江奈生·魏尔德传》中的一个反面人物的形象，对虚伪、残暴和恶毒的辛辣讽刺。哈脱弗利的形象及其局限性。小说中表现了对剥削阶级罪恶统治的痛恨和对被压迫的人民的同情。斯威夫特的讽刺传统的继承。

《汤姆·琼斯》这部英国现实主义小说杰作所反映的十八世纪的英国社会。为了争取婚姻幸福对传统社会所进行的斗争。对英国资产阶级的腐朽、虚假、唯利是图的本质的暴露与讽刺。小说中的正面人物的形象（汤姆·琼斯、苏菲亚与奥尔瓦塞）和对保守反动的讽刺（乡绅魏思登与白拉斯东夫人）。勃立菲尔是反面人物形象的主要代表。汤姆·琼斯形象的艺术价值，在这个形象的矛盾中描写其个性的发展，并通过这个主角处理了启蒙运动中一个中心问题——对于人性善恶的看法。

菲尔丁小说中的政论因素及创作理论。他的幽默和语言的特色。车尔尼雪夫斯基与高尔基论菲尔丁。

斯莫勒脱(1721—1771)与菲尔丁在思想意识上的区别。斯莫勒脱的讽刺和他在英国现实主义小说发展中的地位。《罗德立克·伦独姆》中对资本主义的非人道的尖锐批评。高尔基论菲尔丁与斯莫勒脱为十八世纪英国文学中最重要的代表。

8. 感伤主义抒情诗派所表现的矛盾：对上升的资产阶级的批评逃避社会现实的宣传。感伤主义是启蒙运动的危机在文学中的表现。斯德恩(1713—1768)的《特列斯特拉姆·享第》与《感伤的旅行》是对资产阶级启蒙运动的失调与局限的觉悟。哥尔司密斯(1728—1774)作品中的民主主义成分，《威克斐牧师传》中对英国贵族与资产阶级的批评。哥尔司密斯的族长思想。

启蒙运动时期的戏剧。谢立丹(1751—1816)在《造谣学校》对英国贵族资产阶级的腐败和利己主义的揭发。

9. 前浪漫主义是对工业革命与启蒙运动的反映的早期形式。朋斯(1759—1796)代表着反映被压迫的人民情绪的前浪漫主义。他的抒情诗的人民性以及民间传说的基础。他作品中的苏格兰特征。他诗中对英国资产阶级的批评及关于社会矛盾的画面，对劳动农民的赞扬，对祖国的热爱，以及自由与社会劳动的平等的基本主题。《快乐的乞丐们》——十八世纪末人民运动的反映。朋斯对法国资产阶级革命的同情。他的语言的丰富与朴素。

他在人物与自然界的描写中的现实主义。俄罗斯革命民主主义批评家论朋斯。

布莱克(1757—1827)对工业资本主义及教会的黑暗的尖锐批评,对法国革命运动的热烈向往。他的《经验之歌》与《预言诗篇》。他的理想的局限性。

名词对照表

蒲伯	Alexander Pope
阿狄生	Joseph Addison
司蒂尔	Richard Steele
斯威夫特	Jonathan Swift
桶的故事	A Tale of a Tub
德雷皮尔的书简	Drapier's Letters
刍议	A Modest Proposal
格里佛游记	Gulliver's Travels
笛福	Daniel Defoe
真正的英国人	The True-Born Englishman
刑架的赞歌	Hymn to the Pillory
鲁滨孙漂流记	Robinson Crusoe
理查孙	Samuel Richardson
菲尔丁	Henry Fielding
约瑟·安德鲁斯传	Joseph Andrews
大伟人江奈生·魏尔德传	Jonathan Wild the Great
帕米拉	Pamela
亚当斯	Adams
哈脱弗利	Heartfree
汤姆·琼斯	Tom Jones
苏菲亚	Sophia
奥尔瓦塞	Allworthy
乡绅魏思登	Squire Western

白拉斯东夫人	Lady Bellaston
勃立菲尔	Blifil
斯莫勒脱	Tobias Smollett
罗德立克·伦独姆	Roderick Random
斯德恩	Laurence Sterne
特列斯特拉姆·享第	Tristram Shandy
感伤的旅行	A Sentimental Journey
哥尔司密斯	Oliver Goldsmith
威克斐牧师传	The Vicar of Wakefield
谢立丹	Richard Brinsley Sheridan
造谣学校	The School for Scandal
朋斯	Robert Burns
快乐的乞丐们	The Jolly Beggars
布莱克	William Blake
经验之歌	Songs of Experience
预言诗篇	Prophetic Books

第五章 浪漫主义文学

1. 马克思、恩格斯论浪漫主义是1789年资产阶级革命和与革命有关的启蒙运动的反映。列宁对于经济的浪漫主义的批评以及这个批评对于研究文学上浪漫主义的积极意义。俄罗斯革命民主主义批评家对欧洲浪漫主义的评价。高尔基论浪漫主义中两个流派的斗争。革命的浪漫主义是反映现实的特殊形式,这种形式是和歪曲现实的反动浪漫主义对立的。

2. 马克思列宁主义经典作家论1790—1830年的英国。十九世纪初期英国历史的特征。作为积极政治力量的工人阶级的活动。英国资产阶级是十九世纪初期欧洲革命解放运动的积极反对者。十九世纪初英国的自由主义者和激进主义者的资产阶级局限性导致了与反动势力的妥协。

工人阶级的出现(机器破坏运动)及其对英国文学发展的影响。1811年到1832年英国阶级斗争的尖锐化及其对英国文学发展过程的意义。

3. 由于对法国资产阶级革命的解释所引起的文学与政治斗争是十八世纪末英国社会的反动与进步力量间斗争的反映(柏克,1729—1792;潘恩,1737—1809)。九十年代英国"伦敦通信协会"的发展说明了对英国统治阶级政策的愈来愈多的不满。

哥德温(1756—1836)在《论政治上的正义》中对资产阶级社会制度的批评。哥德温视点的矛盾性:他的乌托邦思想中的无政府共产主义的本质和他的小资产阶级个人主义的立场。《凯列勃·韦廉斯》是英国社会小说发展中一个颇有意义的民主阶段的指标。哥德温对英国浪漫主义发展的影响。

4. 1793年后反动势力转取攻势。反动的与革命的浪漫主义之间的斗争反映了十九世纪初期英国阶级斗争的特征。十九世纪初的现实主义潮流在新的阶段中继承了启蒙运动的发展(克拉勃,1754—1832)。拜伦在他的青年时代的言论对克拉勃的正面估价。

湖畔诗派歌颂法国资产阶级革命的反动浪漫主义的实质。《抒情歌谣集》反映了向反动方向的演化。华兹华斯(1770—1850)的诗是脱离现实的反映,他对自然的唯心看法以及对农村生活的理想化。柯立奇(1772—1834)的神秘主义。颓废主义以及他的风格手法。骚塞(1774—1843)是托利党寡头政治的诗人。

5. 拜伦(1788—1824)与雪莱(1792—1822)是十九世纪头二十五年英国文学的伟大的革命作家。拜伦与雪莱作品中的民族性。他们的作品与英国革命运动的关系。拜伦与雪莱对反动势力、对"神圣同盟"、对英国文学中反动浪漫主义的斗争。马克思主义经典著作论拜伦。普希金论拜伦。俄罗斯革命民主主义批评家对拜伦的评价。高尔基论拜伦的矛盾性与现实主义问题。拜伦与雪莱在中国。

拜伦世界观的形成与发展。他的作品的分期：早期拜伦的美学理论和他对启蒙文学遗产的注意。拜伦反对反动浪漫主义的活动(《英吉利诗人与苏格兰评论家》)。《哈罗尔德游记》一诗的艺术及政治意义，与当时政治不协调的失望而孤独的题材(西班牙民族解放战争的画面及为希腊与意大利的自由而斗争的号召)。这一长诗的创作过程所反映的由 1811 年至 1817 年诗人的意识形态的成长。

机器破坏运动对拜伦作品的影响。拜伦在 1812 年至 1816 年的政治诗。拜伦与英国统治者之间不断增长的矛盾。《哈罗尔德游记》中的沉思与 1812 年至 1815 年浪漫主义东方叙事诗中的英雄的反抗骚动之间的对照。

英雄复仇者与暴动者的浪漫主义形象是拜伦作品中日益增长的对英国现实不满的反映。诗篇中个人主义的性质。1816 年后的拜伦作品。哲学诗剧《门弗勒德》的主题反映了 1816 年至 1817 年拜伦世界观的转折点。拜伦的政治主题和革命趋向的加强是他在意大利时期靠拢革命运动的结果。拜伦的政治讽刺性作品是反对"神圣同盟"的斗争武器，他的《青铜世纪》是讽刺欧洲反动暴政的诗，着重地指出了增长的革命运动的不可消灭性。

拜伦作品中现实主义成分的加强(唐·琼)。在长篇诗作《唐·琼》中现实场面的发展，非浪漫色彩的英雄，广泛地包含着社会现实的讽刺。《唐·琼》中结构和风格上的特点。拜伦最后的创作时期对于诗人在政治及文艺的发展上的意义，献身于这个斗争的拜伦著作中的英雄主义与民主主义的特征。别林斯基与高尔基论拜伦的个人主义局限了他的创作。

6. 马克思、恩格斯论雪莱作品的革命性。英国工人运动对于雪莱发展的意义。哥德温对于雪莱世界观发展的影响(《仙后麦勃》)。在雪莱世界观中唯心主义与唯物主义的斗争。在《伊斯兰的叛变》一诗中对资本主义和剥削阶级的批评。在《被解放的普罗米休斯》诗剧中的肯定的乌托邦思想，表现了雪莱确信人民群众必然能战胜反动势力。普罗米休斯形象的抽象性。雪莱在提出革命武力时的矛盾(《伊斯兰的叛变》《钦起》)。雪莱诗中的乐观主义与民主主义。他的政治抒情诗与1819年至1820年英国历史事实的紧密联系，充分表现了英国诗歌中的革命浪漫主义。雪莱描写自然的抒情诗的特征。在雪莱作品《乱国者的假面戏》中关于工人阶级的主题，这首诗控诉了英国反动势力的专横。在他的《钦起》中现实主义因素的加强。雪莱诗的革命浪漫主义的局限性是他的世界观中唯心主义因素的后果。

拜伦与雪莱为英国文学语言的改进的斗争。拜伦与雪莱诗中丰富的政治词汇。

7.济慈(1795—1821)的人文主义和他对自然与人的喜爱以及自发的唯物主义观点。济慈对英国资产阶级贵族社会的丑恶的抗议。他的早期诗中对于"永恒的美"的崇拜。资产阶级批评者对于济慈的歪曲。拜伦、雪莱对他创作发展的援助与同情。1818年至1819年是他创作过程的最高峰。《伊沙白拉》《圣节前夕》《莱米亚》三诗的主题——在反人民的现实中所造成的人生的沉痛悲剧。他的政治诗中对托利党帝国主义与教会反动势力的批评。拜伦对《海坡立央》的推崇。《海波立央》与弥尔顿的《失乐园》。济慈的颂歌与十四行诗。他的语言的丰富性。他对古代社会与艺术的爱好表现了他对现实的不满。济慈与朋斯。

8.马克思、恩格斯论司各脱(1771—1832)。在西欧文学中司各脱在历史小说体裁的建立上所起的作用。司各脱早期作品中的浪漫主义诗篇和它们同口头文学的关系。司各脱世界观和创作方法中的矛盾性。司各脱的历史观念：相信封建主义的必然崩溃而同时在保守立场上批评资产阶级的社会制度。在历史事件、社会关系、人民性格的表现上的浪漫主义与现实主义的因素。以苏格兰历史为题材的小说(《米洛希恩的心》)。恩格斯论司各脱的苏格兰小说中的历史。马克思论《老骨头》与《撒克逊劫后英雄传》中对封建君主形象的理想化。司各脱对革命运动的评价的矛盾。司各脱晚年小说中所表现的他的天才的衰落。二十年代后半英国浪漫主义的危机。别林斯基论司各脱。

奥斯登(1775—1817)创作方法中的现实主义倾向及其题材的狭隘性。她对私有财产制度下的道德与婚姻的讽刺。她的小说中的妇女形象。奥斯登的阶级观点局限性。

名词对照表

机器破坏运动(鲁得运动)	Luddite Movement
柏克	Edmund Burke
潘恩	Thomas (Tom) Paine
伦敦通信协会	London Corresponding Society
哥德温	William Godwin
论政治上的正义	An Enquiry Concerning Political Justice
凯列勃·韦廉斯	Caleb Williams
克拉勃	George Crabbe
湖畔诗派	The Lake School (Lake Poets)
抒情歌谣集	Lyrical Ballads
华兹瓦斯	William Wordsworth
柯立奇	Samuel Taylor Coleridge
骚塞	Robert Southey
拜伦	George Gordon Byron
雪莱	Percy Bysshe Shelley
英吉利诗人与苏格兰评论家	English Bards and Scotch Reviewers
哈罗尔德游记	Childe Harold's Pilgrimage
门弗勒德	Manfred
青铜世纪	The Age of Bronze
唐·琼	Don Juan
仙后麦勃	Queen Mab
伊斯兰的叛变	The Revolt of Islam
被解放的普罗米休斯	Prometheus Unbound
钦起	The Cenci
乱国者的假面戏	The Masque of Anarchy
济慈	John Keats

伊沙白拉	Isabella
圣节前夕	The Eve of St. Agnes
莱米亚	Lamia
海坡立央	Hyperion
司各脱	Walter Scott
米洛希恩的心	The Heart of Midlothian
老骨头	Old Mortality
撒克逊劫后英雄传	Ivanhoe
奥斯登	Jane Austen

第六章　批判现实主义文学

1. 十九世纪三十年代的资本主义战胜了贵族，在欧美各国中获得最后的胜利。人民大众和胜利的资产阶级之间矛盾的尖锐化。马克思列宁主义经典作家论十九世纪前半叶的革命运动。《共产党宣言》中对四十年代政治形势的估计，断定资本主义必然灭亡，工人阶级必然胜利。工人阶级的斗争对于现实主义发展的意义。三十至四十年代资产阶级现实主义的批判的性质，高尔基称它为"批判的现实主义"。马克思列宁主义经典作家对1848年革命的估计，论工人阶级所取得的经验及五十、六十年代工人运动的生长。第一国际的成立，"巴黎公社"。马克思列宁主义经典作家与革命民主主义批评家论资产阶级的反动本质以及它的文化危机的开始。

2. 马克思、恩格斯论三十、四十年代英国社会中的阶级斗争。1832年的《议会改革法》及其在政治上的后果。英国工业发展与阶级矛盾的尖锐化。马克思列宁主义经典著作对宪章运动的意义的估价。恩格斯的《英国工人阶级状况》一书对研究十九世纪英国文学的意义。十九世纪三十至五十年代英国现实主义发展的经过及其由于英国历史过程所产生的特点。英国现实主义的伟大代表作家所显示的社会矛盾。英国现实主义小说中的劝善说教及其历史根源。

3. 狄更斯(1812—1870)——英国现实主义最伟大的代表作家。马克思列宁主义经典著作论狄更斯。

别林斯基论狄更斯的矛盾——一方面控诉英国资本主义，另一方面又提出劳动大众与资产阶级间不可能实现的妥协。车尔尼雪夫斯基论狄更斯的人道主义。高尔基论狄更斯作品的批判力量与局限性。

狄更斯的早期作品。《匹克威克外传》中对十九世纪二十年代英国现实的讽刺。在《奥利佛·推斯脱》中社会主题的成长——对英国社会中日益增长的阶级斗争的反映。狄更斯作品有关教育的问题及其矛盾性与乌托邦色彩。在这一阶段已十分显露出狄更斯的现实主义的矛盾性：一方面有力地暴露着英国资产阶级，另一方面作品中正面人物与圆满结局的过分人工化。

狄更斯美国之行及其《游美札记》中对美国资本主义的严厉批评。作为一个新闻论述家的狄更斯对美国资产阶级的控诉。《马丁•曲色尔威特》——狄更斯现实主义发展过程中一个有重要意义的阶段。别林斯基论这部小说暴露了英美资产阶级社会中的非人道与凶残。

狄更斯对宪章运动态度的矛盾性：一方面认为在资产阶级社会中工人运动的不可避免，另一方面又恐惧无产阶级的有组织的斗争。宪章运动对于狄更斯现实主义的发展与深刻化起了良好的影响。《董贝父子》——狄更斯对英国资产阶级进行讽刺与控诉的创作过程中的另一个有重要意义的阶段。别林斯基论《董贝父子》中对英国资产阶级的剥削、贪婪和伪善的暴露，对工人运动的畏惧。

1848年后狄更斯的世界观的逐渐演变。从五十年代开始的社会小说中反映着宪章运动的发展与狄更斯思想上矛盾的成长。对英国统治阶级的批评的显著强化（《荒凉的屋子》《苦难时代》）。在《苦难时代》中劳动者与资本家间矛盾的画面，对英国统治阶级的现实主义讽刺，关于劳动大众的艰苦情况的真实画面，但在创造富有现实性的进步工人形象方面却显出无能。《双城记》——在1789年至1793年法国革命的城市群众的描写中的作者的矛盾。狄更斯在晚期小说中的现实主义特征（《共同朋友》）。

狄更斯创作方法的特点。在关于人民大众的描画中显示了他的真诚与民主，并以人民大众的真实人性与统治阶级中的人性相对照。狄更斯作品中幽默的作用。讽刺与幽默的相互关系。狄更斯人道主义的矛盾性反映在他的创作方法的矛盾。他的美学中的典型化问题。他的写作在英国文学语言发展中的意义。资产阶级批评家对狄更斯的歪曲。狄更斯在中国。

4.与狄更斯比较，萨克雷对于社会政治问题看法的局限性。萨克雷（1811—1863）的早期作品。《趋炎附势者》是他对英国资产阶级贵族社会及保守传统的讽刺，对英国沙文主义的控诉，对英国资产阶级文化的尖锐批评。《虚荣市》是萨克雷创作的最高峰，控诉了英国统治阶级的虚伪与它的唯利是图的本质。萨克雷创作方法中的新闻宣传成分的意义，他的典型化的特征和现实主义讽刺的手法。五十年代萨克雷作品中现实讽刺倾向的衰落（《纽克姆家》）。车尔尼雪夫斯基论萨克雷从《虚荣市》到《纽克姆家》的创作过程。萨克雷作品中插话部分的抒情成分与悲观情绪。

萨克雷转向历史题材，脱离了当代的尖锐的实际问题(《亨利·爱斯蒙德》)。在这部小说中他把十八世纪的英国社会与维多利亚时代的鄙俗主义相对比。在萨克雷历史小说中两种倾向的斗争：批评式的与辩护式的。他对于贵族反动的冒险主义的暴露。在《维及尼亚人》中对美国贵族唯利是图政策的怀疑主义的反映。萨克雷把历史解释成为统治阶级的历史，对人民大众的地位缺少了解。

5. 四十年代、五十年代英国的社会小说。盖斯克尔(1810—1866)与夏洛蒂·布朗台(1816—1855)的现实主义小说中的工人题材。她们的作品作为反映劳资矛盾的价值。夏洛蒂·布朗台对妇女形象的深刻描画(《维勒特》)。对资产阶级(慈善)的虚伪性的揭露(《简·艾》)，对英国教士的虚伪和对被迫得走投无路的工人毁坏机器的描写(《舍利》)。盖斯克尔在《玛丽·巴顿》与《北与南》中对工人处境的真实表现。盖斯克尔与布朗台在反映工人阶级时所表现的资产阶级慈善家的局限性，对工人阶级同情，但未能明了工人阶级斗争的目标，也未能刻画工人阶级代表的有价值的形象。

爱米莱·布朗台(1818—1848)的《呼啸山庄》反映了十九世纪四十年代的社会现实，提出了资产所有制的问题以及婚姻、宗教教育和贫富关系等问题。小说中具体地反映出当时尖锐的社会矛盾。希斯克列夫的形象和他对统治阶级的强烈仇恨与坚决反抗。希斯克列夫的性格的演变说明了对资产阶级社会的有力的控诉。小说中对新生力量的肯定。她的局限性。

乔治·艾利约得(1819—1880)的《亚当·比德》中对资本主义发展下英国农村日趋崩溃的描写。《密德尔马奇》对英国内地城镇生活的刻画。她的创作过程明显地表现了资产阶级文学转向反动的实证哲学的唯心局限性。

6. 宪章派作家们与他们对英国反动资产阶级及统治阶级的腐朽文学所作的斗争。马克思列宁主义经典著作论宪章运动。恩格斯对宪章派文学的崇高评价，对宪章派诗歌的个别代表作家的评论。宪章派文学作品与新闻报道中对劳动者与资本家间的矛盾作了现实性的揭露。

与宪章运动发生关系的作家艾本芮扎·艾利约得(1781—1849)与霍德(1790—1845)的诗歌。艾利约得的有鼓动力的诗歌。他的《反谷物法案之歌》

对统治阶级的政策的暴露。在艾利约得与霍德的诗歌中人民大众所遭受的剥削的画面。在梅茜(1828—1907)的作品中的1848年革命的题材。批评家梅茜对英国工人阶级宣传其他民族革命诗歌。

出色的宪章运动的活动家、诗人与小说家琼斯(1819—1869)的作品的重要性。马克思主义经典著作论琼斯。琼斯诗歌中的工人形象和革命起义的主题。琼斯抒情诗的特点及其革命长诗《印度斯坦的反抗》。他的诗歌的艺术特点。在琼斯的现实主义美学中利用了革命浪漫主义的最好的诗歌传统(拜伦与雪莱)。

宪章派诗人对资产阶级的有力控诉以及其英雄式形象的力量,但正面理想未得充分发展。他们的小资产阶级局限性以及仅为经济利益的宣传,未能提高到政治的角度。在英国人民革命传统的发展过程中宪章派文学的意义。

名词对照表

狄更斯	Charles Dickens
匹克威克外传	The Pickwick Papers
奥利佛·推斯脱	Oliver Twist
游美札记	American Notes
马丁·曲色尔威特	Martin Chuzzlewit
董贝父子	Dombay and Son
大卫·考波弗尔特	David Copperfield
荒凉的屋子	Bleak House
苦难时代	Hard Times
双城记	A Tale of Two Cities
共同朋友	Our Mutual Friend
萨克雷	William Makepeace Thackeray
趋炎附势者	The Book of Snobs
虚荣市	Vanity Fair
纽克姆家	The Newcomes
亨利·爱斯蒙德	Henry Esmond
维及尼亚人	The Virginians
盖斯克尔	Mrs. Gaskell (Elizabeth Cleghorn Stevenson)

林疑今译著选集（下）

夏洛蒂·布朗台	Charlotte Bronte
维勒特	Villette
简·艾	Jane Eyre
舍利	Shirley
玛丽·巴顿	Mary Barton
北与南	North and South
爱米莱·布朗台	Emily Bronte
呼啸山庄	Wuthering Heights
乔治·艾利约得	George Eliot(Mary Ann Evans)
密德尔马奇	Middlemarch
亚当·比德	Adam Bede
艾本芮扎·艾利约得	Ebenezer Elliott
霍德	Thomas Hood
反谷物法案之歌	Corn-Law Rhymes（1831）
	Corn-Law Rhymes（1834）
梅茜	Gerard Massey
琼斯	Ernest Jones
印度斯坦的反抗	The Revolt of Hindustan；or，the New World

第七章　美国文学的萌芽与发展

1.马克思列宁主义经典作家论美国独立战争以及对于美国发展途径是一个例外这一谬论的揭穿。十八世纪末组成的美国资产阶级政府的反人民的性质。教会在殖民地思想生活中的独裁是十七与十八世纪美国艺术文学不能迅速发展的原因之一。在美国独立战争的影响下,十八世纪七十与八十年代美国文学开始形成与生长。

十九世纪初美国阶级矛盾的加深。二十至三十年代的农民运动。美国政治中扩张与侵略思想的发展。美国的浪漫主义是十九世纪三四十年代美国社会经济发展的矛盾的反映。

马克思列宁主义经典作家论十九世纪中叶美国资本主义的发展及1861年至1865年的美国内战。马克思论美国工人阶级的遭受奴役。恩格斯论美国资产阶级无耻和残暴的政治。

帝国主义形成和发展时期。列宁论美帝国主义发展的特点。资产阶级社会中社会的和民族的矛盾。

随着资本主义内部矛盾的发展,工人阶级展开了积极的活动。十九世纪末叶文学中颓废主义倾向的加强及其社会根源。颓废主义所表现的各种形式。金融资本主义和侵略性的"乐观主义"。工人运动和工人阶级文学。进步作家对于社会主义思想的渴慕,对帝国主义者的敌视,和对工人阶级的同情。进步作家动摇性的原因。资产阶级现实主义者的特征及局限性。

2.弗兰克林(1706—1790)是美国文学中启蒙运动的代表作家。他的保守的资产阶级道德观。马克思论弗兰克林。托马斯·潘恩(1737—1809)是美国启蒙运动最民主的代表。他的政治斗争和民主主张。他幻想资产阶级革命可以导致"理性时代"的建立,但他亲眼看到了这个幻想的毁灭。

三十、十年代美国最优秀的文学作品中对资产阶级现实的批判。库柏(1789—1851)的作品表现了美国现实的矛盾,他的浪漫主义与他的现实主义的特征。他以一个保守的地主立场批评美国的假民主和资产阶级的发展。他关于"皮袜子"的一系列的小说是对资产阶级文明的追溯式的批评,是对于辽远的西部土地的开拓与掠夺作了理想化的反映。在这些小说中他对于印地安人形象的双重的处理方法。别林斯基与高尔基对于库柏作品的评价。

奴隶所有者的南方及其衰落的农奴文学对于爱伦·坡(1809—1849)发展的影响。爱伦·坡是三十、四十年代美国反动浪漫主义的代表。爱伦·坡创作中病态颓废的特征反映了美国现实正在迅速发展的矛盾。十九世纪末二十世纪初资产阶级颓废派对爱伦·坡创作的利用。

三十、四十年代奴隶解放文学的萌芽:希尔德勒斯(1807—1865)的《白奴》。

别林斯基与高尔基作品中对十九世纪前半叶美国文学的评价。

3.美国阶级斗争的尖锐化与美国文学中民主倾向的加强。曼尔维尔(1819—1891)作品中反映了对美国资产阶级文明的抗议。作者在《莫贝·狄克》中运用掠鲸的场面写出善恶斗争的复杂浪漫的比喻题材。作者以模糊的浪漫形式表现了他对于美国生活的不满。

五十、六十年代奴隶解放派的文学。索洛(1817—1862)激烈反对奴隶制度的散文。毕求·斯托(1812—1896)的《黑奴吁天录》反映了她的艺术性和矛盾性:小说中批判倾向和宗教道德间的矛盾。

4.五十、六十年代的历史事实(奴隶解放运动,内战)对诗人惠特曼(1819—1892)的世界观形成的影响。他的诗歌中对于资本主义发展中若干矛盾的自发式的认识,同时他保存着资产阶级民主的幻想。惠特曼的《草叶集》。他的创作是劳动及科学技术成就的诗化。1848年革命与美国内战是惠特曼的政治诗歌的主题。他的散文作品《民主的远景》。晚期的惠特曼对资本主义批判倾向的逐渐增长。他的作品中的人民形象。

惠特曼诗歌创作方法的特点:浪漫主义原则与现实主义原则之间的斗争。他在诗歌形式上的改革是他渴望创作大众诗歌的结果。惠特曼诗歌与论文中有关工人阶级的问题。斯大林论惠特曼。

5.马克·吐温(1835—1910)。早年劳动生活和笔名。六十、七十年代对于美国民主的乐观幻想及其根源。小说《镀金时代》及其对整个时代的讽刺。八十年代马克·吐温作品中现实主义与民主主义倾向的加强。小说《哈克贝里·芬》及其意义:流浪孩子与黑奴的共同命运。在历史小说中(《王子和乞丐》),作者以寓言暗讽的形式来批评美国统治阶级。中篇小说《败坏了赫德来堡的人》及其矛盾性:一方面尖锐批判现实,一方面正面人物软弱无能。

马克·吐温反对帝国主义的言行。游记《跟着赤道走》,揭露英国殖民地政策;《为范斯顿将军辩护》,抗议美帝国主义并吞菲列宾的罪恶行为。马克·吐温是帝国主义掠盗、占领、抢劫中国的揭发者(《写给坐在黑暗中的人》)。马克·吐温的参加反帝大同盟和同情1905年俄国革命。政论中解放运动参加者的英雄形象。马克·吐温作品在美国现实斗争中的意义。

6.十九到二十世纪交接期社会矛盾的尖锐化,及美国文学中批评倾向的增长。1905年俄国革命及俄国文学对于美国进步文学的影响。诺列斯(1807—1902)"小麦史诗"三部曲中(特别在《章鱼》中)农民灾难的表现。《章鱼》中所渗杂的自然主义色彩。机会主义及其对于美国文学的否定影响(辛克莱的改良主义和逐渐走上世界主义的道路)。

杰克·伦敦(1876—1916)。他作品中进步的社会主义思想和小资产阶级个人主义倾向间的斗争。长篇小说《海狼》中的超人和群众。他们接近工人运动组织和他对于社会主义的渴慕,是他的创作成长的主要因素。他对于马克思主义感觉兴趣,但是又不大了解,是作者矛盾的表现。高尔基对于伦敦作品中批判现实主义因素的发展所起的作用。

1905年俄国革命加强了伦敦世界观的革命因素。长篇小说《铁蹄》预见性地揭露帝国主义走上法西斯的道路,号召对帝国主义进行斗争。小说中思想上政治上的矛盾,表现于只有人民必然战胜资本主义的幻想,没有认识到工人的党在群众革命中能起决定性的作用。小说中革命浪漫主义成分。法斯特论这本书的政治意义。小说《马丁·伊登》,反映了艺术家在资本主义社会的命运。资本主义阻挠了人民的精神发展和创造性的潜力。伦敦晚期作品现实主义的衰落。列宁论杰克·伦敦。

7.对美国现实作揭露性分析的德莱塞(1871—1945)。德莱塞早期作品中(《嘉丽妹妹》《欲望三部曲》)对资产阶级道德的批评。在"欲望三部曲"中(《理财家》《大亨》)对美国资本主义的批评,描画人民在垄断资本积累财富下,沦为奴隶的过程。作者在这时期把人生当作生存竞争,是受了美国资产阶级现实的影响。小说《天才》描写艺术家与资本主义间的矛盾。

十月革命对他创作生活的决定性影响:逐渐克服消极思想和对群众的怀疑。长篇代表作《一个美国的悲剧》,暴露美帝社会的庸俗腐化,揭穿穷孩子在美国都可以成为百万富翁的荒谬传说。小说中自然主义因素的局限性。

《德莱塞看苏联》一书的意义。他的反抗美国反动势力的斗争和他在三十年代的政论。《悲惨的美国》是他走向共产主义的发展过程中的第一步。他晚期小说《堡垒》是美国资产阶级家庭衰落的真实的描画。《欲望三部曲》的最后一部《禁欲者》。禁欲者考泊武德所感觉的道德破产。晚期作品中基本消灭了自然主义的影响。德莱塞反对美帝政策的言论:("美国还值得救吗?")。德莱塞是"美国特殊"的反动神话的揭发者。苏联文化在德莱塞思想发展中及在其走向共产主义道路中的重大意义。他是英美发动新战争的揭发者。瞿秋白论德莱塞。

名词对照表

弗兰克林	Benjiamin Franklin
理性时代	The age of Reason
库柏	J. F. Cooper
皮袜子(系列小说)	The Leather-Stocking series
爱伦·坡	Edgar Allan Poe
曼尔维尔	Herman Melville
莫贝·狄克	Moby Dick
索洛	H. D. Thoreau
毕求·斯托	Beecher Stowe
黑奴吁天录	Uncle Tom's Cabin
惠特曼	Walt Whitman
草叶集	Leaves of Grass
民主的远景	Democratic Vistas
马克·吐温	Mark Twain(Samuel Langhorne Clemens)
镀金时代	The Gilded Age
哈克贝里·芬	The Adventures of Huckleberry Finn
王子和乞丐	The Prince and the Pauper
败坏了赫德莱堡的人	The Man that Corrupted Hadleyburg

跟着赤道走	Following the Equator
为范斯顿将军辩护	In Defence of General Funston
写给坐在黑暗中人	To the Person Sitting in the Darkness
诺列斯	Frank Norris
章鱼	The Octopus
辛克莱	Upton Sinclair
杰克·伦敦	Jack London
海狼	The Sea Wolf
铁蹄	The Iron Heel
马丁·伊登	Martin Eden
德莱塞	Theodore Dreiser
嘉丽妹妹	Sister Carrie
理财家	The Financier
大亨	The Titan
天才	The Genius
一个美国的悲剧	An American Tragedy
德莱塞看苏联	Dreiser Looks at Russia
悲剧的美国	Tragic America
堡垒	The Bulwark
禁欲者	The Stoic
考泊武德	Cowperwood
美国还值得救吗?	Is America Worth Saving?

第八章　帝国主义阶段的英国文学

1.马列主义经典著作论 1871 年后欧洲与美国的社会的经济的特点。十九世纪的最后三十多年是帝国主义形成的时期。

资本主义内部矛盾的发展与工人阶级的积极行动。列宁与斯大林论 1914 年至 1918 年的帝国主义战争。

2.马列主义经典著作论十九世纪末英国帝国主义因素的发展较其他国家更早地显现出来。列宁与斯大林著作中对英帝国主义的强盗式寄生式的本质的暴露。列宁论英国工人运动的特点及十九世纪后半叶英国工人运动中的机会主义。列宁与斯大林论十九与二十世纪交接时期英帝国主义的腐朽与危机。英国资产阶级文化的危机是这个过程的反映。十九世纪末二十世纪初英国文学中现实主义的危机。

3.莫礼士(1834—1896)的文艺创作和他参加工人运动的实际斗争。他前期的诗作充满着生命的动力(《葵纳维尔》与《人间天堂》)。乔叟对他这些作品的影响。在莫礼士领导下的社会主义同盟与其鲜明的革命纲领。他后期的宣传社会主义的散文著作《梦见约翰·波尔》中的 1381 年农民起义的题材;《乌有乡的消息》是作者的斗争经验与一个无产阶级的社会理想的结合。恩格斯论 1870 年后的英国新经济危机与八十年代初突然出现的英国社会主义运动,这说明了莫礼士当时的活动路线:他在社会主义同盟所主办的刊物《公共秩序》上发表的诗作与论文的革命性。巴黎公社与莫礼士的诗《希望的朝拜者》。莫礼士与萧伯纳。

勃特勒的两部《乌有乡游记》和他的以资产阶级知识分子自由思想者的观点对资产阶级社会的讽刺。《众生之道》中所揭露的资产阶级的思想意识以及对于这个阶级的率真批评。勃特勒的阶级局限性。

4.哈代(1840—1928)创作中的矛盾。他在描写资产阶级社会关系中的批判倾向,控诉了资产阶级的无人道性(《苔丝姑娘》《裘德》)。他的世界观中的悲观主义因素。托尔斯泰对哈代的双重影响:现实主义倾向的加强与族长式农庄生活的理想化借以对抗发展中的资产阶级关系(《远离人群》)。作者企图创造一个正面人物的倾向作为与资产阶级关系的腐朽环境的对抗。哈代正面主角的民主精神。他笔下伟大的农民形象。列宁论哈代关于农民的见解。作为诗人的哈代。

5.伏尼契(1864—?)的小说《牛虻》的意义:小说中革命者参加意大利民族解放运动斗争的形象。高尔基与奥斯特洛夫斯基论"牛虻"。

九十年代英国文学中唯美主义与侵略的帝国主义倾向的滋长。王尔德(1858—1900)的反动唯美主义。他的颓废主义的小说。他剧本中对于贵族资产阶级社会的批评。英帝国主义的殖民性质以及这性质在歌颂者的作品中的反映。吉卜龄(1865—1936)是二十世纪初英国文学中帝国主义的潮流的主要作家。吉卜龄作品中的盎格鲁-撒克逊主义以及关于扩张殖民地的宣传。他对于奸雄式的帝国建造者的歌颂。他企图掩盖英国殖民制度正在开始的危机。吉卜龄对美帝国主义文学的影响。

高尔斯华绥(1867—1933)在第一次世界大战前的早期剧作(《法网》)与小说中的现实主义因素。小说《岛上的法利赛人》中对英国资产阶级社会的非人道与虚伪的批评。在《福赛德世家》中对维多利亚时代英国危机开始的反映。《有产者》暴露了私有财产的原则是资产阶级社会及文化的罪恶基础。这三部曲的创作过程是作者在第一次世界大战期间及1917年后革命高涨期间他放弃了对英国资产阶级的批评的反映。他的作品中现实主义的衰落。《现代喜剧》中对于战后英国生活的图画。他对资产贵族集团的尖锐批评,但在另一方面对于正在成长的工人运动他却采取了敌对的态度。他的创作中颓废主义因素的加强。他对于美国的崇拜。

6.费边主义与英国工党政策是分解英国工人运动的因素。恩格斯列宁著作中对费边主义的揭发与批评。费边主义与英国工党政策的理论对英国文学的否定影响(萧伯纳、韦尔斯)。二十世纪初英国文学中萧伯纳的特殊地位:对英帝国主义的揭露,对颓废主义艺术的斗争。

韦尔斯(1866—1946)所受费边思想的影响。他的早期幻想小说(《时间机器》)。韦尔斯的悲观主义与他幻想小说中的颓废因素。韦尔斯对马克思主义的直接进攻。他和改良主义的日益增长的关系。他在二十世纪初创作中的反动进化论。在第一次世界大战与革命高涨年代他的创作的衰落。

在萧伯纳(1856—1950)世界观中起了局限作用的机会主义原理的费边主义的地位。

年轻时期萧伯纳的文艺批评活动和小说创作,反对颓废主义的言论,以及拥护服务于政论与当前问题的艺术。

1890年至1900年萧伯纳的戏剧:《不愉快的戏剧》《愉快的戏剧》《为清教徒所作的戏剧》。剧中对英国资产阶级社会的谎言无耻的揭露以及其中正面人物的软弱性。萧伯纳缺乏社会的积极思想,以至走入了个人主义的道路(《人与超人》)。对工人运动的力量的不信任(《少校巴巴拉》)。在他的剧作中缺乏人民的形象与阶级斗争的画面,这是对劳资斗争的历史意义没有认识的结果。萧伯纳对资产阶级社会中成见加以讥笑,但批评成分逐渐减弱(《辟格梅莲》)。

萧伯纳的非战主义与对帝国主义战争的反抗(《关于这次大战的常识》)。在《伤心之家》中对当代矛盾了解的企图,及资本主义衰亡的主题。契诃夫对这剧作的影响。与契诃夫的社会剧比较,这一剧显得软弱。

二十至三十年代萧伯纳戏剧是大英帝国衰落的批评性的描画。《苹果车》描画英国统治集团对于美帝国主义垄断资本日益增长的依赖。1931年的访问苏联。在《好得过分》中英国资产阶级社会的政治和思想的矛盾的反映。萧伯纳喜剧中讽刺形象的现实主义及作者积极理想的模糊性。他对英国资产阶级出版界的抗议。第二次世界大战年代中萧伯纳反法西斯反帝国主义的立场。他战后言论反对美帝国主义军队进占英国本土。

萧伯纳创作方法的特点:他的戏剧的政论性,似非而或是的语调的作用;使情景尖锐化,加强了表面效果,但同时显露了他的客观主义以及在艺术上的唯心的局限性。

列宁论萧伯纳。列夫·托尔斯泰论萧伯纳幽默的局限与主观。瞿秋白和鲁迅论萧伯纳。

名词对照表

莫礼士	William Morris
葵纳维尔	The Defence of Guenevere
人间天堂	The Earthly Paradise
梦见约翰·波尔	A Dream of John Ball

乌有乡的消息	News from Nowhere
希望的朝拜者	The Pilgrims of Hope
勃特勒	Samuel Butler
众生之道	The Way of All Flesh
哈代	Thomas Hardy
苔丝姑娘	Tess of the D'Urbervilles
裘德	Jude the Obscure
远离人群	Far from the Madding Crowd
伏尼契	E. L. Voynich
牛虻	The Gadfly
王尔德	Oscar Wilde
吉卜龄	R. Kipling
高尔斯华绥	John Galsworthy
法网	Justice
岛上的法利赛人	The Island Pharisees
福赛德世家	The Forsyte Saga
有产者	The Man of Property
现代喜剧	A Modern Comedy
韦尔斯	H. G. Wells
时间机器	The Time Machine
萧伯纳	George Bernard Shaw
不愉快的戏剧	Unpleasant Plays
愉快的戏剧	Pleasant Plays
为清教徒所作的戏剧	Plays for Purtans
人与超人	Man and Superman
少校巴巴拉	Major Barbara
辟格梅莲	Pygmalion
关于这次大战的常识	Common Sense about the War
伤心之家	Heartbreak House
苹果车	The Apple Cart
好得过分	Too True to be Good

第九章 现代英国文学

1. 十月革命的世界历史性意义。苏联文学发展及其对世界文学的影响。高尔基在世界文学发展中作为社会主义现实主义奠基者所起的作用。资本主义国家产生社会主义现实主义的客观前提和可能性。

第二次世界大战的发生。英国进步作家对帝国主义新阴谋的揭露。苏联战胜德日法西斯的世界意义和二次世界大战后两个阵营的斗争。领导全世界和平斗争的苏联的重要意义。中华人民共和国的成立。列宁论社会主义文学与无产阶级社会主义文化。斯大林关于文化的指示：社会主义的内容与民族的形式。毛泽东对于文艺政策的指示。

2. 列宁论英帝国主义政府在第一次世界大战后的衰落，论英国工人阶级的斗争。英国共产党的成立。列宁论英国共产党。

二十、三十年代在英国文学中占统治地位的颓废主义文学。文学的庸俗化和商品化及知识分子脱离社会与群众的极端个人主义。作家的悲观和题材的狭窄（劳兰斯、乔哀斯）。

斯大林论英帝国主义的第二次世界大战后政策。第二次世界大战后英帝国主义是鼓动新战争的反动集团的参加者，是帝国主义侵略朝鲜的参加者。

第二次世界大战后的英国工人运动。英国共产党政纲指出英国走向社会主义的路。第二次世界大战前后英国资产阶级文学的堕落（赫胥黎、艾略特）。

3. 社会主义现实主义的萌芽和成长。特莱斯尔（1911年死）的长篇小说《烂裤子的慈善家》，开辟了无产阶级文学的新传统。小说忠实地描画英国工资奴隶的生活，在英国文学中初次正确地概括了英国工人的主要典型，并现实地反映了社会运动的本质。半形成的无产阶级形象。劳动大众在被剥削过程中的觉悟。社会主义者奥文的形象。

刘·格·吉本（1932—4）的三部曲《一个苏格兰人的书》，概括苏格兰前资本主义农业经济转变为资本主义农工业过程中的社会分化和阶级斗争，以及工人运动的走向社会主义。主角农家妇克丽丝（自耕农的女儿）对于完满的人生的探索，她亲眼看到农民生活方式的被摧毁，她的接近劳动人民，她与土地的血肉关系。她儿子(钢铁工人)的走上共产主义道路。书中充溢着对于苏格兰风土的热爱和苏格兰民族风格。

三十年代的危机和英国阶级斗争,及一群共产党员作家的成长(奥凯西、斯伯利格、福克斯)。他们参加西班牙人民反法西斯的斗争。

福克斯(1900—1937)与斯伯利格(1907—1937)是英国帝国主义的揭发者。他们反颓废主义艺术的行动。福克斯的书《小说与人民》,以及在英国争取走向马克思主义的美学的斗争。高尔基作品对福克斯美学发展的影响。福克斯论十八至十九世纪英国文学现实主义倾向,论社会主义现实主义,论新的人民艺术中的史诗式的英雄(他们是在工人阶级反帝国主义反动势力斗争中所产生的)。

作为一个剧作家、小说家、和政论家的旭安·奥凯西(1884—)。他出身的贫困和他的三种社会教育:都柏林的街头;天主教对于爱尔兰人民思想行动的控制;爱尔兰的独立解放斗争。十月革命对于他思想意识上的影响。他的参加工人运动。二十年代的剧作:国际主义紧密结合爱尔兰民族解放斗争的主题,但是略带悲观色彩。三十年代后作品中乐观主义和对社会罪恶批判的加强。他剧作的特点:以离奇讽刺的笔调刻画反面人物,借以衬托善良正直的人物——劳动人民;同时又揭示正面人物的发展与工人阶级运动的成长间,有密切的联系(《给我红玫瑰》)。他所组织支持的人民剧院运动。他的六卷自传体小说。它的主题与社会主义现实主义创作方法。每卷小说概括作者本人与爱尔兰社会政治发展的重要阶段。小说中对于颓废主义文学的痛击。他的反帝反战政论。他的风格。他在英国进步文学中的作用。

4.社会主义现实主义文学的继续成长和壮大。第二次世界大战前后的英国阶级斗争与工人运动的高涨。马列主义文学理论的传播。

格·托马斯的小说《风中的叶子》和宪章运动。十九世纪三十年代威尔斯工人觉悟的过程。工人领袖的形象。琴师的形象。宪章运动中几种不同的政治路线。武装斗争的场面。小说中诗意的文笔和威尔斯民间传统。法斯脱论这部小说。

杰克·林赛(1900—)是个优秀的小说家和文学批评家。他的历史小说,是在英国历史转变时期,探索劳动大众最初的自觉心"一六四九"(英国资产阶级革命):"四八年的人们"(英国宪章运动和法国1848年革命)。他以第二次世界大战为题材的小说。他在五十年代题名为"英国生活方式"的史诗,是他最优秀的作品:《被出卖的春天》《高涨的潮水》《决定的时刻》。作者深入地刻画英国普通人充满着劳动、失业、幻想和成见的生活,描画他们怎样逐渐提高阶级觉悟,加强团结,曲曲折折地放弃了超政治的偏见,克服了种种程度的改良主义影响和对于工党政策的幻想,坚决走上了为和平而斗争的道路。作者概括英国社会各阶层,并真实地反映了英国人民中政治力量的对比。作者肯定社会主义现实主义的美学,号召英国作家密切联系共产党的任务。

阿尔德利奇(1918—)在战争年代中反法西斯的,关于希腊人民的斗争的小说(《光荣的事情》《海鹰》)。反法西斯战士的形象(上尉马恩和尼修斯)。作者揭露英帝国主义在希腊的出卖政策,导致法西斯的复活。阿尔德利奇小说的缺点:小说《光荣的事情》中反法西斯主题的处理前后不一致,小说《海鹰》中肯定人物的形象的不够周密。阿尔德利奇的战后作品:戏剧《第四十九州》,揭露工党出卖英国民族利益的亲美政策。小说《外交家》揭露了英帝国主义冒险狡猾的外交阴谋,同时也刻画了正面人物麦格里高的政治教育,怎样由资产阶级的奸雄主义的迷雾中挣扎出来。小说中反复探讨政治与哲学问题。《外交家》是几百年来支配英帝政策者的历史典型,同时又是当代外交官吏的典型。小说《见解虚妄的英雄们》处理在资本主义社会寻找个人自由的主题。主角戈登和他所代表的正直的、资产阶级的知识分子。他形象的复杂性和矛盾性。工农解放运动领导者的形象。阿尔德利奇战后作品的特点:政治喜剧与政治小说的体裁,及他的政论的因素。

普丽查特(1884—)描写澳洲金矿工人生活的三部曲《怒吼的九十年代》《淘金的里程》《有翼的种籽》。作者追溯澳大利亚资本主义的发展和随之而来的种种矛盾的产生,同时也反映了工人阶级的成长以及与资产阶级在经济政治方面的斗争。

名词对照表

劳兰斯	D. H. Lawrence
乔哀斯	James Joyce
赫胥黎	Aldous Huxley

艾略特	T. S. Eliot
特莱斯尔	Robert Tressell
烂裤子的慈善家	The Ragged Trousered Philanthropists
奥文	Owen
刘·格·吉本	L. G. Gibbons
一个苏格兰人的书	A Scot's Quair
克丽丝	Chris
福克斯	Ralph Fox
小说与人民	The Novel and the People
斯伯利格(笔名考得韦尔)	Chrsitoper Spring(Christoper Caudwell)
奥凯西	Sean O'Casey
给我红玫瑰	Red Roses for Me
我敲门	I Knock at the Door
门厅上的挂画	Pictures in the Hallway
窗下鼓声	Drums under the Windows
印尼许法仑,再会	Inishfallen, Fare Thee Well
玫瑰与王冠	Rose and Crown
落日与晚星	Sunset and Evening Star
格·托马斯	Gwyn Thomas
风中的叶子	Leaves in the Wind
杰克·林赛	Jack Lindsay
一六四九	1649
四八年的人们	Men of Forty Eight
被出卖的春天	Betrayed Spring
高涨的潮水	Rising Tide
决定的时刻	Moment of Decision
阿尔德利奇	James Aldridge
光荣的事情	Signed with Their Honour
海鹰	The Sea Hawk
上尉马恩和尼修斯	Captain Marne, Nissus
第四十九州岛	The Forty-nineth State

外交家	The Diplomat
麦克里高	Macgregor
见解虚妄的英雄们	Heroes of Empty View
普丽查特	Catherine Prichard
怒吼的九十年代	Roaring Nineties
淘金的里程	Mining's Journey
有翼的种籽	Winged Seeds

第十章　现代美国文学

1.列宁论二十年代的美帝国主义。斯大林论美国是全世界金融剥削的中心。美国共产党的建立。斯大林论美共。美国工人运动在经济大恐慌时期的高涨。共产党的作用及其所发展支持的人民民主阵线。

二十、三十年代美国文学中的颓废主义。反动文学中的种族歧视。三十年代的美国阶级斗争和美国文学的左倾(辛克莱、陶斯·帕索斯、斯坦因倍克、考得韦尔)。三十年代是社会主义现实主义在美国的萌芽生长时期。美国革命作家组织。

第二次世界大战与战后两大阵营的斗争。美国的法西斯化。美帝国主义在战争边缘上的军事冒险。第二次世界大战后美国工人运动。

日丹诺夫论美国颓废主义文学的战争性质。美国资产阶级文学的分化与腐化。美国现代文学中的进步力量。美国共产党对文化和文学问题的注意的加强。四十、五十年代社会主义现实主义文学的成熟和壮大。社会主义现实主义在美国文学发展中的地位和作用。

2.高尔德(1896—)于三十、四十年代间为美国进步文学坚持奋斗的作用。他与进步性"小杂志","小剧场"运动的关系。他发行革命刊物,组织进步作家,教育工人大众。他与托派文人的斗争。他与陶斯·帕索斯的斗争,坚持作家必须以马列主义立场来反映美国的现实。他与颓废主义文学进行斗争的文学批评。

高尔德的诗、杂文和自传性小说,是社会主义现实主义在美国的萌芽的作品。《没钱的犹太人》的主题和结构。高尔德对于美国和拉丁美洲年轻一代作家(法斯脱、亚马多)的决定性影响。

3.马尔兹(1908—)于三十年代的剧作和短篇小说。长篇小说《潜流》在美国进步文学发展中的意义:企业创造那些在工人阶级日常斗争中出现的共产党员的形象。作者在描写这个斗争的问题和性质时的局限性,小说中揭露了工贼和"黑色军团"的密切关系。

马尔兹五十年代为争取和平的斗争而作的作品。独幕剧《莫里生案件》描写美国法西斯化的程度和美国人民大众的觉醒,马尔兹的新小说。

4.法斯脱(1914—)。他关于美国独立战争的三部曲,重视历史真实,驳斥过去对于美国人民的歪曲谬论。小说中走向民主的英雄的斗争。这三部曲的缺点:没有充分暴露资产阶级民主革命时代特殊的社会矛盾;对于美国资产阶级历史上的活动的部分理想化;文笔中的自然主义因素。

法斯脱关于南北战争后的美国的小说(《最后的边疆》《自由之路》)。这两部历史小说的主题思想。这两部小说揭露美国假民主,抗议种族压迫和号召积极的斗争。《自由之路》中的基甸·杰克逊形象。小说悲惨结局背后的乐观音调。

第二次世界大战后法斯特的作品。思想认识的提高和艺术风格上卓越的成就。政治小说《美国人》,反映美国十九世纪八十年代的阶级斗争。小说《克拉克顿》,描画两个敌对仇视的美国。小说中与资本家及其走狗相对照的共产党员形象。揭露美帝国主义用来压制工人运动的法西斯手段,是法斯特战后作品的中心问题(《克拉克顿》,剧本《三十块银洋》)。报告小说《美国的毕克司基尔》,号召美国人民向法西斯主义进行积极斗争。毕克司基尔的英雄(美国进步人物)的形象。小说《萨可和樊塞蒂的受难》,揭露资产阶级司法制度的罪恶。小说中的正面人物和人民群众。小说紧严的结构和诗化的文笔。小说的现实意义。小说《赛拉斯·丁伯曼》,及其美国普通知识分子受麦卡锡主义迫害的题材。正面人物阶级觉悟的过程。作者的艺术特点:以抒情的笔调写重要的细节,借以刻画典型环境中的典型人物。美共主席福斯特对于这部小说的评价。

法斯脱于第二次世界大战后所写的历史小说,除了《自豪与自由的人》以外,多少是退出主要的现代社会问题,同时又不能给读者一个对于历史事实的正确看法。

《文学与现实》概括美国民主文学运动的经验,同时也作为将来行动的纲领。法斯脱证明资本主义国家,在一定历史条件下可以发展社会主义现实主义。学习苏联文学与发扬各民族传统的关系。法斯脱严厉批判颓废主义文学,并以惠特曼、马克·吐温等光荣的民主传统来作对比。法斯脱着重指出美学与伦理的关系,并肯定社会主义现实主义的美学原则。

5.亚·萨克斯顿小说《大中西铁路》,描画两次大战三十年间美国工人阶级生活与斗争的诸阶段,特别是反对机会主义者的尖锐斗争。国际主义的主题。党员戴孚·斯巴斯的形象。斯蒂芬和资产阶级知识分子。小说结构上的弱点:材料罗列,打断了主题的发展。法斯脱论《大中西铁路》。

洛埃·勃朗(1913—)的小说《铁城》,刻画三个黑人的个性、年龄、职业,各有差别,由各种不同的道路走向共产主义。作者不只是艺术地概括了共产党人内心世界和道德面貌,还从他们和人民的相互联系中来表现共产党人是全民族最优秀的部分。书中的民族风格,保尔·罗伯逊对于这部小说的评价。这小说在美国文学发展中的地位。

菲利普·波诺斯基的小说《焚烧的山谷》,反映美国钢铁工人反饥饿反剥削的斗争。作者以抒情文笔描画一个工人阶级的儿子的内心冲突,怎样由一个献身教会的虔诚青年,经历了工人阶级生活的实际经验,逐渐走向共产主义斗争的道路。书中党员的英勇形象。武装斗争的场面。

名词对照表

陶斯·帕索斯	John Dos Passos
斯坦因倍克	John Steinbeck
考得韦尔	Erskine Caldwell
高尔德	Michael Gold
没钱的犹太人	Jew Without Money
马尔兹	Albert Maltz
潜流	Underground Stream
莫里生案件	The Morrison Case
法斯脱	Howard Fast
最后的边疆	The Last Frontier
自由之路	Freedom Road
基甸·杰克逊	Gideon Jackson
美国人	The American
克拉克顿	Clarkton
美国的毕司基尔	Peekskill, U.S.A.
三十块银洋	Thirty Pieces of Silver

萨可和樊塞蒂的受难	The Passion of Sacco and Vanzetti
赛拉斯·丁伯曼	Silas Timberman
自豪与自由的人	The Proud and the Free
文学与现实	Literature & Reality
亚·萨克斯顿	Alexander Saxton
大中西铁路	The Great Midland
戴孚·斯巴斯	Daye Spass
斯蒂芬	Stephanie
洛埃·勃朗	Lloyd Brown
铁城	The Iron City
保尔·罗伯逊	Paul Robeson
菲利普·波诺斯基	Phillip Bonodsky
焚烧的山谷	The Burning Valley

主要参考书目

1. 《苏联英国文学史》,苏联科学院,高尔基世界文学研究所。

2. 《苏联大百科全书》("大不列颠"一条中英国文学部分及各英美作家分条部分)。

3. Marx & Engels: Uber Kunst und Literatur, Verlag Bruno Henschel und Sohn, Berlin, 1950.

4. Marx & Engels on Literature and Art, International Publishers, New York.

5. The Cambridge History of English Literature, 15 vols., Cambridge University Press, 1932.《剑桥英国文学史》

6. Emile Legouis & Louis Cazamian: A History of English Literature, J. M. Dent, London, 1943.《英国文学史》

7. A. L. Morton: A People's History of England, Lawrence & Wishart, London, 1945.《人民英国史》

8. György Lukács: Studies in European Realism, Hill-way, London, 1950.《欧洲现实主义研究》

9. Annette T. Rubinstein: The Great Tradition in English Literature from Shakespeare to Shaw, The Citadel Press, New York, 1953.《英国文学中伟大传统》

10. Vernon Louis Parrington: Main Currents in American Thought, Harcourt, Brace & Co., New York, 1930.《美国思想主流》

11. Arnold Kettle: An Introduction to the English Novel, 2 vols., Hutchinson, London, 1953.《英国小说导论》

12. Ralph Fox: The Novel and the People, International Publishers, New York, 1937.《小说与人民》

13. A. L. Morton: The English Utopia, Lawrence & Wishart, London, 1952.《英国文学中的乌托邦思想》

14. Howard Fast: Literature and Reality, Lawrence & Wishart, London, 1945.《文学与现实》

15. Oxford Companion to English Literature.

16. Oxford Companion to American Literature.

17. An Anthology of English Literature, XIX-XX centuries, Moscow, 1949.

18. An Anthology of American Literature, Moscow, 1950.

各章重点及时间简明表

	分 章	重 点	讲授及课堂实习时间	其他教学进行时间
第六学期十七周	引论(包括概说课程要求及布置)			2
	第一章中世纪文学	乔叟	9	
	第二章文艺复兴	莎士比亚	24	
	第三章资产阶级革命与王政复辟时期	弥尔顿	7	
	第四章启蒙运动时期文学	斯威夫特 菲尔丁	20	
	直观、复习、总结等			前后共计6
第七学期十八周	第五章浪漫主义文学	拜伦	15	
	第六章批判现实主义文学	狄更斯	20	
	第七章美国文学的萌芽与发展	马克·吐温 德莱塞	18	
	第八章帝国主义阶段的英国文学	萧伯纳	13	
	直观、复习、总结等			前后共计6
第八学期十七周	第九章现代英国文学	杰克·林赛 阿尔德利奇	14	
	第十章现代美国文学	法斯脱	14	
	直观、复习、总结等			前后共计6

关于上表的几点说明:

(1)大纲各章节虽有长短不同,但长的章节并不一定标明重点所在。重点与次重点视各章性质而定。历史社会背景部分,如有先行、并行课程中已经讲授者,可以概说。重点部分应结合时代作家作品,作比较周详的讲解,重点的作品尤应结合思想内容与语言形式,深入巩固。

(2)第六、第八学期各十七周,每周四学时,第七学期十八周,每周二学时。愈到近代内容愈复杂,重要性愈大,需要时间愈多。作品阅读方面,诗歌与十八世纪以前作品需要教师说明较多,近代散文小说可多布置同学自学,运用课堂实习时间,以发挥独立工作能力。

(3)第八学期总结,包括全部总结,需要时间较多,每次总结也可结合复习进行。每学期复习可先发复习提纲。直观教学可视条件决定每学期实行一次或二次。直观教材的建立应逐步完成。为了避免同学紧张情绪,或集中时间备课而致增加负担,我们建议用突击测验的方式,每次自十五分钟至半小时均可,并可结合笔记的检查,发现学习较弱之点,予以巩固。

(4)课堂实习是讲授课的一个重要环节。教师讲授时做作品的示范分析,同时要求同学在自学时间阅读较易的作品,在实习时开展自由讨论,自由争辩,由教师作出结论。

分章说明

（主要参考书目中已载的参考数据这里一般不再重复）

引论—2 学时

概论文艺原则与英国文学史的讲授内容、分段以及学习方法。提出下面几种资料作为全课程的指导性读物：

1.《马克思、恩格斯、列宁、斯大林论文艺》人民文学出版社。（马克思、恩格斯论文学部分可用：Marx & Engels：Über Kunst und Literatur，Verlag Bruno Henschel und Sohn，Berlin，1950）

2.毛泽东：《在延安文艺座谈会上的讲话》。

3.《苏联大百科全书》（英国文学部分）。

4.《苏联文学艺术问题》人民文学出版社。

5.《苏联文学艺术论文集》学习杂志社。

6.日丹诺夫：《论文学、艺术、哲学诸问题》。

说明课程进行的方式：讲授、作品的阅读讲解、课堂实习、查阅笔记、随堂问答、突击测验、直观教学、课外自学及考试等。自学时作品的阅读，尽可能用原著，酌量采用译文。

第一章　中世纪文学—9 学时

主要重点　乔叟和他的《坎特伯雷故事集》，指定"总引"为必读材料。学生可用现代英译本或中译本阅读《罪僧的故事》，进行课堂实习。

次要重点　《贝沃尔夫》；《农夫彼尔斯》；《罗宾汉民歌》：选读片段。

参考资料：

斯大林：《马克思主义与语言学问题》（关于诺曼人征服英国后的英语问题），人民出版社，1955 年（14～15 页）。

关于乔叟时代农民运动，可参考：

La Pensee,1954,No. 53 Paul Meier：Reflexions sur la longue anglaise.

R. H. Hilton and H. Fagan: The English Rising of 1381, Lawrence & Wishart, London, 1950.

第二章　文艺复兴—24 学时

主要重点　莎士比亚，占 16 学时，其中《汉姆莱脱》的讲解分析及《奥瑟罗》的阅读与课堂实习约占 8 学时，其他大悲剧及喜剧(《威尼斯商人》或《第十二夜》与《暴风雨》)占 8 学时。

次要重点　穆尔:《乌托邦》;培根:散文;马洛:《浮士德博士》;

班·琼生:《伏尔蓬奈》。(各选一部分阅读。)

参考资料:

《共产党宣言》(资产阶级与无产阶级)。

马克思:《资本论》,第一卷,人民出版社,1953 年(904 页;948～949 页)。

恩格斯:《自然辩证法》,人民出版社,1954 年(4～5 页;150 页)。

恩格斯:《社会主义从空想到科学的发展》。

A. L. Morton: The English Utopia, Lawrence & Wishart, London, 1952.

莫罗佐夫:《莎士比亚在苏联舞台上》,吴恰山译,上杂出版社(Shakespeare on the Soviet Stage, English Translation by David Magarshack, London, 1947.)

(后附有:"马克思恩格斯及俄国革命民主主义批评家论莎氏集录",见 International Literature, 1941, No. 4)。

莫罗佐夫:《莎士比亚论》(见《译文》,1954 年,5 月)。

《文学教学》(俄文期刊),1954 年,2 月,汉姆雷特。(杨周瀚译,见《文学研究集刊》,第二册)。

斯米尔诺夫:《论莎士比亚及其遗产》。

Vladimir Kemenov: Shakespeare(Voks, 1946, 5/6).

史坦尼斯拉夫斯基:《奥瑟罗导演计划》,吴若诚译,新译文丛刊。

Masses & Mainstream, 1954, Jan. Review on Arnold Kettle: Essays on Socialist Realism and the British Cultural Tradition.

Jack Lindsay: A Short History of Culture, Victor Gollancz, London, 1939.

第三章　资产阶级革命与王政复辟时期文学—7学时

主要重点　弥尔顿的政论及《失乐园》。读《失乐园》中有关撒旦形象的片段,及《力士参孙》第一段独白。

次要重点　彭扬的《天路历程》。

参考资料：

《马克思恩格斯论宗教》,人民出版社,1955年(19页;81~82页)。

恩格斯:《社会主义从空想到科学的发展》。

《新编近代史》,第一卷,人民出版社,1955年(一、二、三、四章)。

林举岱:《十七世纪英国资产阶级革命》,华东人民出版社,1954年(附录二,译名对照表)。

Belinsky:Selected Philosophical Works, Foreign Languages Publishing House, Moscow, 1948, p. 425.

Christopher Hill: The English Revolution 1640, Lawrence & London, Wishart (Chapters on Milton & the Diggers).

A. L. Morton: The English Utopia (pp. 68-69;249-250).

Denis Saurat: Milton, Man and Thinker, J. M. Dent, London, 1944. (Chapters on Political Struggle, Liberty, and Part Ⅲ—The Great Poems)

Jack Lindsay: Bunyan, Maker of myths, 1937 (Rev. in Modern Quarterly).

第四章　启蒙运动时期文学—20学时

主要重点　斯威夫特与菲尔丁占12学时;斯威夫特选读《格里佛游记》第一、第四部分,菲尔丁选读《约瑟·安德鲁斯传》或《汤姆·琼斯》。以《大伟人江奈生·魏尔德传》中译本,全部作课堂实习材料。

次要重点　笛福《鲁滨逊漂流记》及朋斯。

参考资料：

马克思:《政治经济学批判》,人民出版社(附录一,146~147页)。

《新编近代史》,人民出版社(第八章)。

A. L. Morton: The English Utopia.

叶利斯特拉托娃：《菲尔丁论》，载《译文》1954年9月号。

叶利斯特拉托娃：《亨利·菲尔丁评介》，Soviet Literature，(1955,10)

莫洛佐夫：《罗伯特·朋斯》，见马夏尔克译《朋斯诗选》，苏联国家文艺出版社，1954年。

A. Kettle：Progressive Values in the Literary Past，Masses and Mainstream，1954年1月号。

J. Bronowski：William Blake 1757—1827：A Man without a Mask，Secker and Warburg，London，1944.

第五章　浪漫主义文学—15学时

主要重点　拜伦占8学时：选读《哈罗尔德游记》和《唐·琼》，进行课堂实习。

次要重点　雪莱与司各脱：选读雪莱《乱国者的假面戏》与《被解放的普罗米休斯》，司各脱《米洛希恩的心》。

参考资料：

Engels：The Condition of the Working Class in England in 1844.（苏联英文版）

《苏联大百科全书》：拜伦（中译小册，人民出版社，1954年）。

叶利斯特拉托娃：《拜伦》，载《译文》，1954年6月。

Belinsky：Selected Philosophical Works（On Byron & Scott）.

第六章　批判现实主义文学—20学时

主要重点　狄更斯占12学时；读《苦难时代》或《荒凉的屋子》，以《大卫·考波菲尔特》或《奥利佛·推斯脱》中译本作课堂实习材料。

次要重点　萨克雷，盖斯克尔，布朗台姊妹各选读部分主要作品，及宪章派诗歌。

参考资料：

Engels：The Condition of the Working Class in England in 1844（苏联英文版）。

Belinsky：Selected Philosophical Works（On Dickens）.

T. A. Jackson: Charles Dickens, the Progress of a Radical, International Publishers, New York, 1938.

Jack Lindsay: Charles Dickens, a Biographical and Critical Study.

Una Pope-Hennessy: Charles Dickens 1812—1870, Chatto & Windus, London, 1945.

Y. Gaziyev: A Great Chapter in the History of English Poetry, Soviet Literature, 1954, 1.

第七章　美国文学的萌芽和发展—18 学时

主要重点　批判现实主义文学,以马克·吐温和德莱塞为重点,各 4 学时。惠特曼 3 学时,杰克·伦敦 2 学时。课堂实习 1 学时。

读物举例:

惠特曼:诗选。

马克·吐温:《败坏了赫德莱堡的人》(实习材料)。

杰克·伦敦:《铁蹄》或是《马丁·伊登》(选读)。

德莱塞:《一个美国的悲剧》或是《堡垒》(选读)。

参考资料:

《马克思恩格斯论美国内战》,人民出版社,1955 年。

列宁:《帝国主义是资本主义的最高阶段》。

N. K. Krupskaya: MemoirsofLenin, International Publishers.

William Foster: History of the Communist Party of the United States, International Publishers.

S. Sillen: Walt Whitman, International Publishers, 1944.

门德尔逊:《惠特曼论》,载《译文》1955 年 9 月。

门德尔逊:《惠特曼传》,苏联国家文艺出版社,1954 年。

周扬:《纪念〈草叶集〉和〈堂·吉诃德〉》,《文艺报》,1955 年 22 号。

亚伯·恰彼克:《惠特曼评传》,作家出版社。

奥尔洛娃:《马克·吐温》,见《马克·吐温短篇小说集》附录,作家出版社,1954 年。

费都诺夫:《一个资产阶级文明的挞伐者》,《苏联文学》英文版,1951年11月。

《苏联百科全书》(关于德莱塞部分,见"美国的悲剧"附录,中译本,文联,1954年)。

《译文》,1955年12月,有关于德莱塞的评介。

《瞿秋白文集》,人民文学出版社,1953年。

第八章 帝国主义阶段的英国文学—13学时

主要重点 本章以萧伯纳为重点,讲课4学时,课堂实习1学时。高尔斯华绥、哈代、莫礼士各2学时。

读物举例:

《鳏夫的房产》或是《华伦夫人的职业》(实习材料)。《有产者》(选读)。

《苔丝》或是《裘德》(选读)。《乌有乡消息》(选读)。

参考资料:

E. P. Thompson, William Morris: Romantic to Revolutionary, Lawrence and Wishart, London, 1955.

Alick West, George Bernard Shaw: A Good Man Fallen Among the Fabians, Lawrence and Wishart, London, 1950.

A. Maude, Life of Tolstoy, Oxford University Press, 1930, Vol.2, p.460-464.

《瞿秋白文集》,卷二,人民文学出版社,1953年。

《鲁迅全集》,卷五,1948年。

第九章 现代英国文学—14学时

主要重点 社会主义现实主义文学的萌芽和成长。杰克·林赛4学时,阿尔德利奇3学时,奥凯西3学时。课堂实习1小时。

读物举例:

特莱斯尔:《烂裤子的慈善家》或是托马斯:《风中的叶子》(选读)。

奥卡西:《落日与晚星》或是《玫瑰与王冠》(选读)。

林赛:《被出卖了的春天》(实习材料)。

阿尔德利奇:《外交家》(选读)。

参考资料:

《列宁文选》(两卷集)卷二,人民出版社,741～753 页。

《斯大林全集》第十卷,人民出版社,1955。

赫鲁晓夫:《在苏联共产党中央委员会向党的二十次代表大会的总结报告》,人民出版社,1956 年。

高兰等著:《英国共产党三十年》,人民出版社,1953 年。

波立特:《在英国共产党二十三次全国代表大会的政治报告》,《世界知识》,1955 年。

日丹诺夫:《论文学、艺术与哲学诸问题》,时代出版社,1951 年。

莫蒂廖娃:《资本主义国家的进步文学和社会主义现实主义》,《译文》,1955 年 7 月。

关于艾略特,参阅 Marxist Quarterly,1954,No.1。

关于特莱斯尔,参阅《马克思主义者季刊》,1955 年 10 月。

关于吉本,参阅《马克思主义者季刊》,1954 年 10 月。

关于奥凯西,参阅英文版《苏联文学》,1955 年 3 月号。

关于林赛,参阅叶利斯特拉托娃论林赛的新著作,译文附于《被出卖了的春天》中译本(平明出版社,1956 年)。

关于阿尔德利奇,参阅安尼克斯特《论阿尔德利奇的小说》,见英文版《苏联文学》,1955 年 10 月。

关于普丽查特,参阅加撒金娜为莫斯科英文版《怒吼的九十年代》(1955 年)所撰的序文。也可参考《译文》,1955 年 7 月号的后记。

第十章 现代美国文学—14 学时

主要重点 社会主义现实主义文学的萌芽和成长。法斯脱 6 学时,马尔兹 3 学时,高尔德 3 学时,课堂实习 1 学时。

读物举例:

高尔德:《没钱的犹太人》(选读一章,例如"房东的灵魂")。

马尔兹:《潜流》(选读一章,如第四章),《莫里生案》(独幕剧)。

法斯脱:《自由之路》(最后一章),《克拉克顿》(实习材料),《萨可和樊塞蒂的受难》(最后一章)或是《赛拉斯·丁伯曼》(关于"抗议会"一章)

《文学与现实》(选读)。

参考资料:

列宁:《给美国工人的信》,莫斯科中文版(或是俄文版《列宁全集》,第28卷)。

《斯大林全集》第十、第十二卷,人民出版社,1955年。

莫洛托夫《伟大的十月社会主义革命三十年》,俄文版,1947年。

W. Foster：History of the Communist Party of the United States, International Publishers, 1952.

S. Sillen：Preface to "Mike GoldReader", International Publishers, 1954.

维克多罗夫,为莫斯科英文版《自由之路》(1951)所撰的俄文序文。

孟德森:《论马尔兹及其作品》,附录于《马尔兹短篇小说》,作家出版社,1953年。

叶利斯特拉托娃:《当代美国两个剧本》,《苏联文学》英文版,1953年1月。

叶利斯特拉托娃:《作为作者和批评家的法斯脱》,《苏联文学》英文版,1955年5月。

叶·罗曼诺娃:《论法斯脱》,附录于《克拉克顿》,作家出版社,1956年。